수치의 역사

수치의 역사

1판 2쇄 찍음 2024년 12월 16일
1판 2쇄 펴냄 2024년 12월 23일

지은이 | 김 빵
펴낸이 | 고운숙
펴낸곳 | 봄 미디어

출판등록 | 2014년 08월 25일 (제387-2014-000040호)
주소 | 경기도 부천시 소향로17, 304호(상동, 두성프라자)
영업부 | 070-5015-0818 편집부 | 070-5015-0817 팩스 | 032-712-2815
E-mail | bommedia@naver.com
소식창 | http://blog.naver.com/bommedia

값 9,000원

ISBN 979-11-5810-996-7 03810

※파본은 구입하신 서점에서 교환하여 드립니다.

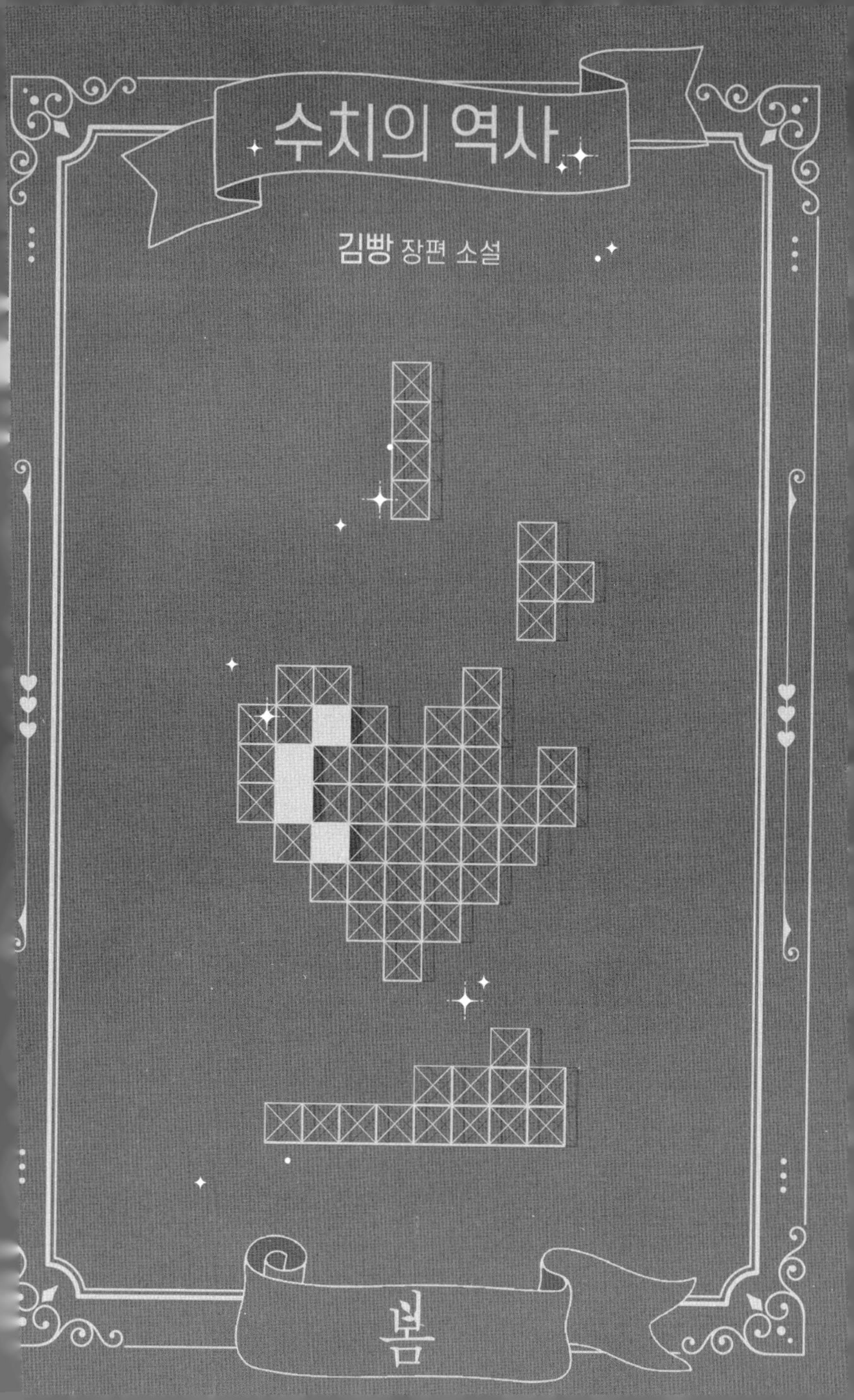
수치의 역사
김빵 장편 소설
봄

contents

0. 프롤로그
007

1. 기록, 스물셋의 도하
035

2. 기록, 스물셋의 도형
093

3. 기록, 스물셋의 도하
125

4. 열둘의 우리
153

5. 변천, 스물셋의 도형
173

6. 변천, 스물셋의 도하
205

7. 변천, 스물셋의 도형
275

8. 열여섯의 우리
303

9. 흥망, 스물셋의 도형
393

10. 흥망, 스물셋의 도하
415

11. 관계식, 스물셋의 도형
449

12. 산출, 스물셋의 도하
469

0.

프롤로그

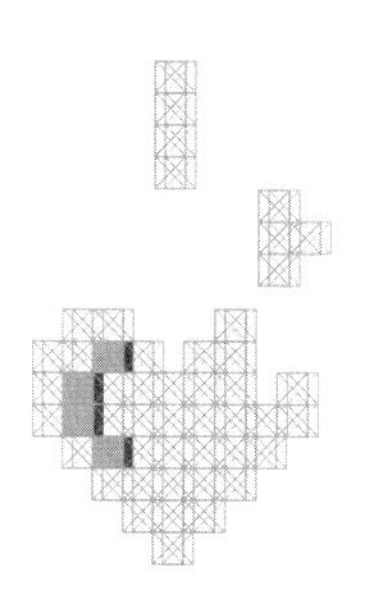

그게, 권도형의 나이 겨우 일곱 살 때의 일이었다.

권도형은 아버지의 절친 기준성의 장녀이자 옆집에 살고 있는 기도하와 한반도 남단부에 위치한 집으로 유배를 떠났다. 수두에 걸린 줄 모르고 기도하의 집에서 하루 잔 게 문제였다.

"엄마, 나 몸이 가려워."

증상은 권도형에게서 먼저 나타났다.

"아아! 이거 뭐냐고! 진짜 짜증 나!"

그다음이 기도하였다. 옆집에서 넘어오는 소리에 권도형은 조금 섬뜩함을 느꼈다.

기도하에게는 네 살 어린 동생이 있었는데 기도하의 부모는 어린 막내를 신줏단지같이 모셨다. 전염성이 있는 병의 소식을 접한 기도하의 부모는 기겁을 했고, 바로 조부모에게 연락을 취했다.

"어머니, 도하가 수두래요. 일주일만 맡아 주세요."

그렇게 기도하의 부모는 부랴부랴 짐을 쌌다. 실내복 세 벌과 속옷, 장난감을 챙겨 나가는 길에 권도형의 부모를 마주쳤다.

"도형이도 같이 보내는 게 낫지 않겠어?"

그렇게 권도형도 짐을 싸게 됐다. 당시 권도형은 유배의 뜻을 몰랐으나 부친이 리모컨을 붙들고 보던 대하드라마에서 '유배를 가셨다고?' 하는 대사를 들은 적이 있었다. 누더기 같은 흰색 한복을 입은 죄인이 머리를 산발을 하고서 인적이 드문 먼 곳으로 떠나는 거였다. 걸어가는 길에 종종 돌팔매질을 당하기도 했다.

창문 밖으로 바라보는 풍경이 그와 흡사했다. 언젠가부터 높은 빌딩이 보이지를 않더니 도착할 즈음에 보이는 거라고는 논밭뿐이었다. 그리고 돌팔매질 대신 기도하의 눈 흘김을 당해야 했다.

벅벅, 몸을 긁는 소리에 흘긋 눈을 돌렸다. 기도하가 창밖을 보며 신경질적으로 팔뚝을 긁고 있었다. 손톱을 세워 긁자 운전대를 잡은 기준성이 주의를 준다.

"도하야, 아빠가 긁지 말라고 했지?"

잔뜩 짜증이 오른 얼굴이 한층 더 일그러진다.

"아, 가렵다고!"

"좀 참아."

"못 참겠어! 가려워서 죽을 것 같아!"

그사이 차가 멈추고, 기준성이 잠깐 기다리라는 말을 남기고 먼저 내렸다.

권도형은 적막한 차 안에서 멀뚱히 창밖을 바라봤다. 드넓게 펼쳐진 논밭 끝에는 야트막한 산이 이어져 있었다. 산의 굴곡을 눈으로 좇는 그 순간 빡, 하고 기도하가 권도형의 머리를 때렸다. 아무런 힘도 주지 않고 있던 머리가 앞으로 휘청 흔들렸다.

절로 한쪽 손이 맞은 머리로 올라갔다. 권도형은 얼얼한 통증이 이는 머리를 잡은 채 기도하를 봤다. 당황스러움에 눈이 조금 커졌다.

"왜 때려?"

"이게 다 너 때문이잖아! 네가 우리 집에 와서 자 가지고 이렇게 된 거 아니야!"

"……뭐?"

"가려워 죽겠다고!"

그러니까 기도하는 지금 수두의 발단이 된 권도형과 함께 잤던 그 하루를 이야기하고 있었다.

며칠 전이었다. 그날 권도형의 부모는 늦은 시간 연락을 받게 된 먼 친척의 장례식에 가야 했다. 새벽 늦게라도 돌아올 줄 알았는데 경미한 접촉 사고가 나는 바람에 발이 묶였다. 권태범은 바로 옆집에 살고 있는 친구에게 전화를 걸어 혼자 있는 권도형을 부탁했다. 기준성은 바로 권도형을 본인의 집으로 데리고 왔고, 하룻밤을 재웠다.

거실에서 자고 있는 권도형에게 스멀스멀 다가왔던 건 기도하였다. 뜬금없이 방문을 열고 나와 부엌을 돌아다니더니 거실로 이동해 정자세로 누워 있는 권도형의 옆에 드러누웠다. 그러곤 이불을 턱 끝까지 올려 덮은 권도형의 몸 위에 다리 하나를 떡하니 올린 채 잠들었다.

다음 날 눈을 뜬 권도형은 기겁했다. 입을 벌린 기도하가 제 몸에 들러붙어 자고 있었기 때문이다. 어쩐지 몸이 무겁더라니, 기도하의 다리가 배를 누르고 있어 그런 거였다.

권도형은 거실에 기도하를 내버려 둔 채 후다닥 현관을 나서 맞은편에 있는 제집으로 들어갔다. 그렇게 과거로 밀려나는 줄 알았는데, 수두라는 미래를 가지고 나타날 줄은 그 누구도 예상하지 못했다.

옆에 매미처럼 들러붙어서 뺨에 숨을 내뱉으며 잔 게 누구인데. 어처구니가 없네.

권도형이 그런 생각으로 머리를 문지르고 있을 때 차 문이 열렸다.

"내리자, 애들아."

기준성이 두 사람의 가방을 챙겨 들었다. 유배지가 오픈되고, 입장이 시작된 것이다.

"야, 권도형. 여기 우리 할머니 집이거든? 너는 네 집으로 가라고!"

차에서 내린 기도하가 홱 몸을 돌리고는 두 팔을 크게 움직여 성큼성큼 멀어졌다. 같이 오는 게 싫었으면 차에 가방을 싣기 전에 말을 하든가. 차에서 내리지도 못한 채 시골집 대문 앞에 선 기도하의 뒷모습을 봤다.

권도형의 유배 파트너 기도하. 권도형 7년 인생 이래 이렇게 드세고 막무가내인 사람은 처음이었다.

시골집은 기와지붕을 한 작은 집이었다. 몇 년 전까지만 해도 초가집이었는데 지붕을 다 뜯어내고 다시 얹었다고 했다.

방은 세 개였는데 안방을 제외하고는 방이라고 일컫기도 뭣

할 만큼 좁았다. 안방을 중심으로 오른쪽 방은 광으로 쓰고 있어 제기와 각종 그릇, 마른 고추가 널려 있었고 왼쪽 방에는 묵은내가 나는 겨울 이불이 켜켜이 쌓여 있었다.

"도하랑 도형이 할미랑 이 방에서 같이 자자?"

두 사람의 짐 가방은 안방에서 풀렸다. 양말을 벗는 권도형을 기도하가 눈을 가늘게 뜨고 노려보았다. 하필 머리를 양 갈래로 높이 올려 묶은 탓에 눈썹이 매섭게 치솟아 있었다.

뭐야, 쟤 좀 무서워.

권도형이 눈을 피하며 몸을 돌렸다. 여기서 며칠을 있어야 한다니. 삽시간에 집이 그리워졌다.

점심은 이름 모를 산나물과 김치에 고추참치 캔이었다. 산나물을 무친 들기름 냄새가 고소했으나 두 사람은 고추참치를 두고 경쟁했다.

"야, 너 밥 먹는 속도가 너무 빠른 거 아니냐?"

기도하가 말했다. 숟가락을 입에 문 채 눈을 올리자 고추기름이 번들거리는 입술을 불만 가득한 모양새로 벌리고 있는 기도하와 눈이 마주쳤다.

"나 한 번 먹을 때 네가 두 번 먹잖아. 나랑 속도 맞춰서 먹어."

어처구니없는 말에 얼굴을 찌푸렸다. 그러자 기도하가 눈을 부라린다. 짜증 나 죽겠는데, 여기는 기도하의 할머니 집이고 이곳에 자신의 편이 아무도 없다는 점에서 조금 주눅이 들었다. 권도형이 눈을 내리까는 동시에 기도하의 할머니가 친구한테 그러는 거 아니라며 나무랐다.

"할머니, 나 쟤랑 안 친해."

그 말을 듣는데 조금 황당했다. 놀이터에서 술래잡기 한 것만 열 번이 넘고, 무궁화 꽃이 피었습니다를 한 것이 다섯 번이 넘는데.

밥을 한 숟가락 퍼서 이로 싹 긁은 권도형이 입을 오물거리며 기도하를 봤다. 눈이 마주치자마자 불퉁하게 입을 열었다.

"빨리 먹어. 참치 먹게."

입을 비죽인 기도하가 참치를 한 숟가락 퍼 가고, 뒤이어 권도형이 참치를 한 숟가락 퍼 갔다. 그 가운데서 할머니는 산나물을 먹었다.

온몸에 발진이 올라왔다. 가려움이 극심해질수록 기도하는 참지 않고 몸을 긁었다. 살갗을 긁어내자 진물이 흘렀다.

"못 쓰겠다. 옷 벗고 있자."

옷을 갈아입히면 진물이 묻고, 갈아입히면 진물이 묻는 상황에 기도하의 할머니는 결국 그녀를 탈의시켰다.

"뭘 봐."

옷을 벗자마자 기도하가 시비조로 말했다. 안 보고 있었는데, 그 목소리 때문에 고개를 돌린 권도형은 조금 억울한 마음이 들었다.

"안 봤어. 네가 말해서 돌아본 거잖아."

기도하가 홱 몸을 돌려 마루로 갔다. 팬티가 큰 건지 엉덩이 부분이 헐렁했다.

팬티만 입고 마루에 앉은 기도하가 레고를 만지작거렸다. 얼굴과 손이 노란 레고 인간을 건물 옥상 위에 세우려다가 건물을 부셔 먹었다.

"으악!"

기도하가 소리 질렀고, 그녀의 손에서 톡, 하고 레고 인간이 떨어져 나갔다. 권도형의 분위기가 다소 험악해졌다. 한 시간에 걸쳐서 만든 아파트였다. 권도형은 방에 앉아서, 기도하는 마루에 앉아서 서로를 노려봤다.

"지금 노려보냐?"

"내가 만든 건데."

"뭐, 어쩌라고."

"네가 망가트렸어."

권도형의 얼굴이 조금 우울해졌다.

"아, 진짜. 다시 만들면 되잖아."

기도하가 마루 위에 널브러진 레고 블록들을 손으로 쓸어 모았다. 두 다리를 벌리고 그 가운데 레고 판을 놓았다. 중간중간 발진이 오른 팔목을 긁으며 판 위에 블록을 꽂았다. 작고 두툼한 손가락이 손톱만 한 블록을 쥐는 모양새가 투박했다.

검은색으로 층을 쌓아 올라가던 블록들 사이 불쑥 기도하가 노란색 블록을 꽂았다.

"노란색은 안 썼어."

방 안에서 지켜보던 권도형이 말했다. 기도하의 눈매가 날카로워진다.

"모양만 같으면 되지. 별것도 아닌데."

"검은색 아파트였어. 옥상만 흰색이고."

"아, 진짜 너는……."

신경질을 부릴 것처럼 노려보더니 좀 전에 올린 노란색 블록을 도로 뺐다. 블록을 헤집어 검은색을 골라내는 손을 조용히 바라봤다. 질끈 올려 묶은 양 갈래 머리가 어느새 조금 느슨해져 있었다. 그 때문일까. 항상 하늘로 올라가 버릴 듯 치켜 올라갔던 눈이 동글동글해졌다. 매번 무섭게만 느껴지던 기도하가 겁나지 않았다.

"초록색도 안 썼어."

검은색 블록으로만 완성되어 가던 아파트에 대뜸 초록색 블록이 난입했다. 알록달록한 블록들 사이에서 기도하가 초록색만 찾아내고 있었다.

"내가 네 아파트에 잔디 깔아 주는 거야. 고마운 줄 알아."

"옥상에 잔디를 왜 깔아?"

블록을 헤집다 말고 목을 벅벅 긁는 기도하가 눈을 돌려 권도형을 봤다.

"나 초록색 좋아한단 말이야."

"검은색이랑 안 어울려……."

소심하게 뱉은 말에 기도하가 듣는 척도 안 하고 초록색 블록을 꽂았다.

"상관없어. 내가 좋아하니까 괜찮아."

무덤덤한 어조였다. 권도형은 완성되어 가는 아파트를 물끄러미 보다가 시선을 돌렸다. 기도하는 아파트 옥상에 잔디를 까는데 혼신의 힘을 다하고 있었다. 자칫 잘못하다가 어렵게 쌓은 블록이 부서질까 힘 조절에 공을 들이는 모습이었다.

뭐 저런 애가 다 있어. 권도형은 이전에 했던 생각을 다시 끌어오며 기도하에 대한 정의를 내렸다. 자기 말고는 아무것에도 관심이 없는 애라고.

둘 사이에 사건이 생긴 건 그날 밤, 자려고 누운 권도형에게 기도하가 외출을 제안했기 때문이었다.

"반딧불 보러 가자."

밤이었다. 할머니는 저녁을 먹고 바느질을 하더니 10시가 되기도 전에 잠자리에 들었다. 불이 꺼진 방 안에 멀뚱멀뚱 눈을 뜨고 누워 있는데 불쑥 기도하가 몸을 내밀고 말했다.

"언제?"

"지금."

"지금 나가자고? 할머니 주무시는데?"

"나 여기 자주 와서 길 다 알아. 할머니랑 같이 안 가도 돼."

"밤이잖아……."

기어들어 가는 목소리로 말하자 기도하가 팍 인상을 찌푸린다.

"그럼 반딧불을 밤에 보지 아침에 보냐?"

맞는 말이긴 한데, 격리되어 온 시골에서 어른의 동행 없이 늦은 시간 밖으로 나가는 건 권도형의 입장에서 적당한 일이 아니었다. 기도하는 할머니가 수면 상태이니 어쩔 수 없이 우리 둘이 나가는 거다, 하는 뉘앙스로 말했지만 분명 기도하는 할머니가 잠들 때까지 기다렸을 것이다.

흘긋 뒤를 돌아본 기도하가 목소리를 더 낮췄다. 속삭이는 말에 입에서 흘러나온 바람이 피부에 닿았다.

"가자. 너 반딧불 한 번도 본 적 없지? 진짜 신기해. 시골 아니면 못 본다고."

"아니, 그래도……."

"빨리 나와."

내밀었던 상체를 거둔 기도하가 까치발을 하고 살금살금 방을 나갔다. 어둠 속에서 기도하의 인영이 문밖으로 사라지는 걸 보면서도 권도형은 좀처럼 몸을 일으키지 못했다. 몰래 하는 일은 늘 무섭다. 그런 공포를 견디면서까지 하고 싶은 일은 아닌데.

"권도형!"

문 밖에서 기도하가 소리는 최대한 죽이고 바람은 최대로 넣어 이름을 부른다.

"아……."

기도하는 한다면 하는 애였다. 포기를 모르니 무슨 수를 써서라도 혼자서는 안 나갈 거다. 얼굴을 찌푸린 권도형이 하는 수 없이 몸을 일으켰다.

움직이며 슬쩍 할머니를 봤다. 입을 반쯤 벌리고 코를 골았다. 발소리를 죽이고 방을 나갔다. 마당에 서 있는 기도하가 방문을 열고 나오는 권도형을 보자마자 씩 웃는다.

도로에만 듬성듬성 가로등 빛이 있고 논밭은 암전이었다. 논 너머로 있는 산은 완전한 어둠, 그 자체였다. 검은색으로 뒤덮인 산이 왠지 다른 모습을 하고 있을 것 같아 권도형은 어깨를 움츠렸다.

앞서가던 기도하가 길을 꺾었다. 나무가 우거진 숲의 초입이었다. 빛이 멀어 그곳은 더 어두웠다.

"다른 길로 가면 안 돼?"

걸음을 멈추고 묻자 앞서가던 기도하가 돌아본다.

"안 돼. 여기로 가야 돼."

싫은데. 기도하가 다시 발을 뗀다. 몇 걸음 걷다가 망부석처럼 서 있는 권도형을 발견하고는 손을 흔들었다.

"겁쟁이냐? 귀신 없어. 빨리 와."

기도하는 늘 저렇게 자존심을 긁는 말을 뱉으며 상대를 자극했다. 두 손을 주먹 쥐었다. 기도하가 있는 어둠의 반경으로 권도형이 발을 내딛었다.

몸통이 굵지 않은 나무들은 키가 컸다. 제멋대로 자란 것 같은데 그 사이에 길이 있었다. 잎이 무성한 나무의 끝을 올려다보지도 못한 채 기도하의 뒷모습만 보며 걸었다. 주먹 쥔 손이 땀으로 찼다.

"그냥 돌아가자."

권도형의 말에 기도하가 뒤를 돌았다. 계속 걸어 나가는 중이었다.

"다 왔어."

"아, 진짜 싫은데……."

혼자 중얼거리며 한 발을 내딛을 때였다. 우지끈, 하고 발에 밟힌 나뭇가지가 부러졌다. 고요를 울리는 소리에 소스라치게 놀라며 펄쩍 뛰었다. 아악! 하고 소리를 내지르자 기도하가 뛰어온다.

"왜! 왜!"

"아, 아니, 나, 나뭇가지……."

고개를 숙인 기도하가 두 동강난 나뭇가지를 봤다. 몸까지 떨며 비명을 지른 게 창피해서 고개를 떨어트리는 순간 기도하가 손을 잡았다.

"무서우면 손을 잡아 달라고 하지!"

내내 참고 있던 마음이 나뭇가지처럼 부러졌다. 기도하의 몸을 밀어내며 손을 빼냈다.

"그러니까 오기 싫다는 사람을 왜 데리고 와! 너 혼자서는 아무것도 못해?"

"어? 아니 같이 보면 좋으니까."

"안 좋아! 하나도 안 좋아!"

나무가 무성한 숲에 목소리가 쩌렁쩌렁 울렸다. 기도하가 벙찐 얼굴을 했다. 계속 마주 보고 싶지 않아 홱 몸을 돌려 달렸다.

"야! 다 왔는데 가면 어떡해!"

뒤에서 기도하가 소리쳤으나 들은 척도 안 했다. 이러니 애들이 기도하 졸개라는 소리를 하지. 권도형은 빠르게 발을 굴리며 어둠을 뚫고 나아갔다. 빨리 집으로 돌아가고 싶은 마음뿐이었다. 기도하의 할머니 집이 아닌, 자신의 집으로.

겨우 할머니의 집에 도착한 권도형은 이불을 뒤집어쓰고 색색거리는 호흡을 골랐다. 꽤 시간이 지난 것 같은데 기도하는 돌아올 생각을 안 했다. 처음에는 달린 탓에 빠르게 뛰던 심장이 나중에는 불안해서 뛰었다. 머리끝까지 올린 이불을 내리지 않은 채 눈을 깜박였다. 기도하 왜 안 오지. 뭐라도 잡아먹을 것처럼 보이던 숲에 혼자 남겨 두고 온 게 뒤늦게 후회가 됐다.

손톱을 물어뜯고 있는데 방에 불이 켜진다. 권도형은 눈을 올려 빛이 투과되는 이불을 봤다.

"도하야!"

기도하를 찾는 할머니의 목소리였다. 심장이 더 격하게 뛰기 시작했다. 모든 일이 들통났고, 여전히 기도하는 안 돌아온 상태라는 걸 알게 됐다. 이불을 걷어 내리지 못하고 계속 그 안에 숨었다.

할머니가 방을 나서는 소리를 권도형은 이불 속에서 들었다. 대문이 열리는 소리도 들렸다. 집에 아무도 남아 있지 않다는 걸 아는데도 권도형은 움직이지 않았다. 움직일 수 없었다.

얼마 뒤, 기도하와 할머니가 돌아왔다. 내내 누워 자는 척을 했으니 어떤 모습으로 돌아왔는지는 알 수 없었다.

"여기 눕히면 될까요?"

모르는 남자의 목소리가 들렸다. 듣기 좋은 중저음이 어른의 것이었다. 권도형은 이불 속에서 숨을 죽였다.

"네. 여기. 아니, 대체 애가 왜 숲에서 그러고 있었는지."

"다친 데는 없는 것 같아서 다행이에요."

"청년이 발견해서 참말로, 우리 도하 죽다 살았소."

할머니가 남자에게 감사 인사를 전하고, 그 뒤로 남자는 별다른 말이 없었다. 발소리가 멀어지는 게 두 사람이 방을 나서는 듯했다. 권도형은 그게 남자와 할머니임을 직감적으로 알았다. 대문 밖으로 두 사람이 나가는 소리가 들렸다. 말소리가 멀어지고 방 안이 적막해진다.

곧 할머니가 돌아왔다. 할머니는 기도하를 혼내는 대신 계속 한숨을 뱉었고, 기도하는 말이 없었다.

"할머니, 도형이는……?"

한숨만 가득했던 정적을 깨고 말을 뱉은 건 기도하였다. 목소리에 힘이 하나도 없었다.

"자고 있지. 너도 얼른 자. 할머니가 자장가 불러 줄게."

"응."

자장가라고 하기에 자장, 자장, 우리 아가, 그런 가사를 생각했던 권도형은 눈을 끔벅였다. 할머니가 부르는 노래는 마음과 마음의 '그대 먼 곳에'였다. 권도형은 그 노래를 알지 못했다.

먼 곳에 있지 않아요. 내 곁에 가까이 있어요, 하는 가사를 그저 가만히 들었다. 아마도 할머니가 그냥 부르고 싶은 노래를 부르고 있다고 생각했다. 계속 반복되는 노래를 듣다가 까무룩 잠이 들었다.

다음 날 아침, 권도형은 아침 밥상에 앉아 기도하의 눈치를 봤다. 원치 않았으나 자꾸 보게 됐다. 아무렇지 않게 소시지 부침을 입에 욱여넣고 있는 기도하가 전날과 다르지 않아 보인다는 점이 사람을 더 불안하게 만들었다. '야! 너 어떻게 그럴 수 있어!' 하며 어제의 일에 대해 큰소리를 쳐야 마땅한데.

"야."

깨작깨작 밥을 먹고 있는데 불쑥 기도하가 입을 연다. 바로 고개가 올라갔다. 오늘 아침 양 갈래 머리를 묶는데 실패한 할머니가 하나로 올려 묶어 준 것이 마음에 들지 않았던 기도하는 밥을 먹기 전 머리를 풀었다. 윤기 있는 검은 머리카락이 가슴께까지 내려왔다.

"어?"

"너 설마 내가 소시지 많이 먹는다고 째려봐?"

"어? 아니?"

"그런데 왜 자꾸 봐?"

"안 봤어."

"진짜 안 봤어?"

말없이 고개를 끄덕였다. 뚱한 얼굴로 입술을 내민 기도하가 소시지 부침 하나를 집어 권도형의 밥그릇 위에 올려 준다. 이미 된장국에 밥을 말아 먹고 자리를 뜬 할머니가 부엌에서 덜그럭거리는 소리를 내며 일거리를 찾고 있었다.

밥그릇 위에 놓인 소시지를 보다가 눈을 올려 기도하를 봤다. 뭐지. 왜 주지. 눈을 끔벅이자 기도하가 입을 연다.

"많이 먹어."

기도하의 오른쪽 입가에 붙어 있는 밥풀을 보며 권도형은 고개를 끄덕였다. 이상하고도 뜬금없는 선의였다. 마음이 불편했다. 기도하가 소시지를 줘서가 아니었다. 어제 어두운 숲에 기도하를 홀로 내버려 두고 가로등 빛을 밟으며 달렸던 자신의 모습 때문이었다.

소시지만큼이나 작아지는 기분이 들었다.

⁂

"진짜, 재 왜 저러지?"

권도형이 내내 마음속으로만 품고 있었던 말을 입 밖으로 뱉게 된 건 시골집에 온 지 사흘이 지났을 때였다.

조금 이른 시간에 저녁을 먹는 통에 잠자리에 일찍 들었다. 직사각형처럼 기다란 안방에 할머니를 가운데 두고 안쪽에 기도하가, 문 가까이 권도형이 누워 잤다.

그런데 새벽, 느닷없이 누군가 발을 밟는 바람에 권도형의 눈이 번뜩 뜨였다. 악! 소리를 내며 눈을 올리자 머리를 풀어헤친 기도하가 방문을 열고 나가는 게 보였다.

휑하게 열린 문으로 마당을 가로질러 나가 대문을 여는 기도하가 보였다. 당황스러운 와중 그 모습이 소름 끼치게 무서웠다. 두 손으로 이불을 꽉 쥐고 바람에 좌우로 흔들리는 대문을 봤다. 녹이 슨 문이 움직일 때마다 끼익 소리가 났다. 흔들리는 문과 함께 눈꺼풀이 사정없이 흔들렸다.

고개를 돌리자 입을 벌리고 자고 있는 할머니가 보였다. 드르렁거리며 코를 골다가 이따금씩 컥, 하며 무호흡 상태가 되곤 했다. 그러다 다시 푸흐흐, 숨을 내뱉었다. 아무도 없는 마당에서 대문만 바람에 흔들리고 있었다.

"아……. 진짜."

너무 무서운데. 담 너머의 풍경이 보이지 않아 초조했다. 길을 나선 사람 때문인지 뭔지, 갑자기 먼 곳에서 개 짖는 소리가 들렸다. 그 소리가 우렁차게 새벽의 허공을 울렸다.

대체 이 새벽에 밖에는 왜 나간 거야?

권도형이 이불을 쥔 채 다리를 달달 떨었다.

아니, 그런데 왜 안 돌아오냐고.

손을 뻗어 할머니의 몸을 찔렀다. 그 순간 컥, 하고 무호흡 상태가 되어 찔러 대던 손을 멈췄다. 그러자 긴 숨이 할머니의 입에서 흘러나온다. 어쩌지. 기도하가 문을 열고 나간 순간부터 잠이 완전히 달아나 버렸다.

사람이 거주하는 집보다 논밭과 산의 비중이 더 컸다. 그 때문에 해가 저문 밤이면 마을은 조금 섬뜩한 고요로 물들었다. 어둠에 물든 논과 산을 보고 있노라면 알 수 없는 무언가에 잡아먹혀 버릴 것 같은 느낌이 들고는 했다. 그런데 지금 기도하가 혼자서 이 야심한 시각에 마당 밖을 나선 거다. 조금 모진 구석이 있는 아이이긴 해도, 어둠에 잡아먹혀 죽어야 될 정도로 나쁜 애는 아닌데.

침을 삼키자 꼴깍, 소리를 내며 목이 울린다. 끼익 소리를 내며 대문이 바깥으로 확 젖혀졌을 때였다. 벌떡 몸을 세워 일어난 권도형이 후다닥 마루로 나가 운동화를 구겨 신고 마당 밖으로 달려 나갔다.

대문 밖으로 나가 주위를 두리번거렸다. 저만치 멀어진 곳에서 작은 몸통 하나가 움직이고 있었다. 그곳을 향해 발을 굴렀다. 텅 빈 도로로 쏟아지는 가로등 빛을 권도형이 차례로 밟으며 나아갔다.

작은 몸이 정자가 있는 곳에서 방향을 틀었다. 새까만 어둠을 머리 위에 올린 기도하가 두 팔을 힘없이 늘어트리고 논두렁을 걷고 있다.

"기도하!"

목소리를 크게 내 부르는데도 돌아보지 않았다. 이씨, 진짜 좀 많이 무서운데. 주춤거리다가 논두렁에 발을 들였다. 기도하의 걸음 속도가 느린 탓에 금방 따라잡았다. 팔을 잡아당기자 앞서가던 몸이 힘없이 돌아선다.

"야, 너 어디 가는데?"

권도형이 물었다. 대답을 기다리던 얼굴이 흠칫 굳는다. 팔을 잡아 돌린 탓에 얼굴은 마주 보고 있는데, 기도하의 초점이 조금 엇나가 있었다.

붉게 발진이 올라온 팔을 똑같은 증세를 가진 팔이 붙잡았다. 새벽이 고요하다. 까마득한 어둠을 뒤집어쓰고 있는 논두렁이 둘만 남은 외딴 섬처럼, 텅 빈 행성처럼 느껴졌다.

"무섭게 왜 그래? 어디 보는 거야……."

차마 뒤는 돌아보지 못하고 기도하의 얼굴 앞에 손을 올리고 휘휘 흔들었다.

"여기 누가 있어……."

“아무도 없어. 누가 있다는 거야.”

“어떤 여자.”

“왜 자꾸 무서운 소리 해……. 그만 들어가자. 할머니가 아시면 혼날지도 몰라.”

힘을 주고 이끌자 기도하의 걸음이 그대로 딸려 왔다. 몇 걸음 내딛다가 문득 시선을 내린 곳에서 아무것도 신지 않은 기도하의 발을 발견했다. 얘, 진짜 뭐지? 고개를 들자 멍한 기도하의 얼굴이 보인다. 나사가 대여섯 개는 빠진 사람 같았다.

“아파.”

“뭐?”

“아프다고.”

팔목을 잡은 손 위로 기도하의 손이 올라왔다. 놔달라는 뜻인 것 같아 잡고 있던 기도하의 팔을 놨다.

“빨리 가자.”

어둠이 더 짙어지는 느낌에 빠른 걸음으로 논두렁을 벗어나려는데 기도하가 손을 내밀었다.

“혼자 가기 무서워…….”

의아하다는 듯 보는 권도형과 눈을 맞추지 않은 채 기도하가 내민 손을 흔들었다.

“손잡고 가자.”

권도형은 망설였다. 빤히 기도하를 쳐다보는데 눈이 마주치고 있다는 느낌이 안 들었다. 그녀의 뒤로 어둠이 낮게 포복하며 기어 오는 것만 같다. 꿀꺽, 마른침을 넘긴 권도형은 손을 뻗어 기도하의 손을 잡았다. 작고 도톰한 손이 생각 외로 따뜻했다.

가로등 빛을 다시 거슬러 밟아 나아갔다. 열려 있는 내문 안으로 들어가 문을 걸어 잠그고 돌아보자 저벅저벅 마당을 걸어가는 기도하의 뒷모습이 보인다. 마루를 밟고 올라가더니 흐느적거리며 방으로 들어갔다.

기도하가 문 앞에 누웠다. 권도형이 누워 자던 자리였다.

"야……."

무릎을 쪼그리고 앉아 기도하의 어깨를 흔들었다. 항상 자던 자리가 있는데 아침에 일어났을 때 자리가 바뀌어 있는 게 할머니가 보기에 조금 꺼림칙할 것 같았기 때문이다.

"네 자리로 돌아가서 자."

목소리를 낮춰 속삭였다. 비밀스럽게 뱉은 말소리에 공기가 잔뜩 섞였다. 눈을 감은 기도하의 얼굴이 배터리가 방전된 기계 같았다.

야, 기도하, 야, 하며 연신 공기 섞인 말소리를 속삭이자 얼굴에 바람이 닿는지 미간을 찌푸린다. 이제 일어나는 건가? 하고 보자 구김살이 있던 미간이 반듯하게 펴졌다. 눈꺼풀이 올라갈 기미가 안 보였다.

하는 수 없이 방 안쪽으로 걸음을 옮겼다. 기도하가 누워 자던 자리에 이불이 흐트러져 있다. 비뚤어져 있는 베개를 제대로 놓고 반듯하게 누웠다.

아무리 생각해도 맨발로 집을 나선 기도하가 논두렁을 걷고 있는 모습이, 심지어 붙잡아서 같이 집에 걸어오는데도 어딘가 흐릿한 눈과 멍해 보이는 얼굴이 이상했다.

"수면 보행증 있다더니. 그건가?"

이불을 목 끝까지 끌어 올려 덮고 천장을 바라보다가 도르륵 눈동자를 돌려 옆을 봤다. 할머니가 있어 기도하의 모습은 보이지 않았다.

그날 아침 세 명밖에 없는 집이 뒤집어졌다. 흙 범벅이 된 기도하의 발바닥을 발견한 할머니가 빽 소리를 질렀다. 대체 이게 무슨 일이냐고 묻는데 기도하는 모르는 얼굴로 어깨를 으쓱였다.

"안 씻고 잤나?"

할머니는 태연하게 말하는 기도하를 화장실로 데려가 발을 씻겼다. 씻기고 보니 군데군데 생채기가 나 있었다. 제대로 된 구급약이 없던 할머니는 먹다 만 소주를 챙기고 장독에서 된장을 한 스푼 떴다.

플라스틱 의자에 앉아 있던 기도하가 엉뚱한 걸 들고 오는 할머니를 멀뚱히 봤다. 그때까지만 해도 그것의 용도를 몰랐다. 할머니가 기도하의 발에 소주를 들이붓기 전까지는.

"할머니 뭔데!"

잽싸게 당겨서 발을 빼려는 걸 할머니가 냉큼 잡았고, 기도하의 다리를 옆구리에 끼운 채 된장을 손가락에 묻혔다. 자신의 발바닥으로 다가오는 된장에 기도하가 빽 소리를 질렀다. 하지 말라고 악을 지르다가 종내 울음을 터트렸다. 몸부림을 치다가 의자에서 떨어져 기어이 화장실 바닥에 드러누웠다.

기도하가 목을 놓아 우는 모습을 권도형은 화장실 밖에 서서 봤다. 할머니가 비닐봉지를 가지고 오라고 해서 찾아온 길이었다. 눈물로 범벅이 된 기도하의 얼굴이 새빨갰다.

"약이다, 약. 소독하려고 그러는 건데 왜 울고 그러는 거여?"

서러운 울음이 화장실 안을 쩌렁쩌렁 울렸다. 매번 남을 울리던 기도하였는데, 그렇게 우는 모습은 처음이었다. 된장. 기도하는 된장을 싫어하는구나. 권도형은 비닐봉지를 만지작거리며 그런 생각을 했다.

여름의 끝자락이었다. 기준성이 오는 길에 사 온 파란색 티셔츠를 입고 권도형과 기도하는 마당에 나란히 서서 할머니에게 인사했다.

"준성아, 이거 완전 마음과 마음 아니냐."

할머니의 말에 기준성이 소리 내 웃었다. 정작 파란색 티셔츠를 입고 있는 둘은 웃음의 이유를 파악하지 못했다. 권도형은 꾸벅 허리를 숙여 인사하고 기도하는 손을 흔들었다.

"할머니 또 올게!"

집으로 돌아가는 차 안에서 권도형과 기도하는 문 옆에 붙어 앉아 창밖만 바라봤다. 창문으로 뜨거운 햇볕이 쏟아져 들어왔다. 햇볕이 걸린 손을 권도형이 물끄러미 내려다봤다. 손가락 마디를 하나씩 구부리다가 반듯하게 폈다. 만질 수 없는 햇볕을 오목한 손바닥 안에 모았다. 열기가 느껴지는 것도 같다.

온몸을 간질이던 병의 끝에서 권도형은 손가락 마디가 조금 길어진 것 같다고 생각했다. 어쩌면, 그런 기분이 들었는지 모른다.

1.

기록, 스물셋의 도하

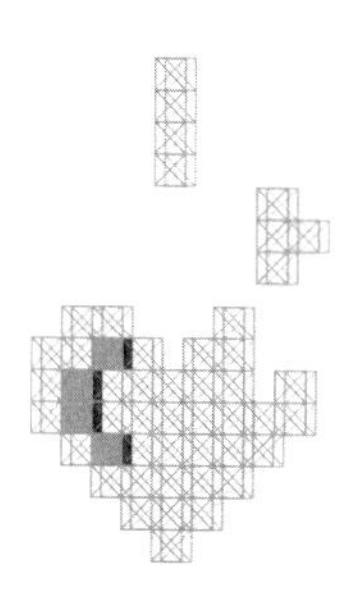

겨울 냄새.

기도하는 크게 숨을 들이쉬었다가 입으로 뱉었다. 겨울 냄새를 머금고 들어온 숨이 술 냄새를 안고 빠져나갔다. 입김이 허공으로 부옇게 흩어졌다. 공기가 물을 머금은 것처럼 무겁게 내려앉아 있었다.

두 팔을 휘적거리며 찬 공기를 가르던 도하는 어깨를 떨며 겨드랑이 사이에 두 손을 숨겼다. 낮은 곳을 향해 불어오는 바람에 무게감이 느껴졌다.

"겁나 춥네. 끝까지 챙겨 주지도 않을 거면서 안 오면 죽일 거라는 말은 왜 해."

오늘은 중어중문학과의 개강 총회였다. 도하는 3학년인데도 불구하고 개강 총회 뒤풀이 자리를 찾았다.

"야, 진짜 와라. 와야 된다. 너 교환 학생 갔다 와서 후배들 얼굴도 잘 모르잖아."

"안 온다는 사람 존나 많아! 아니, 적어도 선배 수가 어느 정도는 되어야 할 거 아니야. 안 그래?"

"아아! 제발 도하야! 살려 주라!"

참석하라고 엄포를 놓다가 뜻대로 되지 않자 징징거리던 과대를 친구로 둔 것을 탓해야 했다. 오라고 조를 때는 언제고 막상 뒤풀이 현장에 도하가 나타나자 초반에만 잔을 부딪치며 웃고 떠들었을 뿐, 나중에는 취한 후배들을 챙긴다고 이 테이블 저 테이블을 쏘다니느라 정신이 없어 보였다.

"야, 나 간다."

가방을 챙겨 들고 뚱한 얼굴로 말했을 때, 친구가 아니라 과대의 얼굴을 한 그는 기숙사 입실 시간을 놓친 사생들의 숫자를 파악하느라 도하에게 주의를 기울이지도 않았다. 개새끼……. 누가 보면 과대가 아니라 학생회장이라도 되는 줄 알겠네.

눈을 뾰족하게 떠서 과대의 얼굴을 흘긴 뒤에 자리를 빠져 나왔다. 몇몇이 자리에서 일어나 몸을 반으로 접으며 선배님, 안녕히 가시라며 인사를 했다. 선배님이라고 부르는데 다들 초면이었다. 도하는 어색하게 웃으며 가벼운 묵례로 답인사를 했다.

보폭을 크게 하며 겨드랑이에 끼운 손을 슬쩍 빼 손목에 찬 시계를 봤다. 대충 확인한 시침이 11을 넘어가 있었다.

조금만 있다 가려고 했는데 오랜만에 얼굴을 비춘 탓에 의도치 않게 여러 사람에게 붙잡혀 술을 받아 마셔야 했다. 교환학생으로 가 있는 1년이 꽤 긴 시간이었던 듯 사람들은 도하를 생각 외로 더 반가워했고, 안 본 사이에 많이 변했다며 다들 한마디씩 던졌다.

"도하야, 너 살이 왜 이렇게 많이 빠졌어?"

"음식이 너무 기름져서 나중에는 물리더라. 그래서 살이 조금 빠졌어."

"그것도 그건데, 머리를 길어서 그런가? 분위기가 완전 달라졌어."

"자르기 귀찮더라고."

이발을 하지 않은 것은 9할이 낯선 언어에 대한 공포였다. 실은 회화가 안 되어서 이발을 하러 가지 못한 거였다. 자칫 잘못하다가 뜻이 잘못 전달되어 삭발을 해 버린다거나, 금액을 잘못 알아들어서 말도 안 되는 금액을 지불하게 될까 봐 헤어숍의 문턱도 못 밟았다.

그러다 어느 정도 입이 트였을 때, 머리카락은 자르기에는 조금 아까운 길이로 자라 있었다. 그래서 무작정 자라는 머리를 방관했다. 매번 머리카락이 어깨를 넘어간다 싶으면 가위를 갖다 댄 탓에 몰랐는데, 모발의 성장 속도가 상당히 빨랐다. 출국할 때 쇄골에 닿았던 머리카락이 귀국할 때에는 가슴을 덮었다.

도하가 교환 학생으로 중국에 간 건 작년 2월이었다. 중어중문과인 주제에 중국어를 잘 못해서 학부생들이 교환 학생으로 가는 것을 부러워만 하던 어느 날, 기도하는 설문 조사지를 받으러 간 조교실에서 솔깃할 만한 이야기를 듣게 됐다.

"아, 그 학교 이번에 새로 생겨서 중국어 시험 성적이 필요가 없다던데?"

설문 조사지를 뭉텅이로 들고 나온 기도하는 과 방에 들어가자마자 짐을 내려놓고 학과 홈페이지에 접속했다. 곧 마감 시간이었다.

결국 그룹 스터디에서 만나 친해진 중국인 유학생을 호출했다. 우선 커피 한 잔을 대접하고 조심스레 자기소개서 이야기를 꺼냈다. 학식 쿠폰을 여러 장 건네자 눈치 빠른 그녀가 웃으며 흔쾌히 허구가 버무려진 자기소개서 작성을 도와주었다.

그 뒤로는 일사천리였다. 면접을 보고 합격 통보를 받고 군대에 간 권도형이 휴가를 나오기 전에 20인치 배낭과 38인치 캐리어에 짐을 꽉꽉 눌러 담아 중국으로 떠났다.

한동안 캐리어를 구석에 박아 두고 대충 필요한 옷 몇 벌만 꺼내 입었다. 그러다 주말을 맞아 캐리어를 활짝 열고 본격적으로 짐을 정리하고 있을 때 도형에게 메시지가 왔다.

[야, 너 뭔데 말도 없이 가? 어떻게 이럴 수 있지? 이번 휴가 때는 얼굴 보자더니 이렇게 입 싹 닦고 튀기 있음?] 오후 2:58

갈 수 없을 것 같아서 다른 사람들에게 말만 안 했을 뿐이지, 도하에게 있어서 이 일이 갑자기 하고 싶어진 일은 아니었다. 기회가 너무 갑작스럽게 왔을 뿐이다.

도형은 말도 없이 가 버린 것과 그런 생각을 하고 있었다는 것조차 말하지 않았음에 서운해했다. 하지만 도하의 입장에선 그저 빨간색 궁서체로 '살려 줘', '발가락 동상 걸린 거 같아', '국가가 어떻게 내게 이럴 수 있지?', '너 국군 장병인 나한테 왜 편지 안 쓰냐?', '초코파이 소중해' 이런 말을 써서 보내는 놈에게 할 만한 이야기는 아니라고 판단했을 뿐이었다.

고등학교를 졸업하고 1년은 기도하의 재수 생활 때문에, 그 뒤 1년은 이 녀석의 군 복무 때문에, 그리고 그 뒤의 1년은 기도하가 교환 학생으로 중국을 가 버리는 바람에 총 3년이 두 사람 사이에 공백으로 남았다. 붙어 지냈던 날들에 비하면 약소한 기간이었다.

징—

학교를 가로질러 가는 게 지름길이라 어둑한 캠퍼스를 거닐며 정문을 향해 가던 도하는 진동을 느끼고 주머니에서 핸드폰을 꺼냈다.

[너 지금 어디야?] 오후 11:39

귀신도 제 말하면 온다더니. 도하는 어깨를 움츠리며 두 손으로 핸드폰을 잡고 키패드를 두드렸다.

오후 11:39 [정문]

술을 마셔서인지, 날이 추워서인지 이상하게 손이 덜덜 떨렸다. 아직 정문을 지나지 않았지만 저 앞에 정문이 보였다. 짤막하게 답을 적어 보낸 뒤 핸드폰을 주머니에 쑤셔 넣고 다시 팔짱을 꼈다. 오랜만에 사람들을 만날 생각에 괜히 개멋을 부린다고 얇게 입었더니 바람을 맞는 게 아니라 칼을 맞는 느낌이었다.

몇 개의 대학 건물을 지나 정문에 다다랐을 때였다. 움츠리고 있던 어깨 위로 웬 외투가 툭 걸쳐졌다. 회색 후드 집업이었다. 자연스레 후드가 머리를 덮었다. 갑자기 등을 덮치는 온기에 화들짝 놀라 고개를 돌리자 달려오기라도 한 건지 도형이 숨을 가쁘게 쉬고 있었다.

“어? 어떻게 여기 있어?”

“후문에서 애들이랑 당구 쳤어.”

흐트러진 머리를 쓸어 넘긴 도형이 ‘맞다’ 하며 후드 주머니에서 무언가를 꺼낸다. 손에 딸려 나온 게 무엇인가 보니 뚱뚱한 바나나 우유다. 제게 건네기에 자연스레 받았다.

한 손에 착 감기는 우유를 보다가 눈을 올리자 이제야 도형과 눈이 마주친다. 한 차례 바람이 세기를 달리하며 불어 들었다. 날 선 바람이 옷깃에 스미며 머리칼을 흐트러트린다. 바람에 흔들림이 없는 가로등 불빛 아래에서 두 사람은 오랜만에 서로를 마주 보았다.

말갛고 반들거리는 피부, 적당히 두툼하고 생기 있는 입술, 곧은 콧대, 크고 동그란 눈매, 유난히 검고 반짝이는 눈동자, 귀에서 턱으로 이어지는 굵직한 얼굴 선, 눈높이가 맞지 않는 키.

쌍, 더 잘생겨졌네…….

그렇게 도하가 도형의 얼굴에 새삼 감탄하고 있을 때, 무표정한 얼굴로 도하를 내려다보던 도형이 엄지에 중지를 붙이고 그대로 도하의 이마에 손가락을 날렸다. 손가락이 이마를 타격하며 딱! 소리를 냈다.

"아!"

눈이 휘둥그레 커졌다. 미친, 쌍욕이 튀어나오려는 걸 간신히 참았다. 한 손으로 이마를 짚고 눈을 부라리며 올리자 도형이 두 손을 주머니에 찔러 넣고 입을 열었다.

"개강을 했으면 나한테 먼저 와서 생존 신고를 해야지. 어디 3학년이 분위기 흐려지게 개강 총회에 술을 마시러 가?"

"야."

"잘못했어, 안 했어?"

"죽을래?"

"안 마신다고?"

도형이 손을 뻗어 바나나 우유를 채 가려고 하자 냅다 손을 뒤로 뻗어 못 가져가게 막았다. 손을 뻗으며 살짝 상체가 앞으로 당겨진 도형이 손을 거두어 가다가 도하의 이마를 툭툭, 가볍게 두드렸다.

"오랜만에 보네. 기도하."

"오랜만은. 종종 문자했으면서."

3년 만에 만나는 것 치고는 담백한 인사였다. 도하는 왠지 붉어졌을 것 같은 이마를 문지르며 걸음을 뗐다. 그 옆을 도형이 자연스레 따라왔다.

도하는 도형의 후드 주머니를 뒤졌다. 예상했던 대로 빨대 하나가 잡혔다. 빨대로 뚜껑을 콕 찍어 뚫고 입에 물었다. 혀에 바나나 맛이 물씬 배었다.

"기숙사 신청 안 했다며."

"응. 중국에서 룸메 언니에게 뒤통수를 제대로 맞아서, 이번에는 혼자 살고 싶더라. 엄마가 그 오피스텔에 너도 산다던데? 몇 호냐?"

"703호. 너는?"

"801호."

말을 끝내고 다시 빨대를 입에 물었다. 대화가 끊어졌다 이어지기를 반복했다.

도형과는 전화보다는 문자를 자주 했다. 그것은 도형이 선호하는 연락의 형태였다. 도형은 누구든지 간에 통화하는 것을 불편해했다. 서로의 음성을 나누며 숨 하나까지 귀에 흘러드는 게 싫다는 이유에서였다.

음성의 구분이 없는 메시지를 선호하는 이유는 간단했다. 언제든 불편하면 씹을 수 있고 대답하기 싫으면 안 해도 되며 예고 없이 마무리 지어 버릴 수 있어서.

그런데 그런 사람 치고는 도형의 메시지는 너무나 시끄러웠다. 말이 많았고 그 많은 말들은 대개 실속이 없었다. 학식이 진짜 맛이 없다거나, 학생 식당 이대로 괜찮은 건지 모르겠다는 둥 궁금하지도 않은 이야기들을 메시지 창에 띄웠다.

그 때문일까. 오랜만에 만났는데도 딱히 안부가 궁금하지 않았다. 그간 그저 궁금했던 게 있다면 도형의 외적인 부분이었다. 고등학교를 졸업하고 제대로 도형을 본 일이 없었다. 그런데 상상했던 것 이상으로, 더 잘 다듬어져 있어서 당황했다. 지금까지 연애를 하지 못하는 이유가 도형보다 잘생긴 사람을 발견하지 못했기 때문인데.

개강하고 마주한 얼굴이 저거라니. 이번 학기도 외롭게 보내겠네.

도하는 왠지 모를 씁쓸함을 느끼며 오피스텔 안으로 들어갔다. 엘리베이터 버튼을 누르고 벽에 머리를 기댄 채 계기판 위의 붉은 숫자를 봤다. 멍하니 하강하는 숫자를 보는데 옆에서 빤히 시선이 느껴졌다. 고개를 돌리자 도형의 시선이 한 팔에 안고 있는 전공 서적을 향해 있는 게 보였다. 뭐지? 생각하는 순간 엘리베이터 문이 열렸다.

먼저 안으로 발을 들인 도하가 7층과 8층을 눌렀다. 술 때문에 붉어진 얼굴을 거울을 통해 들여다보고 있을 때였다.

"너 설마 아직도 나 좋아하냐?"

도형이 물었다. 다른 뜻은 없다는 듯 덤덤하고 무미건조한 목소리였다. 그 어떤 감정도 실려 있지 않음이 느껴졌다. 그런데도 불구하고 못 들을 말을 들은 것처럼 황당한 마음이 들었다. 눈동자를 돌려 거울에 비친 권도형을 봤다.

"뭐야, 안 본 사이에 돌아 버린 거야? 내가 언제 너를 좋아했어."

"그럼 그건 뭔데."

"뭐가."

도형이 무언가를 눈짓했다. 아까 빤히 보던 전공 서적이다. 아니, 이게 뭐라고 그런 말을……. 책을 돌려 보다가 겉표지에 대문짝만 하게 적어 놓은 이름을 발견했다. 성과 이름의 자음만 따다가 적고 뒤에 겁나 큰 하트를 그렸다.

"너는 꼭 그렇게 아니라고 하면서 다 티를 내더라."

하, 하하, 너무 황당해서 웃음이 나왔다. 예전에는 바락바락 악을 써 가며 나 너 안 좋아한다고! 진짜 아니야! 아니라고! 부정했는데 그땐 사실 도형이가 너무 좋았다. 좋은 나머지 그 마음을 들키고 싶지 않아서 격하게 반응하며 오해라는 것을 어필했다. 그 마음을 들키는 순간, 친구라는 안전망을 구축해 놓은 관계에 큰 불행이라도 닥치는 줄 알았다.

존나 버티는 자가 이기는 거라던데. 이런 관계가 지속되자 도하는 이기고 싶은 열망은 장렬히 시들어 버리고 현상을 인정하고 수긍하는 지경에 이르게 됐다.

도형이와 나는 안 될 사이. 그나마 친구니까 도형이가 내 옆에 있는 거다. 이것도 부모님 친구 자식이라는 버프 때문에 가능한 거다. 하필 아빠 친구 아들이 필요 이상으로 이목구비가 뚜렷하고 잘 빚어진 외형을 가진 것을 애석하게 여기며 새로운 사랑을 찾자.

열망도 희망도 없는 마당에 지난 감정을 이제 와서 인정할 필요가 없었다.

"미친놈아. 내 이름이야. 또라이네, 권도형."

7층에서 엘리베이터 문이 열렸다. 도하는 안 내리고 서 있는 도형의 종아리를 발로 툭툭 쳐서 밀어냈다. 얼떨결에 엘리베이터 밖으로 걸어 나간 도형이 몸을 돌려 벽에 몸을 기대고 서 있는 도하를 봤다. 그러더니 한 손을 제 가슴 위에 올리고 툭툭 두드린다. 가슴 위에 손을 얹고 생각해 봐라, 뭐 그런 뜻인가. 허, 하고 웃음을 흘린 도하가 닫힘 버튼을 누르기 위해 손을 길게 뻗으며 말했다.

"나 너 좋아한 적 없다고."

그러곤 손가락이 버튼에 닿았다. 그대로 문이 닫히며 권도형의 모습이 잘려 나갔다. 바로 한 층 위로 올라가는 엘리베이터 안에서 도하는 도형이 그랬던 것처럼 한 손을 가슴 위에 얹었다. 평소보다 가슴이 조금, 아주 조금 더 크게 뛰었다.

"소맥 마셔서 그래."

도하는 손바닥으로 느껴지는 심장 박동을 그렇게 분석했다.

도하와 도형이 고등학교 3학년일 때였다. 수능 시험 당일 날, 도하는 세상의 종말을 간접적으로 경험했다. 도형과 같은 대학에 가겠다는 바람을 꿈꾸지도 못할 만큼 점수가 처참했기 때문이다.

어린이집, 초등학교, 중학교. 이 모든 교육 과정을 도하는 도형과 같이 이루었다. 반은 달랐어도 학교라는 큰 집합은 같았다. 당연히 고등학교도 그럴 줄 알았다. 그런데 난데없이 도형이 남고로 가 버리는 바람에 3년을 떨어져 다니게 됐다.

키가 작았던 도형은 열일곱부터 도하의 눈높이를 서서히 벗어나더니 열여덟에 기하급수적으로 다리가 길어졌고 열아홉에는 머리 하나가 차이가 날 만큼 커져 있었다. 마냥 작고 귀여웠던 도형의 성장을 띄엄띄엄 깨닫게 되는 것에 도하는 침통함을 느꼈다. 그런 연유로 학과는 다르더라도 무조건 같은 대학에 들어가리라 다짐했다. 그런데 점수가…….

“아니라고 말해.”

그 말은 도하가 아닌 도형의 입에서 나왔다. 수능 시험지를 들고 도형과 가채점을 한 후였다. 도형은 믿을 수 없다는 얼굴로 도하의 시험지를 넘겨보고 있었다.

“이 점수로 어떻게 나랑 같은 데 원서를 낸다고 그래? 원서비 아껴라.”

“너 여기 국립대 갈 생각 없어?”

“너 거기도 못 갈 거 같은데.”

“아, 진짜…….”

눈을 가늘게 뜨고 못마땅한 얼굴로 노려보자 도형이 시험지를 테이블 위에 내려놓고 토마토 주스가 든 유리컵을 들었다.

"말이라고 해. 서울로 가야지."

그놈의 인 서울……. 젠장. 도하는 고속도로 톨게이트도 뚫을 수 없을 것 같은 제 점수를 내려다보다가 시험지를 반으로 접어 가방에 쑤셔 넣었다. 급속도로 기분이 안 좋아졌다.

어두침침한 먹구름을 머리 위에 달고서 수능 시험이 끝난 기념으로 갈비를 먹었다. 집으로 들어가 인터넷 창을 열고 재수 학원을 알아봤다.

"재수하는데 돈이 얼마나 드는 줄은 알지? 불효다, 그거."

권도형의 말은 설득력이 없었다. 도하는 재수를 하게 될 1년의 계획표를 작성해 부모에게 내밀었고 스마트폰 반납과 함께 2G 핸드폰을 구매하며 단순하고 가볍게 내린 결정이 아님을 어필했다.

딸이 서울로 대학을 가고 싶다니 못 들어줄 이유야 없었으나 재수가 삼수가 되고 삼수가 사수가 되는 미래를 열어 주고 싶지는 않았다. 그래서 재수 학원을 등록하는 동시에 기도하는 각서를 썼다.

각 서

성명 : 기도하

기도하는 부모님에게 20XX년 1년 간의 재수 학원 비용을 지원
받고 다음 해에 목표 점수 상관없이 무조건 대학에 진학하며,
삼수나 사수를 입에 올릴 시에 지원 받은 비용 전액을 반환하고
석고대죄할 것을 맹세합니다.

20XX년 X월 X일

망하면 안 된다는 생각으로, 태어나 처음으로 울면서 공부를 했다. 불안과 초조가 뒤섞인 불완전한 나날이었다.

그리고 핸드폰만 2G로 바꿨을 뿐인데 도형과는 놀랍도록 연락할 일이 없었다. 새내기가 된 도형은 고삐가 풀린 사람처럼 노느라 바빴고, 카카오톡 친구 목록에 도하가 없으니 굳이 메시지를 열어 연락을 하는 수고를 하지 않았다. 너무한 새끼.

2G도 엄연히 핸드폰인데도 불구하고 메시지고 전화고 아무것도 들어오지 않아 무용지물에 가까웠고 학원을 오고 갈 때 시계 용도로만 쓰였다.

세 달이 지났을 때, 도하는 참지 못하고 도형에게 전화를 걸었다.

"진짜 너무하네. 연락 한 통이 없냐?"

도형은 왁자지껄한 소음 속에서 '야, 네가 전화할 시간이 어디 있어. 공식 하나라도 더 외워, 인마'라는 말을 내뱉었다. 저 나름대로 네 공부 방해하지 않으려고 그러는 거라는 투였지만 누가 봐도 무신경함이 묻어 있었다. 옆에서 도형을 부르

는 여자 목소리가 들렸다. 애교 섞인 말투로 야아, 이거 보라고, 하며 아양을 떨었다.

신경이 곤두섰다. '옆에 누구야?' 하는 물음에 돌아온 건 여자 친구라는 대답이었다. 도하는 다시없을 줄 알았던 세상의 종말을 또 한 번 간접 경험했다. 세상이 새까맣게 암전되는 느낌이었다.

며칠을 방에 시체처럼 드러누워 죽지 않을 만큼만 먹고 울었다. 기준성은 위로하는 대신 각서를 방문에 붙여 두고 도하의 결정을 기다렸다. 학원을 계속 나가든가 그만두든가 둘 중 하나를 하라는 거였다.

도형을 언제부터 좋아했냐고 누군가 묻는다면 정확하게 대답할 수 없었다. 어느 순간, 정신을 차리고 보니 신경이 온통 도형에게 쏠려 있는 것을 깨달았을 뿐이다.

친구에게는 고백하는 거 아니다. 그런 건 남이 될 각오를 하고 하는 거다. 그런데 도하에게는 그런 각오가 좀처럼 생기지 않았고, 친구 사이로 도형과 영원해도 좋을 것 같다고 스스로를 위안했다.

그런데 중학교 때까지는 도형이 항상 제 시야에 들어오는 반경에 있어 버틸 만했는데 다른 학교로 찢어지고 나니 누구를 만나는지, 뭘 하는지 알 수가 없어 초조했다. 나태하게 손 놓고 있다가 다른 누군가에게 도형을 빼앗길 것 같았다.

그래서 도하는 열여덟, 도형의 키가 갑작스레 커서 마음이 뒤숭숭하고 혼란스럽고 심장 박동이 급격하게 빨라지던 시기, 고백을 했다. 왠지 모르게 좋아한다는 그 말에 [붙임1], [붙임2], [붙임3]으로 증빙이 어마어마하게 달려 있어야 할 것 같아 구구절절 역사를 되짚으며 이 마음이 어떻게 발현하였고 어떤 과정을 거쳐 성장했으며 현재에 이르러 얼마나 번성했는지를 떠들었다.

떨리는 마음에 권도형의 뒤에 서서 입을 연 게 실수였다. 내내 등을 보이고 있던 도형이 느리게 몸을 돌렸고, 뒤집어쓰고 있던 후드를 내렸다.

나는 각오를 했다! 덤벼라, 권도형! 그렇게 속으로 외치며 침을 꼴깍 삼키는데, 도하의 표정이 단번에 굳었다. 헐, 씨발. 눈이 마주치자마자 도하가 뱉은 말은 그거였다. 권도형의 귀에 이어폰이 꽂혀 있었다. 설마 아무런 말도 못 들었을까. 불안한 눈으로 야, 하고 부르자 도형이 한쪽 이어폰을 빼며 입을 열었다.

"언제 왔어?"

그렇게 기도하의 오래 묵은 고백은 독백으로 흩어져 버렸다. 그리고 그다음의 기회를 찾지도, 잡지도 않았다. 그저 원래의 상태를 유지했다. 우선 대학 가고 생각하자. 그렇게 다음을 기약했는데, 떡상도 떡락도 없던 기약이 휴지 조각이 되어 버린 거다.

반으로 접힌 핸드폰을 한 손에 꼭 쥐고 침대에 드러누운 도하는 쥐어짜도 눈물이 안 나올 즈음이 되어서야 자신의 위치와 상태를 인정했다.

존나 버티는 자가 승리한다더니, 승리는 개뿔 권도형의 뒤에서 영원히 오지 않을 번호표를 들고 버티다가 모태 솔로로 인생을 마감하게 생겼다. 됐다. 나도 나 좋다는 사람 만날 거야.

며칠 만에 거칠어진 얼굴로 방에서 나온 도하는 학원으로 가기 전 대리점에 들러 시계 용도로 쓰이던 핸드폰마저 없앴다. 하루만 더 안 나왔으면 학원도 잘릴 뻔했다. 핸드폰도 없겠다, 세상과 완전히 단절된 채 공부에만 매진했다. 답지 않은 모습에 부모는 내심 큰 기대를 했다.

"우리 도하가 진화를 한 것 같아……."

태어나서 한 번도 흘려 본 적 없는 코피를 몇 번 쏟아 가며 열중한 결과 점수가 올랐다. 딱히 진학하고 싶은 학과가 없었던 도하는 부모님이 원하는 학과와 도형이 다니는 학교에 점수 맞춰 들어갈 수 있는 학과를 두고 고민했다.

몇 날 며칠을 저울질을 해 가며 고민한 결과 전자로 마음을 굳혔으나 등록 기간 마지막 날 돌연 도형이 다니는 대학에 입학금과 등록금을 납부했다.

그 뒤로 엇갈림의 연속이었다. 도하가 신입생이 되었을 때 도형은 입영 통지서를 받고 훈련소에 입소했다. 1년 8개월간 군 복무를 했으며 도형이 군 복무를 하고 있을 때 도하는 교환

학생으로 중국에 갔다. 그리고 학기가 끝나 도하가 한국에 돌아왔을 때 도형은 바짝 돈을 벌기 위해 웬 섬으로 들어가 축제 대외사업 팀에서 일했다.

그 3년간 아주 만날 일이 없었다면 거짓말이지만, 도하는 그냥 도형을 만나고 싶지 않았다. 도형이 다니는 학교에 와 놓고 할 생각은 아니었으나 도형이 시간이 있냐고 연락을 해 올 때마다 팀플 과제가 있거나, 그룹 스터디가 있거나 약속이 있었다. 도형을 만나려면 어떻게든 구실을 만들어 빠졌겠지만 연락 한 통 없던 게 괘씸해서 그러고 싶지 않았다.

그리고 오늘, 엇갈림의 종지부를 학교 정문 앞에서 찍었다. 마침표를 찍었으니, 문단을 나누어 다음 내용을 전개하는 것은 예정된 수순이었다.

씻고 침대에 누워 핸드폰을 확인하자 액정에 5분 전에 들어온 메시지가 떴다.

[야 803호 누가 사냐 발망치 죽인다고 전해라] 오전 12:27

어쩌라고.

버튼을 눌러 화면을 끄고 이불을 끌어 올렸다. 어둠에 물든 천장을 보다가 눈을 감자 시야가 차단된다. 그럼에도 불구하고 눈앞으로 계속 알 수 없는 장면들이 스치는 것만 같았다. 도하는 정자세로 누워 있다가 몸을 옆으로 돌려 잠을 청했다.

✧ ✦ ✧

개강 전 친구들과 함께 들을 강의를 얼추 맞추었던 기도하는 수강 신청에 완전 패배했다. 그 결과 극악의 시간표를 완성하게 됐는데 극단적 예가 바로 월요일이었다.

1교시 시사중국어
2교시 시사중국어
8교시 중국고전문학이론
9교시 중국고전문학이론

3교시에서 7교시까지 통으로 비었다. 중간에 비는 시간이 다섯 시간이나 됐지만 집에 들어가는 순간 다시 나올 수 없음을 알았다. 그래서 억지로 학교에 붙어 있었다. 학식을 먹고 도서관에 갔다가 시간이 되면 강의실로 향했다.

시간표에 끌어넣으려다가 느리게 마우스를 까닥거리는 바람에 놓쳐 버린 월요일 강의는 학부생들의 열렬한 사랑을 받는 수업이었다. 당연히 도하는 실패했는데, 친구들은 성공했다. 하필 월요일 3, 4교시로 도하의 오전 수업이 끝난 시간과 맞물려 있었다. 기다렸다가 점심을 먹기에는 시간 분배가 효율적이지 못했다.

소란스러운 식당에 앉아 홀로 학식을 먹고 있을 때였다. 누군가 다 먹은 돌솥을 앞에 내려놓으며 섰다. 도하의 시선이 자연스레 위로 올라갔다. 퇴식구로 가는 길에 도하를 발견하고 멈춘 건지 한쪽 어깨에 가방 끈을 걸친 도형이 서 있다. 말없이 단무지를 씹고 있자 도형이 맞은편 의자를 빼서 앉았다. 싹싹 긁어 먹어서 텅 빈 돌솥을 들고 나가다가 왜 앉아?

"권도형, 안 가?"

앞서가던 친구가 돌아서서 묻자 도형이 손을 올리고 대충 흔들었다.

"먼저 가."

오물거리며 씹던 단무지를 삼키고 입을 열었다.

"왜? 할 말 있어?"

"너 시간표 좀 줘 봐."

도형이 입고 있는 검은색 패딩 주머니에 손을 쑤셔 넣더니 핸드폰을 꺼내 들었다. 그러곤 다른 한 손을 도하 앞으로 내밀었다. 손바닥 위에 네 물건을 내려놓으라는 듯.

고개를 숙이고 우동 국물을 후루룩 떠 마시고 있던 도하는 왼손을 주머니에 집어넣었다. 핸드폰을 꺼내는데 모서리가 걸려 조금 버벅거렸다. 손이 흔들리며 숟가락에 퍼 올린 우동 국물이 반은 떨어졌다. 동시에 두 가지 일을 제대로 못하는 도하를 보며 도형이 '뭐 하냐……' 하고 작게 타박한다.

주머니에서 나온 핸드폰을 도형이 낚아채 갔다.

"내가 할게. 그냥 먹어."

"시간표는 왜? 나 이번에 완전 다 망했어."

젓가락으로 면발을 집어 올려 후루룩 빨아들였다. 도형이 도하의 핸드폰 액정을 터치하더니 화면을 켠 채 방향을 도하 쪽으로 돌린다.

"여기 봐봐."

우동 그릇을 향해 있던 얼굴이 스르륵 올라갔다. 기본 배경 화면으로 설정해 둔 자신의 핸드폰 화면과 마주쳤다. 그러자 잠겨 있던 자물쇠가 풀린다.

도형이 다시 핸드폰을 가져갔다. 화면을 두드리며 어딘가로 들어가더니 오른쪽과 왼쪽의 버튼을 동시에 누르는 모양새가 시간표를 저장해 둔 앱의 화면을 캡처하는 것 같았다.

"이야……. 어떻게 하면 이런 시간표가 나오냐. 이대로 다니게? 정정해라, 그냥."

"몰라. 딱히 정정해서 들어갈 수업도 없어."

테이블 위에 올려 둔 도형의 핸드폰이 화면을 밝힘과 동시에 진동했다. 도하의 시선이 자연스레 메시지 알람이 뜬 도형의 핸드폰으로 향한다. 캡처한 사진을 전송한 모양이었다. 그런데도 도형의 손에 계속 도하의 핸드폰이 들려 있었다. 여전히 손가락이 움직였다. 그건 시간표 외에 다른 무언가를 보고 있다는 뜻이다.

도하가 냅다 손을 뻗어 핸드폰을 낚아채려고 하자 도형이 상체를 뒤로 물리며 피했다. 등을 등받이에 기대 상체를 뒤로 젖히고 핸드폰을 들여다봤다.

"내놔. 뭐 보는데."

뭔지 몰라도 불안해졌다. 인터넷 검색 기록이 남아 있을 수도 있고, 쓸데없는 게시물을 캡처 해 놨을 수도 있고. 아무튼 간에 부끄러운 무언가가 기록되어 있을지도 모를 일이었다. 손에 든 식기를 내려놓고 일어나 테이블 위로 상체를 내밀었다. 다시금 목표물을 향해 손을 뻗자 도형이 다른 한 손으로 자꾸 빈틈을 공격해 오는 도하의 손을 잡았다.

"남의 핸드폰을 왜 막 보는데! 안 내놔?"

한 손은 도형에게 잡힌 채 남은 한 손으로 애처롭게 허우적거렸다. 앉아 있는 놈에게 서서 달려드는데도 테이블을 사이에 두고 있어서 그런지 좀처럼 제압이 쉽지가 않았다. 도형이 필요 이상으로 잡은 손에 힘을 주며 도하를 막아내고 있었다. 그러다 핸드폰을 낚아채는 데 성공했다. 빠르게 액정을 확인하는데 배경 화면이다. 열려 있는 앱을 확인하려는데 열려 있는 게 하나도 없었다. 뺏은 게 아니라 돌려받은 건가. 도형이 이미 제가 본 화면을 날려 버린 상태였다.

눈을 모나게 뜨고 쏘아보자 도형이 별로 아쉽지 않다는 얼굴을 하고 한 팔을 테이블 위에 올린다.

"뭐 봤냐?"

"시간?"

"죽을래?"

"너는 죽는다는 말을 참 쉽게 하더라. 진짜 죽으면 내 무덤 앞에서 대성통곡할 거면서."

하, 말을 말자. 얌전히 자리에 착석해 던져 놓았던 식기를 다시 주워 들었다. 용무가 끝났는지 도형이 의자를 뒤로 빼고 일어났다. 가거나 말거나 인사도 하지 않고 식사를 이어 갔다. 뭘 봤는지는 몰라도 기분이 썩 좋지 않았다.

"금요일에 건강과 생활 넣어. 김유신 교수님 수업으로."

1학기와 2학기에 들을 이수 학점을 계산해 일부러 시간표를 비운 요일이었다. 월요일부터 목요일까지 연달아 학교에 나오고 금요일과 주말을 연달아 쉬는 게 여러모로 이득이었다.

"싫어."

고개를 들지도 않은 채 답하자 식판을 들고 테이블을 돌아 나온 도형이 머리 위에 손을 올려 꾹 누른다. 그릇에 얼굴을 처박지 않기 위해 힘을 주고 버텼다. 면발을 한쪽 뺨에 몰아넣고 씹으며 눈을 올렸다. 정면에서 볼 때는 동그란 눈매가 사선으로 내리 꽂히자 묘하게 강압적으로 느껴졌다.

"그 수업 완전 꿀이거든. 오늘 시간표 정정해. 이따 확인한다."

싫다고 대답을 하기도 전에 도형이 머리에서 손을 거두고 멀어졌다. 청바지에 검은색 터틀넥, 검은색 패딩을 입은 녀석의 뒷모습은 많은 인파 속에서도 존재감이 뚜렷했다.

자기가 뭔데 이래라 저래라 하는 거야.

시선을 다시 우동으로 돌렸다. 도형의 패딩에서 떨어져 나와 날렸는지 국물에 하얀 깃털이 둥둥 떠 있었다.

"아, 진짜 권도형……."

도움 존나 안 돼요. 젓가락으로 깃털을 집어 빼다가 먹을 맛이 뚝 떨어져 젓가락을 놨다. 핸드폰을 꺼내 불안했던 요소들을 하나하나 열어 봤다. 검색 기록 없음. 이상한 사진 없음. 오글거리는 메모 없음.

"이 새끼 대체 뭘 본 거지."

손가락을 까닥거리다가 핸드폰을 집어넣고 식판을 정리했다. 배가 부르지 않았으나 더 먹을 마음이 들지도 않았다. 다음 행선지는 도서관이었다. 토익 점수 유효 기간이 곧 끝이라 재시험을 위해 공부를 할 생각이었는데 우선 정보 검색실에 가서 학교 홈페이지부터 들어가야 할 것 같았다. 건강과 생활이 대체 뭔지, 얼마나 꿀인지 살펴볼 필요성을 느낀 탓이다.

왠지 모르게 깃털이 들어간 것 같은 입안을 혀로 핥으며 도하는 식판을 반납했다.

건강의 개념에 대해 이해하고 운동의 필요성과 건강이 생활에 미치는 영향, 중요성과 가치를 배우며 건강 증진을 위한 운동 방법과 그로 인한 효과 그리고 응급 상황에 대처하는 방법과 자세를…….

전문을 읽다 말고 마우스를 굴려 스크롤을 내렸다.

학기 1학기, 학점 2, 강의 1, 실습 1.

"실습?"

턱을 괴고 모니터를 바라보던 도하의 눈이 그 단어에서 멈췄다. 손을 내려 키보드 위에 올렸다. 과목명을 검색어에 넣고 돌리자 듬성듬성 수강 후기가 뜬다.

몇 개 훑어보니 이론은 대충 넘어가고 학기 막바지에 체육 활동을 하는 듯했다. 강의 특성상 각기 다른 학과의 학부생들이 수강했고 그 수강생들을 무분별하게 조로 묶어 체육 활동인지 뭔지를 해 평이 좋았다.

강의실에만 처박혀 있는 게 아니라서 꿀이라고 한 건가?

페이지를 몇 개 더 넘겨보다가 금방 흥미를 잃고 인터넷 창을 모조리 닫았다. 정보 검색실에서 나와 열람실로 향하는 계단을 밟아 올라가며 도하는 시간표를 확인했다.

수업이 없으면 집밖으로 한 발자국도 나오지 않을 것을 알았다. 하루를 침대에 누워만 있다가 통으로 날려 버릴까 무서워 형식적으로 목요일에 2학점 강의를 넣어 둔 상태였다.

만약 이 목요일 강의를 빼고 금요일 강의를 넣게 되면 기존에 생각했던 생활 리듬이 깨진다. 하지만 등교 일수와 휴일 일

수는 변동이 없다. 아직 정정 기간이 남았으니 도하는 조금 더 고민해 보기로 했다.

학교에서 집으로 향하는 길목에 저렴한 피자 가게가 있었다. 냄새로 한 번, 타임 세일로 두 번 발목을 잡는 곳이었다.

피자 가게 10m 전부터 냄새를 맡은 도하는 피자를 먹을 것이냐, 말 것이냐를 고민하다가 먹지 말자, 내가 아는 맛이야, 하며 가게를 지나치려고 했다.

그런데 가게 문 앞에 떡하니 붙어 있는 종이가 도하의 시선을 빼앗았다. '오늘 하루만 고구마피자 반값'. 도하는 바로 방향을 틀어 지갑을 열었다.

콧노래를 부르며 집으로 돌아와 옷을 갈아입고 씻은 뒤 피자 박스를 열었다. 텔레비전을 보며 피자를 한 조각, 두 조각 집어 먹다가 정신을 차렸을 땐 여섯 조각으로 채워져 있던 피자 박스에 두 조각뿐이었다.

미쳤다. 네 조각이나 먹었어.

놀라운 건 남은 피자를 더 먹을 수 있을 것 같다는 점이었다. 도하는 앉은 자리에서 한 판을 해치우는 건 도저히 양심이 허락하지 않아 박스를 닫고 자리를 정리했다.

침대에 드러누워 텔레비전을 보는데 급속도로 포만감 지수가 올라갔다. 안에서 밀가루가 팅팅 불기라도 했나. 불쾌하고 구역질이 날 정도였다. 그렇게 두 시간 가까이 끙끙거리다가 참지 못하고 밖으로 나왔다. 시에서 운영하는 공공 자전거를 타기 위해서였다.

[신청함?] 오후 9:31

도형에게 메시지가 들어온 건 모자를 눌러 쓰고 1층으로 내려왔을 때였다. 관련 애플리케이션을 열어 자전거 대여를 신청하자마자 상단에 도형이 보낸 메시지의 알람이 떴다. 도하는 메시지로 넘어가 도형에게 답을 적어 보냈다.

오후 9:32 [아니 아직]

[오늘 하라고 인원 차면 어떡해
지금 자리도 간당간당한데] 오후 9:32

오후 9:32 [그럼 어쩔 수 없지]

[야 나 그 수업 넣어 놨다고. 혼자 듣는단 말이야] 오후 9:32

[빨리 신청해] 오후 9:33

[지금 해] 오후 9:33

[노트북 켜서 인증 사진 보내] 오후 9:33

왜 이래, 진짜.

연달아 오는 메시지가 퍽 귀찮아져 답을 하지 않고 핸드폰을 주머니에 넣었다. 휘적휘적 걸어가 대여 장소에 도착했다.

인증 번호를 입력하고 자전거의 안장 높이를 조절했다. 페달을 굴리자 자전거가 서늘한 밤공기를 가르며 나아갔다. 도하는 숨을 크게 들이쉬었다가 뱉었다. 피부를 스치는 찬 느낌이 좋았다.

시간이 늦어 그런지 캠퍼스를 거니는 사람이 몇 없었다. 학교를 크게 한 바퀴 돌고 이 골목 저 골목을 쑤시고 다니다가 대여 시간이 지나기 전에 돌아왔다. 같은 장소에 자전거를 반납하고 주머니에 두 손을 찔러 넣는데 비어 있다.

"어? 핸드폰."

손 하나가 들어가는 면적이 전부인 걸 알면서도 재차 주머니를 더듬거렸다. 자전거에 올라타기 전에 분명 오른쪽 주머니에 핸드폰을 넣었는데 없다. 도하는 뭔가를 깨달은 사람처럼 헐, 하며 뒤를 돌았다. 신나서 두 발을 페달 위에 올리고 굴리는 사이에 떨어진 모양이었다.

절로 얼굴이 찡그러졌다. 황당해서 욕도 안 나온다. 어찌 이런 일이? 오랜만에 자전거를 타니 기분이 좋아서 캠퍼스 구석구석을 누비고 다녔는데, 바퀴를 굴렸던 경로 전체를 걸어야 할 판이었다.

"아, 진짜 나는 왜 하는 일마다 이 모양이냐……. 질린다."

눌러쓰고 있던 모자를 벗고 머리를 헝클어트린 도하가 한숨을 길게 뱉은 뒤 모자를 고쳐 썼다. 길을 나서기 전에 오피스텔 관리실을 찾았다.

경비원에게 상황을 설명하고 전화를 빌렸다. 다행히도 경비원이 흔쾌히 허락하여 수화기를 들 수 있었다. 핸드폰 번호를 누르자 신호음이 이어진다. 이미 누가 주웠을 수도 있고, 길을 가던 누군가가 발견하고 전화를 받을 수도 있었다.

짝다리로 서서 한 손을 허리에 얹고 손가락을 까닥까닥 움직였다. 신호음이 길어질수록 초조해졌다. 이대로 부재중으로 넘어간다면 핸드폰 수색을 나가야 했다. 결과는 부재중. 도하는 쓴웃음을 지으며 수화기를 내려놓았다.

"잘 썼습니다."

"안 받아요?"

"네. 안 받네요……."

씁쓸한 웃음을 머금고 관리실을 퇴장하려던 도하에게 경비원이 손전등을 건넸다. 밤길 어두우니 들고 나가라고 했다. 관리단 소유의 비품이니 꼭 반납해 달라는 말이 덧붙었다.

"감사합니다. 이따 들어오는 길에 반납할게요."

꾸벅 고개를 숙여 인사를 한 도하의 손에 수색 아이템 하나가 생겨났다.

내 사전에 핸드폰 분실은 없다.

오피스텔 앞에 선 도하가 다소 비장한 표정으로 손전등 불을 켰다. 그러곤 자전거로 돌아다닌 경로를 복기했다.

대여 장소에서부터 시작했다. 바퀴가 굴러간 방향을 따라 느리게 걸었다. 손전등 불빛을 바닥 여기저기 쏘아 대며 전진

했다. 불 꺼진 피자 가게를 지나 정문으로 진입했다. 밤공기가 아까보다 더 차가워져 있었다. 공기가 무색무취라는 걸 아는데도 밤이 깊어지면 도하는 새벽 냄새를 맡았다. 시간대별로 대기의 구성이 달라지는 건지, 아니면 상태에 기반하지 않는 저 스스로의 감각인 건지 알 수 없었다.

학교를 한 바퀴 돌고 나오는데 불길한 예감이 들었다. 발이 달려서 도망가 버린 것처럼 작고 네모난 기기가 발견되지 않았다. 분명 길바닥 어딘가에 있어야 하는데 없는 게 이상하여 혹시나 하는 마음으로 화단도 뒤적거렸다. 그러다 담배꽁초 몇 개를 주웠다.

"무식하게 화단에다 꽁초를 버리는 놈들이 있네. 죽어서 지옥에 다 가져가라."

쓰레기통을 찾지 못해 손바닥에 꽁초 여섯 개를 올리고 손전등 불빛을 휙휙 돌렸다. 자전거를 타고 신나게 달렸던 골목을 몇 번 꺾어 돌았을 때 거의 반포기 상태가 됐다.

없어. 없다고.

자취방이 생긴 기쁨에 방을 꾸민다는 목적으로 모친의 신용카드를 열심히 긁었다. 대륙의 실수로 출시된 제품이나 어떠한 특정 제품을 저렴한 버전으로 찍어 낸 상품 따위는 장바구니에 넣지도 않았다.

원목 프레임 침대, 원목 책상, 원목 의자로 톤을 맞추고 아침 드라마 여자 주인공 방에 협찬으로 들어간 스탠드, TV만

틀면 광고하는 공기 청정기, 42인치 TV, 신혼부부가 살 법한 브랜드의 2인용 디너 웨어 세트를 구매했다.

거기에 곡선이 유려한 패턴에 꽂혀 3일을 고민하다가 해외 구매로 핸드메이드 러그를 샀을 때에는 모친에게 적당히 하라는 메시지가 왔다.

서울로 가는 딸을 기차역에서 배웅만 할 뿐, 한 번도 서울 살림살이를 들여다보지 않던 부모는 아무래도 자취 물품이라며 고가의 기기들을 구매한 뒤 새 상품을 다른 사람에게 판매하여 뒷주머니를 챙기는 것이 아닌가 하는 의심을 가졌고, 개강을 앞둔 어느 날 불시에 도하의 자취방을 습격했다.

방은 생각 외로 아담했으나 아늑했고, 그 아늑한 데 들어간 가구나 기기의 브랜드를 확인한 부모는 도하가 만들어 준 크림파스타를 먹고 조용히 돌아갔다.

연락도 없이 진행된 기습 방문에 놀란 게 1단계, 방문의 이유를 알게 되어 마음이 불편해진 게 2단계, 부모를 배웅하고 돌아와 크림이 묻은 그릇을 설거지하며 울적해진 게 3단계였다. 그 과정의 끝에서 도하는 모친의 카드를 그만 긁고 아껴 쓰고, 나눠 쓰고, 바꿔 쓰고, 다시 쓰자고 다짐했다.

그런 다짐을 한 게 몇 주 지나지도 않았다. '엄마, 나 핸드폰 잃어버렸어. 핸드폰 좀 살게.' 할 수 있는 처지가 못 됐다.

"아……. 진짜 어디로 사라졌냐. 핸드폰아."

터덜터덜, 전투력을 잃고 걸어가고 있을 때 골목에서 누군가 툭 튀어나왔다. 난데없이 뛰어나오는 통에 도하는 어깨를 움찔 떨며 놀랐다. 눈을 동그랗게 뜨고 보자 여자가 눈물을 글썽이며 골목으로 걸어가려는 도하의 팔을 잡고 속삭였다.

"이 길로 가지 마세요. 변태 있어요."

"네?"

"변태요. 바지 내리고, 막……."

앳된 얼굴이 막 고등학교를 졸업한 것 같아 보였다. 그렁그렁 눈물을 매달고 있는 게 골목에서 볼썽사나운 장면을 목격했고 꽤나 충격을 먹은 듯했다. 안 봐도 비디오다. 이 늦은 시간에 어떤 정신 나간 미친놈이 전봇대 뒤에 숨어서 딸이라도 치고 있는 건가.

도하의 시선이 어둑한 골목을 향했다. 걸음을 떼자 여자가 붙잡는다. 눈이 마주치자 고개를 작게 저었다. 가면 안 된다는 듯이. 그러나 도하가 이 길을 피해서 간다고 한들 저 골목에 있는 잡것이 목표물을 잃고 귀가하지는 않을 것이다. 다른 누군가는 이 길을 지날 터였다.

"괜찮아요. 가까이는 안 갈 거예요."

이렇게 말한다고 상대가 안심할 것 같지는 않았으나 도하는 옅게 웃은 뒤 걸음을 뗐다. 몇 걸음 내딛지도 않았는데 저 앞에서 기다렸다는 듯 헐떡이는 신음이 들렸다. 도하가 예상했던 전봇대 뒤는 아니었고 헌 옷 수거함 뒤에 웬 남자가 모자를 눌러쓰고 서 있었다.

핸드폰이라도 있으면 경찰에 신고하거나 증거라도 남기겠는데 없었다. 가지고 있는 거라고는 오피스텔 관리단 소유의 손전등뿐.

"헉…… 헉……."

작위적으로 내는 신음 소리가 역겹게 어둠을 울린다. 도하는 미간을 찌푸리며 아래로 내리고 있던 손전등을 올렸다. 바닥을 쏘아 대던 불빛이 그대로 올라가 남자를 비췄다. 남자가 기겁하며 바지 안에 제 물건을 집어넣었다.

"뭐야. 보라고 꺼낸 거 아니었어요? 한창인 거 같은데 왜 마무리?"

불빛에 비추어 보니 안경을 쓴 젊은 남자였다. 재수 없게 같은 브랜드의 모자를 쓰고 있었다. 부리나케 지퍼를 올리고 버클을 채우는데 당황한 탓에 잘 안 되는 듯 허둥지둥거린다. 도하는 들리지 않게 혀를 찼다.

"침착하시고, 바지 입으면서 들으세요. 지금 길바닥에서 자위하신 거 같은데, 이런 행동은 공연 음란죄에 해당하고요. 형법 제244조이던가 5조이던가……. 아무튼 1년 이하의 징역, 500만원 이하의 벌금이거든요? 나중에 지식인에 들어가서 집행 유예 되냐고 울면서 글 쓰지 마시고 법 좀 준수합시다."

불빛을 흔들리는 남자의 얼굴에 정확하게 조준하며 다가갔다.

"왜 법을 어기면서까지 딸을 치십니까. 손가락만 한 물건이 팬티 속은 답답하다고 바깥 구경 시켜 달라고 울기라도 했나요?"

작정하고 나온 듯 검은색 상하의를 입은 남자가 옷을 정리하지도 않고 반대쪽 길로 도망갔다.

"네 발로 나와 놓고 도망은 왜 가! 야, 너 내가 얼굴 다 봤다! 또 그 좆 빼 들고 기어 나오기만 해 봐. 신고한다!"

손전등 불빛을 남자가 사라진 쪽에 고정했다. 골목을 돌아나간 남자의 모습이 사라졌다.

"미친놈. 왜 밖에서 아무도 궁금해하지 않는 생식기를 꺼내고 지랄이야. 방에서 혼자 처볼 것이지. 병이다, 저것도."

경찰에 넘겼다면 더할 나위 없이 좋았겠지만 핸드폰도 없는 주제에 남자 하나를 제압하는 건 어려웠다. 아쉽지만 경고하고 쫓아낸 것에 만족해야 했다. 손전등을 끄고 돌아섰다. 아까 한 사람이 서 있던 길에 두 사람이 있었다.

"너무 용감해서 뭐라고 말을 해야 할지 모르겠네."

변태를 목격한 여자 옆에 진회색 무스탕 재킷에 검은색 슬랙스 바지를 입은 도형이 스트랩이 넓은 메신저백을 메고 서 있었다.

"권도형?"

"아시는 분인가요?"

여자가 도형과 도하의 얼굴을 번갈아 보며 물었다. 도하가 고개를 끄덕이며 둘 앞에서 걸음을 멈췄다.

"위험할 것 같아서, 제가 지나가는 분께 도움을 구했는데, 오자마자 상황이 끝나 버렸어요……."

도하는 도형이 이곳에 있는 상황을 이해함에 고개를 끄덕였다. 여자에게 고맙다고 인사하자 여자가 자기가 더 고맙다며 고개 숙여 인사했다.

여자가 가고 도하는 도형과 함께 걸었다. 아까 관리실에서 나올 때가 10시 반이었다. 손목을 들어 시계를 봤다. 그로부터 한 시간이 훌쩍 지났다. 가방을 메고 있는 걸 보면 학교에서 이제 집으로 돌아간다는 뜻인데.

도하는 흘긋 눈을 올려 옆을 보았다. 도형은 이목구비가 뚜렷한 탓에 무표정할 때 날카로운 느낌을 줬으나 답지 않게 웃음이 많았고 웃을 때 눈꼬리가 접혀서 순후한 인상을 주기도 했다. 그런 도형의 얼굴이 한결 나른해 보인다.

"술 마셨어?"

"어. 내일 입대하는 놈이 있어서. 술 냄새 나?"

고개를 비스듬하게 숙여 내린 도형이 장난스럽게 입술을 동그랗게 말고 바람을 불어 날린다. 입바람이 귓바퀴를 쓸었다. 은근하게 풍기는 알코올 냄새에 도하는 몸을 떨어트리며 눈을 찌푸렸다. 그 모습에 도형이 웃는다.

도형의 시선이 도하의 손으로 향했다가 물러났다. 그 이후로 말이 없었다. 학교에서 조금 멀어진 탓에 거리가 적막하기만 했다.

"도하야."

말없이 걷기만 하던 도형이 도하를 불렀다. 낮은 목소리가 듣기 좋게 울렸다.

"어?"

"많이 힘들어?"

눈을 깜박거리다가 고개를 들어 도형을 봤다. 맥락상 변태 퇴치가 힘드냐고 묻는 것 같았지만 현재 핸드폰을 찾느라 힘이 든 상황이라 지친 기색이 얼굴에 나타나기라도 한 건가 싶었다.

"아니면 원래 이 정도 피워?"

"뭐?"

"손 떨린다고 앉은 자리에서 세 개비 연달아 피우는 애는 봤어도, 이 정도는 PC방에서도 본 적 없는데……. 목은 괜찮냐? 그러다 피 나와."

개비. 토막의 낱개. 수량을 나타낼 때 쓰이고 대표적인 예로 담배 한 개비가 있다. 도하의 시선이 손전등을 들지 않은 다른 손으로 향한다. 주먹 안에 쥐고 있던 꽁초 몇 개가 삐죽 튀어나와 있다.

"화단에서 주운 거야, 미친놈아."

어째 그 말이 더 이상하게 들렸다. 도형도 그랬는지 이상한 표정을 짓는다.

"그냥 사서 피워! 내가 한 갑 사 줘? 뭐 피우냐? 레종? 던힐?"

금방이라도 편의점으로 달려갈 것처럼 도형이 가방을 뒤졌다. 그러더니 지갑을 꺼낸다. 환장. 대환장.

"쓰레기 주운 거라고! 나 비흡연자야!"

"화단에서 남이 버린 꽁초를 왜 주워. 그걸 변명이라고 하냐? 뭔데. 말해 봐. 사 줄게."

지갑을 연 도형이 5천 원 한 장을 꺼낸다. 그러면서 라이터까지 사면 금액 딱 맞겠다며 가방에 지갑을 넣었다. 너무 황당해서 손까지 떨리는 지경이 됐다. 도하가 억울함이 깃든 목소리로 빽 소리를 질렀다.

"미친놈이 왜 자꾸 비흡연자한테 담배를 사 주겠다고 난리야? 아니라고! 사람들이 화단에 꽁초를 버렸길래 보기 싫어서 주웠다고!"

"진짜 그런 수고를 했다고?"

"그래! 진짜 했다. 그런 수고."

"놀라운데."

손에 들고 있던 지폐를 주머니에 찔러 넣은 도형이 주위를 두리번거리다 상가 앞에 있는 쓰레기통을 가리켰다.

"남들 침 묻은 건데 왜 계속 들고 있어. 얼른 버리고 와."

입술을 삐죽인 도하가 쿵쿵거리며 걸어가 쓰레기통에 손에 든 것을 탈탈 털어 버렸다. 습관적으로 손바닥 냄새를 맡을 뻔했으나 도형이 '야!' 하고 소리치는 바람에 멈췄다. 돌아보자 도형이 질색하는 얼굴로 이쪽을 보고 있었다. 어린아이가 장난감을 입으로 빨다가 부모에게 들켜 혼나는 것과 흡사한 기류였다.

"손."

"어?"

"손 줘 봐."

꽁초를 버리고 돌아온 도하에게 도형이 말했다. 도하를 보지 않은 채 가방을 뒤지고 있었다. 손전등 든 손을 올리자 도형이 흘긋 눈을 돌려 보더니 '반대쪽' 하고 말했다. 말 잘 듣는 개처럼 도하는 손을 바꿔 들었다.

가방 안에서 도형이 꺼낸 것은 장갑이었다. 손목 부분을 잡아 늘리더니 도하의 손에 쑥 집어넣었다. 한 번에 제대로 안 들어가 손가락 두 개가 한쪽에 동시에 들어가는 불상사가 있긴 했으나 도형이 다시 장갑을 뺐다가 끼우며 손가락을 맞췄다.

"장갑은 왜? 나 안 추워."

"씻지도 않은 손으로 나를 만질까 봐 조치하는 거다."

눈을 가늘게 뜨고 쏘아보자 도형이 소리 없이 쳐다봤다. 손에 뭐라도 들고 있으면 모르는데 없으니 무의식적으로 움직일 가능성이 높긴 했다. 틀린 말은 아니라 도하는 시선을 돌리고 장갑 낀 손을 주먹 쥐었다.

"왜 한 짝만 줘? 오른손은."

"세탁해서 가져와. 한 쌍 다 주면 영영 못 돌려받을 것 같아."

"진짜 너는……."

뭐라 말을 하려던 도하는 그냥 입을 다물었다. 오랜만에 만났는데도 변한 게 하나 없었다. 그러다 장난을 치기 위해 도형의 얼굴로 손을 내밀었다. 장갑을 꼈는데도 불구하고 도형이 한 발짝 옆으로 물러나며 순식간에 얼굴을 찌푸렸다.

"왜. 좀 만져 보자."

물러난 만큼 다가가 뺨을 만지려고 하자 도형이 빠른 걸음으로 도망갔다. 그리고 그 뒤를 도하가 악착같이 쫓았다.

"왜 이래, 진짜."

"반들반들한 얼굴 좀 만져 보자!"

도하가 풀쩍 뛰어 도형의 앞을 가로막았다. 그러곤 불시에 손을 올려 도형의 뺨을 꼬집었다. 찌푸려지는 얼굴을 보자니 어쩐지 기쁜 마음이 피졌다. 도하는 헤헤, 하고 웃음을 터트렸다. 뜬금없는 웃음에 도형이 무표정한 얼굴로, 다 포기했다는 듯 물끄러미 내려다봤다.

"어떻게 할까. 장갑 벗어?"

"벗지 마. 나 냄새에 민감해. 비위도 약하다고."

"장갑 벗고 얼굴에 확 문대 버릴까 보다."

"얼굴은 살려 줘. 이거 믿고 사는 사람이야, 나."

"어련하시겠어요."

빈정거리며 손을 거두자마자 도형이 잡혔던 뺨을 문질렀다.

"그런데 너 그 손전등은 뭐냐?"

도형이 물었다.

"아, 자전거 타다가 핸드폰 잃어버려서 이거 들고 찾으러 다녔어."

"누가 보면 집 나간 개라도 찾는 줄 알겠네. 그래서 찾았어?"

"아니."

전의를 상실한 도하의 어깨가 축 늘어진다. 한숨을 길게 내뱉더니 무언가 생각난 듯 고개를 쳐들며 눈을 크게 떴다.

"야, 너 핸드폰 줘 봐. 혹시 여기 어디서 벨소리 들릴지도 모르니까 걸어 보자."

"미친놈 만난 지 5분도 안 지났다. 오늘은 그냥 들어가. 내가 찾아볼게."

"네가 내 핸드폰을 어떻게 알고 찾아."

"노란색 실리콘 케이스. 알아."

그러고 보니 시간표 달라고 할 때 핸드폰을 건네주었다. 하지만 핸드폰 모양새를 알 뿐 자전거를 탄 경로는 모를 것이다. 도형이 찾는다는 건 말이 안 됐다.

"내가 어디를 돌아다녔는지도 모르면서. 됐어. 핸드폰이나 내놔 봐. 다시 걸어 보게."

쭉 내민 도하의 손바닥을 내려다보며 도형이 난감한 얼굴을 한다.

"지금?"

"어. 왜? 너 배터리 없어?"

그런데 그 순간 도형의 핸드폰이 울렸다. 답 없이 도하를 내려다보던 도형이 핸드폰을 꺼내 발신자를 확인했다. 몸을 반대로 틀고 전화를 받는다.

"어, 광철아."

—야, 권도형! 너 말도 없이 가 버리는 게 어디 있어?

상대가 얼마나 큰 목소리로 말을 하는지 앞에 서 있는 도하에게까지 그 음성이 닿았다. 전화를 건 사람은 여자였고, 울고 있었다. 여자의 이름이 광철인 건가. 도하는 뜬금없이 광양제철소가 떠올라 피식 웃었다.

통화를 종료할 때까지 기다리려고 했는데 도형의 표정이 좋지 않았다. 웃음기 없는 얼굴로 허공을 보는 게 안 좋은 기분을 억누르거나 짜증과 분노를 삭일 때의 딱 그 얼굴이다. 울음기 섞인 목소리가 계속 도형을 부르며 말을 쏟아 냈다.

—내가 할 말 있다고 했잖아. 말 몇 마디 들어주는 게 그렇게 힘들어?

"들으나 마나 한 소리를 하니까 그렇지. 생각할 시간 같은 것도 필요 없다고."

도형의 목소리가 낮고 건조했다. 어째 분위기가 진지하고

도 심층적인 이야기를 나누려는 것 같아 도하는 슬그머니 몸을 돌렸다. 그만 멀어지려는데 도형에게 외투가 잡혔다. 고개만 돌려서 보자 도형이 다른 곳을 보고 있다.

뭐야. 어쩌라고. 놓으세요.

어깨를 더 틀어서 벗어나려는데 도형이 손에 힘을 주며 외투를 움켜쥐었다. 그러곤 핸드폰을 귀에 댄 채 도하를 봤다. 상대의 말을 듣고 있는지 입을 다물고만 있었다. 여자는 꺼이꺼이 울면서 다시 만나 달라고 말하고 있었다.

지금 여기까지 통화 내용 들리는 거 알고 있는 거냐고……. 미친놈아.

도형의 손목을 잡아 비틀어 버릴까 고민하던 도하는 힘을 쓰는 대신 머리를 쓰기로 한다. 끝까지 채워 올린 지퍼를 쭉 끌어 내리고 팔을 빼냈다. 그러자 도형의 손에 외투만 덩그러니 남는다. 도형이 황당하다는 얼굴을 했지만 도하는 후다닥 오피스텔 안으로 사라져 버렸다.

잡힐 새라 서둘러 손전등을 반납하고 집으로 들어와 바닥에 드러누웠다. 보일러를 켜 놓고 나간 탓에 바닥이 뜨끈했다. 바닥에 뺨을 붙이고 멍하니 있다가 떨어진 머리카락이 보여 손을 뻗었다. 그리고 머리카락을 줍기 전에 멈췄다. 공교롭게도 왼손을 뻗었기 때문이다. 도하는 손을 길게 뻗어 장갑을 관찰했다. 네이비 색상의 장갑 손목에는 브랜드 로고가 빨간색 자수로 놓여 있었다.

“예쁘네.”

중학교 때 도형이 자주 입었던 브랜드의 장갑이었다. 그때 도하는 도형을 따라 니트, 셔츠, 원피스, 목도리 심지어 양말까지 동일한 브랜드에서 구매했다. 그 당시 도하는 그런 방법으로 도형을 좋아했고, 같은 브랜드의 옷을 입는다는 것에 큰 만족도를 느꼈다.

뻗었던 팔을 구부려 손을 가져왔다. 씻지 않은 손인 것을 인식하며 장갑 낀 손가락에 코를 댔다. 숨을 들이쉬자 낯선 냄새가 난다.

‘도형이 냄새.’

우디 향에 장미 향이 섞여 있었다. 고등학교 때까지만 해도 섬유 유연제 냄새만 나던 녀석인데, 향수를 뿌리는 모양이었다.

“뭐야. 되게 좋네…….”

중성적인 향에 중독성이 있었다. 도하는 장갑에 코를 붙였다가 떼기를 반복하며 계속 향을 맡았다.

쿵쿵쿵.

문을 두드리는 소리에 도하는 바닥에서 머리를 들었다. 누군가 왔다. 이 늦은 시각에. 낯선 상황에 긴장하며 현관으로 다가가 문 밖을 살피자 도형이 서 있다. 망설임 없이 문을 열었다.

“뭐야?”

한 손으로 문고리를 잡고 빼꼼 고개를 내밀었다.

"10분 뒤에 아래 편의점으로 내려와."

"왜?"

"너희 부모님께 네가 담배 피운다는 말은 안 할게. 내려와."

"야, 미쳤냐? 이게 자꾸."

"10분 뒤다."

자기 할 말만 하고는 가 버린다. 복도를 걸어가는 도형의 뒷모습을 황당한 얼굴로 보다가 문을 닫았다. 이 시간에 복도가 떠나가게 '안 가!' 하고 소리를 지를 수도 없는 노릇이었다.

묘하게 말리는 느낌이 드네.

안으로 들어온 도하는 한쪽 손에 끼고 있던 장갑을 벗고 씻었다. 손만 씻자니 몸 전체가 더러워진 것 같아 시간을 확인하고 홀라당 옷을 벗었다. 샤워를 하고 나오자 10분이 훌쩍 지나 있어 머리 말리는 것을 건너뛰었다. 스킨로션을 바르고 옷장을 열어 새 속옷을 꺼내 입고 회색 운동복 바지에 반팔 티, 롱패딩을 걸쳤다.

습관적으로 주머니에 핸드폰을 찔러 넣으려다가 손이 휑하다는 사실을 깨닫고 한숨을 쉬었다. 핸드폰 하나 없는 건데 상태가 불완전한 것처럼 느껴졌다.

슬리퍼에 발을 꿰어 넣고 1층으로 내려가자 편의점 앞 플라스틱 테이블 앞에 앉아 있는 권도형이 보인다. 테이블 위에 캔 맥주 네 개와 과자 한 봉지, 라면 한 봉지, 바나나 우유 한 개가 있다. 슬리퍼를 끌며 걸어가 의자를 빼고 앉자 다리를 꼬고 앉아 핸드폰을 들여다보고 있던 도형이 고개를 들어 도하를 본다.

"야, 너 뭔데 내 옷 입고 있냐."

집에 들어가서 옷을 갈아입고 나왔는지 도형이 아까 도하가 벗어 버린 외투를 입고 있었다. 도하에게는 품이 컸던 초록색 양털 재킷이 도형에게 딱 맞았다.

"네 옷 맞아? 남자 거던데."

"사이즈 없어서 크게 샀어. 그러니까 왜 내 옷 입고 나왔냐고."

"아닌데. 누가 버리고 간 거 내가 주운 건데."

표정 하나 변하지 않고 뻔뻔하게 말을 뱉은 도형이 태연하게 맥주를 한 모금 마신다.

"됐다. 말을 말자……."

맥주를 끌어와 딱, 소리가 나게 캔을 따고 마셨다. 한 모금, 두 모금, 꼴깍꼴깍 술을 넘겨 마시고 내려놓자 도형이 놀랍다는 얼굴을 한다. 도하는 주량이 센 편이 아니었으나 술이든 음식이든 초반 스퍼트를 냈다. 그러다 막판에 녹다운되고는 했다. 취해서 쓰러지거나 배가 불러서 쓰러지거나.

"시간표 정정했어?"

도형이 과자 한 알을 입으로 가져가며 물었다.

"안 했다고. 하루에 몇 번 묻는 거야, 대체."

"왜 안 하는데. 학교 입학하고 처음으로 같이 다니는 학기인데 수업 하나 같이 듣는 게 그렇게 어려워?"

"어떻게 학교를 평일 내내 나와. 비효율적이다."

도형이 테이블 위에 올려두었던 핸드폰을 들더니 무언가를 찾는다.

"목요일 수업은? 친구랑 같이 듣는 거야?"

"아니."

"그럼 이거 빼면 되겠네."

"……."

도형이 핸드폰 너머로 대답이 없는 도하를 봤다.

"목요일 수업에 금이라도 발라 놨나. 못 빼는 이유가 뭔데? 좋아하는 사람이 이 수업 듣는대?"

순간 도하는 마시던 맥주를 뿜을 뻔했다. 급하게 맥주를 넘기고 잔기침을 뱉었다. 입술 밖으로 흐른 맥주를 손등으로 훔쳐 닦고 눈을 올렸다.

"뭐래. 그런 거 없거든. 수업 혼자 듣는 게 싫으면 네가 목요일 수업 들어도 되잖아. 어차피 똑같은 2학점인데."

도형이 시선을 핸드폰으로 옮기더니 눈을 찌푸렸다.

"서양 철학사? 존나 싫은데요. 나 그리고 이번 학기 재수강 많아서 지금 시간표가 베스트야."

"베스트 같은 소리 하네. 진짜 이유가 뭔데? 나랑 같이 듣고 싶다는 거 구라인 거 다 알아. 솔직하게 말하면 고려해 볼게."

캔을 만졌던 손이 얼어서 도하는 두 손을 주머니에 찔러 넣고 다리를 달달 떨며 도형을 봤다. 도형이 음, 하고 목을 울리더니 의자에 등을 기대고 머리를 긁적였다. 그냥 던져 본 건데 얻어 걸렸다.

이 새끼 진짜 목적이 있어서 그랬던 거였어.

낚았다는 쾌감과 함께 마음 한구석이 짠해진다. 처음으로 같이 다니는 학기라 수업을 같이 듣자는 말이 빈말이라는 걸 알게 되니 못내 섭섭해졌다.

"조별로 하는데 혼자 있으면 외롭잖아."

"구라네. 탈락."

"판단 기준이 어떻게 되는데? 검증됐어?"

"내 감이야."

다리를 달달 떨다가 주머니에서 손을 꺼내 앞에 있는 라면 봉지를 집었다. 봉지째 잡고 면을 부쉈다.

"네 핸드폰 찾았어."

봉지 안에 가루 수프를 털어 넣고 있을 때 도형이 말했다. 도하의 고개가 퍼뜩 올라간다.

"찾았다고? 내 핸드폰?"

"어. 금요일에 줄게."

"뭔 개소리야?"

봉지를 움켜쥐고 목소리를 높이자 도형이 캔을 들며 어깨를 으쓱인다.

"뭐야. 거짓말이네."

봉지를 위아래로 방방 흔들며 수프를 섞었다. 캔을 입술에 대고 턱을 든 도형이 옅게 웃었다. 호선을 그린 입술에 왠지 모르게 초록 불이 떴다.

진짜인가?

테이블 위에 봉지를 내려놓고 빨갛게 수프가 발린 생라면을 집어 먹었다. 도형이 꼬아 올린 다리를 까닥거리며 여유를 부렸다. 우물거리며 라면을 씹던 도하가 대뜸 손을 뻗어 테이블 위에 있는 도형의 핸드폰을 가져갔다. 상체를 등받이에 딱 붙여 뒤로 빼고 화면을 켰다. 페이스 아이디에 실패하자 암호 입력 키패드가 떴다.

도형은 무언가를 생성하는 것에 귀찮음을 심하게 느끼는 편이었고, 그 때문에 아이디나 비밀번호에 변화가 없었다. 특히 네 자리로 만들어야 하는 자물쇠 비밀번호나 사물함 비밀번호는 통장 비밀번호와 일치했다. 어렸을 때 키가 작았던 도형은 늘 키가 187은 됐으면 좋겠다는 말을 했었고, 그의 통장 비밀번호는 언제나 0187이었다.

000187

실패.

018700

성공.

“내놔. 잠겨서 못 쓰게 하지 말고.”

도형이 과자를 집어 먹으며 손을 내밀었다. 잠금이 풀려 놀랐으나 도하는 표정을 갈무리하며 연락처로 들어갔다. 연락처에 도하를 입력하자 이름 일치 상위 항목에 한 개 이상의 항목이 떴다.

도하

도하감면동집

도하과외선생님

도하아버지

도하어머니

도하중국룸메

도하집

도하친구남수

도하친구민지

도하친구상연

도하친구은서

도하친구은주

도하친구지혜

도하학원

도하할머니집

뭐야 이게.

감면동은 6년 전에 잠시 살았던 동네였다. 과외는 중학교 때 1년 정도 하다 그만뒀다. 중국 룸메이트는 도하보다 세 살 많은 언니였고 막판에 웬 중국인 선생을 도하에게 다리를 놔주려고 해서 사이가 틀어졌다.

도하집?

현재 본가에는 집 전화가 없었다. 번호를 확인하기 위해 저장된 연락처를 눌러 보자 익숙한 번호가 뜬다. 어렸을 때 이사해서 꽤 오래 살았던 집의 번호였다. 그때 옆집에 살던 게 도형이었다.

왜 이렇게 항목이 많나 했더니 필요한 번호라서가 아니라 저장해 둔 번호를 지우지 않고 기기를 바꿀 때마다 그대로 옮겨서 이만큼 쌓인 것 같았다. 도하 친구라고 저장된 사람들 중에서 민지와 지혜는 지금 어디서 뭐 하고 사는 줄도 몰랐다.

"뭐 해. 번호 계속 틀리면 잠기는 거 알지? 설마 벌써 잠겼어?"

도형이 맥주를 마시며 물었다. 도하는 연락처 훑는 일을 거기서 끝내고 제 번호로 통화를 연결했다. 핸드폰을 손에 들고 액정을 들여다보는데 벨소리가 가까이서 울린다. 도하의 시선이 액정을 넘어 테이블을 지나 도형이 입고 있는 초록색 양털 재킷에 닿는다. 분명 거기서 벨소리가 울리고 있었다. 보자 도형이 당황한 얼굴로 손을 주머니에 찔러 넣고 소리를 죽였다.

"뭐야, 잠금 풀었어?"

"너야말로 뭐야? 어디서 찾았어? 분명 없었는데?"

도형의 핸드폰을 손에 꼭 쥐고 물었다.

"정문 횡단보도 앞에서 주웠어."

"거기 없었는데?"

"내가 볼 땐 있었어. 아무튼 금요일에 줄 거야. 시간표 정정해서 들어와라."

도하는 도형이 참으로 끈질기다고 생각하며 까짓 거 목요일 수업 빼고 금요일 수업을 넣자고 생각했다. 하지만 그 생각을 입 밖으로 내지 않고 맥주를 마셨다.

도형이 맥주 두 캔을 마시고 도하가 맥주 한 캔과 바나나 우유를 마셨다. 남은 맥주 한 캔을 도형이 도하의 패딩 주머니에 넣었다. 엘리베이터 앞에서 꽁꽁 언 발가락을 꼼지락거리는 도하를 보며 도형이 작게 혀를 찼다.

"수면 양말이라도 신고 나오지."

"술 마실 줄 몰랐지."

엘리베이터 문이 열렸다. 도하가 냉큼 먼저 들어가 7층과 8층을 눌렀다. 문이 닫히고 올라갈 때 도하는 내내 궁금하던 것을 은근슬쩍 물었다.

"그런데 아까 광철이는 누구야? 헤어진 여자 친구?"

그 말에 도형이 웃었다. 입고 있던 재킷의 지퍼를 내리며 입을 연다.

"광철이가 내일 입대한다는 애야."

"아?"

도하가 눈을 동그랗게 떴다. 머리에서 인물 관계도를 만들고 있는데 자꾸 오류가 떴다.

"일부러 들은 건 아니고 너한테 막 다시 만나 달라고 하는 소리가 들렸는데."

꼼지락거리던 발가락을 오므리고 도형을 올려다봤다. 그러자 도형이 작게 웃으며 입고 있던 외투를 벗어 도하의 어깨 위에 걸친다.

"뭔 생각 하냐. 전에 사귀다 헤어진 애가 광철이 핸드폰 빌려서 전화한 거야. 번호 차단해서 안 뜨니까."

"아……. 왜 헤어졌는데?"

패딩이 두꺼운 탓에 외투가 흘러내리려고 하자 도형이 소매를 당겨 묶었다. 매듭지은 소매를 꽉 조이며 도형이 도하를 내려다본다.

"몰라. 뭐 하는지 궁금하지도 않고 그래서."

순간 도하의 눈이 가늘어졌다. 나쁜 새끼가 따로 없다는 생각이 들어서였다.

"너 지금 속으로 나 욕했지?"

도형이 말을 내뱉자마자 7층에서 엘리베이터가 멈췄다. 문이 열리기 전 도하가 고개를 끄덕였다. 그러자 도형이 아까 전에 도하가 그랬던 것처럼 말랑한 뺨을 꼬집는다.

"아!"

눈을 크게 뜨고 뭐라고 말을 더 하려는 찰나에 도형이 엘리베이터에서 내렸다.

"잘 자라."

도형이 그대로 가려고 하기에 냅다 문 밖으로 팔을 뻗어 잡았다.

"야, 내 핸드폰!"

닫히려던 문이 튀어나온 신체에 다시 열렸다. 도형이 도하의 머리를 쭉 밀어낸다.

"주머니에 넣어 뒀어."

그러곤 손을 휘휘 흔들고 가 버린다. 팔을 집어넣자 얼마간 열려 있던 문이 스르륵 닫혔다.

엘리베이터에서 내린 도하는 뺨을 문지르며 복도를 걸었다. 집으로 들어가 도형이 꽁꽁 묶어 둔 소매를 풀고 패딩을 벗었다. 외투를 옷걸이에 걸고 주머니를 뒤지자 오른쪽 주머니에서 핸드폰이 잡힌다. 자전거 타고 달리는 중에 떨어지긴 했는지 액정에 사선으로 금이 가 있었다.

"금요일에 준다더니."

금이 간 액정이 가슴 아팠으나 분실하지 않은 것만으로 다행이었다. 핸드폰을 충전시키고 화장실에 들어가 양치를 했다. 맥주 한 캔 마셨다고 뺨과 목이 붉었다.

어금니를 칫솔질하다가 도형이 꼬집었던 뺨 위에 손을 얹었다. 그러다 도형이 했던 것처럼 볼 살을 잡아 봤다. 쭉 늘어나는 뺨에 입술이 살짝 삐뚤어졌다. 삐뚤어진 입술을 보는데 도형의 핸드폰에서 보았던 연락처들이 주르륵 떠오른다. 부모님 번호가 있는 건 알았지만 자신과 관련된 연락처가 그 정도로 많을 줄은 몰랐다.

밖에서 꽁꽁 얼었던 발이 서서히 녹으며 발끝이 간지러웠다. 도하는 발가락을 힘주어 오므리며 입에 든 거품을 세면대에 뱉었다.

2.

기록, 스물셋의 도형

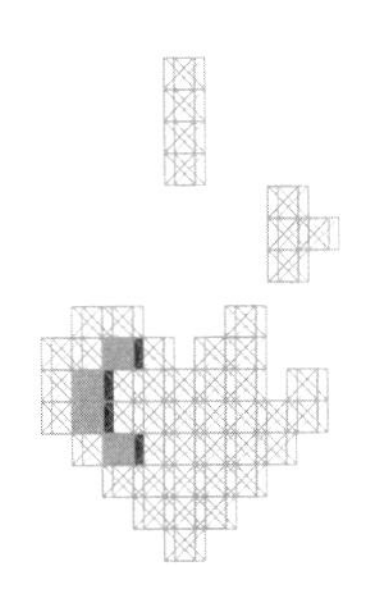

“같은 오피스텔이라고?”

—응. 아직 못 만났어?

“어. 연락 안 해 봤는데.”

도형은 들고 있던 큐대로 바닥을 찍고 핸드폰의 위치를 바꿨다. 어깨를 높이 들어 핸드폰을 고정하고 초크를 들었다. 큐대 팁에 초크 칠을 하자 가루가 부스스 떨어진다.

—도하 엄마가 이번에 도하 기숙사 안 들어간다고 해서 너 사는데 알려 줬거든. 가까운 곳에 네가 있으면 낫지 않을까 싶어서. 그런데 도하랑은 왜? 요즘 사이가 소원해?

“소원은, 무슨. 내가 도하랑 사귀는 것도 아니고, 매일 연락하는 게 더 이상해."

—어렸을 때는 그렇게 붙어 다니더니. 타지에서 사는데 서로 의지하고 살면 좋잖아. 도하랑 밥도 좀 같이 먹고 그래. 저번에 보니까 살이 쏙 빠졌더라.

"엄마, 도하는 무인도에 떨어져도 안 죽고 잘 살 애야. 일주일만 지나 봐. 낚시 장인이 되어 있을걸. 생선구이 해 먹고 있을 거다."

도형이 초크를 내려놓고 위치를 옮겼다.

—말을 또……. 아무튼 도하 잘 챙겨 줘. 중국에서 지낼 때 고생 좀 한 것 같더라.

"무슨 고생?"

당구대를 빙 돌아 사이드 포켓 앞에 섰을 때였다.

—거기서 알게 된 학원 선생이 도하를 좋아해서 자꾸 집 앞에 찾아오고 따라다니고 그랬나 봐. 그게 스토킹 아니면 뭐니. 그런데도 주변에서 말리는 사람이 아무도 없었다더라.

도형의 순서였다. 이쯤에서 알았다며 통화를 종료하려던 도형은 다리의 중심을 바꾸며 툭 웃음을 터트렸다. 꽃다발을 흔들며 '워 아이 니!' 라고 외치는 사람을 질린다는 얼굴로 보고 있을 도하의 모습이 상상됐다.

스토킹이라니. 도하는 그런 걸 두 눈 뜨고 지켜볼 인물이 아니었다. 도형이 아는 도하는 그랬다. 부모님에게 말을 거기까지만 전달했을 뿐이지, 분명 그 뒤의 이야기가 더 있을 거라고 생각했다.

멱살을 잡아 둘러메친 후에 한 번만 더 따라오면 뒤진다고 엄포을 놓거나 음낭을 걷어차 버린다거나 가장 쉬운 방법은 경찰에 신고하는 것이지만 외국인 것을 감안하면 도하가 어떤 방법으로 퇴치했을지는 모르겠다.

“도형, 네 차례야.”

친구의 말에 도형은 작게 고개를 끄덕였다.

“알았어. 도하한테 연락해 볼게. 걱정하지 마시고, 좋은 밤 보내세요.”

통화 종료 후 핸드폰을 주머니에 넣은 도형이 큐대를 고쳐 잡았다. 허리를 숙여 큐볼을 조준하고 시선을 멀리 던졌다가 가까이 가져온 다음 뒤로 당겼던 큐대를 힘껏 앞으로 밀어냈다. 큐볼이 도형이 시선을 주었던 공에 맞으며 딱! 소리를 낸다. 큐볼에 맞은 공이 헤드쿠션을 들이 받고 튕겨 나와 붙어 있는 공 두 개를 갈랐다. 각기 다른 방향으로 흩어진 공이 포켓 안으로 굴러 들어간다.

“와, 씨 대박…….”

한 번에 공 두 개를 포켓 안으로 넣은 도형이 포효도 없이 씩 웃었다.

“그러니까 3구나 치자고. 뭔 포켓볼이냐.”

허리를 숙이고 목적구를 때리는 데 실패한 도형은 벽으로 다가가 등을 대고 서서 핸드폰을 꺼냈다. 메신저에 들어가 대화 목록을 내려 보았다. 끝까지 내렸는데도 도하가 없었다. 끝에서부터 다시 천천히 위로 올리다가 도하와 나누었던 대화를 발견했다. 도하였던 이름이 '알 수 없음' 으로 되어 있었다. 스토킹 당했다더니, 그것 때문인가.

설정으로 들어가 친구 목록을 새로 고침하고 친구 목록에서 도하를 찾아냈다. 이름을 누르자 프로필이 뜬다. 프로필 사진은 영화의 스틸 컷이다. 사진을 누르자 확대된다. 들꽃 한 다발을 든 소년이 들판에 누워 있는 소녀의 머리 위에 무릎을 꿇고 앉아 내려다보는 사진, 하단에는 '너의 꿈으로 들어가고 싶어' 라는 흰색 자막이 있다.

낭만적인 장면에 도형은 의외라고 생각하며 메시지를 입력했다.

오후 11:39 [너 지금 어디야?]

메시지를 보내고 바로 답장이 들어왔다.

[정문] 오후 11:39

시간을 확인한 도형은 발을 까닥거리다가 큐대를 내려놓았다. 그러곤 상체를 숙이고 각도를 가늠하고 있는 친구의 등을 두드렸다.

“야, 나 먼저 간다. 미안.”

“뭐? 간다고?”

친구가 상체를 들었고, 그 과정에서 큐대가 공을 스쳤다.

“어! 너 공 침!”

그 순간을 놓치지 않고 다른 친구가 소리쳤다. 도형은 그들을 뒤로하고 그대로 당구장을 빠져나왔다. 편의점에 들러 민트 향 사탕 하나만 사려다가 바나나 우유도 하나 집었다. 결제를 하고 나와 걷다가 왠지 이 속도로 걸었다가는 도하를 놓칠 것 같아 뛰었다.

도형의 기억 속에서 도하는 늘 어린 모습이었다. 그 시절의 기억이 너무 강렬한 탓이었다.

어렸을 때부터 붙어 다녀 학년이 올라갈 때마다 둘의 관계를 오해하는 소문이 퍼졌다. 사귄다는 소문이거나 누가 누구를 좋아한다는 소문이었는데, 늘 화살표의 방향은 도하에게서 뻗어져 나왔다. 기도하가 권도형을 좋아한다. 그 소문에 도하는 늘 치를 떨며 소문의 주범을 찾아 학교를 뒤졌고 탈탈 털었다. 그게 몇 년으로 쌓이다 보니 도형은 소문 따위에 신경을 쓰지도 않는 지경에 이르렀다.

다른 친구들이 도하의 감정을 들추면 도하는 바락바락 소리를 지르며 아니라고 우겼다. 그 소란 속에서 도형은 아무런 반응도 보이지 않다가 이따금씩 도하에게 ‘너 나 좋아해?’ 물었다. 그럴 때마다 도하는 얼굴을 구기고 도형을 팼는데 얻어맞으면서도 웃음이 나는 이상한 상황이 연출되고는 했다.

도하와 처음 만난 여섯 살 때부터 학교를 같이 다닌 중학교 때까지는 사건 사고가 하도 많아서 책으로 한 편 엮을 수 있을 정도였다.

소문을 의심했던 적도 있었다. 그러나 도하가 피를 토하는 듯 아니라고 부정하니 의심이 오래 가지는 않았다. 가끔씩은 도하의 강경한 태도에 기분이 이상해지곤 했는데, 나를 좋아하는 게 그렇게 질색할 일인가, 하는 생각이 들었다.

그래서 한 번은 '야, 너 내가 진짜 그렇게 싫어?' 하고 물었고, 도하는 눈을 동그랗게 뜨고 기겁하며 '어! 다신 그런 거 묻지 마라' 하고는 사라져 버렸다.

도하가 사라진 곳을 바라보며 도형은 생각했다. 어쩌면 다행인가, 하고. 대개 그 시기에 떠도는 감정들이 어리고 미성숙한 시기에 놓인 아이들을 잠깐 스치고 지나가는 전염병 같은 것이라는 걸 알았다. 흔적은 남을지언정 성장하면서 그 알맹이는 사라져 버리는. 어렸을 때 품은 마음이 진짜일 리 없다.

저 앞에 터덜터덜 힘없는 모양새로 걸어가는 사람이 보였다. 등 뒤로 길게 늘어트린 머리는 낯선데 걷는 폼이 딱 기도하다. 추운지 어깨를 잔뜩 올리고 오들오들 몸을 떨고 있었다.

도하의 몇 발자국 뒤에서 속도를 늦춘 도형은 입고 있던 후드를 벗었다. 안 그래도 뛰어오느라 몸이 조금 달아오른 상태였다. 성큼 다가가 도하의 머리 위에 후드를 얹었다. 도하가 화들짝 놀라며 몸을 튼다.

"어? 어떻게 여기 있어?"

도하가 고개를 돌렸다. 머리에 뒤집어 쓴 후드에 얼굴이 반쯤 가려졌다.

"후문에서 애들이랑 당구 쳤어."

난데없이 캠퍼스를 가로지르며 달린 탓에 숨이 찼다.

"맞다."

가쁜 숨을 고르던 도형은 뒤늦게 편의점에서 산 우유가 생각나 도하에게 걸쳐 준 후드의 주머니에 손을 넣었다. 우유를 꺼내 건네자 도하가 받아 든다. 그제야 시선이 마주쳤다. 후드에 가려져 있던 얼굴이 온전히 드러나 선명하게 눈에 담겼다.

연하고 부드러워 보이는 피부가 가장 먼저 눈에 들어왔다. 립스틱 때문이겠지만 입술이 불그스름했고 쌍꺼풀 진 눈이 또렷했다. 술을 마셨는지 볼록하게 솟은 광대가 살짝 붉다. 살이 쏙 빠졌다더니, 늘 도토리를 물고 있는 것 같던 뺨이 비어 있었다.

생각해 보니 고등학교를 졸업한 뒤에는 도하를 제대로 만난 일이 없었다. 연락을 주고받을 때 말투나 목소리가 한결같아 공백을 느끼지 못했는데, 그 공백을 마주한 도하의 얼굴에서 느낀다. 안 본 사이에 도하는 많이 달라져 있었다. 도하가 달라진 건지, 공백에 의해 낯설게 느껴지는 건지 모호했다.

도하의 눈이 느리게 깜박거린다.

한 차례 바람이 세기를 달리하며 불어 들었다. 날 선 바람이 옷깃에 스미며 머리칼을 흐트러트린다. 도형은 순간 바람에 섞여 든 낯선 냄새에 감각이 예민하게 서는 것을 느꼈다.

✣ ✣ ✣

광철은 마지막 날을 함께해 달라더니 그 말을 한 게 도형만은 아닌 듯 계속해서 사람이 왔다. 동기들이 오더니, 후배들이 오고, 어떻게 알고 지내는지 알 수 없는 학번의 선배들까지 광철의 이름을 부르며 들어왔다. 대체 군대에 가는 건지 이민을 가는 건지 알 수 없었다. 전역할 생각이 없는 것처럼 오늘 하루 알고 지낸 모든 사람들과 작별 인사를 나누려고 했고, 입대를 할 생각이 없는 것처럼 계속 술을 마셨다.

"너 내일 간다며. 이래도 되는 거냐."

도형은 울다가 웃는 광철이 짠해 지루한 자리를 계속 지켰다. 그러다 술맛이 뚝 떨어진 건 지선이 왔을 때였다. 어떻게 두 사람을 한자리에 부를 수 있지. 도형이 중앙에 앉아 있는 광철을 노려보자, 그는 어색하게 웃으며 시선을 피하고 호출벨을 눌러 술을 더 주문했다.

"이따 나랑 이야기 좀 해."

굳이 도형이 있는 자리까지 사람들을 헤치고 들어온 지선이 말했다.

"그냥 여기서 하면 안 돼?"

직원이 테이블 위에 소주병과 맥주병을 놓고 갔다. 도형이 손을 뻗어 소주병을 가져왔고 맥주잔 밑바닥에 술을 따랐다. 잔을 둥그렇게 흔들어 술을 섞고 입술로 가져가는 모습을 지선이 물끄러미 봤다.

"너 진짜 너무한 거 알아?"

"알아. 미안해. 저번에도 말했잖아. 진심이야."

지선은 같은 과 동기였다. 다른 학과로 전과했으나 워낙 사교성이 좋아 전과 후에도 각종 행사에 찾아오곤 했다. 도형은 그런 지선의 유쾌한 성격을 좋다고 생각했으나 그게 호감으로 이어지지는 않았다. 그러다 둘 사이에 무언가 생긴 것은 작년 도형이 전역 후 동기들과 술자리를 가졌을 때였다.

그 이후로 지선은 자꾸 도형을 따로 불러냈다. 얼마 지나지 않아 도형이 일을 하러 섬에 들어갔을 때에는 그 섬에 여행을 오기도 했다. 도형의 업무가 끝나는 시간까지 기다렸다가 함께 저녁을 먹고 산책을 하고 술을 마셨다.

도형은 제게 적극적인 지선에게 순순히 응했다. 부르면 나왔고 연락이 오면 받았다. 분명 지선이 좋았고 설레는 것도 같았는데 사귀고 나자 급속도로 마음이 식었다. 도형의 연애는 매번 이런 식이었다. 그래도 이번엔 다르지 않을까 했는데, 완벽한 오판이었다.

너무나 빨리 찍은 연애의 종지부를 지선만 믿지 않았다. 처음엔 어떻게 이렇게 빨리 권태가 올 수 있냐며 화를 내다가, 그다음에는 생각할 시간을 줄 테니 헤어지자는 말은 하지 말라고 했다. 지선은 시들해진 마음을 되살릴 수 있다고 믿는 것 같았지만 도형은 어쩌면 이게 사랑이지 않을까 의심했던 마음이 증발해 버렸음을 알았다. 되살릴 마음 자체가 남아 있지 않았다.

아무리 말을 해도 듣지 않았다. 무조건 다시 자신을 좋아하라고만 했다. 도형은 점점 피곤해졌다. 번호를 차단해도 소용이 없었다. 무턱대고 찾아왔다. 욕을 섞어 가며 그만하라고 하는 건 너무 최악의 결말 같았다. 그래서 그런 거짓말을 했는지도 모른다.

“아무도 너 여자 친구 생긴 거 모르던데.”

“여자 친구라고 한 적 없어. 좋아하는 애가 생겼다고 했지.”

“그래서 고백했어?”

“할 거야. 이제.”

도형은 술잔을 기울이며 시선을 돌렸다. 광철이 힐끔거리며 눈치를 보고 있었다. 내일 입대하는 새끼를 때릴 수도 없고. 도형은 목으로 넘어가는 술과 함께 욕을 삼켰다.

“아무튼 이따 시간 좀 내 줘. 그냥 가 버리지 말고.”

지선이 핸드폰을 챙겨 들고 자리를 벗어났다. 지선이 사라지자 위기의식을 느꼈는지 광철이 도형에게서 멀리 떨어진 자리로 피신했다. 몇 학번이나 높은 선배들 옆이었다. 도형은 얕은 한숨을 뱉으며 머리를 쓸어 넘겼다.

지선이 믿지 않을 걸 알았다. 권도형 한 학기 내내 만나는 여자도 없다더라, 하는 이야기를 지선이 듣게 된다면 아마 도형의 남은 학기는 파국을 맞을 것이다. 피곤한 건 질색이고, 사귀었다 헤어진 여자에게 막말을 했다고 소문이 나는 상황은 상상도 하고 싶지 않았다.

"도형이 형, 한 잔 받으세요."

옆에 있던 후배가 소주병을 들고 미소 지었다. 도형이 옅게 웃으며 앞에 있는 잔을 들어 술을 받았다.

"형이랑 친해지고 싶었는데, 과 방도 자주 안 오시고 행사 때도 못 봐서 기회가 없었어요. 저 아세요?"

"알아. 너 광철이랑 같은 동아리잖아. 주원이던가?"

"네. 맞아요! 아시는구나."

주원이 기분 좋게 웃으며 잔을 내밀었다. 도형이 그가 내민 잔에 술이 넘치지 않을 만큼 약하게 잔을 부딪쳤다. 도형은 느리게 술을 들이마시며 파국에 이른 뒤에 오게 될 자신의 붕괴된 이미지를 상상했다. 거기에 주원의 경멸하는 얼굴이 추가되었다.

아직 남은 학기도 많은데.

도형은 잔을 내려놓고 핸드폰을 꺼냈다. 액정 불빛이 도형의 얼굴을 밝힌다.

바로 도하의 이름을 찾아 메시지를 보냈다. 아무리 생각해도 이 방법이 여러모로 효율적이고 깔끔했다. 도하와 같은 수업을 듣고 강의실에서 걸어 나와 밥을 먹고 커피를 마시고 산책하는 것.

폭력적이지 않아서 좋고, 거짓말에 힘을 실어 주어 좋고, 헤어진 여자 친구는 남이 되고, 안 그래도 모친이 잘 챙겨 주라던 친구와 가까이 지내고. 이보다 완벽한 술수는 없다.

어쩌면 핑계인가.

도하가 시간표를 정정한 것도 아닌데, 같이 수업을 들을 생각에 조금 신이 났다. 도형은 메시지 창을 끄지 않고 도하의 답장을 기다리며 그런 생각을 했다.

얼마간 자리를 지키던 도형은 지루함을 도저히 이길 수 없어 광철에게 인사를 하고 먼저 자리에서 일어났다. 집으로 돌아가는 길, 도하에게 메시지를 보냈으나 처참하게 씹혔다.

"안 본 사이에 많이 변했네, 기도하."

도형은 민트 향이 나는 사탕 한 개를 입에 넣으며 도하에게 전화를 걸었다. 신호음이 넘어가기를 기다리는데 어디선가 핸드폰 진동 소리가 들렸다.

두리번거리자 정문 횡단보도 앞에서 액정에 불이 들어온 기기가 반짝이고 있었다. 누가 핸드폰 떨어트렸나 보네, 하며 그 앞에서 걸음을 멈추는데 액정에 익숙한 이름이 떠 있다.

"내 이름?"

상체를 숙여 핸드폰을 주웠다. 받지 않는 통화를 종료하자 주워 든 핸드폰의 진동 소리도 뚝 끊긴다.

"와, 얘는 어떻게 이걸 여기다 버리고 갔대?"

분명 아까 전까지 메시지를 주고받았었는데. 잃어버린 사람은 모르겠고, 주운 사람이 더 황당함을 느꼈다. 잠금 상태의 핸드폰을 보던 도형은 비밀번호를 한번 눌러 볼까 하다가 손을 대지 않고 그대로 주머니에 넣었다.

과 방에서 누워 자던 도형은 강의 시작 시간이 다 되어서야 눈을 떴다. 소파 위에 안 들어가는 몸을 억지로 구겨 넣고 웅크리고 잔 탓에 목이 뻐근했다. 몸을 일으켜 앉아 집업을 반대로 입어 얼굴에 뒤집어쓰고 있던 후드를 벗어 내렸다.

"어? 도형 오빠였어."

"역시 다리가 심상치 않게 길다 했는데."

"안녕하세요. 선배님."

맞은편 소파에 앉아 있던 후배들이 도형을 보고 인사했다. 왠지 돌리면 빠드득 소리가 날 것 같은 뒷목을 주무르며 도형은 미소 지었다.

"어. 안녕."

시간을 확인하기 위해 주머니를 더듬어 핸드폰을 찾아 꺼냈다. 액정을 터치하자 화면이 켜지며 메시지 창이 켜졌다.

[사기꾼 새끼 내가 너 죽인다] 오후 1:02

뭐지?

핸드폰을 내려놓고 후드를 제대로 고쳐 입었다. 한쪽 어깨에 가방을 걸치며 핸드폰을 들고 일어나자 방금 인사를 했던 후배들이 이번엔 잘 가라며 인사한다. 도형은 가볍게 손을 흔들고 과 방을 나왔다.

도하에게 답장을 하기 전에 사진첩에 저장해 둔 시간표를 먼저 확인했다. 금요일, 5교시, 건강과 생활. 순간 도형은 도하에게 했던 말이 떠올랐다. 금요일 수업으로 정정하라는.

"어, 씨. 큰일 났다."

지각인 줄은 알았으나 그 수업이 도하에게 수강을 강요했던 과목이었을 줄은 몰랐다. 아침부터 왠지 모르게 정신이 멍하더니, 나사가 하나 빠진 게 틀림없다. 도형은 가방을 고쳐 메고 강의실을 향해 달렸다.

숨을 고르며 조심스레 강의실 문을 열었다. 최대한 몸을 숙이고 들어가 도하를 찾던 도형은 교수와 눈이 마주치자 뒤에 있는 빈자리에 앉았다. 책상 아래 핸드폰을 내리고 도하에게 메시지를 입력해 보냈다.

오후 1:10 [억울해요 제가 무슨 사기를 쳤나요?]

강의 서적과 필기구를 꺼내고 있을 때 도하에게 답장이 들어왔다.

[ㅗ] 오후 1:12

짧고 명료하네.

칼 같은 도하의 답장을 확인하고 핸드폰을 집어넣었다. 한 손에 쥔 펜을 굴리며 강의실 왼쪽에서부터 오른쪽 방향으로 앉아 있는 사람들의 뒷모습을 쭉 훑었다. 그러다 오른쪽 벽면에 붙어 앉아 있는 도하를 발견했다.

도하의 머리색은 카키브라운에 가까웠다. 허리께까지 오는 머리카락에 공을 엄청 들인 듯 윤기가 흘렀다. 도형은 탈색을 하고 색을 입혔을지도 모를 도하의 머리를 보며 돈깨나 썼겠다고 생각했다.

흘러내린 머리카락을 귀 뒤로 넘기자 검은색 재킷 안에 입은 초록색 터틀넥이 보였다.

며칠 전에 입고 있던 뽀글이도 초록색 아니었나.

아직도 도하의 선호 색상이 변하지 않았다는 점에서 도형은 도하의 한결같음이 대단하다고 생각했다. 한 손으로 머리를 부여잡고 강단을 노려보던 도하가 책상 위에 올려 둔 핸드폰을 들여다봤다. 액정을 보며 코웃음을 치더니 주위를 두리번거린다.

그에 도형은 저도 모르게 바짝 고개를 숙여 앞에 앉아 있는 사람 뒤에 숨었다. 도하를 놀려먹는 게 재미있다고 생각하는 찰나 메시지가 들어왔다.

[너 이거 들어 안 들어] 오후 1:20

[목요일 뺐다고] 오후 1:20

[뒤진다 진짜……] 오후 1:21

분노가 느껴지는 메시지에 도형의 입술이 호선을 그리며 벌어졌다. 힐끔 고개를 내밀고 도하를 봤다. 온기가 사라진 얼굴에 화가 가득했다. 매섭게 뜬 눈이 교수를 향했다. 교수가 강의 내용을 설명하며 문 앞쪽으로 걸어갔는데도 도하의 시선은 교수가 서 있었던 위치에 머물렀다. 아무것도 보고 있지 않음을 뜻했다. 한숨을 뱉으며 입술을 말아 무는 모습에 도형은 참지 못하고 피식 웃어 버렸다.

오후 1:22 [저에게 듣는다고 답해 주지 않으셨잖아요?]

[양아치세요?] 오후 1:22

[양심 어디 감?] 오후 1:22

[일부러 이러냐?] 오후 1:22

[짜증 나 진짜] 오후 1:23

[짜즈아ㅏ!!!!!!!!!!!] 오후 1:23

도하의 답장이 다다다 들어왔다. 메시지에서 비명이 들리는 것 같았다. 도형은 웃는 낯으로 내용을 입력했다.

오후 1:24 [짜증 나면 소리 질러 봐]

메시지를 확인한 도하는 고개를 뒤로 젖히고 한숨을 뱉더니 핸드폰을 주머니에 집어넣었다. 도형은 그 모습을 보며 메시지를 몇 개 더 전송했으나 모조리 씹혔다.

"쟤 화났네."

결국 도형은 핸드폰을 뒤집어 내려놓고 펜을 들었다. 턱을 괴고 강의를 들었다. 이미 앞부분을 많이 놓친 상태였다. 건강의 개념에 대해 설명하는 교수의 말소리에 주의를 기울이던 도형은 느리게 눈동자를 돌려 도하를 봤다. 강의에 집중을 하나도 하지 못하는 것처럼 고개를 기울이고 멍한 얼굴로 앞쪽 어딘가를 보고 있었다. 내가 미쳐서 권도형 말을 들었다는 생각을 하고 있을 것 같은 얼굴이었다.

입꼬리를 비스듬하게 올리던 도형은 시선을 돌리다가 도하의 뒤에 앉아 있는 사람을 봤다. 남자의 시선이 대놓고 도하를 향해 있었다. 어딘지 모르게 이상한 상황을 자세히 살펴봤다. 바로 뒤에서 빤히 쳐다보는데도 다른데 정신이 팔린 도하는 시선을 눈치채지 못한 것 같아 보였고, 구면인지 초면인지 모를 남자는 가까운 거리임을 신경 쓰지 않고 노골적인 시선을 던지고 있었다.

뭔 상황이야, 저게.

남자가 손에 든 펜으로 책의 끄트머리를 콕콕 찌르고 있었다. 그것이 남자의 초조한 마음을 드러낸다고 도형은 생각했다. 손을 슬쩍 들어 올린 남자가 도하의 어깨로 가져가다가 닿기 전에 냅다 거두어 갔다. 지켜만 보는데도 가슴이 퍽 답답해졌다.

저거 바보 아니야? 대체 뭔 생각을 하길래 저렇게 정신이 빠졌어?

도형은 바로 핸드폰을 들어 도하에게 메시지를 보냈다.

오후 1:47 [뒤에 아는 사람이야?]

주머니에서 핸드폰을 꺼내 진동의 원인을 확인한 도하가 잠금을 풀어 메시지를 확인하지도 않고 도로 집어넣었다. 그 모습을 멀찍이서 지켜본 도형은 다시 메시지를 입력했다.

오후 1:48 [씹지 말고 뒤에 봐]

주머니 속에서 울리는 진동에 도하가 얼굴을 찡그렸다. 핸드폰을 안 꺼내면 어쩌지 했는데 확인은 하려는 듯 꺼내 본다. 액정에 뜬 메시지를 읽었는지 핸드폰을 손에 든 채 뒤를 돌았다. 그러자 내내 도하만 보고 있던 남자가 급하게 고개를 숙이며 시선을 피한다.

저건 너무 대놓고 수상하잖아.

도형이 남자를 살폈다. 회색 후드 티에 청재킷을 입고 캡 모자를 썼다. 모자챙에 가려 남자의 얼굴이 안 보였다. 도하의 가까이에 캡 모자를 쓴 남자 인간을 보자 며칠 전의 어둑한 골목이 떠오른다. 동시에 도형은 미간을 찌푸렸다.

설마 그 씹 변태 새끼가.

[있는 척 하지 마라ㅗ] 오후 1:50

도하에게 답장이 오는 순간 교수가 쉬는 시간을 선포했다. 남자가 자리에서 벌떡 일어났다. 도망가려나 싶어 도형은 잽싸게 자리에서 일어나 성큼성큼 도하의 자리로 갔다. 주춤거리며 걸어가던 남자가 도하의 앞에서 멈춰 섰다. 쉬는 시간이 되자마자 책상에 엎드려 누운 도하는 제 위로 드리운 그림자에 흘긋 눈을 올렸다.

"저기 혹시."

남자가 입을 열었다. 그리고 뒷말을 뱉기도 전에 도형에게 팔이 잡혔다. 도형이 남자의 팔을 잡아다가 뒤로 꺾으며 모자를 벗겨 냈다.

"어억! 누구세요?"

남자가 기겁하며 소리를 질렀고 그 바람에 주변의 사람들이 놀란 얼굴로 쳐다봤다. 놀란 건 도하도 마찬가지였다. 눈을 동그랗게 뜨고 책상에 붙였던 몸을 들어 올렸다.

"야, 이 사람 저번에 골목에 있었던 그 새끼 아니야?"

도형이 말했고, 도하는 영문을 모르는 얼굴로 입만 벌렸다. 그러다 괴로워하는 남자의 얼굴을 발견하고는 도형의 팔을 잡아 흔들었다.

"뭐 하는 거야? 왜 남의 팔을 꺾고 그래?"

"아니야?"

"뭔 소리를 하는 거야. 우선 이 손부터 좀 놔. 미친놈아!"

난데없이 강의실에 있는 학생을 제압하려는 도형의 모습에 적잖이 당황한 듯 도하의 목소리가 갈라졌다. 다급하게 남자의 팔에서 도형의 손을 떼어 내려고 하기에 도형은 우선 힘을 풀어 남자를 놔주었다. 남자가 얼굴을 찌푸리며 팔을 안았다.

"누구세요? 왜 이러세요?"

남자가 억울한 얼굴을 했다.

광철과 술을 마셨던 날, 도형이 여자의 부탁을 받고 골목으로 들어왔을 때 남자는 도하에게 욕을 얻어먹고 도망가기 직전이었다. 도하가 끈질기게 손전등 불빛을 남자의 얼굴에 쏘아 대서 확실하지는 않지만 어렴풋하게 얼굴을 봤다. 안경을 안 쓰긴 했지만, 이 얼굴은 아니었다. 도형의 얼굴에 순간 난감함이 스쳤다.

"어……. 죄송해요. 아, 진짜 죄송합니다. 사람을 잘못 봤어요. 모자 쓰고 있는 게 너무 비슷해서."

도형이 꾸벅 고개를 숙여 사과했고, 도하가 바닥에 떨어진 남자의 모자를 주워 건네주었다.

"괜찮으세요?"

"네……."

남자가 건네받은 모자를 머리에 푹 눌러 썼다. 도하가 눈동자를 돌려 도형을 흘겼다. 강의실에 없는 줄 알았던 놈이 갑자기 나타나 대환장 쇼를 펼치니 황당할 수밖에.

"정말 죄송합니다. 얘가 며칠 전에 모자 쓴 사람이랑 엮인 일이 있어서, 말을 걸기에 같은 사람인 줄 알았어요. 죄송해요."

도형이 다시 한번 사과했다.

"앞에서 자꾸 머리를 좌우로 흔드시기에 잘 안 보여서 자리 바꿔 달라고 하려고 했어요……."

"아……."

도형과 도하 사이에 민망한 침묵이 흐른다.

"자리 바꿔 드릴게요."

도하의 말에 남자가 고개를 끄덕였다. 도하는 책상 위에 있는 짐들을 뒤로 옮기고 자리에서 나왔다. 그 자리를 남자가 가방을 들고 들어가 앉았다. 도하가 뾰족한 눈으로 맹렬히 도형을 갈기고 있었다.

"나와."

차마 앞에 남자를 두고 떠들 수 없는지 도하가 강의실을 걸어 나갔다. 얼마나 많이 패려고 나오라고 하는 건가. 도형은 조용히 도하의 뒤를 따라갔다.

걸음이 멈춘 곳은 강의실 옆에 있는 휴게 공간이었다. 도하가 의자에 앉자 도형이 그 옆에 앉았다. 그러자 도하가 고개를 돌리고 노려본다.

"앞에 앉아. 앞에."

"네."

도하의 옆에 앉았던 도형은 자리에서 일어나 도하의 맞은편에 앉았다. 두 손을 재킷 주머니에 찔러 넣은 도하는 꽤나 불량하게 보였다. 도형은 왠지 모르게 금품이 털릴 위기에 놓인 사람처럼 도하의 눈치를 봤다. 잘못한 것도 없는데. 아까 그 남자의 팔을 잡아 꺾은 게 도하에게 잘못한 일은 아니지 않은가. 그런 생각을 하며 머리를 굴리고 있을 때 도하가 먼저 입을 열었다.

"너 진짜 금요일 수업 뺐어?"

"아니?"

"그럼 듣는 거 맞아?"

"어."

"그런데 왜 시간표에서 뺀 척했냐."

도형이 눈을 끔벅거리다가 답했다.

"뺐다고 말한 적 없는데."

"……."

주머니에서 핸드폰을 꺼내 도하와 나누었던 메시지를 열었다. 도하 앞으로 핸드폰 화면을 보이며 대화를 죽죽 올렸다.

"이거 봐. 내가 언제 그런 말을 했어. 네가 메시지를 제대로 안 읽었네."

"아……. 짜증 나."

자리에서 벌떡 일어난 도하가 도형의 발을 꽉 짓밟고는 멀어졌다. 도형이 이를 악물고 소리 죽여 고통을 참았다. 그러곤 절뚝거리며 도하의 뒤를 따라갔다. 강의실에 먼저 들어간 도하가 자리에 앉았다. 아무리 오해였다고 하지만 앞에 앉은 남자가 신경이 쓰여 도형은 들어가는 길에 도하의 책상 위에 있는 책을 집어 들고 뒤로 갔다.

난데없이 강의 교재를 들고 튄 도형을 도하가 못마땅한 얼굴로 돌아봤다. 자리에 앉은 도형이 비어 있는 옆자리에 도하의 책을 내려놓고 손으로 그 위를 가볍게 두드렸다.

"여기로 와."

자리에 앉은 채 몸을 뒤로 돌린 도하가 뚱한 얼굴로 도형을 봤다.

"빨리."

도형의 말에 도하가 주둥이를 동그랗게 말고 삐죽 내민다. 심술이 난 표정으로 노려보다가 가방을 챙겨 들고 성큼성큼 도형의 옆자리에 앉았다. 그 모습에 도형이 소리 없이 웃었다. 왠지 모르게 어렸을 때로 돌아간 것 같은 느낌이 들었다. 나이를 먹었는데도 하나도 변하지 않은 느낌이 들기도 했다.

때마침 교수가 들어왔다. 도하가 의자를 당겨 앉으며 자세를 고쳤고, 도형은 그런 도하를 흘긋 보았다가 시선을 정면으로 돌렸다. 이미 많이 놓쳐 버린 수업을 이제야 제대로 집중할 수 있을 것 같았다.

턱을 괴고 시선을 교재에 준 순간 며칠 전 정문에서 도하를 만났을 때 맡았던 향이 훅 끼쳤다. 여전히 낯선 향이었다.

수업이 끝나고 강의실을 나가는 길.

도형은 설마, 혹시나, 그럴 일은 없지 않을까, 하고 막연히 두려워했던 일을 마주하고 말았다. 지선이 강의실 문 앞에 서 있었다.

지선과 혹시라도 교양 강의가 겹칠까 노심초사하며 만든 시간표였다. 다른 과목은 진영과 성준이라는 버팀목이 있는데 건강과 생활은 아니었다. 물론 다른 이유도 있었지만 도하가 더욱 간절했다. 혹여나 지선이 강의실을 찾아와 시간 좀 내 달라고 하면 도하 옆에 붙어 서서 안 된다고 할 생각이었다. 그런데 그런 해결책을 떠나 이렇게 마주하는 것만으로도 기력이 다하는 느낌이다.

입대 전 광철이 지선이 네 시간표 물어보더라, 하고 흘린 이야기를 대충 넘겼는데 그 새끼가 입을 털고 간 모양이었다. 도형은 불안과 피곤함을 동시에 느꼈다.

고개를 돌려 보니 도하가 가방을 챙기자마자 일어나 버리는 바람에 조금 앞서가고 있었다. 늦게 자리에서 일어난 도형이 후다닥 걸음을 빨리해 도하의 옆으로 붙어 섰다.

"도형아."

지선의 목소리에 먼저 반응한 건 도하였다. 도하가 고개를 돌려 지선을 보더니 도형의 옆구리를 툭 쳤다.

"야, 너 부르는데?"

"신경 안 써도 돼."

자연스레 지선을 무시하고 도하의 어깨에 팔을 둘렀다. 그러자 도하가 눈썹을 찌푸리며 눈을 올린다.

"우리 점심 뭐 먹을까?"

"먹고 왔는데. 아니, 그런데 저 사람 계속 너 보는데."

흘긋 지선을 본 도하가 도형의 팔을 풀어내며 말했다. 도형은 꿋꿋이 정면만 바라보며 떨어진 팔을 다시 도하의 어깨 위로 올렸다.

"그럼 커피 마실래?"

저도 모르게 다정한 목소리가 흘러나갔다. 평소에도 도하에게 나름 다정했던 것 같은데, 아니었는지 도형을 보는 도하의 눈빛이 변했다.

"뭐야? 왜 그래?"

"왜. 이러려고 너랑 같이 수업 듣는 건데. 밥 먹고 커피 마시고. 처음으로 같이 다니는 학기인데 잘 붙어 다녀야지."

어쩐지 이상한 상황을 눈치챈 듯 도하의 표정이 점점 굳는다. 흘긋 지선을 본 도하가 도형의 귀를 잡아 내리고 속삭였다.

"뭐냐. 설마 지금 구 여친 정 떨어트리는 데 나 이용하냐?"

표정 봐라.

금방이라도 도형을 한 대 때릴 것 같은 표정이었다. 도형이 하하 웃으며 어깨 위에 올린 손으로 도하의 머리를 감싸고 품으로 끌어당겼다.

"무슨 말을 하는지 모르겠네. 우리 도하."

그렇게 도하의 얼굴을 가리고 지선의 옆을 지나쳤다. 짧게 스쳐 지나가는 그 순간 얼마나 가슴이 격하게 뛰던지, 잔잔하던 그래프의 곡선이 수직 상승하며 긴장을 고조시켰다.

품 안에 도하가 쏙 들어왔다. 도하를 품에 안은 도형과 지선의 눈이 마주쳤다. 지선의 얼굴이 단번에 굳는 게 마음이 상했음이 표정에서 여실히 드러났다.

좋아하는 사람이 있고 고백할 마음도 있으니까 제발 너를 다시 생각해 달라는 말 좀 하지 말아 달라고 했다. 너무 홧김에 뱉어 기억은 잘 안 나지만 좋아하는 애와 시간표를 맞췄다는 말을 했던 것도 같았다. 지선에게 내가 너에게 그런 말을 했던가, 하고 물을 수 없는 노릇이라 짐작만 할 뿐이었다.

지선은 사귀기 전에도 그랬던 것처럼 은근 끈질긴 구석이 있었다. 그게 살아가는 태도에 전부 반영됐다. 학업도 운동도 연애도 뭐 하나 게으르게 하지 않았다. 그게 헤어진 연인을 붙잡는 데까지 미칠 줄은 몰랐다. 쉽게 포기하면 후회한다는 지선의 관념이 작용한 것이다.

이별 후에 사귀는 사람도 없이 덩그러니 남아 있으면 끊어진 연애가 다시 이어질 수도 있다는 여지가 된다.

우리가 왜 헤어져야 해? 다시 만날 수도 있잖아, 너도 노력 좀 해, 같은 말을 일삼는 지선에게는 여지를 안 주다 못해 박살 낼 필요가 있었다. 도형이 좋아하는 사람이 있고, 그 사람과 곧 만날 예정이라면 아마 지선은 깨끗하게 포기할 것이다. 도형은 자신이 지선을 제대로 파악하고 있기를 간절히 바랐다.

그런데 도하가 품에서 벗어나려는 듯 팔을 잡고 버둥거렸다. 이런 식이면 다정해 보일 수가 없지. 도형은 도하의 머리를 단단하게 안은 채 고개를 비스듬히 숙여 내리고 낮게 속삭였다.

"커피 마시자고 했지, 죽여 달라고는 안 했어."

도형은 도하의 얼굴을 가리고 있는 모습이 지선에게 꽤나 다정하게 보이기를 바랐다.

결과적으로 지선은 도형을 붙잡지 않았다. 당황한 얼굴로 도하의 머리를 품에 안고 걸어가는 도형을 보다가, 눈을 질끈 감았다 뜨며 돌아서 가 버렸다.

지선에게서 한참 멀어졌으나 도하를 놓지 않은 채 계속 걸었다. 내려다보자 두 팔 안에 들어온 도하의 머리가 보인다. 정갈하고도 윤기 있는 머리칼에서 샴푸 향이 나는 것만 같다. 어느 순간 도형의 걸음이 멈췄다. 가만 서서 도하를 안고만 있었다. 도형에게 안긴 채 팔뚝만 퍽퍽 때려 대던 도하가 가슴에 얼굴을 묻은 채 놓으라고 욕을 하기 시작했다.

뭐라도 뚫을 것처럼 상승하던 곡선이 하락해야 하는데 어째 계속 두근거렸다.

갑자기 훅 끼치는 낯선 향에 도형의 두 팔이 스르륵 풀렸다. 머리를 감싸고 있던 팔을 풀자 팽팽하게 버티던 도하의 머리가 날쌔게 돌아갔다. 화가 가득한 얼굴로 도형의 얼굴을 쏘아보는데 조금 묘한 기분을 느꼈다.

도하에게 얻어터지면서도 웃음이 나던 날들이 있었다. 그와 비슷한 맥락으로 쌍욕을 먹고 있는데 심장이 조금 빨리 뛰었다.

변태인가. 죽여 버린다는데 왜 심장이 뛰지.

도형은 그런 생각을 하며 미간을 좁혔다. 지선이 갔는데도 심장이 계속 뛰어서 도형은 이상함을 느꼈다. 아무래도 지선의 영향 때문인 것 같다고 생각하며 도형은 표정을 굳혔다.

아니, 내가 지선의 등장을 이렇게까지 두려워하고 있었나. 별나게 뛰네.

고개를 돌려 멀어지는 지선의 뒷모습을 확인한 후 시선을 내리자 씩씩거리는 도하의 얼굴이 보였다. 흐트러진 머리를 정리하면서 이따금씩 뺨을 쓸어내리는데 귀가 조금 붉다.

“야, 이거 왜 이러냐.”

하얀 얼굴과 대비되는 색에 손을 올려 귓바퀴를 잡자 도하가 소스라치게 놀라며 도형의 손을 쳐내고 저만치 떨어진다. 벌레라도 본 줄 알았다. 도형이 당황하여 허탈하게 웃자 도하가 미간을 찌푸리고 도형의 손이 닿았던 귀를 만지작거렸다.

“야, 어디를 만져?”

“아니, 귓바퀴가 붉길래.”

“입 없냐? 왜 손이 먼저 나가? 진짜 이상한 애네.”

답지 않게 도하가 씩씩거린다. 아닌가, 항상 이렇게 격한 반응을 보였었나. 도형은 오래간만에 보는 도하의 분노에 새삼스러운 감정을 느끼며 입을 열었다.

“실수한 거야?”

도형은 고작 ‘귀’라고 생각했으나 도하에게는 아닐 수도 있다는 생각에 물었다. 만약 도하가 그렇다고 답한다면 사과하고 접촉하는 데 주의를 기울이려고 했다.

“어. 성감대거든. 함부로 건들지 마라. 흥분한다.”

귀를 잡은 채 도형을 노려본 도하가 폭탄을 던진 뒤 성큼성큼 멀어졌다. 도형의 품에 떨어진 폭탄은 조금의 시간 간격을 두고 터졌다. 멍하니 서 있던 도형이 정신을 차렸을 때 도하는 이미 계단을 내려가고 없었다.

서, 성감대……?

도하와 알고 지낸 지도 15년이 넘었다. 많은 것을 공유했지만 어디를 만져야 흥분하는지 따위를 공유한 적은 없었다.

흥분한다니. 내가 잡고 만지작거리기를 했어, 바람을 불기를 했어? 뭘 느낄 새도 없을 만큼 짧았는데! 나를 완전 개쓰레기로 만드네.

도형은 멍한 얼굴로 도하가 사라진 복도를 보다가 허망하게 웃으며 걸음을 뗐다.

이야, 모르는 사람 팔을 꺾고. 친구 성감대를 알게 되고……. 어메이징한 하루다.

3.

기록, 스물셋의 도하

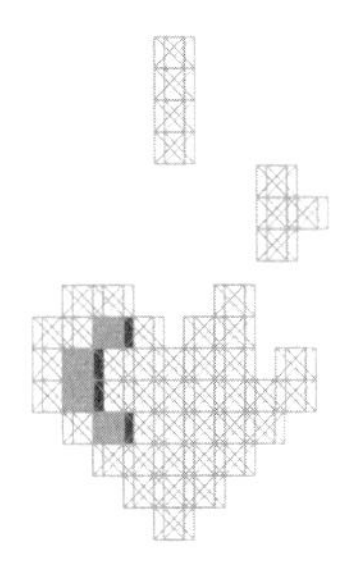

도형에게 점심을 먹었냐고 물어볼까 말까 고민하던 도하는 고개를 내저으며 핸드폰을 집어넣었다. 금요일 수업 신청했냐고 보험 광고 전화처럼 끈질기게 연락을 해 오던 도형은 무슨 연유에서인지 편의점 앞에서 맥주를 마신 날 이후로 연락이 없었다.

떼쓰는 아이처럼 고집을 부리는 도형이 귀찮다고 생각하던 도하였는데, 반대로 아무런 답도 받아 가지 않고 연락을 단절하자 내심 서운해진 것이다.

괘씸해서 다시 시간표를 정정할까 생각도 했었는데 도하가 목요일 강의를 나오자마자 누군가 잽싸게 신청해서 들어가 버렸다. 도하는 이제 돌아갈 자리가 없었다.

그래도 강의실에 있는 나를 보면 조금 놀라겠지.

금요일 당일까지 연락 한 통 없는 권도형이 괘씸했으나 강의실에서 마주할 생각을 하니 조금 들떴다.

아침 일찍 도서관에 왔던 도하는 자리를 정리하고 일어나 학생 식당으로 향했다. 구석진 자리에 앉아 순두부찌개를 먹고 수업이 있는 건물로 이동했다.

화장실에서 양치를 한 뒤 강의실에 들어갈 때까지만 해도 기분이 이렇게 나쁘지는 않았다. 기분이 급속도로 가라앉기 시작한 건 교수가 들어온 뒤였다. 강의실, 그 어디에도 도형의 모습이 보이지 않았다.

연락도 없는데, 심지어 강의실에 나타나지도 않는다. 씹새끼가 아닌가.

도하는 인내심을 가지고 기다렸다. 적어도 10분은 가지 않을까 생각했던 인내심이 강의가 시작되고 얼마 지나지 않아 금방 동났다. 도하는 바로 핸드폰을 꺼내 도형에게 메시지를 입력해 보냈다. 적개심이 최고치를 향해 솟아나고 있었다.

어떻게 된 게 공백이 있었는데도 불구하고 어렸을 때와 변한 게 하나 없었다. 도하는 도형의 작은 말 하나를 흘려듣지 않았고, 도형은 언제나 무심하게 제가 뱉은 말도 잊어버리곤 했다. 늘 부들부들 몸을 떨며 분노하는 사람은 도하였다. 3년 만에 만났는데도 이러는 걸 보면 그게 고정 값인가 보다.

도하는 그 사실이 못내 억울해 고개를 뒤로 젖히며 한숨을 뱉다가 펜을 쥔 주먹을 부들부들 떨다가 멍하니 벽을 바라보며 권도형을 저주했다. 그리고 저주를 퍼부으며 다짐했다.

권도형의 껍데기에 영혼 그만 팔자. 권도형이 나랑 결혼해 줄 것도 아닌데 이러다 모태 솔로로 무덤에 들어가게 생겼다. 권도형의 껍데기만 바라보던 기도하, 여기 잠들다 같은 문구를 비석에 박아 넣을 순 없잖아. 정신 차리세요. 도형이는 내 인생을 책임져 주지 않아요.

주먹을 불끈 쥐고 예전처럼 팔랑팔랑 마음을 휘둘리지 않을 것이라 의지를 다졌다.

곧 쉬는 시간이 됐고, 책상에 엎드리자마자 웬 남자가 다가왔다. 그 조심스러운 접촉을 막아서며 도형이 남자의 팔을 잡아 꺾었다. 그러곤 남자가 쓰고 있는 모자를 거칠게 벗겨 냈다. 갑작스러운 등장도 당황스러워 죽겠는데 웬 남자를 붙잡고 있는 행동을 이해할 수 없어 입이 벌어졌다.

도형이가 저 남자에게 돈이라도 뜯겼나? 아니면, 중고 나라 사기꾼인가?

머리를 바쁘게 굴리고 있을 때 도형의 시선이 도하를 향한다.

"야, 이 사람 저번에 골목에 있었던 그 새끼 아니야?"

남자의 얼굴을 다시 봤다. 체격이며 생김새 어느 것 하나 닮아 있지 않았다. 도하는 난데없이 강의실에 떨어진 폭탄을 껴

안은 기분으로 도형을 말렸다. 손에 얼마나 힘을 주고 있는지 잡은 팔뚝에 힘줄이 솟아 있었다. 악착같이 달려들어 말리자 도형이 남자를 놔주었다.

난감한 상황이 아닐 수 없다. 다행히도 남자가 도형의 사과를 받고, 도하와 자리를 바꾸며 상황이 일단락되었다. 강의실에 남아 있기가 민망해 도형을 데리고 밖으로 나온 도하는 주머니에 두 손을 찔러 넣고 앞에 앉은 도형을 봤다.

도형이 자신을 위해 몸을 날린 건 처음 있는 일이었다. 단지 팔을 꺾어 돌린 것뿐인데 몇 분 만에 폭탄이 터져 튀어 오르는 잔해를 도형이 몸을 날려 막은 것 같은 장면으로 변해 있었다.

권도형이 나를 위해…….

그런 생각을 하다 세차게 머리를 흔들었다. 다짐을 잊어서는 안 됐다. 아무튼 간에 금요일 수업은 결정된 사안이었고 도형의 요구로 인해 듣게 된 것이니 그가 없는 건 말이 안 됐다. 도형의 수강을 확인한 도하는 자리에서 일어나 강의실로 들어갔다.

옆에 앉은 도형이 어깨를 붙여 오며 고개를 숙여 내리고 속삭일 때마다 장갑에서 맡았던 향수 냄새가 났다.

이게 얼굴로 모자라서 이제 향으로도 사람을 홀리네.

도하는 자신을 유혹하는 향 때문에 코를 콱 막아 버리고 싶었으나, 좋은 냄새 정도는 이겨 낼 수 있다고 생각하며 강의에 집중했다.

그러나 도저히 이겨 낼 수 없는 일은 강의가 끝난 후에 찾아왔다. 도형이 자연스레 어깨에 팔을 두르더니 장난스럽게 머리를 끌어다 품으로 넣은 것이다. 가슴팍에 얼굴이 닿았을 뿐인데 얇은 살갗으로 도형의 단단한 피부가 확 느껴졌다. 도형의 가슴, 망상에 가까웠다. 코를 박은 도형의 가슴에서 은은하게 풍기던 향이 도하를 단번에 덮쳤다.

심장이 폭발하는 줄 알았다. 뼈와 가죽을 뚫고 나가는 줄 알았다. 떨어지지도 않은 심장을 왠지 주워야 할 것만 같아 도하는 허둥거리며 빠져나오려고 했으나 도형이 힘을 주고 놔주지 않았다.

너무 당황해서 그런지 말도 나오지 않았다. 도하는 이를 꽉 물고 홀로 끙끙거렸다. 그러다 숨이 막혀 숨을 고르고 있을 때 도형이 귀에 대고 속삭였다.

"커피 마시자고 했지, 죽여 달라고는 안 했어."

귀를 통해 들어온 도형의 음성이, 숨이 전신을 순환하는 느낌이었다. 욕설을 퍼부으며 도형의 팔을 두드려 벗어날 수 있었으나 도하는 벗어나지 못한 느낌을 받았다. 두근거림이 멈추지 않았다. 설렌다고 해야 할지 불쾌하다고 해야 할지 몰라 망설이고 있을 때 도형의 손이 귓바퀴에 닿았다. 화들짝 놀라 껑충 뛰며 거리를 벌렸다. 손이 닿았던 귀를 잡고 눈을 올렸을 때 도형과 눈이 마주쳤다.

의아함이 묻은 얼굴이 조금 무감했다. 그 얼굴에서 느껴지는 온도가, 감정이, 너무 메마른 것처럼 보여 도하는 홀로 물에 빠진 느낌을 받았다.

솜이 가득한 옷을 껴입고 무겁게 가라앉는 느낌.

허우적거리다가 아무도 구해 줄 사람이 없다는 걸 깨닫고 두 팔과 두 다리를 정지한 사람.

그 수면 위에 도형이 있었다. 자기가 누구를 물속으로 밀어 넣은 줄도 모르고.

"야, 어디를 만져?"

"아니, 귓바퀴가 붉길래."

"입 없냐? 왜 손이 먼저 나가? 진짜 이상한 애네."

"실수한 거야?"

도형이 물었다. 그 순간 도하는 자신이 느낀 것을 고정하려는 듯 못을 박았다.

수면 밑으로 가라앉는 도하의 몸에 쿵.

도형이는 내 인생을 책임져 주지 않는다는 생각에 쿵.

새빨개졌을 귀를 가리며 눈을 모나게 떴다.

"어. 성감대거든. 함부로 건들지 마라. 흥분한다."

그러곤 홱 돌아서 갔다. 수면 위에서 도형을 감당할 자신이 없다면 수면 아래 멈춰 있는 게 나았다.

언젠가 네가 연못일지, 강일지, 바다일지 모를 이 주변을 떠나고 나면 이 위로 올라갈 거야.

도하는 너무 오랜 시간 자신이 도형만 좋아했다고 생각하며, 이번만큼은 속절없이 끌려가지 않으리라 굳게 마음먹었다.

동아리방에 들어간 도하는 의자에 앉아 핸드폰을 꺼내 보았다. 아까 그렇게 헤어진 이후로 도형에게선 연락 한 통이 없다. 이상한 일은 아닌데 괜히 열이 받는 게 좀 전 도형의 가슴팍에 얼굴을 묻은 게 아무래도 도하에게 큰 대미지를 준 것 같았다.

"누나 왔어요?"

"민규, 안녕."

양손에 테이크아웃을 한 커피를 들고 들어온 민규가 의자에 등을 받치고 느슨하게 앉아 있는 도하를 보며 인사했다. 테이블 위에 캐리어를 내려놓더니 한 잔씩 빼내 저보다 나이가 많은 사람들 앞으로 먼저 내밀었다.

"여기요."

"고마워. 그런데 누가 시킨 거야? 아니면 사다리 타기?"

도하의 물음에 민규가 어색하게 웃으며 시선을 돌렸고 빨대를 입에 물려던 도하는 전자임을 인식하고 눈동자를 돌렸다. 시선이 옆에 앉아 있는 한결을 향한다. 커피를 사는 것이야 당연 공금을 사용했겠지만, 공금 쓰는 주제에 나이로 위에 서서 아랫사람을 부려먹는 건 도하가 질색하는 태도 중 하나였다.

"뭐! 왜……."

시선을 느낀 한결이 도르르 눈동자를 돌려 도하를 보고 상체를 멀찍이 떨어트렸다.

"사다리 타라고. 시키지 말고."

"그러려고 했는데 민규가 가겠다고 했어……."

도하가 말없이 노려봤다. 억울하다는 듯 노려보던 한결이 시선을 피하며 민규를 부른다.

"선민규, 앞으로 나서지 마. 무조건 사다리 탈 거니까."

한결이 캐리어를 정리하는 민규를 보며 말했고, 그가 웃으며 고개를 끄덕였다. 한 사람이 안 왔는지 커피 한 잔이 남았다. 다들 커피를 홀짝이며 근황을 이야기하느라 바빴다.

도하는 중국 노래 동아리에서 신시사이저를 연주했다. 어렸을 적 도형을 따라 피아노를 배운 것이 이렇게 동아리 활동에 자리 하나를 마련해 줄줄은 몰랐다.

"이제 시간표 변동 없으시죠? 보니까 공통적으로 시간 비는 게 금요일 오후더라고요. 그래서 연습 시간 금요일 4시나 5시로 할까 하는데. 다들 괜찮으세요?"

동아리장인 민규가 고개를 길게 빼고 목소리를 높여 말했다. 한결이 바로 수긍했고, 몇몇은 핸드폰을 꺼내 캘린더를 확인한 뒤 좋다고 답했다. 사람들의 의견을 모은 민규가 마지막 의견을 수렴하기 위해 도하를 봤다.

[집?] 오후 3:35

커피를 쪽쪽 빨아 마시며 핸드폰 액정을 뚫어져라 봤다. 강의실에서 나와 난데없는 포옹을 겪은 뒤 인사도 없이 사라질 때는 없던 연락이 이제야 왔다. 불퉁한 얼굴로 한 글자와 기호 하나를 노려보는 도하의 앞으로 민규가 손을 휘휘 흔들었다.

"누나? 시간 안 돼요?"

"어?"

"금요일에 연습하는 거요. 누나도 금요일 6교시가 마지막이던데. 누나가 안 된다고 하면 시간 조정하려고요."

도하는 오늘 아침까지 상상했던 금요일 오후를 떠올렸다. 수업을 들어가기 전에는 도형과 점심을 먹고, 수업을 듣고 나와서는 카페에 가서 와플에 커피를 마시며 핸드폰 게임을 하거나 수다를 떨지 않을까 했다. 분명 그럴 줄 알았다. 이렇게 수업이 끝나자마자 볼일이 끝난 사람처럼 찢어질 줄은 몰랐다.

이것 또한 나의 헛된 망상이라고. 걔는 내 금요일도 책임져 주지 않아.

도하는 얼음만 남은 잔을 내려놓고 고개를 저었다.

"아니야. 수업 끝나고 할 일 없어. 그 시간에 하자."

이로써 도하의 금요일 일정은 5, 6교시 수업, 그 이후 시간은 동아리 활동으로 확정되었다.

"이번에 할 노래는 '벌써 일년' 번안곡이에요. 지금 단톡방으로 링크 보냈어요."

민규의 말에 사람들이 핸드폰을 들여다봤다.

"아이칭캉티? 이거 작년에 중국 학교에 있을 때 같은 반이었던 애가 귀에 피가 나도록 부른 노래인데."

커피를 빨아 마시던 도하가 빨대에서 입을 떼고 말했다. 그 아이의 이름은 어쩌고저쩌고 제임스였다. 학기가 끝나는 날까지 풀 네임을 알지 못했다. 관심이 없다는 말이 더 맞았다. 아무튼 간에 제임스는 도하보다 세 살이 많았고 아시아 문화에 관심이 많았으며 유독 북한에 관심이 많았다. 자꾸 도하에게 북한에 대해 이것저것 물어 끝내 친해지지 못한 사람이었다.

"누나, 악보는 오늘 저녁에 메일로 보낼게요."

민규가 도하를 보며 말했고, 도하는 빨대를 입에 문 채 고개를 끄덕였다. 이때까지만 해도 도하는 평화로울 줄만 알았던 동아리 생활에 문제가 생길 것이라고는 예상하지 못했다.

✦ ✦ ✦

문제는 가까운 미래에서 생겨났다. 난데없이 도하보다 다섯 학번 위인 선배 위용철이 동아리를 찾아온 것이다. 아무도 반겨 주는 이 없는데 몇 년 전에 이 동아리의 장이었다는 이유로 민규를 불러내 몇 번 술을 마신 모양이었다. 도하는 그 사실을 알고 미쳤다는 말을 감탄사 내뱉듯 한결에게 건넸고 한결은 외로운가 보다, 하고 대답했다.

용철의 문제는 이 동아리가 잘 굴러가나, 우리 후배들 잘 있나 보러 온 게 아니라는 점에 있었다. 도하의 앞에 있는 키보드를 딩딩 두드려 보더니 문을 가리키며 오늘 날씨가 좋다는 말을 들으라는 듯 내뱉었다. 그 말을 들으며 도하는 미간을 찌푸렸다.

'뭐 어쩌라고.'

빨리 그가 가 버렸으면 생각하고 있는데 민규가 반응했다.

"아, 그런가요?"

그 말에 기다렸다는 듯 용철이 난데없이 주먹을 허공에 내질렀다.

"나가서 연습하자!"

"……?"

도하의 머리 위로 물음표가 하나, 한결의 머리 위로 물음표가 하나, 그렇게 모두의 머리 위로 물음표가 떠오르고 있을 때 용철이 웃으며 키보드를 번쩍 들었다.

"나가자!"

뭐냐. 나가자, 싸우자, 이기자?

도하는 황당한 얼굴로 용철을 봤고 대답한 사람은 한 명도 없는데 그는 이미 성큼성큼 동아리 방을 나가 버렸다. 그것도 키보드를 옆구리에 끼우고서.

아직도 물음표를 달고 있는 도하의 앞에는 키보드 받침대만 덩그러니 남았다. 존나 황당하다. 뭐 이런 경우가 다 있어? 도하가 눈을 동그랗게 뜨고 민규를 봤다. 도하에게도 나이 차가 많이 나는 선배인데, 민규는 오죽할까. 입장이 정말 난처할 것이다. 민규가 어색하게 웃으며 용철이 사라지고 없는 문을 가리켰다.

"하하……. 그럼 나가 볼까요?"

키보드가 사라진 마당에 동아리 방에 죽치고 있을 수도 없는 노릇이었다. 가서 되찾아 오든 어쩌든 간에 저 사람을 따라가야 했다. 몇몇은 나가는 게 좋은지 웃으면서 나갔고 몇몇은 한숨을 내쉬며 나갔다. 사람들이 나가니까 군말 없이 조용히 따라 나가는 아이들도 있었다.

"민규야, 너 저 사람이랑 친해?"

밖으로 나가는 길, 피아노 의자를 대신 들고 걷는 민규를 보고 물었다.

"친하지는 않아요. 대신 도움을 좀 받았죠."

"무슨 도움?"

민규가 손에 들고 있는 피아노 의자를 눈짓했다.

"키보드 저 선배님이 사 주셨어요."

도하의 입이 작게 벌어진다. 도움을 좀 받았다고 하기에 동아리 방 기물 고치는 데나 받은 줄 알았는데, 신시사이저를 받았다. 존나 큰 도움을 주셨네……. 고개를 끄덕인 도하는 밖으로 강제 이동하는 현 상황을 빠르게 수긍하며 악보를 단단히 고쳐 들었다.

졸졸 아기 병아리처럼 따라가던 그들은 위용철이 캠퍼스 한

가운데, 유동 인구가 가장 많고 복잡한 곳으로 키보드를 들고 가려고 하는 걸 보고 경악했다. 도하는 입에 붙지도 않는 선배님 소리를 연달아 뱉으며 인문대 뒤쪽을 가리켰다.

"그쪽 말고 이쪽에서 하면 좋겠습니다!"

팔로우 팔로우 미. 도하가 손짓하며 성큼성큼 발을 뗐다. 비교적 인적이 드물어 주목을 덜 받을 수 있는 위치에 자리를 잡았다. 의자에 앉아 건반과 몸의 간격을 조정하고 악보를 올리자 비로소 준비가 끝났다.

도하를 제외한 동아리 사람들이 잔디밭에 앉아 민규가 나누어 주는 출력물을 받았다. 핸드폰으로 보겠다는 의견을 배터리 아끼라는 말로 묵살하며 가사를 출력해 온 민규였다.

당당, 도하가 건반을 두드리며 소리를 확인했다. 밖에서 노래 연습이라니. 자꾸만 누가 오나 길을 힐끗 보며 초조하게 다리를 떨었다. 다른 동아리 사람들도 캠퍼스 어딘가에 엉덩이를 붙이고 앉아 통기타를 치고 주를 찬양하고 손목 발목 꺾으며 춤추는 모습들을 무수히 봤는데도 자신이 그중 하나가 되자니 민망했다.

이는 다 초등학교 때 권도형에게 관심 받고 싶어 나갔던 각종 대회의 부작용이었다. 그 시절 도하는 제게 무관심한 도형의 앞에서 매력을 발산하고 시선을 끌고자 학교 내에서 열리는 대회란 대회는 다 접수하고 무대에 올랐다.

시 낭송 대회, 리코더 대회, 물 로켓 발사 대회 등.

그런데 제대로 마친 대회가 하나도 없었다. 대회를 망친 날마다 도하는 쿵쿵 발을 굴려 집에 갔고, 방에 틀어박혀 몰래 울었다. 우는 걸 아무도 몰랐으면 해서 숨어 운 것인데 그럼에도 달래 주러 오지 않는 도형이 미웠다. 아무튼 중요한 건 그런 경험들로 인해 무대에 스스럼없이 나섰던 도하가 변했다는 것이다.

결정적인 사건은 중학교 3학년 때 있었다. 시청 앞에 설치된 무대에서 지역 공동체 행사가 있었고 특별 활동으로 전통 무용을 했던 도하는 그 무대에서 부채춤을 췄다.

분홍색 한복을 차려입고 머리를 질끈 올려 묶은 다음, 그 어떤 정전기도 용납하지 않기 위해 스프레이를 무지막지하게 뿌려 고정했다. 딱 달라붙은 머리카락에 두상이 그대로 드러났다. 태어나 처음으로 진한 화장을 했고 인조 속눈썹의 가닥이 심하게 풍성해 눈을 가만히 뜨고 있어도 부릅뜬 것처럼 보였다.

“야, 내 눈 너무 무섭지 않아?”

도하가 옆에 있는 친구를 보며 물었고, 돌아본 친구가 웃음을 터트렸다.

“똑같이 화장한 건데, 너 눈 진짜 튀어나올 것처럼 커 보인다.”

“완전 부담스러워!”

속눈썹을 만지려고 하자 선생이 소리를 치며 주의를 준다.

"부리부리하게 큰 눈이 포인트야!"

"선생님, 너무 이상해요."

"안 돼. 얼마나 공들여서 한 건데. 손대지 마!"

"아, 제발 아는 사람 한 명도 없었으면……."

도하가 뱉은 말에 친구가 맞장구를 쳤다.

"이런 데 누가 오겠냐. 아까 보니까 나이 드신 분들만 앉아 있던데."

"그럼 다행이고."

어제 도형이 내일 무얼 하냐며, 영화나 보러 가자고 물어 도하는 아쉬운 마음을 뒤로하고 바쁘다고 했다. 답지 않게 도형이 누구를 만나냐고 캐물어 도하는 당황한 채 말을 얼버무리다가 네가 뭔 상관이냐고 소리치고 대화를 종결했다. 도형이 이렇게 우스꽝스러운 자신의 모습을 본다면……? 상상만으로도 절망적이었다.

"그간 열심히 연습했으니까, 최선을 다해 보자! 특히 도하, 초반에 잘하다가 중반에 접어들면 웃음이 사라져. 그 부분만 신경 쓰고."

선생이 주의해야 할 부분에 대해 설명했고, 도하는 고개를 끄덕이며 실수 없이 무대를 마치리라 다짐했다.

양 뺨에 한복 색상과 비슷한 분홍색으로 분칠을 하고 무대에 올랐다. 깃털이 달린 부채를 들고 동동동 발을 굴려 만개한 꽃을 만들었을 때였다. 선생에게 자주 지적을 받았던 지점이었다.

'도하야, 웃어. 웃어!'

무대 저 아래에서 선생이 입 모양으로 웃으라고 말하고 있어 도하는 씩 치아를 드러내고 인위적인 미소를 지었다. 그리고 누군가와 눈이 마주쳤다. 선생 뒤에, 누군가 핸드폰을 손에 들고 미친 듯이 웃고 있었다.

순식간에 웃음이 달아났다. 꽃을 해체하고 파도를 만들어야 하는 상황에서 도하는 얼굴을 붉히고 인상을 썼다. 무대 앞에 권도형이 제 친구들과 앉아 있었다. 부채로 만들어 내고 있는 파도에 실려 무대를 퇴장하고 싶은 심정이었다.

웃으라고 했더니 인상을 쓰는 도하를 보며 선생은 황당해 했고, 도하는 이를 악물고 마지못해 부채를 흔들었다.

권도형, 네가 왜 여기 있는 거냐고!

무대에 서 있는 1분이 한 시간처럼 느껴졌다. 실시간으로 도형의 핸드폰에 제 모습이 담겨지고 있었다.

도하는 그날 무대에서 내려와 선생에게 꾸중을 들었다. 무대에서 '아, 시발'이라고 하는 입 모양이 다 보였다는 이유에서였다. 도하는 고개를 숙이고 죄송하다는 말을 반복하다가 도형이 다가오는 것을 발견하고는 부채를 착 펼쳐 얼굴을 가렸다. 그러는 바람에 선생에게 너 지금 반항하는 거냐며 한 소리를 들었지만 펼친 부채를 접을 수는 없었다.

잔소리를 퍼부은 선생은 다음엔 잘하자며 마지막 말을 남기고 돌아갔고, 그 빈자리를 도형이 채웠다.

“약속 있다더니, 그게 이거였어?”

도형이 웃는 낯으로 얄밉게 말했다. 대꾸하지 않고 부채로 얼굴만 가리고 있자 도형이 부채 아래로 빼꼼 얼굴을 들이밀어 도하를 본다.

“어쩐지. 말을 더듬는 게 수상하다 했지.”

“꺼지라고!”

부채로 머리를 내려치려고 하자 도형이 잽싸게 도하의 팔을 잡아 막았다.

“왜. 잘 추던데. 창피해?”

“아, 짜증 나. 진짜.”

“뭐가 짜증 나. 관객이 없는 거 몰랐던 것도 아니면서. 다른 사람들은 되는데 나는 보면 안 돼?”

“아…….”

도하가 얼굴을 찡그린 채 말을 않자 도형이 웃는다.

“왜 안 되는데. 이유라도 알자.”

“가라고…….”

“집도 같은 방향인데, 뭘 자꾸 가래.”

자꾸 등을 돌리며 부채로 얼굴을 가리는 도하를 도형이 졸졸 따라오며 앞에 섰다. 그렇게 꼬리잡기처럼 몇 바퀴 빙빙 돌았을까, 도형이 부채를 잡아 내리며 도하와 눈을 맞췄다.

“뭐야. 왜 나 좋아하는 것처럼 굴어?”

도형의 말에 도하는 차마 눈도 피하지 못하고 얼었다.

"아닌데."

"지금 네 태도가 그래 보이는데."

"완전 아닌데."

"그럼 그만 피하고."

도하는 입술을 꾹 문 채 하는 수 없이 부채를 접어 내리고 도형을 마주했다.

"학교로 가서 한복 반납하고 가야 돼."

"그래? 그럼 같이 가자."

"네 친구들은."

"몰라. 이미 간 거 같은데. 어차피 재미도 없어. 부채 줘. 내가 들게."

도형은 걸음을 떼며 꾹 참고 있던 웃음을 소리 없이 흘렸고, 그 뒤를 도하가 입술을 삐죽 내민 채 따랐다.

여하튼 다시 본론으로 돌아와서 그러한 연유로 도하는 무대 공포증 비슷한 게 생겼다. 주목받는 자리에 서게 되면 뭔가 망했다.

후딱 끝나 버렸으면.

도하는 민규의 사인에 맞추어 건반을 두드렸다. 다 함께 두 번 부르고 파트 나누기가 시작 됐다. 고음이 안 올라가는 한결은 얍삽하게 도입부를 쏙 가져갔다. 그렇게 1절과 2절의 파트 나누기가 끝나갈 무렵 위용철이 끼어들었다.

"건반 친구, 이름이 뭐라고 했지?"

"도하요."

"아아, 도하는 노래 안 해?"

"제 담당은 신시사이저인데요."

"그래도 노래 동아리인데 한 소절 부르면 좋을 것 같은데."

"악보 보고 건반 누르는 것만으로도 힘들어요. 제가 피아노를 잘 치는 게 아니라서요."

"그럼 중간에 솔로로 반주 없이 후렴구 부르는 건 어때?"

"힘들어요."

"해 보지도 않고 어떻게 알아?"

탁구공처럼 왔다 갔다 하던 대화가 도하의 침묵으로 뚝 끊어졌다. 공을 따라가는 듯 움직이던 이들의 시선도 도하에게서 멈췄다. 도하는 몇 년 전 시청 앞 무대에서 도형을 발견하고 튀어나왔던 말이 다시 입안에서 생성되고 있음을 느꼈다. 시발, 모태 솔로 서럽게 왜 솔로를 하라고 난리야. 듀엣이 좋다고. 듀엣이!

그런 생각을 하고 있을 때 민규와 눈이 마주쳤다. 입술을 꾹 말아 물고서 고개를 작게 저었다. 걱정 어린 눈빛을 쏘아 대고 있었다.

누나, 제발, 엎지 마세요…….

민규의 눈동자에 전광판처럼 그런 문구가 느리게 지나갔다. 선배고 나발이고 돈 내고 다니는 학교에서 나에게 이래라 저래라 하는 것들은 다 유죄! 이 말을 1학년 때부터 외치고 다녔던 도하는 동아리에 애착을 가지고 있는 민규를 생각하며 어색하게 웃었다. 이게 다 정 때문이야.

"네. 그럼 제가 2절 후렴을 한번 불러보도록 하겠습니다."

"그렇지. 좋아. 기대가 되는걸."

교수님인 줄. 위용철은 팔짱을 끼고 있던 팔을 풀어 손뼉을 쳤고 기대감이 가득한 얼굴로 도하를 비롯한 동아리 사람들을 바라봤다. 인문대 뒤가 아니라 세종문화회관에 있는 줄 알았다. 뭐 저렇게 쓸데없이 진지해.

소매를 살짝 걷어 부친 도하가 건반 위에 손을 올렸다. 연주가 3회 차에 접어들었다. 없던 파트가 생겨 내심 긴장이 됐다. 얼굴이 굳었지만 모르겠고 그냥 빨리 끝내 버리고 싶은 마음만 가득했다.

박자가 빨라지려고 하는 것 같아 발을 까닥거리며 맞췄다. 그렇게 1절이 끝나고 2절이 시작되었다. 도하가 부를 후렴구가 최종 보스처럼 깃발이 꽂혀 있는 지점을 향해 나아가고 있었다. 도하는 순항을 기대했다.

"아일 비 리빙 유 메이요 션머 웬인."

위용철의 말대로 반주 없이 부르는 솔로 파트를 만들어 내진 않았다. 건반을 잘못 누르지 않게 눈동자 열심히 굴리면서 가사를 봤다. 어쩌고저쩌고 제임스가 시간이 날 때마다 이 노래를 부른 덕분에 버퍼링 걸린 것처럼 멈추지 않고 노래를 부를 수 있었다.

번안곡 부르기 3회 차가 겨우 끝났다. 위용철이 노래에 감동한 듯 박수를 쳤다. 한결은 난데없는 브라보 소리에 미간을 찌푸렸고 민규는 어색하게 웃었다. 의자에 앉아 셋의 얼굴을 한 풍경 안에 담아서 보자니 신호등이 따로 없다. 청색 위용철, 주황색 선민규, 적색 오한결. 비보호 표지판이 자신이라고 도하는 생각했다. 존나……. 이 상황 뭐냐고.

"아하하, 벌써 시간이 이렇게 됐네. 교수님이랑 식사 약속이 있어서. 열심히 하라고들!"

손목시계를 확인한 위용철이 말했다. 어디 만화 영화에서나 나올 법한 음성으로 파하하 웃으며 파이팅을 외치더니 인문대 쪽으로 사라졌다.

태어나 처음 만난 캐릭터에 도하는 잠시 멍해졌으나 끝까지 남아 있지 않고 중간에 퇴장한 것에 대해 안도했다. 계속 있었어 봐. 상상만 해도 미간이 아팠다. 얼마나 찌푸리고 있었을지 상상도 안 됐다.

"어, 그럼 이제 가사 볼까요?"

민규의 주도 하에 가사 해석과 발음 지적이 이어졌다. 건반 위에 올려 둔 악보를 들여다보고 있는데 주머니에서 핸드폰이 진동했다.

[설마 끝?] 오후 4:49

도형에게 메시지가 왔다. 건강과 생활 강의가 끝난 후 커피를 마시러 가자고 하기에 동아리 때문에 안 된다며 길을 달리 했더니 일주일에 하루 강의 같이 듣는데 그 시간을 동아리로 빼냐며 툴툴거렸다. 그러면서 "아 존나 심심하다. 심심해!" 소리를 지르며 멀어지는 도하를 붙잡으려는 시도를 했으나 씨알도 안 먹혔다. 그런데 이 메시지 내용은 뭐지. 동아리 활동이 끝났냐고 물어보는 건가? 키보드 아래로 핸드폰을 내리고 빠르게 답장을 적어 보냈다.

오후 4:50 [동아리? 아직 안 끝났는데]

전송이 되자마자 도형이 읽었다. 개 빠르네. 도형은 정말로 심심한지 메시지를 보내자마자 읽고 바로 답을 했다.

[앵콜!!!] 오후 4:50

[신청곡 받아요? 등려군의 첨밀밀 부탁합니다] 오후 4:50

[영웅본색에서 장국영이 부른 당년정도 가능합니까?] 오후 4:50

메시지를 보는 도하의 심장이 철렁했다.

씨바! 왜 아무런 일이 안 생기나 했다!

퍼뜩 고개를 들고 주위를 살폈다. 휙, 휙, 고개를 세차게 돌리며 주변 탐색을 하는데 레이더에 저쪽 벤치에 다리를 꼬고 앉아 있는 파란색 후드를 입은 남자가 걸렸다. 눈이 마주치자 도형이 씩 웃더니 핸드폰을 쥐고 있는 손을 번쩍 들고 흔든다. 망했어. 존나 망했어…….

도하는 방금 전 눈알 바쁘게 굴리며 열창했던 제 모습을 떠올렸다. 탄식과 함께 고개가 푹 수그러든다. 여기서 이렇게 노래 부르고 있는 걸 누가 보는 것도 신경 쓰이는데 하필 도형이다.

어렸을 때부터 서는 족족 망했던 도하의 무대를 관람한 인간이 저만치 앉아서 도하가 키보드 두드리며 노래 부르는 모습을 지켜봤다. 숨고 싶다. 예전엔 무대에 서면 매력이 발산되는 줄 알고 그러했으나 지금은 그게 아니라는 걸 안다. 분명 또 웃었을 거다. 이런 식으로 도형 안에 자신이 그저 웃긴 사람으로 남는 게 싫었던 도하는 얼굴을 찡그리고 도형에게 메시지를 작성해 보냈다.

오후 4:52 [입장료 안 냈으면 가 주세요,,,]

[얼마죠?] 오후 4:52

오후 4:52 [5천만 원]

[양심 중동 갔어요?] 오후 4:52

"……."

도하는 핸드폰을 들여다보다가 그대로 주머니에 집어넣었다. 그래. 내 양심 중동 갔다. 흘긋 도형이 있는 쪽을 쳐다보자 바로 눈이 마주쳤다. 그냥 계속 이쪽만 주시하고 있는 것 같았다.

아 진짜 할 일 없냐고. 왜 거기서 그러고 죽치고 있는데.

못마땅한 도하의 표정을 봤는지 도형의 입꼬리가 호선을 그린다. 아무리 생각해도 권도형은 이런 게 재미있는 것 같다. 수치스러움을 이기지 못하고 절망하는 모습을 관찰하는 것이.

약지를 펴서 신시사이저 위로 슬쩍 들어올렸다. 마치 산 뒤에서 태양이 떠오르는 것처럼. 느리게, 그러나 올라가는 일을 잊지 않으며. 도형이 이 약지를 중지라 오해할 수 있게끔. 도하의 손가락을 본 도형이 고개를 숙이더니 핸드폰을 만졌다. 그러고는 얼마 안 있어 핸드폰이 진동했다. 도하는 입술을 삐죽이며 메시지를 확인했다.

[뭐냐 약지인 거 다 알아] 오후 4:57

[반지 껴 달라고?] 오후 4:57

그리고 또 그 말에 속절없이 심장이 철렁한다. 지금 자기가 무슨 말을 하는 줄은 아는 건가. 몇 년의 공백으로 나름 안정기를 찾았던 심장이 최근 생활 반경에 도형의 실체를 들여 놓음으로써 어수선해졌다. 자주 불규칙적으로 뛰고 함부로 설레었다.

아……. 좋은 징조가 아니라고, 이건.

도하는 두근거리는 심장을 두드리고 싶은 걸 꾹 참으며 'ㅗㅗㅗ'를 갈겨 적다가 이런 반응이 오히려 '헐! 껴 주세요! 내 손가락은 너의 것! 너와의 결혼만을 꿈꿔 왔다!'와 같은 도하의 속내를 드러내는 것일까 봐 입력한 내용을 모조리 지우고 다른 방향을 택했다.

오후 4:58 [다이아 1캐럿 이하 안 받아]

오후 4:58 [그리고 중지 맞음]

다소 딱딱하게 보낸 메시지에 도형은 'ㅋ'으로 세 줄을 채운 말풍선으로 화답했다. 도하는 그 웃음을 개소리 그만하라는 뜻으로 받아들이고 핸드폰을 무음으로 바꾼 후 주머니에 집어넣었다.

4.

열둘의 우리

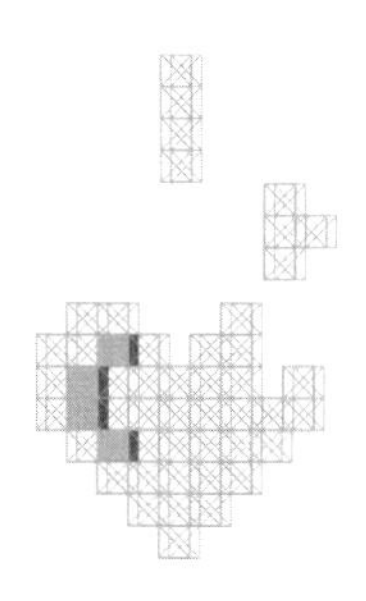

"어? 너 얼굴이 왜 그래?"

현관문에 붙은 열쇠집 스티커들을 칼로 박박 긁어 내고 있던 기도하가 엘리베이터를 타고 올라온 권도형을 발견하고 물었다. 태권도복을 입은 권도형의 오른쪽 콧구멍에 돌돌 만 휴지가 꽂혀 있었다. 권도형이 태권도를 배우기 시작한 지 일주일 만에 일어난 일이었다.

그러니까, 권도형은 일주일 전 부모님의 강요로 인해 태권도를 배우게 됐다. 그게 다 기도하 때문이었다.

억지로 아이들에게 학원을 강요하지 않겠다는 교육의 신념을 부모님이 가지고 있는 덕에 기도하와 권도형은 종합 학원에 가서 주요 과목을 학습하는 대신 배우고 싶은 것을 배웠다. 그 결과 권도형은 피아노 학원을, 기도하는 태권도장을 다녔다.

시간이 흘러 두 사람은 열두 살이 됐다. 권도형이 체르니 40번에 들어갔을 때였다. 신민철이 남자애가 피아노를 친다는 이유로 권도형을 흉 봤다. 말수가 없는 권도형은 초등학교 입학 이후 꾸준히 친구가 없었다. '전교생은 내 친구' 마인드로 여기저기 말을 붙이고 다니는 기도하와는 전혀 다른 행보였다.

"걔 말수가 없는 것도 말투가 여자애 같아서래."

쉬는 시간, 신발장 위에 걸터앉아 떠들고 있는 신민철의 옆을 기도하가 지나가는 중이었다.

"걔가 누군데?"

불쑥 기도하가 신민철의 뒤에서 물었고, 안타깝게도 그는 뒤를 돌아보지 않은 채 '누구긴 누구야. 권도형이지' 라고 답했다. 뒤늦게 질문을 한 사람이 누구인지 확인한 신민철의 얼굴에 당혹감이 스쳤다.

"아니, 그게 아니라……."

"권도형이 말수가 없는 건 그냥 걔가 말하는 걸 귀찮아해서야."

"어, 그래……."

"피아노 치는 건 그게 재미있어서고."

"어……."

"신민철, 너 태권도 빨간 띠 아니냐?"

"맞는데."

"나는 품 띠야!"

신민철이 얼굴을 찌푸렸다. 그러자 기도하가 뜬금없이 품새를 잡으며 기본 준비 서기를 했다. 두 손을 주먹 쥐고 태극 1장의 서막을 올리는가 싶더니 갑자기 큰 소리로 기합을 넣었다.

"가, 갑자기 태권도 이야기가 왜 나와!"

신민철이 소심하게 소리쳤다. 그러거나 말거나 기도하는 신민철이 앉아 있는 신발장 앞에서 발차기를 했다. 하늘 높이 치솟은 다리를 구부려 바로 선 기도하가 호흡을 고르며 신민철을 봤다.

"그냥 해 봤어. 야, 그리고 권도형 걔가 말수가 없어서 그렇지 입만 열면 조폭이야. 얼마나 나쁜 말만 해 댄다고."

"그, 그래?"

"그래! 그러니까 권도형 이야기 그렇게 하고 다니지 마. 걔 화나면 무섭다."

말을 마친 기도하가 폴짝폴짝 뛰어 교실로 들어갔다. 신민철과 그의 친구들이 멍하니 시선을 교환했다.

"아, 쟤 뭔데 저렇게 세……."

신발장에 걸터앉아 어깨를 움츠린 신민철이 말했다. 신민철은 기도하와 같은 태권도장을 다녔는데 그곳에서 마주한 기도하의 기세가 장난이 아니었다. 고함은 또 왜 그렇게 잘 지르는지. 겨루기를 할 때마다 소리로 상대를 반은 죽여 놨다.

"지가 제일 무서운 건 모르나 봐."

신민철의 친구가 말했고, 모두가 고개를 끄덕였다.

아무튼 간에 그날 기도하는 학교가 끝나자마자 권도형의 집을 찾아가 태권도를 배우라고 했다. 네 몸을 지킬 줄은 알아야지. 자신의 몸은 자신이 지켜야 한다는 당당하고 당돌한 말에 권도형의 부모는 설득을 당했다.

같이 태권도장을 다닌다고 했지만 권도형과 기도하의 수업 시간이 달랐다. 혼자서 흰 띠를 허리에 두르고 도장을 가는 권도형을 기도하가 나서서 챙기는 일은 없었다.

아, 진짜 그만두고 싶다.

그런 생각으로 도장을 나가던 권도형은 오늘 문을 열고 들어가자마자 난데없이 돌려차기를 하는 사람의 발에 맞아 코피가 터졌다. 모든 원망이 기도하를 향하는 순간이었다.

"네가 엄마 아빠한테 이상한 소리를 해서 그렇잖아."

칼날을 집어넣지 않은 사무용 칼을 한 손에 든 채 기도하가 권도형의 머리를 잡았다.

"설마 도장에서 이랬어? 어떤 놈이 그랬냐? 내가 가서 반 죽여줄게."

"칼이나 좀 치워."

"아! 미안."

머리를 놓고 엄지를 당겨 칼날을 집어넣었다. 그사이에 몸을 돌린 권도형은 현관문을 열었다.

"야."

"어?"

현관문 손잡이를 잡고 집 안쪽으로 발을 들인 권도형이 엘리베이터 앞에 사무용 칼 하나를 들고 서 있는 기도하를 봤다.

"이제 내 일에 신경 쓰지 마."

권도형이 말했다. 침묵이 이어졌다. 눈을 끔벅이다가 생각해 보니 너무나 매정한 말에 확 얼굴을 찌푸렸다. 그러자 권도형이 문을 닫았다.

"황당하네."

내가 언제 그랬다고. 닫힌 현관문 사이에 홀로 남겨진 기도하는 권도형의 집 현관을 뚫어져라 쳐다보았다.

✦ ✦ ✦

그날 이후로 기도하가 권도형의 일에 나서는 일은 없었다. 바라던 일이었다. 그런데 뭔가 이상하게 굴러갔다. 기도하는 권도형에게 신경을 쓰지 않는 듯 보였는데, 어째 권도형은 아니었다. 자꾸만 기도하를 쳐다보게 됐다. 그게 마음이 쓰여서는 아니었고, 기도하가 하는 짓이 가관이라 그랬다.

"야, 3반 기도하도 시 낭송 대회 나간다는데?"

옆자리에서 애들이 떠드는 소리를 들었다. 기도하의 이름이 들어간 대화에 솔깃 귀가 섰다. 음률 따위 개나 준 게 기도하인데. 시 낭송을 한다고? 책을 읽던 권도형은 코끝으로 가볍게 웃었다.

"기도하, 너 진짜 시 낭송 대회 나가?"

엘리베이터에서 만난 기도하에게 물었다. 권도형에게 등을 지고 거울을 들여다보던 기도하가 건성으로 그렇다고 답했다.

"갑자기 왜?"

정전기에 흐트러진 머리를 매만지던 기도하의 눈동자가 거울 속의 권도형을 향해 움직였다. 등을 진 기도하와 거울 속에서 눈이 마주쳤다.

"갑자기 대회가 열리니까 갑자기 나가지. 그리고 무슨 상관? 내가 뭘 하든 신경 쓰지 말아 줄래?"

"그래. 뭐, 잘해."

이유가 어찌 되었든 이왕 대회에 나가는 거 대상을 타기를 바랐다. 권도형의 진심 어린 응원에 기도하는 아무 대답도 하지 않았다.

그리고 대망의 시 낭송 대회 날, 참가 번호 6번 기도하가 머리를 양 갈래로 묶고 단상 위에 섰다. 초록색 원피스의 색감이 쨍했다.

"5학년 3반 기도하입니다."

기도하가 또랑또랑한 목소리로 말했다. 박수 소리가 짧게 울리다가 멈췄다. 신민철이 다리를 달달 떨며 작은 목소리로 망해라, 틀려라, 하고 기도하고 있었다. 적막이 감돌고, 관중을 쭉 훑은 기도하가 두 손을 마주잡고 입을 열었다.

"진달래 꽃. 김소월."

순간 권도형의 눈썹이 찌푸려졌다. 기도하가 느릿느릿 시를 낭송했다.

"나 보기가 역겨워 가실 때에는— 말없이 고이 보내 드리오리다."

신민철이 눈을 동그랗게 뜨고 옆에 앉은 친구를 봤다.

"나 이거 아는데?"

그 순간 누군가 '영변에~ 약산~ 진달래 꼬옻~' 하고 노래를 불렀다. 마야의 등장이었다. 장내 분위기가 술렁이기 시작했다. 권도형은 진짜 망했다, 하는 얼굴로 기도하를 봤다. 기도하의 얼굴이 점점 사나워지고 있었기 때문이다.

처음의 템포를 유지하며 나긋나긋 시를 읊던 기도하의 음률이 아까 노래를 부른 녀석의 음을 따라갔다. 종내 기도하의 시 낭송은 가요로 끝이 났다.

"아……."

권도형이 작게 탄식하는 순간 기도하가 손을 뻗어 마이크를 잡았다.

"영변에 약산 누구냐!"

사회를 맡은 국어 선생이 달려 나와 기도하의 손에서 마이크를 뺏었고, 단상 계단을 향해 등을 떠밀었다.

"영변에 약산이 내 시 낭송을 망쳤어요!"

밀려 나가는 와중에도 기도하는 관중을 향해 삿대질을 하며 영변에 약산을 찾았다. 입상도 못 했다.

집으로 가는 길, 권도형은 기도하의 뒤에 있었다. 뒷모습이 누가 봐도 화난 사람이었다.

그러게 왜 뜬금없이 시 낭송 대회를 나가서. 권도형은 기도하의 그림자를 의식적으로 밟지 않으며 고개를 절레절레 저었다. 씩씩거리는 기도하의 어깨가 작게 부들거렸다.

⁜ ⁜ ⁜

그리고 몇 주 뒤.

"야, 3반 기도하도 리코더 대회 나간다는데?"

권도형은 제 귀를 의심했다. 페이지를 넘기던 손이 멈칫했다. 서로의 일에 신경 쓰지 않기로 하고 거리를 둔 사이 대체 기도하에게 무슨 일이 생긴 건지 슬슬 의문이 들기 시작했다.

그 순간 복도에서 구슬픈 리코더 소리가 들렸다. 저 끝에서 걸어오는지 멀게 들리던 소리가 점점 가까워지고 있었다.

"야, 뭐냐. 귀신 튀어나올 것 같은 이 소리는."

사물함 위에 누워 있던 신민철이 벌떡 몸을 일으키고 주위를 둘러봤다. 소리가 더 가까워졌다. 삑, 삐익, 픽! 고음에서 음이 어긋났다. 열려 있는 교실 문으로 입술을 문질러 닦으며 지나가는 기도하가 보였다. 한 손에는 무기처럼 리코더를 든 채였다.

"재는 왜 뭘 해도 무서워……?"

신민철이 말했고, 그 말에 권도형은 어느 정도 공감했다.

대망의 리코더 대회 날, 참가 번호 12번 기도하가 머리를 양 갈래로 묶고 단상 위에 섰다. 초록색 셔츠에 청바지를 입고 있었다.

"5학년 3반 기도하입니다."

꾸벅, 허리를 숙여 인사를 한 기도하가 마이크 스탠드에서 한 발자국 뒤로 물러났다. 두 손으로 리코더를 잡고 구멍에 손가락을 맞추더니 다소 비장한 얼굴로 입을 벌려 리코더를 물었다.

부우— 하고 첫 음이 흘러나왔다. 기도하의 대회 참가 곡은 로망스였다.

처음엔 아름다웠다. 순탄하게 흘러가는 것 같아 권도형은 안심했다. 그러나 중간에 접어들면서 손가락을 버벅거렸다. 진행이 조금 어설퍼진다 싶더니 삑사리의 향연이 시작됐다. 로망스가 그렇게 처절하게 들릴 수가 없었다.

신민철이 배를 잡고 웃었다. 키득거리는 웃음소리를 죽이다가 의자가 뒤로 넘어갔다. 콰광, 하는 소리가 기도하의 리코더 소리보다 컸다. 모두의 시선이 단번에 소리가 난 곳으로 쏠렸다. 후다닥 거꾸러진 몸을 일으킨 신민철이 눈가에 맺힌 눈물을 닦으며 의자를 세웠다.

권도형은 리코더를 입에 물고 있는 기도하를 물끄러미 봤다. 짜증이 난 기색이 역력했다. 오늘 집에 갈 때는 또 얼마나 씩씩거리려고. 하굣길의 기도하가 빤히 그려졌다.

학교가 끝나고 집으로 가는 길, 권도형은 저만치 앞서가는 기도하를 발견했다. 천천히 제 속도를 유지하며 걷다가 횡단 보도를 건넌 다음에는 조금 달렸다. 그러자 기도하의 그림자가 발끝에 걸릴 정도로 거리가 가까워졌다.

"기도하."

그림자 하나의 간격을 유지하고 걸어가며 기도하를 불렀다. 씩씩거리는 기도하의 어깨가 작게 부들거렸다.

"그러게 왜 뜬금없이 리코더 대회를 나갔어?"

기도하의 그림자를 의식적으로 밟지 않고 있는데 갑자기 그림자가 후다닥 멀어졌다. 성큼성큼 걸어가던 기도하가 난데없이 달리기 시작한 것이다. 권도형은 멍한 얼굴이 됐다. 이해할 수 없는 행동에 느리게 걸으며 멀어지는 초록색 셔츠를 봤다.

"상심이 큰가 봐. 오늘 태권도 학원도 안 가고 방에 틀어박혀서 울기만 하네."

저녁 식사 후 차 한 잔을 하기 위해 권도형의 집을 찾은 기도하의 모친, 윤나래의 말이었다. 거실 소파에 앉아 채널을 돌리던 권도형은 티가 나지 않게 TV 볼륨을 줄였다.

"도하가 은근 속이 여리다니까."

"아니, 그런데 대체 얼마나 못 부른 거야?"

찻잔을 내려놓은 윤나래가 몸을 돌려 거실에 있는 권도형을 봤다.

"도형아, 네가 듣기에도 오늘 도하 리코더 완전 꽝이었니?"

TV를 보고 있던 권도형이 윤나래를 보고 고개를 작게 끄덕였다. 꽝은 꽝이었다. 그것은 거짓말을 할 수 있는 부분이 아니었다.

중간에서부터 멘탈이 붕괴된 기도하는 삑, 삐익! 퓌익! 하는 소리로 로망스를 마무리했으니까. 그 연주에 로망스라는 이름을 붙여서는 안 된다고, 강당을 나오며 권도형은 생각했었다. 그런데 기도하가 방에 틀어박혀 울고 있다니, 왠지 모르게 짠했다.

그러니까, 왜 뜬금없이 리코더 대회를 나가냐고. 권도형은 알 수 없는 기도하의 행보에 작은 한숨을 뱉었다.

⁂

그렇게 어색하게 굴다가 사이가 조금 풀어진 건 주말, 해가 중천에 떴을 때였다.

거실에서 피아노를 치던 권도형은 피아노 선율 사이로 파고드는 소리에 순간 손가락을 멈칫했다. 전화벨이 울리고 있었다. 뒤를 돌아보자 불이 번쩍거리는 전화기가 보인다. 의자에서 내려와 수화기를 들었다.

"여보세요?"

—야, 태극기 달아.

기도하의 목소리였다. 피아노 너머로 보이는 베란다가 휑했다. 기도하는 국경일이나 조의를 표해야 하는 날이면 아침 일찍 태극기를 깃봉에 달아 걸었다.

"너는 달았어?"

—당연한 거 아니냐?

무선 전화기를 들고 베란다로 걸어가 고개를 내밀었다. 옆집 베란다에 펄럭이는 태극기가 보였다.

—끊는다.

뚝, 전화가 끊겼다. 태권도장에서 코피가 터져 온 날 이후로, 그러니까 정확히 '내 일에 신경 쓰지 마' 라고 말한 뒤부터 기도하의 태도가 냉담해졌다. 등하교도 따로 했고 숙제를 하러 집에 오지도 않았다. 기도하가 권도형을 찾지 않는 것, 이것은 엄청난 변화였다.

권도형과 기도하의 가족은 신도시로 이사를 왔고 새 아파트에 같은 날 입주했다. 그날 입주를 축하하며 두 가족은 아파트 앞에 있는 식당에서 해물탕을 먹었다.

"안녕! 나는 도하."

목이 덜렁거리는 인형을 한 손에 든 기도하가 인사했다. 양 갈래로 묶은 머리를 돌돌 말아 올려 사과 두 개를 머리 양쪽에 붙여 놓은 것 같았다. 기도하의 첫인상은 귀여웠다.

"안녕."

권도형도 수줍게 인사했다.

"너는 이름이 뭐니?"

짧은 인사에 기도하가 물었다.

"권도형."

기도하는 인형을 만지작거리며 권도형의 이름을 몇 번 되뇌었다.

그날 권도형은 기준성과 술잔을 기울이는 권태범의 옆에 앉아 인형의 목을 뺐다가 끼우는 기도하를 힐끔거렸다. 눈이 동그란 게, 정말 귀여운 애다. 그렇게 생각했는데, 그 생각은 며칠 뒤 악마의 편집처럼 다른 형상을 했다. 오래 붙어 있다 보니 막무가내인 기도하가 전혀 귀엽지 않았던 거다.

이 동네에서 처음 사귄 친구가 서로에게 서로였다. 둘은 초등학교에 딸려 있는 병설 유치원에 다녔다. 365일 중 시골에 가는 명절을 제외하고 붙어 있었다고 해도 과언이 아니었다.

그리고 여덟 살, 같은 초등학교에 입학했다.

학원을 다녀오면 방 침대에 기도하가 누워 있는 날도 있었다. 그가 부재일 때 부모는 거리낌 없이 기도하에게 권도형의 방문을 열어 줬다.

악보를 책상 위에 내려놓고 돌아보면 기도하가 제 이불로 몸을 꽁꽁 둘러 싸매고 세상모르고 자고 있었다.

소파에 누워 TV를 보고 있을 때도 있었고 식탁에 권도형의 부모와 앉아 피자를 먹으며 도란도란 떠들고 있을 때도 있었다.

요 며칠 그런 당황스러운 집 방문이 없어 좋기는 했다. 집에 찾아오지도 않고 전화도 걸지 않으며 같이 하교하자고 기다리거나 빨리 오라고 보채지 않았다. 매 순간 시끄럽게 끼어들던 사람이 갑자기 사라져 버린 것 같은 느낌이었다. 이상하긴 한데, 권도형은 갑자기 찾아온 변화가 조금 낯설어서 그런 것이라 생각했다.

그런데 내내 연락 한 통도 없다가 국경일에 국기를 걸지 않았다고 전화를 해 온 거다.

“이런 건 진짜 착실하게 챙겨.”

베란다 문을 열고 태극기를 단 깃봉을 꽂았다. 베란다 문을 닫으려다 말고 다시 옆을 내다봤다. 쑥, 머리 하나가 급하게 사라지는 모습이 보였다. 기도하다. 쟤 뭔데 몰래 훔쳐보다 숨지?

문을 닫고 다시 피아노 의자에 앉았다. 건반 위에 손가락을 올렸다가 칠 마음이 사라져 거뒀다. 덮개를 내리고 있을 때 전화벨이 울렸다. 피아노 위에 올려 두었던 무선 전화기를 들어 통화를 눌렀다.

"여보세요?"

—야, 방금까지 네가 쳤던 곡 뭐야?

기도하였다. 피아노 의자에 모로 앉아 있던 권도형은 고개를 돌려 악보를 봤다.

"아라베스크 1번."

—왜 다시 안 쳐?

"그게 너희 집까지 들려?"

—어. 들려.

방음이 이렇게 안 되는 집이었나. 밤에는 피아노를 친 적이 없었다. 낮이고 집 밖으로 소리가 새어 나갈 거라고는 생각해 본 적 없었다. 시끄러워서 전화를 한 건가. 피아노 덮개를 내리며 의자에서 일어났다.

"미안. 들리는 줄 몰랐어. 이제 안 칠게."

—아니. 좋아서 전화한 거야.

피아노를 등지고 걸어가던 걸음이 멈췄다. 권도형은 거실 한가운데 제 얼굴만 한 전화기를 붙들고 서 있었다. 누군가 자신의 연주를 들었다고 생각하니 비밀스러운 일을 들킨 것처럼 조금 부끄러워졌다.

피아노 학원을 다닌 지 세 달이 지났을 때, 권태범은 집에 피아노를 들였다. 집에 놀러 왔다가 새로운 악기를 발견한 기도하가 눈을 동그랗게 뜨며 '피아노다!' 하고 소리쳤다. 피아노 의자에 앉아 아무렇게나 건반을 두드렸다. 자신이 누른 음계들이 선율이 되지 않자 기도하는 권도형을 붙잡고 한 곡만 연주해 달라고 때를 썼으나 한 번도 그 요구에 응한 적이 없었다.

베란다로 쏟아져 들어온 햇살이 피아노를 거쳐 권도형의 등에 닿는다.

―계속 연습해. 끊는다.

아까는 바로 끊겼던 전화가 끊는다는 말 이후로도 계속 연결됐다. 몇 초간 전화가 끊기길 기다리던 권도형은 느리게 알았다는 대답을 했다. 그리고 전화가 끊겼다. 전화기를 내려놓고 다시 피아노 의자에 앉았다.

정확히 무슨 이유에서였는지는 모른다. 요즘 냉한 기도하와의 사이가 신경 쓰여서 그런 것일 수도 있고, 리코더 삑사리 때문에 방에 틀어박혀 울었다는 기도하가 짠해서 그런 것일 수도 있다. 권도형은 옆집으로 희미하게 넘어갈 소리를 상상했다.

고개를 들어 정면을 봤다. 피아노가 시야를 가려 베란다에서 펄럭이고 있을 태극기가 보이지 않았다.

좀 전에 닫았던 피아노 덮개를 열었다. 반들반들한 건반이 드러났다. 가만히 네모난 건반을 내려다보다가 다리 위에 두었던 손을 천천히 올렸다. 권도형의 몸집에 걸맞은 작은 손가락이 건반 위에 앉는다.

짧은 호흡 뒤 멈춰 있던 손가락을 움직였다. 체르니에 들어갈 무렵부터 좋아서 연습했던 곡이었다. 악보를 보지 않고도 연주할 수 있었다. 권도형은 움직이는 제 손가락을 보다가, 눈을 감았다. 햇살이 따뜻한 날이었다.

5. 변천, 스물셋의 도형

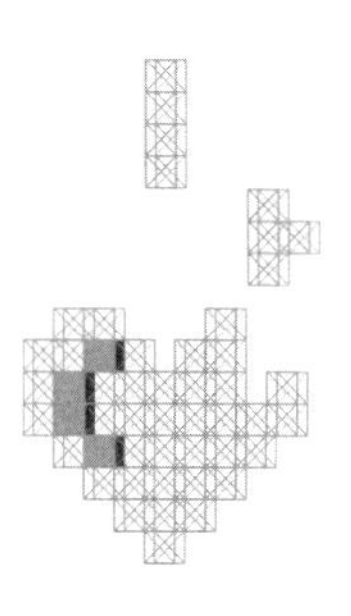

토요일 8시, 도형은 신발장에 붙은 거울로 옷매무새를 확인한 뒤 집을 나섰다. 진영이 학교 앞으로 갈 테니 당구나 한 게임 하자고 했기 때문이다. 같이 저녁 먹고 가자고 하는 것을 저녁은 너와 먹기 싫으니 따로 먹고 당구장에서 만나자고 단칼에 거절했다. 진영이 너무한 새끼라며 우는소리를 냈고, 그 탓에 외출 시간이 늦어졌다.

엘리베이터 벽에 삐딱하게 기대서 밀린 메시지를 성의 없이 읽었다. 진영이 단톡 방에 있는 다른 친구들에게도 나오라고, 당구 끝나고 술이나 마시자며 포섭하고 있었다. 쭉쭉 내려 마지막 대화에 다다랐을 때 도형은 내용 입력란에 메시지를 작성해 보냈다.

오후 8:03 [당구장 왔는데 조진영 어디?]

[헐ㄹㄹ개빠르네] 오후 8:03

[지금 튀어 감] 오후 8:03

건물에서 나와 걷는데 저 앞에 익숙한 모습이 보였다.

"도하인가?"

걸어가면서 고개를 빼고 보자 도하가 맞다. 검은색 반바지에 흰색 후드 티를 입고 검은색 SUV 앞에 다리를 달달 떨며 서 있었다. 조수석 창문이 열려 있고 그 문을 통해 운전석에 앉아 있는 사람과 대화를 나누고 있는 것 같았다.

도형은 자신도 모르게 시선이 계속 머물렀다. 운전석 문을 열고 도하의 앞으로 걸어 나온 사람은 도하보다 키가 조금 더 큰 남자였다. 체격은 왜소했고 진회색 슈트를 입고 있었다.

조금만 더 걸어가면 벽에 가려 안 보일 위치라 걸음을 늦추는데 핸드폰이 울렸다. 액정에 조진영 이름이 떴다.

진동하는 핸드폰을 손에 들고 도하의 위치로 고개를 들었다. 아까는 아무것도 들고 있지 않던 도하의 손에 쇼핑백 하나가 들려 있었다. 확 튀는 주황색 쇼핑백이 남다른 존재감을 내뿜고 있었다. 멀리서 보는데도 어느 브랜드의 쇼핑백인지 알았다.

선물 받았나 보네. 누구지?

남자의 얼굴에 돌연 웃음이 번지더니 입을 벌리고 웃는다. 도하 남자 친구인가, 생각하던 도형은 시선을 거두고 전화를 받았다.

"어, 진영아."

—야, 나 이제 나와서 좀 늦을 거 같은데.

진영이 우는소리를 냈다. 약속 시간 안 지키면 가차 없이 가 버리는 사람이 당구장에 도착했다는 메시지를 보냈으니 진영으로서는 애가 탔다. 이 새끼 분명 가고 없을 거라는 생각에 전화를 걸어 양해를 구하는 거였다.

지금 집에서 나간다! 하면서 양말을 신는 게 조진영이었다. 그 성향을 잘 알아서 일부러 도착했다고 메시지를 보낸 거였다. 여기서 걸음을 지체하면 진영이 저보다 먼저 올 지도 몰랐다. 그럼에도 불구하고 도형은 결국 걸음을 멈췄다. 시선이 계속 도하가 있는 쪽으로 돌아갔다.

"천천히 와."

—어? 처, 천천히 오라고? 진심이냐?

"어. 늦어도 돼. 양말 다 신고 신발 끈 잘 묶고 와라."

—너 나 엿 먹이려고 그러는 거 아니지?

"믿으세요. 끊는다."

통화를 종료하고 핸드폰을 주머니에 밀어 넣었다. 웃음이 터진 저곳의 상황이 왠지 모르게 궁금했다. 도형은 지름길을 두고 길을 돌아가기로 한다. 도하가 있는 쪽으로 발길을 돌렸다.

남자는 누구인지, 둘이 대체 무슨 대화를 하고 있었는지 단순한 궁금함으로 움직였는데 도형의 발길이 닿기도 전, 남자가 도하에게 정중하게 인사를 하고는 떠나 버렸다.

아, 존나 빨리도 헤어지네.

멀어지는 차를 보는 순간 도형은 아차 싶어졌다. 도하가 몸을 돌려 이쪽을 향해 걸어왔다. 다급하게 고개를 돌리고 먼 곳을 응시했으나 역시나, 도하가 도형을 발견한다.

“어? 권도형?”

고개를 돌렸던 도형은 저를 부르는 소리에 무표정한 얼굴로 소리가 난 쪽을 봤다.

“어, 기도하. 어디 가냐?”

“집.”

대화가 생각 외로 단순하게 끝났다. 대화라는 게 질문에 질문을 거듭하며 이어져야 하는 건데 도하가 도형에게 너는 어디 가냐고 묻지 않았기 때문이다.

“가라.”

도하가 쇼핑백을 흔들며 기분이 좋은 듯 가벼운 발걸음으로 도형을 지나쳐 갔다.

“…….”

뭐지. 왠지 모르게 복잡한 마음이 됐다. 도하와의 대화에 잠시 걸음을 멈췄던 도형은 직진 대신 뒤를 돌아봤다. 도하가 총총걸음으로 멀어지고 있었다. 뭔지 몰라도 기분이 매우 좋아 보였다. 손에 든 저 쇼핑백 때문인가. 대화가 이어지지 않으니 손에 든 건 뭐냐, 누가 줬냐 같은 질문은 해 보지도 못했다.

"뭐야, 누군데. 누군데 저런 선물을 줘."

도형은 왠지 모르게 심술이 나 불퉁한 목소리를 뱉고, 괜히 이 길로 왔다고 생각하며 걸음을 뗐다.

✣ ✣ ✣

성준의 부탁으로 도형은 학교 근처에서 차를 렌트했다. 학교 앞에서 자전거를 직거래로 구매한 그가 자전거를 타고 집으로 돌아가는 대신 더 편리한 방법을 택한 거였다. 버스 타라고 하면 기사가 안 태워 준다 그러고, 지하철 타라고 했더니 역세권이 아니라며 안 된단다. 택시 타면 되겠네, 했더니 트렁크 문 열린다고 안 실어 줄 것 같다며 초장에 선을 그었다.

다 안 된다고 하는데, 나라고 해 줄 것 같냐?

도형의 말에 성준은 망설임 없이 긍정했고, 그의 예상대로 도형은 렌트한 차를 끌고 성준이 있는 곳으로 향했다.

신호를 받고 기다렸다. 이 신호만 받고 넘어가면 목적지였다. 전화를 끊자마자 옷을 꿰입고 나온 건데도 꽤 시간이 걸렸는지 조급함이라고는 모르는 성준이 전화를 걸어왔다. 도형은 운전대에 손을 올린 채 거치대에 걸어 둔 핸드폰의 통화를 스피커로 돌렸다.

"어, 성준아."

—오고 있어?

"거의 다 왔어. 육교 아래에 있는 거 맞지?"

—응. 커피 마실래? 바로 앞에 있어서 테이크아웃 할까 하는데.

운전대 위에 둔 손가락을 까닥거리며 무심히 눈길을 돌릴 때였다. 갓길에 비상 깜빡이를 켜고 정차한 차가 눈에 들어왔다. 낯이 익다, 생각할 틈도 없이 며칠 전에 집 앞에서 본 차라는 걸 알았다. 정차한 차의 후방에 서서 한 손을 주머니에 찔러 넣은 채 담배를 피우던 남자는 다가오는 여자를 발견하고 급하게 담배를 비벼 껐다. 무표정하던 남자의 얼굴에 순간 웃음이 번졌다. 그 작위적인 웃음에 도형은 저도 모르게 코웃음을 쳤다.

"아, 느낌이 별로더라니."

도하에게 쇼핑백을 건넸던 놈이다. 누구인지는 몰라도 첫인상이 좋지는 않았다. 급하게 뒷좌석 문을 연 남자가 무언가를 꺼내 여자에게 다가갔다.

"씨발, 저게 뭐야?"

명품 로고가 대문짝만하게 박힌 쇼핑백이다. 크기로 보아하니 백 하나는 들어 있는 것 같았다.

—뭐가?

아직 끊지 않은 전화에 성준이 물었다.

"아니, 너한테 한 말 아니야."

쇼핑백을 받은 여자가 웃는 낯으로 물건을 확인하려는 순간 뒤에서 경적이 울렸다. 고개를 돌리고 보자 신호가 바뀌었다. 하는 수 없이 도형은 밟고 있던 브레이크에서 발을 뗐다. 속도를 천천히 내며 사이드미러로 멀어지는 남자를 봤다.

저 새끼 뭐 하는 새끼지?

꺼림칙한 기분이 드는 동시에 도하와 남자의 관계에 신경이 쓰였다. 마음 같아서는 바로 도하에게 전화를 걸고 싶은데 육교가 금방 나타났다. 세워 둔 자전거 옆에서 성준이 속도를 늦추는 차를 빤히 응시했다.

비상등을 켠 도형이 뒤를 돌아봤다. 얼마 온 것 같지도 않은데 지나온 남자의 차가 안 보였다.

"렌트를 하려거든 좀 좋은 걸로 하지. 자전거 태우고 간다니까."

준중형차를 끌고 온 도형을 보며 성준이 타박하듯 말했다. 원래부터 목소리에 고저가 없는 성준이었으나 타박하고 있다는 것은 확연히 느껴졌다. 트렁크에 자전거가 안 들어가 뒷좌석 의자를 뒤로 젖히고 조수석 의자도 앞으로 바짝 당긴 뒤에 어렵사리 뒷자리 문으로 자전거를 밀어 넣었다. 자전거 손잡이가 조수석까지 침범해 집으로 가는 성준의 자세가 말이 아니었다.

"그러게 직거래를 할 거면 동네에서 하지, 뭐 한다고 이 먼 학교까지 와서 해?"

"판매자가 여기 아니면 안 된다는데 별수 있나."

"그러네. 별수 없네. 그러니까 너도 빨리 면허 따세요. 친구 부려 먹지 말고."

도형의 말에 성준은 대꾸 없이 창밖을 봤다. 그러곤 날씨 좋네, 같은 혼잣말을 뱉으며 드라이브를 나온 것 같다고 좋아했다.

성준이 창문을 여는 바람에 도형의 머리칼이 나부꼈다. 귓전을 때리는 바람 소리를 들으며 도형은 신경이 자꾸 다른 곳으로 기우는 걸 느꼈다.

성준을 내려 주고 돌아오는 길, 도형은 신호를 기다리며 도하에게 전화를 걸었다. 신호음이 길어지는 것뿐인데 도하가 왠지 누군가와 함께 있어 일부러 받지 않는 건가 하고 생각이 멋대로 튀었다.

창틀에 팔을 기대고 입술을 매만지는 순간 달칵 신호음이 넘어갔다.

—여보세요?

"기도하, 어디야?"

—나 밖인데.

"밖 어디?"

때마침 바뀐 신호에 차가 나아갔다.

—기대 앞.

"기장대학교? 왜 거기 있어?"

—왜. 뭐가 궁금한데.

"아니, 거기에 아는 사람 없지 않아? 갈 일이 뭐가 있나."

—금지 구역도 아닌데 무슨. 왜, 왜 전화 했는데.

도하가 용건을 묻는다. 왜 전화했더라. 도형은 뒤늦게 이유를 찾았고, 그게 도하에게 쇼핑백을 준 남자에 대한 궁금증 때문이란 걸 깨달았다.

"거기서 뭐 하는데."

—버스 기다리고 있어.

도형은 눈을 돌려 시간을 확인했다. 반납 시간이 남았다. 내비게이션에 기장대를 검색해 목적지를 설정하자 도착 예상 시간이 뜬다.

"정문 앞에서 기다려."

—뭐, 지금?

"어. 20분 정도 걸린다."

—여기로 온다고? 왜?

"차 렌트했는데 반납 시간도 좀 남았고. 이미 가고 있으니까 버스 온다고 타지 말고 정문 앞에서 손 흔들고 서 있어."

버스도 택시도 아닌 차를 타고 온다는 말에 도하가 와악! 소리를 질렀다. 편하게 갈 생각에 기분이 좋은지 불퉁하게 답할 때와는 다른 목소리로 빨리 오라고 대답한 후 통화를 종료했다.

"진짜 단순해, 기도하."

환호하던 목소리를 생각하자 피식 웃음이 터졌다. 그러다 남자가 준 쇼핑백을 들고 기분 좋게 걸어가던 도하의 모습이 떠올랐다. 갑자기 기분이 차게 식는 느낌이다. 친구가 그런 이상한 남자를 만나는 꼴을 방관할 순 없었다.

오래 걸리지 않아 목적지에 도착했다. 손 흔들고 있으랬더니, 도하는 정문 옆에 있는 화단에 앉아 핫도그를 먹고 있었다.

"저건 또 어디서 샀어."

도형을 발견한 도하가 화단에서 풀쩍 뛰어내려 조수석 문을 열고 탔다. 인사를 나누기도 전에 안전벨트부터 당겨 맸다.

"갑자기 웬 렌트? 어디 놀러라도 갔다 왔나?"

똑, 하고 벨트를 고정한 도하가 눈을 올려 도형을 봤다. 운전대 위에 한쪽 팔을 올리고 조수석 쪽으로 몸을 틀고 앉은 도형이 그런 도하를 빤히 봤다.

"사람 오는 거 알면서 네 것만 샀냐?"

눈을 끔벅이며 그게 무엇인지 생각하던 도하의 시선이 손에 든 핫도그로 향한다.

"……먹을래?"

스스로 생각하기에도 조금 속 좁게 느껴졌는지 도하가 슬그머니 도형의 앞으로 핫도그를 내밀었다. 말이라고 하나. 도형이 입을 벌려 핫도그를 한 입 베어 물었다. 부스러기라도 떨어질까 도하는 잽싸게 남은 손을 뻗어 도형의 턱 아래에 받쳤다.

입을 오물거리며 사이드미러를 확인한 도형이 부드럽게 속도를 내며 차선을 바꿨다.

“그런데 여긴 무슨 일 있어서 왔어?”

“뭐…….”

남은 핫도그를 입에 욱여넣은 도하가 시선을 돌리며 말소리를 줄였다. 비스듬히 돌아간 도하의 옆모습을 도형이 흘긋 봤다. 이거, 딱 보니 뭐 숨기는 게 있네.

“뭔데. 왜 왔는데.”

“그냥.”

이제 아주 고개를 돌리고 창밖을 본다. 표정이 보이지 않는데도, 오늘 목격한 장면이 있어 그런지 도형은 촉이 왔다.

“너 만나는 남자 있냐?”

자선 사업을 한다고 해도 그 남자는 좀 아닌데. 도형은 의심을 확인하기 위해 도하의 답을 기다렸다. 그러자 창문으로 향해 있던 도하의 고개가 천천히 움직였다. 운전을 하며 곁눈질로 보자 찌푸린 눈썹이 보인다.

“아니, 네가 말 안 해 주려고 하니까.”

눈을 가늘게 뜨고 도형을 보던 도하가 가방에서 지갑을 꺼내더니 무언가를 도형의 앞에서 팔랑팔랑 흔들었다. 하얗고 작고 네모난 종이.

"로또 명당 있대서 로또 사러 왔다. 됐냐?"

"……."

"별걸로 사람을 의심하네."

지갑에 다시 로또 종이를 집어넣으며 도하가 구시렁거렸다. 로또 사러 왔구나……. 멀리도 왔네. 신호에 맞춰 정지선 앞에서 차를 멈췄다. 아직 해소되지 않은 궁금증이 남아 있었다.

한 손으로 턱을 괴고 다른 한 손으로 운전대를 두드리던 도형은 느리게 고개를 돌려 옆에 앉은 도하를 봤다. 아무리 봐도 도하가 아까웠다. 남의 연애에 참견하는 거 아니라는 게 도형의 입장이지만, 도하라면 오지랖 조금 부려서 참견할 수 있는 위치 정도는 된다고 생각했다.

"저번에 집 앞에서 만났던 남자는 누구야? 검은색 SUV 타고 온 사람."

도형의 말에 도하가 고개를 돌려 눈을 맞췄다. 자꾸 질문 공세를 하는 도형을 이해할 수 없다는 듯한 표정을 하고 있었다.

"오늘따라 꼬치꼬치 캐묻는 게 많다?"

"이상해 보여서 묻는 거야. 오늘 우연히 지나가다가 그 남자 봤는데 좀 이상해서."

"이상할 게 뭐가 있어."

"아니, 그때 너한테도 뭐 주지 않았나?"

도하가 앞쪽을 눈짓했다. 신호가 바뀌었단 뜻이었다. 브레이크에서 발을 떼고 전방을 주시하며 덤덤한 척 입을 열었다.

"다른 여자한테도 뭘 주던데."

"……."

도하가 답이 없다. 도형은 눈동자를 흘겨 조수석을 확인했다. 도하가 무표정한 얼굴로 도형을 보고 있었다.

"야."

"어?"

"운전이나 잘 해."

고개를 돌린 도하가 자세를 고쳐 앉더니 팔짱을 끼고 눈을 감았다. 갑자기 잔다고? 도형은 아직 남은 질문에 입만 벙긋거리다가 결국 다물었다.

도하를 만나면서 좀 나아지나 싶었는데, 더 신경이 긁혔다. 그 새끼는 뭐 하는 새끼지? 이름도 나이도 모르는 남자에게 자꾸만 욕이 붙었다. 선물 공세하면서 뭐 보험이라도 하나 들어 달라, 그런 거 아냐? 사이비 종교? 도형은 최악의 경우를 떠올리며 입술을 잘근잘근 물었다.

렌터카를 반납하고 도하와 함께 가는 방법도 있었지만, 이왕 이렇게 온 거 오피스텔 앞에 도하를 내려 주기로 했다. 천천히 골목으로 접어든 차가 오피스텔 앞에서 정차했다. 기어를 주차에 놓고 돌아보자 아까 그 자세를 그대로 유지하고 있는 도하가 보인다. 딱 봐도 안 자고 있다.

벨트를 푼 도형이 도하 쪽으로 몸을 틀었다. 조수석의 안전 벨트 잠금을 풀고 고개를 기울여 도하의 귀에 속삭였다.

"야, 안 자는 거 다 알아. 내려."

그러자 기다렸다는 듯 도하의 눈꺼풀이 올라간다. 도르륵 움직이는 눈동자가 도형을 담았다. 가까운 거리에서 눈이 마주쳤다. 콘솔 박스에 팔을 대고 몸의 중심을 쏟은 탓에 머리와 어깨가 조수석으로 넘어가 있었다.

도하의 귀에 대고 속삭일 때 가깝게 코를 댄 살갗에서 일전 맡았던 낯선 향이 풍겼다. 묘하게 매력적인 향이었다. 순간 스친 향에 대해 신경이 쓰일 정도로 사람을 잡아 끄는 힘이 있었다.

"야, 너 향수 써?"

도형이 물었다. 여전히 콘솔 박스에 팔을 올린 채였다. 동그랗게 뜬 눈을 끔벅이던 도하가 슬쩍 몸을 뒤로 물리며 답했다.

"어."

가방을 챙겨 들고 나가려는 도하의 모습에 몸을 당겨 앉은 도형이 말했다.

"앞으로 뿌리지 마, 그거."

막 조수석 문을 연 도하가 돌아보았다. 네가 뭔데 이래라 저래라야, 하는 표정이었다. 저 향이 훅 끼쳐 올 때마다 어쩐지 낯선 마음이 드는 게 영 이상했다. 왜 이러지 싶었는데 아무래도 향수 때문인 듯하다.

"냄새 이상해. 별로야."

"뭔 상관이야. 뿌릴 거야!"

도하가 빽 소리를 지르며 내렸다.

"뿌리지 마!"

그리고 도형은 쿵쿵거리며 멀어지는 도하의 뒷모습을 보며 조수석 창문까지 내리고 소리쳤다.

✢ ✢ ✢

도하를 다시 본 건 며칠 뒤 학교에서였다. 도서관 앞에 서서 책을 반납하러 간 성준을 기다리는데 노트북을 안은 도하가 걸어 나왔다. 알은척을 하기 전에 먼저 눈이 마주쳤다.

"어, 권도형."

"시험 기간도 아닌데 웬 도서관?"

"나 3학년이야. 열심히 해야지……."

죽어 가는 목소리로 말소리를 줄인 도하가 말끝에 입술을 붙이고 씩 웃었다.

"너는 여기서 뭐 해?"

"친구 기다려. 책 반납만 하고 오겠다더니 반납기를 만들고 있나. 왜 이렇게 안 와."

반납기를 이야기할 때 흘긋 눈을 올려 성준이 들어갔던 곳을 봤다. 성준의 모습은 여전히 보이지 않았다. 도하가 옆에 있는 진영에게 한 번 시선을 줬다가 거두고는 걸음을 뗐다.

"그래. 나 공대 가야 돼서 먼저 갈게."

"공대 왜 가는데?"

"수업."

"시간표 망했다더니 제대로 망했네."

"……간다."

도형의 얼굴을 흘기고 도하가 멀어졌다. 내내 조용히 있던 진영이 도하의 뒷모습을 바라보며 도형의 옆구리를 툭 쳤다.

"누구야?"

"친구."

"친구인 건 저도 알겠고요. 성함과 학과, 지인이 된 경로, 그런 걸 묻잖아요."

도형이 고개를 갸웃하며 진영을 봤다. 진영은 망부석이 된 것처럼 멀어지는 도하를 쳐다보고 있었다. 그 시선이 너무 끈질겨서 진영의 얼굴 앞으로 손을 내밀고 흔들었다.

"조진영, 눈빛 왜 이러냐. 설마 마음에 들었어?"

그 말에 진영이 눈을 빛내며 도형을 본다.

"얼굴에 티 나? 나 그냥 보기만 했는데! 아까도 티 났을까?"

진영이 두 손으로 제 뺨을 잡고 호들갑을 떨었다. 눈을 심하게 깜박거리며 호들갑을 떠는 게 징그러워 미간을 찌푸리자 진영이 도형의 팔을 잡고 매달린다.

"그래서 이름은?"

"기도하."

"과는?"

"중어중문학과."

"언제부터 알았는데."

"여섯 살."

"와, 씨……. 설마 둘이 사귄 적 있냐?"

팔을 잡고 치대던 진영이 거리를 벌리며 짐짓 엄한 얼굴로 도형을 봤다. 대체 뭔 소리를 하고 있는 건지. 도형이 진영의 이마에 손을 얹어 쭉 밀어냈다. 그러자 진영이 눈을 가늘게 뜨고 묻는다.

"아니야?"

"아니야."

도형이 거둔 손을 주머니에 찔러 넣으며 말했다. 그에 진영이 만족스러운 듯 고개를 끄덕이며 다시 도형의 팔을 잡고 옆구리를 쿡 찔렀다.

"소개시켜 줘."

"누구. 도하?"

"응. 눈매가 긴데 어떻게 눈이 저렇게 동그래? 개 같은 고양이인 줄. 아까 저기서 걸어 나오는데 바람 불면서 머리카락 날리는 거 봤냐. 첫눈에 반한 거 같아……. 남자 소개 받을 생각 있냐고 물어봐 주세요."

진영의 말에 도형은 지난 주말 도하가 어떤 남자를 만났다는 사실을 떠올렸다. 남자는 진영보다 키가 작았으나 진영보다 돈이 많아 보였다. 도하는 내형보다 외형에 점수를 더 주는 편인데.

도형은 물끄러미 진영을 훑어보다가 누군가 제게 도하를 소개시켜 달라고 부탁한 것이 처음이라는 것을 깨달았다. 한 번도 경험해 본 적 없는 상황에 왠지 모르게 낯선 기분이 든다.

"만나는 남자 있는 것 같던데."

"있으면 있는 거지, 같다는 건 뭐야. 친구 맞냐? 오늘 당장 물어보고 없다고 하면 존나 괜찮은 애 있는데 소개 받을 생각 있냐고 좀 물어봐."

"아는 사람 중에 존나 괜찮은 애는 나뿐인데."

진심인 듯 표정도 변하지 않고 덤덤하게 말하는 도형을 보며 진영이 순간 질린다는 얼굴을 했다. 부탁할 일이 없으면 재수 없다며 가 버릴 텐데 도하의 정보 하나가 아쉬운 상황에 발을 붙이고 서서 표정을 갈무리했다.

"그럼 너 제외하고 괜찮은 애라고 해 주든가. 좀 도와주라! 어? 첫눈에 반했다고! 다리만 좀 놔주라! 그 다음은 내가 알아서 합니다!"

"뭔 자신감이냐."

도형이 황당하다는 얼굴로 진영을 보고 있을 때 성준이 달려왔다. 책을 반납만 하고 온다더니 대여까지 하고 왔는지 책 세 권을 들고 있었다.

"어? 알았지?"

늦어서 미안하다고 사과하는 성준의 사과를 들은 척도 안 하고 진영이 말했다. 도형은 목덜미를 긁적이다가 물어는 보겠다고 답했다.

'나중에 만나면' 물어는 봐 볼게. 그 앞에 생략된 말이 있다는 사실을 진영은 몰랐던 걸까.

성준의 학과 선배가 개업했다는 수제 맥주 집에 화분 하나를 사 들고 가서 예의상 맥주를 한 잔씩 주문하고 앉아 있을 때였다. 진영이 자꾸 도형의 주머니를 향해 손을 뻗었다.

"미쳤냐고. 왜 이래. 만나면 물어본다니까."

돌진하는 들소를 막아 내는 것처럼 진영의 머리 위에 손을 얹고 밀어내며 도형이 말했다. 알코올 분해 요소가 없는지 술을 두세 모금만 마셔도 얼굴이 빨갛게 달아오르는 진영은 현재 홍당무였고, 첫눈에 반한 도하에 미쳐 있는 것처럼 보였다.

아니, 둘이 대화를 나누기를 했어, 뭘 했어. 한 거라고는 잠깐 스친 것뿐인데 이 정도의 집착을 보이는 게 무서울 정도였다.

진영이가 원래 이런 새끼였나.

"아까 만났던 애라고 해야 나를 기억할 거 아니야. 며칠 지나면 내 눈이 몇 개였는지 기억도 못 할 거라고."

"도깨비세요? 눈 세 개냐?"

"전화 한 통이 그렇게 어려워? 너 혹시 친구를 사랑하는 그런 거 아니지? 나를 경계하는 거야? 어? 야, 장성준. 너는 지금 이 상황을 어떻게 생각해?"

"아무 생각도 안 해."

성준이 팝콘을 집어 먹으며 딱 잘라 말했다. 그 말에 도형이 피식 웃음을 터트리고는 앞에 있는 잔을 들어 진영의 잔에 맞댔다.

"이따 전화해서 물어보고 너한테 알려 줄게. 그만 좀 해."

낮아진 목소리로 그만 좀 하라는 말에 힘을 실으니 분위기가 묘하게 무거워진다. 진영이 입술을 휘어 내리고 고개를 끄덕였다.

"좋아하는 건 아니지?"

흘긋 눈을 올린 진영이 소심한 목소리로 물었다.

"아니라고."

한 번만 더 물으면 죽여 버린다는 투로 말하자 진영이 눈을 돌렸다. 도형은 잔에 조금 남은 술을 입안에 털어 넣었다. 왠지 모르게 속이 갑갑했다. 그래서 맥주를 한 잔 더 주문했다. 두 잔을 마실 생각은 없었는데 괜히 입이 쓰고 술이 당겼다.

중학교 이후로는 이런 질문을 들어본 게 손에 꼽았다. 학교가 다르니 사귀게 된 친구들도 달랐고 고등학교 졸업 후에는 만날 일이 좀처럼 없어 더욱 그랬다. 둘 다 SNS를 하지 않으니 안부는 연락을 통해서만 물을 수 있었는데, 재수를 하는 친구에게 자주 연락하는 건 도움 되는 일이 아닌 것 같아 자제했다. 그리고 반대로 도형이 군대에 있을 때에는 일방적으로 도하에게 연락이 씹혔다.

하나밖에 없는 친구가 나라를 지키러 간다는데 배웅도 안 나왔네. 도형은 훈련소를 들어가며 그런 생각을 했었다.

낯선 사람과 어울리기 싫어하는 도형에게 군대는 말 그대로 좆같은 곳이었고 하루하루 스트레스를 받으며 지내다 보니 전역 생각만 간절해지고 바깥 누구의 근황을 딱히 궁금해하지는 않았다. 그저 가끔 모친을 통해 도하의 소식을 전해 들었다.

내 연락 씹고 잘 사네. 이래서 혈혈단신이라는 말이 있구나. 친구고 뭐고 다 의미 없다.

그렇게 전역하고, 잠깐 지선을 만났다 헤어지고, 몇 년 만에 도하와 같은 학교를 다니게 됐다. 같은 학교를 다니게 되면 따라오는 공식인 양 또 이런 질문을 맞닥뜨렸다. 예전에는 이 질문이 도형이 아닌 도하에게 떨어졌었는데. 바락바락 악을 써가며 아니라고 하던 도하의 대사가 오늘날 자신의 입에서 낮게 흘러나올 줄은 몰랐다.

악을 쓰는 도하를 볼 때 저게 저렇게 화를 낼 일인가, 싶다가도 발악하는 모양새가 재미있어 웃고는 했는데, 제 입으로 뱉고 보니 어쩐지 속이 안 좋았다. 그 옛날 도하도 그랬을까. 도형은 오래전의 일을 떠올리며 혀로 뺨 안쪽을 쓸었다.

"화장실 좀 갔다 올게."

자리에서 일어난 도형은 가게가 있는 건물 상가 2층에 있는 화장실로 이동했다. 안에 사람이 있는지 문이 잠겨 있었다.

"사람 있어요!"

문고리를 돌리는 소리에 안에서 누군가 소리쳤다. 도형은 말없이 기다렸다. 벽에 등을 기대고 서서 멍하니 있는데 피우지도 않는 담배 생각이 났다. 왜 이래. 난데없이 낮게 꺼지는 복잡한 기분에 미간을 찌푸렸다가 펴고 표정을 갈무리했다.

아, 변기를 만들고 있나. 존나 안 나오네.

괜히 안에 있는 사람에게 성질을 부리고는 계단을 내려왔다. 그리고 몇 분 자리를 비웠던 가게로 들어서면서 도형은 잠시 말을 잃었다.

"……뭐야?"

도형이 물었다. 나갈 때까지만 해도 성준과 진영만 있던 테이블에 도하가 앉아 있었다.

"화장실에 머리 박고 자는 줄 알았네. 왜 이렇게 늦게 와?"

자연스레 테이블 위에 놓인 브레첼에 손을 뻗으며 도하가 말했다.

"아니, 네가 왜 여기 있어?"

자리에 앉은 도형이 도하를 봤다. 손바닥 위에 올린 브레첼을 하나씩 집어 먹으며 도하가 눈을 맞췄고, 그사이 성준의 학과 선배라는 가게 사장이 서비스 안주를 들고 나타났다.

"도하야, 밥 더 필요하면 말해."

"네, 오빠. 잘 먹을게요."

도하가 싱긋 웃으며 답했다. 뭐냐, 이거. 도형이 도하와 남자를 번갈아 보다가 테이블을 봤다. 서비스 안주가 오징어 볶음이다. 수제 맥줏집에서 오징어 볶음? 메뉴판에서 못 봤던 거 같은데. 대놓고 도하 앞에 놓인 안주에 성준과 진영은 눈길도 안 줬다. 마치 도하만을 위해 만들어져서 나온 음식 같았다.

"야, 뭐냐고. 왜 여기서 밥을 먹고 있는데."

젓가락질을 하던 도하가 불만스럽게 눈을 떴다.

"먹으면 안 되는 이유라도 있냐?"

"저 사람이랑 아는 사이야?"

도형이 사장을 눈짓했다. 접시로 눈을 내린 도하가 고개를 끄덕였다.

"어. 토익 스터디 같이 했었어."

"장성준 알아?"

"아니."

"조진영은?"

"모르는데."

"그런데 왜 여기 앉아 있어."

성준도 모르고 진영도 모르는데 자리를 비운 사이 도하가 이 테이블에 앉아 있는 게 도무지 설명이 안 됐다. 왜? 어째서? 태연하게 모르는 사람들 앞에서 오징어 볶음을 먹고 있어? 의아하게 보자 도하의 눈길이 도형의 옆으로 향한다. 돌아보자 진영이 멋쩍게 웃고 있었다.

“네 친구가 혼자 왔다고 하길래, 여기 너도 있으니까 같이 앉자고 했지. 빈자리가 없어서.”

조진영의 시커먼 속내가 보이는 것만 같다. 도형은 코웃음을 치며 고개를 돌렸다. 도형이 어이없어하거나 말거나 도하는 입을 우물거리며 밥을 잘도 먹었다. 쟤가 원래 저렇게 낯을 안 가리는 성격이었나.

성준과 도하가 대화를 주고받았다. 알고 보니 성준이 나간 스터디 자리에 도하가 들어온 거였다. 와, 세상 좁다, 하는 말을 나누는 둘을 보며 조진영이 조잘조잘 떠들었다. 그 스터디에 자기도 들어가고 싶다는 말을 시작으로 자신이 알고 있는 중국어 회화를 늘어놓기 시작했다. 엉망인 성조에 도하가 웃었다. 그러다 진영이 알고 있는 중국어가 고갈됐을 때 대화가 멈췄다. 성준이 손을 들어 물을 달라고 했고 진영은 홀짝홀짝 맥주를 마셨다.

황당한 이 광경을 턱을 괴고 보고 있을 때 옆에서 진영이 다리를 툭툭 쳤다. 보자 눈을 깜박거리며 무언의 신호를 보냈다. 뭐, 어쩌라고. 무심하게 눈을 돌리자 진영이 더 세게 다리를 건드렸다.

“뭐.”

“지금 물어봐.”

진영이 소리를 낮추고 속닥였다. 대답 없이 고개를 돌리자 진영이 방정맞게 다리를 건드렸다. 무릎이 툭 닿으며 발이 엇나갔다. 엇나간 발이 앞에 앉은 도하의 다리를 때렸다. 밥을 먹던 도하가 고개를 든다.

아, 씨발…….

"왜?"

도하가 물었다.

"아니."

툭, 진영이 도형의 옆구리를 찌르고, 그 모습을 성준이 조용히 지켜봤다.

아, 이 상황 뭐냐고. 사람 되게 불편하게 만드네.

"할 말 있어?"

"아, 그게……."

눈썹 끝을 매만지던 도형은 진영이 제 쪽으로 고개를 기울이고 야, 너 진짜 이상하다, 그 질문이 그렇게 하기 어려워? 하고 속삭였을 때 뭔가를 놓는 심정으로 이마를 짚었다.

"도하야."

"어?"

"너 진짜 만나는 사람 있어?"

젓가락을 든 도하가 도형을 봤다. 동그란 두 눈이 끔뻑끔뻑 움직이더니 양념 묻은 입술을 휴지로 닦았다.

"갑자기 여기서 왜 그런 걸 물어."

그렇지. 적어도 이런 건 둘이 있을 때 물어야지. 이유를 찾은 도형이 진영을 향해 눈을 흘겼다. 이 마음만 조급한 새끼야, 한 번만 더 칭얼거리기만 해 봐. 가만 안 둔다. 욕설과도 같은 메시지를 눈에 담아 보내자 두 뺨이 붉어진 진영이 입술을 삐죽이다 눈길을 돌렸다.

도하가 접시를 비워 갈 때쯤 도형은 아까 다녀오지 못한 화장실이 급해졌다. 왠지 자리를 비우기가 불안해 다리를 덜덜 떨다가 도저히 참을 수 없어 후다닥 가게를 벗어나 계단을 올랐다. 군대에서도 이렇게 빨리 일을 본 일이 없었던 것 같은데. 발등에 불이 떨어진 듯 바지 버클을 채우고 손을 씻고 재빠르게 튀어나왔다.

계단을 뛰어내려 와 가게 문을 벌컥 열고 들어갔을 때, 도형은 도하의 손에 있는 진영의 핸드폰을 발견했다. 흘긋 눈을 돌려 들어오는 도형을 본 도하가 손에 있는 핸드폰을 진영에게 되돌려 줬다.

자리에 앉기도 전, 성준과 진영이 일어났다.

"도하는 누가 오기로 했대. 우리 먼저 일어나자."

진영이 말했다. 도하? 친근하게 부르는 이름에 돌아보자 진영이 도하의 연락처를 저장하고 있는 게 보였다.

"번호 교환했어?"

"응."

연락처 저장을 마친 진영이 핸드폰을 주머니에 밀어 넣으며 고개를 들었다. 왜 했냐고 묻고 싶은데, 고작 친구 번호 좀 저장했다고 따지는 모양새가 구질구질해 보일 것 같아 꾹 참았다.

"누구 만나는데?"

숟가락을 빨고 있는 도하를 보며 도형이 물었다. 집으로 가는 길을 도하와 함께 할 줄 알았다.

"친구."

도형은 그 순간 친구라는 단어가 포함하고 있는 범위가 무자비하게 넓다는 사실을 깨달았다. 성별도, 나이도, 알고 지낸 기간도, 그 무엇도 추측할 수 없는 단어네.

왠지 모르게 마음이 좁아졌다. 도형은 도통 익숙하지 않은 감정에 못마땅함을 느끼며 가방을 챙겨 들었다.

"냄새 이상하다고. 향수 바꿔."

불퉁하게 말을 뱉고 나가는 도형을 도하가 어이없다는 듯 봤다. 가게를 나오자 담벼락 앞에 서서 담배를 피우고 있는 진영과 성준이 보였다. 밤바람이 찼다.

"아……."

도형은 낮게 탄식하며 좀 전까지 제 코를 휘감았던 도하의 향을 떠올렸다.

집으로 돌아온 도형은 뜬 눈으로 천장만 바라봤다. 아, 씨발, 그냥 도하 만나는 사람 있다고 할 걸. 불면의 끝에서 그 말이 툭 튀어나왔다.

아, 그래. 도하도 연애 해야지. 잘 되면 좋겠네, 뭐.

집으로 돌아올 때만 해도 그렇게 생각했다. 그런데 침대에 누워 있으니 점점 짜증이 났다. 이게 짜증이 맞는 건가, 싶은 생각이 들 정도로 복합적인 마음이었는데 처음에는 불면 때문인 줄 알았다.

잠 존나 안 오네.

뒤척이기를 몇 시간. 도형은 벌러덩 침대에 누워 천장을 보며 이 벽 너머에 사는 도하를 생각했다. 진영과 도하 둘 다 제 친구인데, 그 두 사람이 손을 잡고 팔짱을 끼고 캠퍼스를 걷는다? 갑자기 상상만으로 열이 뻗쳤다. 제 사람을 뺏긴 기분이 들었다.

집 앞에서 마주쳤던 남자가 누구인지는 몰라도 느낌이 별로였다. 목소리를 들어본 적도 없지만 왠지 모르게 선물 공세로 마음을 뺏을 것 같고, 가진 건 돈 뿐이라 여자 여럿에게 똑같이 그럴 것 같고, 진심은 없을 것 같았다. 도하가 그런 남자를 만난다고? 진짜 그런 거라면 진지하게 말려 볼 생각이었다.

그러는 와중에 진영이 도하를 소개시켜 달라고 했다. 어째 그것도 탐탁지 않았으나 싫다는 뉘앙스를 풍길 때마다 진영이 도하한테 사심이 있냐고 물으니 도하에게 아예 묻지 않을 수도 없었다. 마지못해 만나는 사람이 있냐고만 물었고, 그 말을 뱉고 보니 생각보다 더 찜찜한 마음이 되어 내 친구 소개 받을래? 따위의 말은 하지 않으려고 했다.

그런데 조진영 이 새끼가 자리를 비운 틈을 타 도하 번호를 따갔네. 아…….

도형은 아무것도 없는 천장을 보며 입바람을 날렸다.

6. 변천, 스물셋의 도하

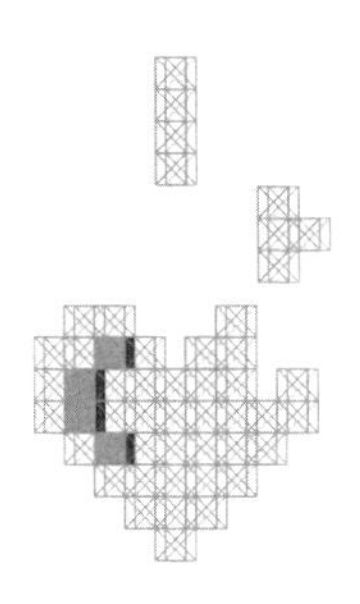

어둠이 낮게 깔린 밤.

도하는 핸드폰으로 들어온 메시지의 미리 보기를 보았다. 아까 연락처를 받아 간 도형의 친구였다. 이름이 조진영이라고 그랬나.

도형이 만나는 남자 있냐고 묻기에 저번처럼 당근마켓 판매자에 대한 추궁을 하려는 건 줄 알았다. 오해하는 모습이 퍽 볼만해서 답해 주지 않고 넘겼다. 만나는 남자도 없는데 왠지 그런 오해를 받는 게 재미있기도 했다. 도형은 헤어진 여자 친구에게 정을 떨어트리기 위해 저를 이용하지 않았나. 복수심은 아니었고 반발심 정도였다.

둘만 있는 자리도 아닌데 도형이 테이블 아래에서 발을 툭 건드렸을 때 도하는 가슴이 철렁했다. 갑자기 영화에서 보았던 장면들이 떠올랐다. 상대를 유혹하려고 발로 종아리를 쓸어 올리는.

거기까지 생각이 미쳤을 때 도하는 헙, 하고 숨을 참으며 고개를 들었다. 의도한 건 아닌 듯 놀란 듯한 도형의 얼굴이 보였다. 답지 않게 제 친구들이 있는 자리에서 만나는 남자가 있냐고 물어 진짜 이상하다, 쟤가 왜 저러지, 생각했는데 그게 제 친구를 소개시켜 주기 위한 밑밥이었을 줄이야. 대체 무슨 기대를 한 건지.

시간이 늦은 걸 빌미 삼아 도하는 답장을 보내지 않고 드러누웠다. 두 눈을 끔벅거리며 천장을 봤다. 핸드폰을 건네는 진영의 두 뺨이 붉었다. 가게에 들어와서 봤을 때부터 술 때문에 붉어져 있기는 했는데, 핸드폰을 건넬 때는 왠지 모르게 부끄러워하는 것처럼 느껴졌다. 그 순간 왜 도형이 그 자리에서 그런 질문을 했는지 어렴풋 짐작했다. 도형이 친구가 나에게 관심이 있나? 대개 그런 사실을 알면 마음이 조금 설레어야 하는데, 상황이 꼬였다는 생각이 먼저였다.

"아……. 나 언제부터 이렇게 속물이었지."

이것도 다 잘생긴 도형 때문이라고 도하는 생각했다. 왜 아빠 친구 아들은 잘생긴 걸까. 하필 왜 그 잘생긴 애가 옆집에 살아서 성장기를 함께 보내게 되었을까. 신이시여, 저에게 주지 않으실 거라면 왜 보내셨나이까.

도하는 손에 잡힌 이불을 머리 위로 끌어 올리며 눈을 질끈 감았다.

어김없이 날이 밝았다. 교수는 20분짜리 동영상을 함께 보려고 파일을 준비해 왔는데 컴퓨터가 제대로 작동하지 않아 관리자를 부르고 벽에 등을 기댄 채 서 있었다. 관리자가 컴퓨터를 손볼 때까지 수업을 진행하지 않고 기다릴 모양인 것 같았다.

[도하야 ㅎㅎ 혹시 아직 자?] 오전 9:02

조진영이다. 그러고 보니 어제 진영이 보낸 메시지에 답을 아직도 안 했다.

출석을 마친 학생들이 핸드폰을 보거나 옆 사람과 작은 목소리로 대화를 나눴다. 도하는 두 다리를 길게 뻗어 엉덩이를 의자 끄트머리에 걸치고 불량한 자세로 앉아 진영에게 보낼 메시지를 작성했다.

[아니 일어났어 답장 늦어서 미안]

이건 너무 무례하지?

도하는 입력한 문장을 다다다 지우고 빈칸을 만들었다.

[아니 일어났어 답장 늦어서 미안^^]

웃었는데도 건방져 보이는 이유는 뭐냐…….

내용을 지우고 뒤꿈치로 바닥을 탁탁 찍어 내리던 도하는 최대한 친절하고 상냥하게 메시지를 입력해 보냈다.

오전 9:05 [안녕 진영아! 어제 일찍 자서 답장 못했어 ㅠㅠ
나 1교시라서 지금 학교야]

마치 기다렸다는 듯 상대가 메시지를 읽었다. 바로 사라지는 '1'을 목격하니 상대가 어제부터 답장을 기다리고 있었다는 생각이 든다.

편하게 말을 놓고 자기소개를 하며 대화를 이어 가는데 스멀스멀 도하의 광대가 웃음에 반응하기 시작했다. 툭 불거지며 올라오더니 내려갈 줄을 몰랐다. 진영은 상대를 편안하게 해주는 장점이 있었고, 유쾌했다.

[도하야 나 궁금한 거 있는데 물어봐도 돼?] 오전 10:21

오전 10:22 [통장 비번이나 공인 인증서 비번 빼고 답해 줄게]

[ㅋㅋㅋㅋㅋㅋㅋㅋㅋㅋㅋㅋ] 오전 10:22

[그런 걸 물어보는 사람이 있어?ㅋㅋㅋ] 오전 10:22

[나는 내 통장 비번을 친구들이 다 알고 있어서 그런 건 비밀이 아니야 그냥 번호임] 오전 10:22

오전 10:23 [도형이 친구답다]

오전 10:23 [그럼 나한테도 말해 줘]

오전 10:23 [급할 때 써 보자 진영캐쉬]

[내 이름이 왜 진영인데] 오전 10:24

[통장 잔액이 영원이라 진영이야] 오전 10:24

[하지만 네가 필요하다고 하니까

오늘 사랑방이랑 교차로 주우러 다닌다] 오전 10:24

갑자기 일자리를 알아보겠다는 말에 도하는 웃음이 터져 급하게 펜을 떨어트리고 몸을 숙여 그것을 주웠다. 별말이 아닌데도 터지는 게 개그 코드가 맞는 것 같았다.

오전 10:26 [요즘 누가 신문으로 일자리 알아보냐ㅋㅋㅋㅋㅋ]

오전 10:26 [나 예전에 동네 치킨집 전단지 돌리고

오천 원 받았는데]

오전 10:26 [그 돈 주머니에 넣어 두고 빨래 돌려서

휴지 조각 됨]

[ㅋㅋㅋㅋㅋㅋㅋㅋ그래서 울었어?] 오전 10:26

[너 왠지 울었을 것 같아] 오전 10:26

오전 10:27 [대성통곡했지……]

오전 10:27 [그때 도형이가 생일선물 없으면 생파 초대

안 해 준다고 해서 알바 한 거거든]

오전 10:27 [생일선물 살 돈이었는데 없어져서

집에 있는 미역 들고 갔다가 욕먹음……]

오전 10:27 [무튼 궁금한 건 뭔데?]

문제가 있다면 불현듯 저도 모르게 도형의 이야기를 꺼낸다는 점이었다. 도하는 자꾸 진영에게 다른 남자 이야기를 하고 있다는 점을 깨달을 때마다 고개를 세차게 저으며 화제를 돌렸다.

바로바로 들어오던 메시지가 멈췄다. 아무것도 수신 받지 못한 핸드폰의 액정이 검게 꺼졌다. 그러다 얼마 안 있어 액정에 불이 들어왔다. 도하는 얼굴을 내밀어 핸드폰에 걸린 잠금을 풀었다. 그러자 메시지가 미리 보기로 뜬다.

[주말에 나랑 영화 볼래?] 지금

영화라니. 갑자기 난감한 마음이 됐다. 대개 이런 식으로 진도가 나가지 않나. 연락을 주고받다가 만나서 영화를 보고 밥을 먹고 그러다 고백하고. 진영의 메시지를 들여다보며 도하는 혼자서 드라마 한 편을 만들었다.

"영화 본다고 사귀는 것도 아닌데. 만나나 볼까."

도형 외에 누구를 좋아해 본 적이 없는데, 이번에는 지속되어 온 역사에 이변이 생길 수 있을까, 도하는 궁금해졌다.

⁂

그날 밤, 도하는 샤워를 하고 나와 수분 팩을 얼굴 위에 올리려고 거울 앞에 앉았다가 자라난 모발을 확인했다. 조금만 더 있다가 뿌리 염색을 할 생각이었는데 주말에 진영을 만나기로 했으니 깔끔해 보이려면 만나기 전에 끝내야 했다. 제발 금요일이나 주말에 갑자기 뾰루지가 올라오지 않기를 바라며 팩을 얼굴 위에 얹고 침대에 드러누웠다.

그리고 다음 날, 도하는 마지막 수업이 끝나자마자 도서관을 거치지 않고 곧장 집으로 향했다. 오피스텔 1층에 있는 헤어숍에 들어가 시술 가능한 시간을 확인하고 7시로 예약했다.

집으로 들어가 씻고 옷을 갈아입은 뒤 우유에 그래놀라를 말아 먹고 예약 시간보다 10분 일찍 1층으로 내려갔다. 의자에 앉아 대기하다가 거울 앞으로 이동했다. 디자이너가 밝아질 것을 감안해서 현재 염색모보다 조금 더 어둡게 색을 쓰겠다고 했고 도하는 고개를 끄덕였다.

양쪽 귀에 비닐 캡을 썼다. 가르마를 따라 머리카락이 반으로 갈렸다. 옆에 서서 열심히 염색제를 섞은 디자이너가 도하의 뿌리에 붓을 가져다 댔다. 산화 반응이 일어나는지 특유의 냄새가 코끝을 찔렀다.

두피와 가까운 모발에만 덕지덕지 염색제가 발렸다. 이마를 훤히 드러내며 정확하게 반으로 갈라진 모발이 축축한 염색제에 덮여 딱 달라붙었다. 직원이 건네준 쿠키를 까먹고 있을 때 헤어숍 통 창으로 지나가던 사람이 멈칫 서서 안을 들여다보는 게 보였다. 시선이 느껴져 눈동자를 돌리는 사이 멈춰 선 사람이 걸음을 되돌려 헤어숍 문을 열고 들어왔다.

"기도하, 머리 해?"

아는 목소리다. 도하는 눈을 동그랗게 뜨고 옆으로 다가온 사람을 올려다봤다.

미친…….

집으로 들어가는 길에 도하를 발견한 듯 도형이 백팩을 메고 서 있었다. 한 손에 커피를 들고 있었는데 입으로 빨대를 무는 순간 눈이 마주쳤다. 정면으로 도하의 얼굴을 본 도형이 돌연 웃음을 터트린다. 입에 머금고 있던 커피를 조금 흘렸고, 급하게 손으로 턱을 받치며 닦아 냈다.

옷에 묻지 않게 엉덩이를 뒤로 빼며 고개를 내밀고 흘린 커피를 훔쳐 닦는 모습이 제법 분주했다. 뭐가 그렇게 웃긴지 소리를 내서 웃었다. 갑자기 가게에 쳐들어온 사람치고는 너무 크게 웃고 있어 도하가 다 민망했다.

"사장님, 죄송한데 저 손 좀 씻을 수 있을까요? 마음의 준비 없이 애 얼굴 봤다가 커피를 흘려서."

도형이 손을 어정쩡하게 올린 채 쪼르르 뒤로 사라졌다. 그

사이 도하는 거울을 들여다봤으나 어떻게 손을 쓸 수 있는 방법이 없었으므로 찌푸려진 미간의 주름만 폈다. 도형의 웃음이 완전히 이해가 안 가는 것도 아니라 망했다는 생각이 들었다. 하필 그 많고 많은 시간과 장소가 권도형과 겹칠 건 뭐란 말인가.

손을 씻은 도형이 돌아왔다. 커피는 버린 듯 손이 가벼웠다.

"아, 진짜 웃겨. 사장님, 저 잠깐 여기 앉아도 돼요?"

도형이 도하에게 쿠키와 커피를 내어 주었던 여자를 보며 묻는다. '아니! 안 되는데!' 도하는 그렇게 외쳤고, 여자는 고개를 끄덕였다. 낭패감이 깃드는 순간 도형이 가방을 다리 위에 올리며 옆 의자에 털썩 앉았다. 그러곤 빙 의자를 돌려 도하 쪽으로 발을 놓았다.

"머리도 안 할 거면서 뭔데 자리 잡고 앉아. 민폐거든?"

"원래 친구 머리하면 같이 와서 기다려 주고 하는 거 몰라?"

"몰라. 돈 내줄 거 아니면 가라."

"너무하네. 그런데 너 갑자기 머리는 왜 해?"

머리를 하는 이유는 모발이 자라서, 한 색상으로 통일감을 주기 위해서, 주말에 진영을 만나서.

도하는 입을 다물고 고개를 돌렸다. 딱히 비밀은 아니었으나 진영과 어떻게 될지도 모르는데 그를 위해 꽃단장을 한다는 게 조금 민망했다.

"뿌염 할 때 돼서 하는 건데."

도형이 주머니에서 핸드폰을 꺼냈다. 무슨 짓을 하려는지 알 것 같아 도하는 인상을 썼다.

"사진 찍으면 진짜 내가 너 죽인다."

"무서워."

무섭다면서 멈출 생각은 없는 듯 카메라를 켜고 핸드폰을 들어올린다.

"진짜 죽는다. 빠개 버려."

"왜 이렇게 무서운 말만 해? 여기 보고 웃어 봐."

"하지 마. 너 진짜 가만 안 둬."

"너는 원래 나를 가만 안 뒀잖아. 뭘 새삼스레 이제 와서 가만 안 둔대."

허! 도하는 황당해서 그렇게 헛숨을 내뱉고 말았다. 험악하게 경고를 하는데도 분위기 파악 못하고 도형의 핸드폰이 찰칵, 소리를 낸다. 도하가 눈을 가늘게 뜨고 도형을 노려보았다. 사진을 확인한 도형이 참지 못하고 웃음을 터트렸다. 몸도 가누지 못하고 비틀거리며 웃었다.

수치스러워.

도하는 심한 욕을 삼키며 도형의 핸드폰을 향해 손을 뻗었으나 몸을 뒤로 빼며 내어 주지 않았다.

"야, 너 그거 같다. 에메트 브라운 박사."

뭔지 몰라도 권도형의 입에서 나온 게 좋은 거일 리가 없다. 도하는 머리가 끝나자마자 검색해 봐야겠다고 생각하며 에메

어쩌고 브라운 박사를 암기했다.

짜증 나. 진짜 짜증 나!

쿠키 하나를 더 까먹는데 도형의 웃음이 멈추지를 않는다. 너무하다고 생각하며 눈을 돌리자 이번엔 도하의 머리가 아니라 다리를 보며 웃고 있다. 거울을 들여다보자 의자에 앉으며 무릎이 올라간 탓에 바지가 종아리 가운데까지 올라갔고 목이 긴 양말이 발목 위를 덮었다.

그리고 양말과 바지 밑단 사이에 여백이 있었다. 그 여백으로 속살이 드러났다. 도형이 끅끅거리며 핸드폰으로 도하의 종아리를 조준하고 사진 찍었다.

결국 참지 못하고 다리 위에 올려 두었던 쿠션을 들어 도형에게 던졌다. 웃음에 정신이 팔린 줄 알았던 도형이 잽싸게 손을 들어 쿠션을 잡았다.

"봤냐? 내 순발력? 와, 쿠션 맞고 저승 갈 뻔했네."

자리에서 일어난 도형이 쿠션을 다시 도하의 무릎 위에 내려놓았다.

"왜 네 것도 아닌데 막 던지고 그래."

도형이 말했다. 한 걸음 이동해 도하의 앞에 서더니 허리를 숙이고 도하를 바라봤다.

"진짜 아무리 봐도 브라운 박사다."

"아, 그게 누군데! 너 이따 내가 검색해 보고 이상한 거면 뒤진다, 진짜."

다시 번진 웃음에 도형의 눈꼬리가 살짝 접힌다. 아, 망할. 강아지 같은 웃음. 쓸데없이 귀엽다. 염색제를 발라 놔서 머리를 쓰다듬지 못하자 도형이 도하의 뺨을 가볍게 꼬집는다.

"박사님, 머리 잘하고 오세요. 저 먼저 올라갑니다."

도형이 손을 거두어 가기 전 도하가 입을 벌려 도형의 엄지를 앙 물었다. 이를 박으면 도형이 냅다 놀라하며 손을 뺄 줄 알았는데 태연하게 도하가 이를 박고 있는 모습을 쳐다봤다. 그러더니 도리어 도하를 놀리려는 듯 엄지를 입안으로 밀어 넣는다. 예민하고 물렁한 볼 점막에 손가락 끝이 닿았다. 소스라치게 놀라며 머리를 뒤로 빼자 도형이 피식 웃는다.

"까분다. 머리 다 하고 연락해. 맥주나 한 캔 마시자."

도형이 여자에게 꾸벅 고개 숙여 인사하고 가게를 나갔다. 왠지 모르게 멍한 상태가 되어 거울에 붙어 있는 제 모습을 봤다. 심장이 거세게 흔들렸다. 감정이 큰 파도를 만난 것처럼 요동쳤다.

순간적으로 일어난 일에 도하는 마음을 진정시키려 노력했으나 머리를 감고 나와 말릴 때까지 가슴이 두근거려 넋을 놓게 됐다. 헤어드라이어의 따뜻한 바람이 귓바퀴와 목덜미, 두피를 사정없이 때리는데도 심장 뛰는 소리만 크게 들렸다.

오전 10시.

오전 10:00 [내리라고]

[싫어 귀엽단 말이야] 오전 10:01

오전 11시.

오전 11:00 [야 진짜 좋은 말로 할 때 프사 바꿔라 — —]

[ㅋㅋㅋㅋㅋㅋㅋㅋㅋㅋㅋㅋㅋㅋ] 오전 11:01

[뒤에 그 표정이 마음에 안 들어 탈락] 오전 11:01

오후 12시.

오후 12:00 [내 사진 내려ㅠㅠㅠㅠㅠㅠㅠㅠㅠㅗ쌍놈아]

[ㅋㅋㅋㅋㅋㅋㅋㅋㅋㅋㅋㅋㅋㅋㅋㅋ

은근슬쩍 뒤에 바꾸면서 욕 하는 거 봐] 오후 12:01

[알았어 바꿔 줄게] 오후 12:01

도형이 헤어숍에서 찍은 사진을 메신저 프로필 사진으로 올려놨다. 염색제를 덕지덕지 발라 놓은 머리는 아니었고 종아리 중간까지 올라간 바지 밑단과 발목 위로 올라온 양말, 그리고 그 사이에 드러난 맨살. 햄버거 같은 구조의 다리를 잔뜩 확대해서 찍어 놓은 사진이었다. 마치 무슨 사연이라도 있는 것처럼 흑백으로 색을 다 날려서 코미디에 가까웠다.

도형과 매일 연락을 하는 것도 아니라서 대체 언제 이렇게 바꿔 놨는지 알 수가 없었다. 아침에 오래된 톡방들을 삭제하다가 도형과 메시지를 나누었던 목록을 발견했고 프로필 사진이 바뀌어 있어 눌러 봤다가 그게 며칠 전의 제 다리라는 것을 알고는 뒤집어질 뻔했다.

욕을 퍼붓는 대신 차분하게 프로필 사진을 바꿔 줄 것을 요구했는데 도형이 말 같지도 않은 이유를 대며 거부했다. 어렸을 때부터 우기는 건 도하의 특기였지 도형의 특기가 아니었는데 왠지 포지션이 바뀐 느낌이 들었다.

[바꿈] 오후 12:05

도형의 프로필 사진이 바뀌었다. 도하는 바뀐 사진을 눌러 보았다. 영화 '백 투 더 퓨처'의 스틸 컷이었다. 에메트 브라운 박사의 흰 머리카락이 바람을 맞아 한쪽으로 쏠려 있었다.

"아, 진짜……."

이 새끼를 어떻게 할까. 도하는 손을 부들거리며 솟구치는 짜증을 누르다가 번뜩 드는 생각에 클라우드에 접속했다.

4기가에 달하는 사진 속에서 도형의 옛날 사진을 찾아냈다. 도형이 포경 수술을 하고 온 날이었다. 하필 그날은 도형 모친의 생일이었고, 도하 가족은 케이크를 사 들고 도형의 집으로 찾아가 촛불에 불을 켰다.

그때 찍은 사진이었는데 사진 구석에 도형이 다리를 벌리고 의자에 앉아 붉어진 눈시울을 하고서 사진기를 노려보고 있었다. 사진을 보자마자 도하는 웃음을 터트렸다.

그날 도형은 집에 들어온 도하를 보며 평소와 다르게 짜증을 냈다. 네가 우리 엄마 생일을 왜 축하하느냐, 그런 버르장머리 없는 말까지 해서 도하를 당황케 했다.

"처음 온 것도 아닌데, 왜 그래?"

"아, 제발 그냥 가……."

왠지 모르게 자주 도하가 도형에게 내보였던 반응이 그에게서 나오고 있었다. 도하는 고개를 갸웃하며 도형이 평소와 다르다는 걸 느꼈고, 자꾸 제게 불퉁하게 굴어 조금 짜증이 났다.

"야, 너 왜 앉아만 있어?"

다들 상을 차리고 케이크를 꺼내며 무언가를 하는데 도형만 의자에 가만 앉아 있었다. 도하의 물음에 도형은 한숨을 뱉으며 천장을 봤고 도하는 '어쭈, 쟤 봐라' 하며 물러나지 않고 따졌다.

"케이크에 초도 꽂고 해야지. 왜 아무것도 안 해? 이상하다, 진짜."
"아, 신경 쓰지 말라고……."

그런데 왠지 모르게 도형의 상태가 점점 침울해졌다. 도하는 케이크에 초를 꽂다 말고 일어나 도형에게 다가갔다. 천장을 보는 도형의 두 눈에 눈물이 그렁그렁 매달려 있었다.

"어, 울어? 갑자기 왜?"

도하는 당황했다. 도형이 급하게 다가온 도하를 밀어내며 팔을 올려 눈을 덮었다.

"야, 나 때문에? 아니, 내가 말을 나쁘게 했어? 왜 그래."

도형이 울다니.
갑작스러운 상황에 도하는 그의 팔을 잡아 내렸고, 도형이 다시 그녀를 밀어냈다.

"신경 쓰지 말고 그냥 내버려 두라고! 아, 그냥 가, 좀."
"야아, 권도형!"

졸지에 도형을 울린 애가 된 도하는 어쩔 줄 몰라 하다가 흘긋 뒤를 봤다. 부엌에서 나오던 도형의 부친이 둘을 보더니 엷게 웃으며 도하에게 다가와 귓속말로 도형의 상태를 알려 줬다.

팔을 올려 눈을 가리고 있던 도형이 눈치 빠르게 팔을 내리고 다가온 부친을 봤고, 귓속말을 하고 있는 모습에 바락바락 소리를 지르며 그런 소리를 왜 하냐고 했다.

"야, 아프면 아프다고 말을 하지."

도하가 도형의 어깨를 토닥였다. 도형이 신경질적으로 도하의 손을 쳐 냈다. 기분 나쁠 법도 한데 도하는 씩 웃으며 자리로 돌아갔다.

그날 케이크에 초를 꽂고 불을 붙이고 노래를 부르면서 도하는 불퉁한 얼굴로 의자에 앉아 있는 도형의 얼굴을 힐끔거렸고, 눈이 마주칠 때마다 대놓고 웃었다.

기념사진을 찍을 때 도형이 기를 쓰며 빠지려고 하는 걸 억지로 잡아 놓고 사진을 찍었다. 그래서 이렇게 사진기를 죽일 듯이 노려보고 있는 거다. 아마 도하를 노려보고 싶었겠지.

도하는 웃는 낯을 하고서 해당 사진을 내려 받았다. 그리고 다른 사람들의 얼굴은 모두 자르고 도형의 얼굴만 대문짝만 하게 확대해서 프로필 사진으로 올렸다. 반응은 생각보다 빨리

왔다.

[기도하 씨 거 너무한 거 아닙니까?] 오후 12:14

[이건 저에게 있어서 정말 아팠던 날이라고요] 오후 12:14

[그날의 고통이 떠올라서 괴롭습니다 내려 주세요] 오후 12:14

도하는 도형의 메시지를 보자마자 배를 잡고 웃었다. 그러다 도형과 이렇게 오래 메시지를 주고받았던 때가 있었나 생각하게 됐다.

없었던 거 같은데.

도하는 프로필 사진을 다시 원래대로 바꾸고 도형에게 더 많은 사진을 보유하고 있으니 함부로 깝치지 말라고 메시지를 보냈다.

도서관에서 나온 도하는 벤치에 앉아 도형을 기다렸다. 건강과 생활 수업에 가기 전 도형이 점심을 먹자고 했기 때문이다. 유난히 새의 울음소리가 크게 들렸다. 고개를 젖혀 하늘을 올려다보다가 나뭇가지에 앉아 있는 참새에 시선이 닿았다. 작고 동그란 몸이 주둥이를 벌리며 짹짹거렸다. 짙은 갈색과 황색이 섞인 깃털이 몸을 부풀렸다가 돌아오기를 반복했다.

"귀여워."

도하는 핸드폰을 꺼내 카메라를 켜고 참새를 조준했다. 엄지와 검지를 액정에 대고 화면을 확대했다. 화면 가득 참새를 담고 동영상 촬영 버튼을 눌렀다. 참새의 머리가 이쪽저쪽 쉬지 않고 돌아갔다. 다른 참새를 부르는 건지, 본인의 위치를 알리는 건지, 것도 아니면 혼자 떠들고 있는 건지 목소리를 쉬지 않고 냈다. 이따금씩 부르르 몸을 털기도 했다.

동영상 촬영 시간이 1분 정도 되었을 때 불쑥 확대된 화면 안으로 다른 무언가가 들어왔다. 눈을 올리자 벤치 뒤에 선 도형이 상체를 길게 빼 얼굴을 들이밀고 있었다.

"뭐 찍어?"

핸드폰을 주머니에 집어넣고 자리에서 일어나자 도형이 벤치를 돌아와 옆에 선다.

"참새 찍었어."

그 말에 도형이 고개를 들어 나무를 보았고 언제 날아가 버렸는지 나뭇가지는 비어 있었다.

"왜 참새에 저장 공간을 낭비해. 나나 찍어."

"뭐래."

"가자."

도형의 말에 도하는 고개를 끄덕이며 걸음을 옮겼다.

식당에 앉아 밥을 먹는데 도형이 불쑥 물었다.

"주말에 진영이 만나기로 했다며?"

고개를 들어보자 돌솥비빔밥을 섬세하게 비비느라 아직도 한 숟갈도 먹지 못한 도형이 보였다.

"어. 영화 보기로 했어."

"영화 보고 뭐 할 건데?"

"글쎄. 보통 뭐 하냐."

"뭐, 커피 마시거나 술 마시지? 진영이가 좀 날티 나게 생기긴 했는데 나쁜 애는 아니야. 그런데 내가 걔를 사귀어 본 건 아니라서 여자 만날 때는 어떨지 잘 모르겠다. 주말에 봐서 괜찮으면 잘 만나 봐."

도형이 말했다. 나쁜 의도 없이 진영과의 만남을 위해 주는 말이었는데도 불구하고 도하는 왠지 그 말이 달갑지가 않았다.

아주 오랜 시간 동안 한 사람만 좋아했다. 그 마음이 티가 나지 않을 리가 없었다. 처음엔 '왜 이 마음이 그에게 닿지 않는 걸까?' 생각하며 가슴 아파했으나 그 숱한 날들을 돌아보니 닿지 않는 게 아니라 닿았는데도 불구하고 상대가 문을 열어 주지 않은 거였다. 그러니까, 도하는 도형에게 문전박대당했다.

처음엔 그게 괘씸했으나 부친이 친구의 부탁을 거절하지 못하고 말도 안 되는 조건의 보험을 가입하고 올 때마다 모친이 줏대 없다며 큰 소리를 쳤고, 도하는 모친의 말을 들으며 그래, 도형이는 그냥 줏대가 있는 거야, 하며 둘의 관계와 현 상황을 빠르게 수긍하고 적응해 나갔다.

돈가스에 꽂혀 있는 포크를 잡았다.

"진영이 말하는 거 보면 귀엽더라. 날티 같은 거 전혀 모르겠던데. 톡 할 때마다 웃겨 가지고 강의실에서 펜 주운 게 한두 번이 아니야. 성격 진짜 좋은 거 같아. 좋은 애일 거 같아."

돈가스를 입으로 가져가 앙 무는데 도형이 물끄러미 본다.

"메시지만 주고받은 건데 그게 뭐 성격이랄 게 있어?"

"본질적인 느낌 같은 거 있잖아. 대화하면서 느끼는."

도하가 입을 오물거리며 도형을 봤다. 무표정한 얼굴로 빤히 시선을 던지고 있었다. 무언가 못마땅하다는 표정을 보고 있자니 어딘지 모르게 불안해진다.

"뭐야. 아니야? 걔 성격 이상해?"

도하의 물음에 도형이 표정을 갈무리하며 고개를 저었다. 돌솥 안에 있는 비빔밥을 뒤적거렸다. 점심을 먹자더니 먹는 속도가 느려도 너무 느렸다. 입맛이 없나. 비빔밥이 맛없나. 그런데 그러기엔 도형은 학생 식당에서 마주칠 때마다 돌솥비빔밥을 먹고 있었다.

"먹고 카페나 들렀다 가. 커피 마시고 들어가게."

"응."

대답과 딴판으로 도형은 여전히 수저질을 느리게 했고 도하는 돈가스 소스를 싹싹 긁어 남은 고기 조각들을 해치웠다. 소란스러운 식당 안에서 도하는 진영을 만날 주말을 고대했다.

✣ ✣ ✣

그리고 주말, 도하는 사거리에 있는 프랜차이즈 카페에서 진영을 만났다.

두 사람은 영화 상영 시간보다 한 시간 일찍 만났다. 영화관에 가서 그 긴 시간을 기다리기엔 아무래도 민망해 커피를 마시며 이런저런 이야기를 나누었다.

메시지로 나눈 적 없던 이야기를 하며 서로의 공통점을 찾았다. 너는 탈색 얼마 주고 했냐, 나는 얼마 주고 했다, 돈을 얼마를 썼는데 커트비도 따로 받더라 같은 이야기를 하며 목소리를 높였다. 탈색을 한 후에는 3일을 머리를 안 감아도 기름이 안 진다며 모발에 단백질이 남아 있지 않은 것 같다며 상대의 말에 공감하며 박수쳤다.

개봉한 지 며칠 안 된 영화는 지루하기 짝이 없었고 뒷내용이 궁금하지도 않아 나오고 싶었으나 옆에 진영이 있어 꾹 참고 자리를 지켰다. 영화를 보고 나온 다음에는 목적지를 정하지 못하고 방황하고 있었다. 도하는 그때 도형이 했던 말을 떠올렸다. 커피는 이미 마셨고 남은 건 술이었다.

"술 마실까?"

도하가 물었고 진영이 괜찮겠냐며, 그럼 돌아가는 길이 걱정되니까 도하의 집 근처에서 마시자고 했다. 오피스텔 근처에 있는 맥줏집에 들어갔을 때 도하는 진영이 이곳에 처음 온 게 아니라는 걸 알게 됐다. 사장님이 진영을 알아본 것이다.

"너 여기 자주 왔나 보다."

"친구들이랑 왔지. 도형이가 여기 앞에 살잖아. 도형이랑 나, 성준이 이렇게 셋이 다니거든. 도형이가 자기 집 안에서 술 마시는 걸 질색해 가지고 여기서 마시고 도형이 집에 가서 뻗어 자. 성준이랑 나는 집이 멀거든."

"그럼 빨리 가 봐야 되는 거 아니야?"

"아니야. 괜찮아. 막차 끊기면 택시 타면 되고 뭣하면 도형이 집에 가지, 뭐."

진영이 웃으며 메뉴판을 도하 앞으로 내밀었다. 영화를 보며 팝콘 한 통을 비운 도하는 현재 나트륨에 찌든 상태였다. 입안이 짜고 목이 탔다. 주문한 맥주가 나왔을 때 오아시스를 발견한 줄 알았다.

진영이 맥주를 한 모금 마시며 목을 축일 때 도하는 네 모금 마시며 잔 절반을 비웠다. 팝콘으로 인해 발생한 갈증과 초반 스퍼트를 내는 버릇이 결합되어 진영을 당황케 만들었다.

"주량이 맥주 두 잔이라고 하지 않았어?"

이렇게 가다가는 10분도 안 되어서 주량 오버하고 해산해야 할 것 같은 분위기였다. 도하가 잔을 내려놓고 고개를 끄덕였다.

"응. 그런데 이다음부터는 느리게 마시니까 걱정 안 해도 돼."

카페와 영화관을 거쳐 오게 된 맥줏집에서 진영은 한결 편안한 모습을 보였는데 가벼운 이야기를 재미있게 하기보다는 주로 무거운 주제에 대해 이야기했다. 세계 경제와 안보 같은 이야기가 터져 나오자 도하는 할 말을 잃고 계속 맥주만 홀짝였고 잔을 비우면 추가 주문을 하게 되었다. 그렇게 해서 이제 두 잔을 돌파하고 세 잔에 접어들 차례였다.

"그런데 진영아, 너 톡 할 때랑 조금 다르다."

의도를 가지고 한 말은 아니었다. 그저 이 순간 느껴지는 진영에 대한 감상이었다. 그런데 진영의 눈이 크게 동그래지더니 당황한 빛이 감돌았다. 말실수를 한 건가 싶어 도하는 수습에 나섰다.

"아니, 다른 게 아니고 내가 생각했던 것보다 더 진중하고……. 어, 뭐라고 해야 하지?"

"아, 내가 너무 재미없는 이야기만 했나?"

진영이 뒷목을 긁적이며 어색하게 웃었다. 그 말에 도하는 자신이 현재 느끼고 있는 게 무엇인지 정확하게 깨달았다.

커피를 마실 때만 해도 몰랐는데 술을 마시는 지금 도하는 영화의 연장선에 서 있는 것처럼 지루했다. 심하게 흥미가 생기지 않던 영화의 영향이라고 생각했는데, 그게 아닌 거다. 이 따분함은 진영과의 대화에서 오고 있었다. 그 사실을 깨닫자마자 도하의 마음이 크게 흔들렸다.

이럴 수가. 망해 버린 건가.

"사실 내가 도형이한테 너 소개시켜 달라고 했거든. 원래 말을 이렇게 하는 편은 아닌데, 긴장해서 그런가 봐."

진영이 수줍게 웃으며 말했다. 도하는 그런 진영의 얼굴을 보다가 어색하게 웃었다.

좋은 사람 같았다. 그런데 좋은 사람과 좋아하는 사람은 도하에게 있어 결이 너무 달랐다. 진영이 제게 마음이 없으면 모를까, 마음이 있다는데 아무런 반응도 없이 계속 연락을 주고받을 수는 없다는 생각이 들었다. 그런데 저건 고백도 아니고, 나서서 거절하는 건 몇 발 앞서가는 것처럼 느껴졌다. 그래서 별다른 반응을 못하고 있는데 진영이 물었다.

"이렇게 빨리 물어볼 생각은 없었는데, 말이 나와서…… 너는 어때?"

"어?"

"아, 어떻게 말을 해야 할지 모르겠다."

진영이 두 손으로 얼굴을 가리며 부끄러워하더니 남은 맥주를 꿀꺽꿀꺽 마셨다. 그러곤 호흡을 가다듬고 결심한 듯 도하를 봤다.

"나 어때, 도하야?"

"어……."

도하가 말소리를 흐렸다. 어떻게 대답을 해야 하지. 누군가 고백을 했을 때 얼렁뚱땅 넘겨 본 적이 없었다. 그런데 도형의 친구라는 이유로 말에 신중을 기하게 됐다. 거절 자체로 마음이 상하는 일이기에 좋은 거절은 없다는 걸 알지만 도하는 말을 골랐다. 그러나 이미 망설이는 표정에서 답을 예감한 듯 진영은 부끄러운 빛을 날리며 멋쩍게 웃었다.

"아, 괜찮아. 편하게 말해도. 부담 주려고 한 말은 아니야."

"재미있고 좋은 사람인 것 같아."

빤히 눈이 마주쳤다. '그런데 네가 이성적으로 느껴지지는 않아' 라거나 '좋은 친구로 지내고 싶어' 라는 대표적인 문구가 있었으나 진영의 눈을 마주하고 있자니 빈말보다는 진심을 전하고 싶어졌다.

도형이 어떻게 됐냐며 제 친구인 진영에게 오늘의 만남에 대해 물을 수도 있었다. 그렇다면 분명 지금 뱉은 답이 도형의 귀로 흘러들어 갈 것이다. 그럼에도 불구하고 도하는 이게 최선의 예의라고 생각하며 진영에게 솔직하게 이유를 털어놓기로 했다.

"그런데 내가 좋아하는 사람이 있어."

"아, 진짜?"

진영이 반색하며 물었다. 생각 외로 분위기가 흐려지지 않아 도하는 내심 안도했다. 고개를 끄덕이자 진영이 아, 하고 탄식하며 맥주 한 잔을 더 주문했다.

"술 못 한다며. 한 잔 더 마시게?"

도하가 묻자 진영이 괜찮다며 괜히 기분을 냈다. 도하는 진영이 정말 괜찮아서 그런 것인지 이 상황을 조금 희석하고자 그런 것인지 알지 못했다.

"알았으면 도형이한테 그런 말도 안 했을 텐데. 이 새끼는 왜 말을 안 해 줘서."

도하가 어색하게 웃자 진영이 호탕하게 웃었다.

"우리 오늘 영화 보고 술만 마신 거니까, 뭐 앞으로 친구로 지내는 데는 어색하지 않겠지?"

"당연하지."

"그래. 나중에 학교에서 밥이라도 먹자."

기분 좋은 웃음이 터졌다. 잘 마무리 된 상황에 도하는 다행이라고 생각하며 막 나온 진영의 맥주잔에 제 잔을 살짝 들이밀었다. 짠, 잔이 부딪치고 맥주를 넘겨 마셨다.

자리에 대한 부담감이 덜어졌는지 진영이 한결 편안해 보이는 모습으로 말을 뱉었다. 소소한 이야기를 주고받고 있을 때였다. 진영이 핸드폰을 들여다보더니 '어, 도형이다' 라고 했다. 그 두 글자에 반응한 도하가 고개를 들었다.

"여보세요? 응."

전화를 받은 진영이 도하에게 전화를 받고 오겠다고 밖을 눈짓했다. 고개를 끄덕이자 진영이 핸드폰을 귀에 댄 채 자리에서 일어나 가게 밖으로 나갔다. 혼자 남은 도하는 맥주를 한 모금 마시며 진영이 도형과 어떤 대화를 나누고 있을지 궁금해했다.

도하 만났어? 분위기는 어때? 고백이라도 해 봐. 그런 말을 하려나. 술을 넘긴 목이 괜히 썼다. 왠지 모르게 눈썹이 삐뚤게 올라갔다. 쓴 입을 다시며 손을 들었다.

"여기 얼음물 좀 주세요."

고개를 끄덕인 사장이 잔을 들고 제빙기를 열었다. 도하의 시선이 진영이 나갔던 문으로 흘긋 돌아갔다. 유리문 너머로 통화를 하는 진영의 뒷모습이 보였다.

"통화 오래 하네."

마침 도하의 앞으로 얼음물이 놓였다. 자세를 고쳐 앉고 냉수를 들이마셨다. 얼음 하나를 입에 넣고 으드득 씹고 있을 때 진영이 돌아왔다.

"도형이 온다는데."

한쪽 볼에 얼음을 밀어 넣고 어금니로 물었던 도하는 얼음을 깨부수지 못하고 진영을 봤다. 저도 모르게 눈이 동그래졌다.

"여기 온대?"

"응. 집 앞이라고, 맥주 한 잔 마시겠다는데."

예상치 못한 변수가 발생했다. 도하는 느리게 치아를 맞물리며 얼음을 깨트렸다. 조각난 얼음을 녹이며 입안이 얼얼해지는 걸 느꼈다. 입안은 찬데, 왠지 모르게 속이 조금 뜨거워졌다. 자신을 소개시켜 달라고 했다는 진영과 자신이 좋아하는 도형이 한 자리에 앉아 있을 상상만으로도 가슴이 두근거렸다.

괜히 다리를 놔주겠다며 도형이 쓸데없는 소리를 하며 나서는 건 아닌가 싶어져 걱정이 됐다. 아, 그럼 진짜 표정 관리 안 될 것 같은데. 도하는 마음을 단단하게 먹으며 냉수를 한 모금 더 마셨다.

오래 걸리지 않아 도형이 왔다. 자리에 앉은 도형을 보고 도하는 조금 놀랐다. 검은색 반바지에 연두색 후드를 입고 있었는데, 연두색이 쨍해도 너무 쨍했다. 도형이 자기 돈을 주고 이런 옷을 샀을 리가 없다.

"야, 옷 뭐야?"

"뭐가."

도형이 뒤집어쓰고 있던 후드를 벗어 내리며 다가온 직원에게 맥주 한 잔을 주문했다.

"완전 형광인데? 설마 야광이냐?"

"……아니거든."

왠지 스스로도 이 옷이 마음에 들지 않은 듯한 투로 도형이 이를 꽉 물고 말했다. 아니, 그러니까. 마음에 안 드는데 왜 샀으며 왜 입고 나왔는가.

"네가 샀어?"

"아, 왜 보자마자 옷 지적이야."

"네가 이런 색 입은 거 처음 봐서 그렇지."

"초록색이었어. 모니터로 봤을 때는 이런 색이 아니었다고."

인사도 없이 대화를 주고받는 두 사람을 진영이 멀뚱히 봤다. 그사이 도형이 주문한 맥주가 나왔다.

"헐, 이게 초록색이라고? 사기 당했네. 신고해라."

도하가 도형의 옷소매를 잡아당기며 말했고 도형이 늘어나는 옷을 신경 쓰지 않은 채 맥주잔을 들어 몇 모금 마셨다.

"이게 대체 어디를 봐서 초록이야……."

조용히 중얼거리는 도하를 도형이 고개를 돌리고 조용히 봤다. 흘겨보는 듯한 눈길에 옷자락을 만지작거리던 도하가 손짓을 멈추고 눈을 올렸다.

"어울린다고."

도하가 손을 떼며 숙이고 있던 상체를 뒤로 물렸다. 잔을 내려놓은 도형이 두 손을 후드 주머니에 찔러 넣더니 진영과 도하를 번갈아 봤다.

"그래서 오늘 뭐 했는데."

나초로 손을 뻗던 도하와 맥주를 마시던 진영이 동시에 고개를 돌렸다. 도형이 무표정한 얼굴로 두 사람을 응시하고 있었다. 손을 주머니에 숨긴 채 한쪽 다리를 달달 떨었다.

"커피 마시고, 영화 보고."

진영이 답했다.

"영화 뭐 봤는데."

"쌍무지개."

최근 개봉한 로맨틱 코미디 영화였다. 포스터에 대문짝만하게 '사랑을 이루어 주는 주문!' 이라는 문구가 박혀 있고 하늘에 생긴 쌍무지개를 바라보는 남자와 여자의 모습으로 예고편을 보지 않아도 영화의 성격을 파악할 수 있었다. 도하의 취향을 아는 도형이 얼굴을 찌푸렸다.

"얘 좀비 영화 좋아하는데. 네 옆에서 안 졸든?"

"그래? 재미있다고 그랬는데."

영화를 보고 나오는 길에 진영이 재미있냐고 묻기에 고개를 끄덕였을 뿐이다. 진영이 선택한 영화였으니 솔직하게 답할 필요는 없을 것 같아서.

"아아, 재미있게 봤구나."

도형이 비꼬는 투로 말하고 고개를 끄덕였다. 왜 시비를 거는 것 같지. 도하의 눈이 점점 가늘어졌다.

"그리고 술 마시러 온 거야?"

도형이 묻고 진영이 고개를 끄덕였다. 진영이 답을 하고 있을 때 도하는 시선을 내려 도형의 다리를 봤다. 신경이 쓰여 도형의 무릎 위에 손을 올리고 꾹 눌렀다. 그러자 도형이 멈칫하고는 도하를 본다.

"복 날아가."

그 말에 도형이 도하의 손이 닿았던 무릎을 매만지며 시선을 돌렸다.

"이미 날아간 거 같은데, 뭐."

오늘따라 까칠하네. 도형의 얼굴을 흘겨보고는 자세를 고쳐 앉았다.

맥주 몇 잔을 더 마시고 자리에서 일어났다. 커피도 영화도 진영이 계산해 이번에는 도하가 계산을 하려던 참이었다. 진영이 지갑을 꺼내며 계산대로 가기에 도하는 외투와 가방을 챙기는 것도 잊고 핸드폰을 들고 진영을 따라잡았다.

"아니야! 내가 낼 거야."

"어? 아니야. 내가 만나자고 했는데."

"아까 네가 샀잖아."

"아니야. 다음에 학식이나 사 줘."

진영이 지갑을 여는 순간 뒤에서 누군가 카드를 빠르게 내밀었다.

"이 카드로 해 주세요."

도형이었다. 아니, 네가 왜? 의아하다는 듯 보자 도형이 불퉁한 얼굴로 결제가 끝나기를 기다리고 있었다. 도하의 외투를 입고 가방을 멘 모습이었다.

"왜 네가 사?"

"그냥."

진영의 물음에 도형이 짧게 답하며 카드를 받아 주머니에 넣었다. 그러곤 성큼성큼 가게를 벗어났다. 도하와 진영이 서로를 보았고, 의외라는 듯 어깨를 으쓱였다. 어쨌거나 두 사람의 돈은 굳은 셈이었다.

시간이 늦어 콜택시를 불렀다. 진영이 '오늘 너희 집에서 자고 가도 돼?' 묻자마자 도형이 거절했기 때문이다. 도착 예정

시간이 남아 진영은 화장실에 갔다. 도형과 도하는 가게 앞에 서서 진영을 기다렸다.

"추워. 내 옷 줘."

품이 넉넉한 도하의 트렌치코트가 도형에게는 작았다. 그 작은 옷에 몸을 꿰어 넣다니. 혹시라도 박음질이 터질까 불안해 여민 앞섶을 잡아당기며 벗기려고 하자 도형이 몸을 돌리며 도하의 손을 떨어트렸다.

"옷을 막 벗기려고 그러네. 여기 밖이야."

"허. 내 옷 달라고. 옷 터져."

"오늘 재미있었냐?"

옷 달라고 했더니, 뜬금없는 소리를 한다. 물음표를 달고 온 말에 도하가 눈을 끔벅였다.

"옷 주라고. 춥다고."

"나도 추워. 반바지 입었잖아."

갑자기 왜 이렇게 말이 안 통해. 미간을 찌푸리자 도형이 무표정한 얼굴로 도하를 내려다봤다. 그러더니 코트 자락을 잡아 펼쳤다.

"추우면 들어오든가."

"……."

찌푸린 도하의 얼굴과 무표정한 도형의 얼굴이 서로를 향했다. 조용히 눈빛을 주고받는데 서로의 생각을 읽을 수는 없었다. 늦은 시각 불어오는 밤바람이 찼다.

"취했냐?"

도하가 말했다. 그 말에 도형은 도하를 향해 펼쳤던 옷자락을 여미며 입술을 앙다물었다. 코트를 벗기 위해 먼저 가방을 빼냈다. 빼낸 가방의 끈을 벌려 도하의 머리로 집어넣어 어깨에 올려 주었다. 그리고 마주보고 선 채로 한 번 더 물었다.

"오늘 어땠는데. 재미있었어?"

"왜. 네 친구한테 물어 봐."

돌아간 가방 끈을 고치며 답했다. 도형이 입고 있던 도하의 외투를 벗어 그녀의 어깨 위에 걸쳐 주었다. 그러곤 마주보고 있던 몸을 돌려 정면을 바라보았다.

"진영이 말고. 네가 어땠는지 궁금하다는 거잖아."

외투에 팔을 꿰어 넣으며 도하는 도형이 왜 이런 질문을 하는 것인가 생각했다. 제 친구를 위해 나를 떠보는 건가. 아무리 생각해도 그 이유 밖에는 없었다. 도형이 오기 전에 진영과 자신이 어떤 대화를 나누었는지 모른다면 그럴 수 있었다.

참, 남의 속도 모르고 자기 친구랑 이어 주려는 모습을 보고 있자니 마음이 쓰다.

"그게 왜 궁금한데?"

"……."

"네 친구가 나랑 잘 됐으면 해서?"

홧김에 뱉은 말에 도형의 표정이 굳었다. 사람 속 아프게 물어볼 때는 언제고 불퉁하게 대꾸한 말에 얼굴이 싸늘해졌다.

이게 그렇게 표정을 굳힐 일인가. 친구의 감정을 조롱한다고 생각하는 건가. 생각하는 사이 진영이 왔고 짜고 맞춘 것처럼 택시도 왔다.

"어! 택시 왔다!"

건물에서 나온 진영이 예약 불을 켜고 들어오는 택시를 발견하고 달렸다.

"야, 나 간다. 도하야 나 갈게! 오늘 재미있었어!"

오늘에 대한 감상이 택시로 향하는 진영의 입에서 튀어나왔다. 조수석 문을 열고 타더니 바로 떠났다. 진영을 기다리고 있었는데, 휑하니 떠나 버렸다.

"가자."

도하가 먼저 발을 뗐다. 가게 앞을 벗어나 오피스텔을 향해 걷는데 느리게 따라오던 도형이 금세 옆에 붙어 섰다.

"편의점 들렀다 가."

"들렀다 와. 먼저 올라갈게."

거절하자 도형이 도하의 가방 끈을 붙잡았다. 그러고는 공동 현관으로 향하는 도하를 끌고 편의점으로 향했다. 도형의 팔을 꺾으면 잡힌 가방 끈이 풀어지겠으나 도하는 별다른 대꾸 없이 편의점까지 함께 걸었다.

도형이 도하를 붙잡은 채 편의점 안을 돌았다. 바나나 우유 하나와 민트 향 사탕 한 통을 샀다. 편의점을 나오면서 우유는 도하에게 건네주고 입에 사탕 두 알을 털어 넣었다.

"그런데 네가 내 친구랑 잘 되길 바란다고 한 적 없어."

"했는데."

일전 학식을 먹었을 때를 떠올렸다. 그때 분명 조진영에 대한 칭찬을 늘어놓았었다.

"헛소리 했나 보네."

"왜 헛소리라고 해? 네가 소개시켜 준 거잖아."

"소개해 준 적 없어. 걔가 멋대로 네 번호 가져간 거지."

빨대를 입에 물고 우유를 쭉 빨아 마시며 도형의 옆에 섰다. 공동 현관 비밀번호를 누르는 도형의 표정이 어두웠다.

"너 지금 나한테 화 내?"

번호를 입력하고 별표 버튼을 누르자 문이 열렸다. 문이 열렸으니 안으로 발을 들여야 하는데 도형이 그 자리 그대로 서서 도하를 돌아봤다. 눈이 마주치자 도하도 자세를 유지했다. 바람만큼이나 냉한 시선이 서로를 향했다.

입술을 달싹이던 도형이 말없이 입술을 씹었다.

"할 말 있는 거 같은데 해."

"……."

"너 지금 불만 있는 거 얼굴에 다 보여."

눈을 마주 보던 도형이 도하의 손목을 잡아 제 코로 가져갔다. 갑자기 손을 잡힌 것도 당황스러운데 손목에 코를 가져다 대니 황당했다. 팔에 힘을 주어 뒤로 빼자 도형이 손을 놨다.

"향수 안 뿌렸거든?"

왜 자꾸 남의 향수 냄새에 집착하는지 모를 일이다. 그렇게 향이 구린가. 손목을 허리춤에 문지르며 눈을 치켜뜨자 도형이 낮게 탄식하며 후드를 뒤집어썼다. 그러곤 닫혀 있는 문을 열기 위해 공동 현관 비밀번호를 다시 눌렀다.

단 게 들어가자 마음이 조금 누그러졌다. 진영에게 이성적인 마음이 없기도 했고 도형을 좋아하는 마음이 정리된 것도 아니라서 그를 거절했는데, 그런 제 마음도 모르고 진영과의 하루를 묻는 도형이 괘씸했다. 그러나 이천 원도 안 하는 바나나 우유에 마음이 풀렸다. 도형이 사 준 거라 그런 거겠지. 도하는 입맛을 다신 뒤 엘리베이터 앞에서 입을 열었다.

"진영이랑 친구로 지내기로 했어."

내려오는 엘리베이터의 층수를 보고 있던 도형의 시선이 도하를 향해 내려왔다. 흘긋 눈을 올리자 눈이 마주쳤다.

"여자 친구 하기로 했다는 건 아니지?"

물고 있던 빨대를 놓았다.

"친구 의미 모르냐. 너랑 나 같은 사이."

1층에 도착한 엘리베이터 문이 열렸다. 안으로 발을 들이는 도하를 도형이 빤히 보다 따라 탔다.

"야, 너랑 내가 단순한 친구 사이는 아니지. 진영이 이 새끼가 옆자리를 쉽게 얻으려고 그러네."

"뭐래. 안 단순할 건 뭐야."

"그럼 단순해? 너랑 내 사이가?"

어딘지 모르게 대화가 이상한 방향으로 튀는 것 같다. 층수를 누르자 열려 있던 문이 느리게 닫혔다.

"사과라고 다 같은 사과가 아니잖아. 햇사과, 풋사과, 명품 사과 분류가 얼마나 많은데. 어떻게 나를 친구라는 이름 하나로 퉁쳐?"

답지 않게 말도 길게 한다. 왜 저래. 이상하다는 듯 보자 도형이 절레절레 고개를 저었다. 마음에 안 든다는 투였으나 아까와 같은 싸늘함은 느껴지지 않았다.

✣ ✣ ✣

그 누구에게도 털어놓은 적 없던 이야기를 오늘 한결에게 털어놓았다. 대나무 숲이라도 찾아가 그간 숨겨 온 마음을 시끄럽게 떠들고 싶었다. 그때 눈에 들어온 게 한결이었다. 도하는 엄마 카드를 손가락 사이에 끼우고 흔들며 한결을 꼬셨다. 한결아, 아귀찜 먹을래?

한결은 아귀찜이 나오기도 전에 소주를 한 병 시키는 도하를 보며 예감이 좋지 않다고 생각했다. 그리고 아귀찜이 막 나왔을 때 도하가 말했다.

"한결아, 내가 사실은……."

콩나물을 뒤적이던 한결은 입을 여는 도하를 보며 낚였다는 사실을 깨달았다. 그럼 그렇지. 기도하가 아무런 조건 없이 자비를 베풀 일이 없다. 그냥 박차고 나가 버릴까. 한결은 콩나물을 앞 접시에 덜며 도하의 한탄을 들어주기로 했다. 소주를 함께 마셔 주는 건 덤이었다.

도형의 존재를 몰랐던 한결은 고개를 주억거리며 도하의 이야기를 들었다. 이야기가 구구절절하다 못해 구차했다. 매력 발산을 해 보겠다고 온갖 대회에 다 나가고, 뭐든 공유하고 싶은 마음에 학원도 따라다니고, 그러다 정작 용기 내서 딱 한 번 한 고백은 이어폰을 꽂고 있어 전달도 안 됐다니.

친구라는 역할을 잃지 않고 할 수 있는 데까지 곁에 남고 싶은 마음은 이해하겠으나 제대로 마음을 숨기지도 않은 형태로 지금까지 관계가 지속되어 왔다는 게 한결로서는 놀랍기만 했다.

그게 가능한 일인가? 한쪽이 외면한 게 아니라면 둘 다 바보라는 건데. 한결은 콩나물을 씹으며 소주를 들이키는 도하를 물끄러미 봤다. 고주망태 분장을 한 것처럼 두 뺨이 붉다.

조언해 줄 말이 없어 한결은 듣기만 했고, 딱히 도하도 한결에게 의견을 구하지 않았다. 얼마나 자신이 상처를 받았는지만 구구절절 떠들며 소주를 마셨고, 가게를 나올 때는 취해 있었다.

"아, 진짜 짝사랑 더럽게 힘들게도 한다, 너."

한결은 취한 도하를 끌고 나오며 불만스럽게 말했다.

✣ ✣ ✣

다음 날 아침, 도하는 낯선 방에서 눈을 떴다.

끔벅끔벅. 아무리 눈을 깜박거려도 헛것이 사라지지 않는다. 술이 덜 깨서 공간을 잘못 보고 있는 줄 알았는데 그게 아닌 것 같다. 구조는 같은데 가구가 다르다.

어기적어기적 한결의 손에 이끌려 오피스텔까지 오긴 왔는데. 중간중간 잘려 나간 필름을 억지로 이어 붙이며 지난밤의 기억을 짜 맞추는 도하의 얼굴이 찌푸려진다.

"씨발 아귀찜! 거기에 넘어가는 게 아니었는데!"

"야, 아귀찜이 몬 잘못을 해쏘?"

혀를 이상하게 굴려 먹는 도하를 맹렬히 노려보는 오한결. 오한결의 손에 후드가 잡힌 채 끌려가는 기도하. 이는 자꾸 비틀거리며 걷는 도하의 추락을 막기 위한 한결의 대처 방법이었고, 그 덕에 차도로 뛰어 드는 불상사는 일어나지 않았다.

"컥! 숨 막혀!"

한결이 잡아 올린 후드에 목이 졸린 도하가 잔기침을 뱉었다. 커커컥! 하며 죽는 시늉을 하고 있을 때 오피스텔에 도착했다.

"어? 권도형?"

도형이 갑자기 가위를 들고 나왔다. 성큼성큼 다가와 도하의 머리카락을 잡아 올린다.

"헉!"

도하는 숨을 크게 삼켰다. 얼굴을 찌푸리며 이마를 짚었다. 분명 오피스텔 도착과 권도형이 가위를 들고 등장하는 장면 사이에 기억이 손실되었다. 무언가 있는데 전혀 기억이 나질 않았다.

"아으……."

머리가 울려 앓는 소리를 내며 몸을 웅크리던 도하는 낯선 이불 냄새에 뒤늦게 정신을 차렸다.

"아, 잠깐만."

바닥에 누워 있던 도하가 벌떡 상체를 일으켰다. 정신 나간 인간아, 지금 대체 어디에 있는 거니?

주위를 살피기 위해 고개를 돌리는 순간 침대에 누워 있는 웬 인간이 보였다. 블라인드를 끝까지 내려 가린 창문에 햇살이 미세하게 새어 들었다. 도하는 그 빛으로 밤이 아님을 확인했다. 어둑한 방 안에 누워 있는 인간의 형체는 체격이 좋은 게 누가 봐도 남자였다. 도하의 심장이 미친 듯이 뛰었다.

오한결? 그렇다면 여기가 오한결 집이어야 하는데 한결은 누나와 함께 살았다. 후보 폐기.

"……."

그리고 도하는 멍해졌다. 오한결이라는 후보 한 명을 폐기하고 보니 다른 후보가 떠오르지 않은 탓이다. 그러다 번뜩, 가위를 들고 성큼성큼 걸어오던 도형이 떠올랐다. 기억이 중간부터는 날아가고 없는데 어제 분명 도형을 만나긴 만났다. 아니, 만난 것 같다. 기억이 온전치 않으니 확신할 수는 없는데, 걸어오는 모습이 남아 있는 거 보면 만난 거 같은데……. 도하는 생각을 흐리며 슬그머니 고개를 빼고 침대 위의 형태를 들여다봤다.

뒤통수가 도형이다. 이불 위로 빼꼼 튀어나온 어깨도 도형이다. 얼굴을 확인하기도 전, 도하는 이 집이 도형의 집임을 확신했다.

머리 박으면 시간 되돌려 주십니까…….

도하는 입술을 말아 물며 눈을 질끈 감았다. 휴지 조각이 되어 버린 기억에 이곳에 오게 된 경위가 포함되어 있었다. 아무것도 기억나지 않았다.

포효하며 허공에 발을 날리고 싶은 걸 꾹 참으며 도하는 이불을 걷어 내고 바닥에서 일어났다. 이 와중에 외간 사람인 자신을 바닥에 재우고 꼴에 집 주인이라고 침대에서 자고 있는 도형을 보자니 그 모습이 당연한데도 황당하다.

슬금슬금 발소리를 죽이며 현관으로 걸어갔다. 신발을 챙겨 들고 천천히 문고리를 잡아 돌린 다음 조심스레 문을 열고 숨을 죽인 채 나갔다. 그러곤 문이 닫히자마자 집을 향해 쏜살같이 달렸다. 불만 안 뿜었지 복도를 가르는 로켓이 따로 없었다.

어젯밤, 내일이 없는 것처럼 마신 덕분에 도하는 두개골이 빠개지는 느낌을 받았다. 집으로 들어오자마자 무릎을 꿇고 앉아 머리를 부여잡았다가 입에서 나는 몹쓸 악취에 옷을 벗고 휘적휘적 욕실로 들어갔다.

"꺅!"

칫솔을 입에 물고 고개를 들어 거울을 본 도하의 비명 소리가 욕실을 쩌렁쩌렁 울렸다.

"뭐지?"

잘못 본 줄 알았다. 산발이 된 머리를 손목에 있는 고무줄로 느슨하게 묶었는데 정수리 부근의 머리카락이 애교머리처럼 빠져나왔다. 이럴 리가 없다. 이렇게 애매한 길이로 이발을 한 적이 없다. 거기다가 앞머리도 뒷머리도 아닌 정수리 쪽 모발만 한 뭉텅이 잘랐을 리가 없다!

입에 머금은 치약을 세면대에 뱉고 욕실을 튀어 나갔다. 던져 놓은 가방에서 핸드폰을 찾아 꺼내 오한결에게 바로 전화를 걸었다. 뚜르르, 신호음이 이어지더니 달칵 넘어간다.

"야! 한결아! 나 머리가 없어!"

다짜고짜 소리를 지르자 상대가 한숨을 내쉬는 소리가 들린다.

—이제 일어났냐?

"일어나고 나발이고 머리가 없다니까? 갑자기 머리카락이 반 토막 났다고!"

—어제 생각하면 진짜 다신 네 얼굴 보고 싶지 않으니까 기억 안 난다는 말은 하지 마라.

헐. 도하의 입이 소리 없이 벌어진다. 한결의 목소리에 짜증이 가득했다. 억눌린 분노가 수화기를 넘어 도하의 방까지 느껴졌다.

대체 어제 무슨 일이 있었던 거죠. 모친의 카드를 긁고 식당을 나올 때만 해도 어깨동무를 하며 사이가 좋았는데, 한결이 집까지 데려다주겠다고 해서 오피스텔 앞까지 동행했는데.

한결이 알고 있는 어제와 도하의 기억에 간극이 있었으나 알 턱이 없는 도하는 그의 분노가 사라진 기억에 있다고 예상했다.

"네가 나 집까지 데려다줬잖아."

—그리고.

"……그리고?"

권도형이 왜 가위를 들고 왔을까. 조각난 기억이 난장판으로 뒤섞였다. 기승전결도 없고 맥락도 없고 용두사미도 아니고 조기 종영으로 끝났다. 이런 엔딩 원치 않아요. 도하는 머리를 쥐어 잡으며 죄인 모드로 들어갔다.

"어제 가위 들고 나온 애, 걔가 내가 말한 걔거든? 권도형."

—알아. 어제 5백 번 말했어.

한결의 입에서 이제 도하는 모르는 장면들이 나오기 시작한다. 도하는 불안함을 느꼈다.

"내가 말했어? 어……. 뭐라고?"

—야.

"……어?"

—기억 안 나지?

"……."

도하는 침묵으로 긍정했다. 어디 산에라도 올라가 돌아가고 싶다고 소리치고 싶었다. 어제 먹은 아귀찜과 소주는 아직 제 안에 있는데, 왜 기억만 사라졌는지 모를 일이다. 망할 알코올성 치매. 1학년 때 그렇게 당하고도 소주를 다시 입에 댄 내가 죄인이다…….

도하는 스스로를 자책하며 한결에게 분실한 기억을 들려줄 것을 부탁했다. 이야기는 오피스텔 앞에 도착한 것에서부터 시작했다.

✣ ✣ ✣

12시간 전.

"아악! 아파!"

"야, 잠깐, 움직이지 말라고. 더 안 되잖아."

"잘 좀 해 보라고! 아프단 말이야!"

"소리 좀……."

"내 털 다 뽑히네! 잡아당기지 마! 부드럽게 하라고!"

"야, 좋은 말로 할 때 조용히 해라. 지금 빼고 있잖아."

한결이 이를 악 물고 낮게 말했다. 도하의 후드를 잡고 걸어오는 길에 메탈 시계에 머리카락이 엉켰다. 몇 가닥이면 그냥 뽑아 버리겠는데 한 뭉텅이가 엉켰다. 순간 포착 세상에 이런 일이 프로그램이 괜히 그런 제목을 가지고 있는 게 아니었다. 엉킨 순간을 포착하지 못해서 그렇지 정말 세상에 이런 일이가 따로 없었다. 아니, 어떻게 시계에 머리가 이만큼 걸려?

도하는 자꾸 머리 털 뽑힌다고 소리를 바락바락 질렀고 한결은 그 소리에 당황했다. 밤 10시가 넘은 시각, 도하의 목소리가 밤을 쩌렁쩌렁 울렸다. 메아리가 되어 돌아오지는 않았으나 웬 여자의 비명을 들은 사람들이 하나둘 창문을 열고 밖을 내다보는 게 보였다.

"아, 씨발……."

한결은 진땀을 흘리며 고군분투했다. 고개를 숙인 도하의 머리를 붙잡고 시계에 엉망으로 얽힌 머리카락을 힘주어 잡아당기다가 도하의 비명 소리만 들었다. 앞에선 도하가 악을 지르고 술을 마신 한결도 머리가 제대로 안 굴러갔다. 시계를 우선 풀어야 한다는 것도 잊고 도하의 머리에 제 팔을 붙이고 있었다.

"야, 기도하."

그때 누군가 오피스텔 건물에서 걸어 나왔다. 검은색 반바지에 검은색 맨투맨을 입은 남자가 적개심이 가득한 얼굴로 도하를 부르며 한결을 주시했다. 남자가 고주망태가 된 도하를 보더니 얼굴을 굳힌다.

"취했네."

그러더니 서늘한 시선이 한결을 향한다.

"누구세요?"

졸지에 취한 애 머리 붙잡고 안 놔주는 사람이 됐다.

"아, 저는."

도하 친구라고 말하려는데 한결에게 잡힌 머리를 비스듬히 틀어 앞에 선 남자를 본 도하가 손가락을 들었다.

"권도형?"

식당에서 '사장님, 여기 아귀찜 주세요' 라는 말보다 더 많이 들었던 말이 권도형인데, 그 이름의 주인이 바로 앞에 있었다. 한결은 저도 모르게 반가움을 느꼈다. 당신이군요. 그런 반가움을 알 리 없는 도형의 표정은 좋지 않았다.

"한결아, 내가 말한 애가 얘야."

"어어."

"잘생겼지?"

"……."

어, 존나 잘생겼다. 그런데 지금 그렇게 대놓고……. 아까 소주를 마시며 도하에게 확실하게 고백하고 대답을 들으라고 말했던 한결이지만 이렇게 다른 사람 앞에서 마음을 전하라는 뜻은 아니었다. 도하야, 제발 고백은 나 가고 해.

"도형이. 내 친구 도형이. 얘 중학교 때까지 키가 나보다 작았는데."

"아……."

"그런데 그때도 이 얼굴이었어. 어린애가 쓸데없이 이목구비가 뚜렷해 가지고."

"저기, 도하야."

"도형이. 우리 아빠 친구 아들 도형이."

"……야, 우선 네 머리 좀."

"피아노 잘 치는 도형이. 음대 갔었어야 했는데."

"기도하."

"점, 선, 면, 체 배울 때 도형이 그때 놀림 진짜 많이 받았다."

한결은 앞에 초면인 도형이 있어 대놓고 씨발이라는 말도 못하고 욕을 삼켰다. 보다 못한 도형이 한결의 품에 머리를 박고 있는 도하의 어깨를 잡아 뒤로 뺐고, 한결의 손에서 머리가 멀어지며 도하가 악! 소리를 냈다.

"아프다고!"

"왜 이래?"

"아, 지금 제 시계에 머리가 걸렸어요."

도형이 낮게 탄식했다.

"시계 풀 수 있어요?"

헐, 왜 그 생각을 못했지? 한결이 후다닥 손목에서 시계를 풀었다. 시계를 넘겨받은 도형이 머리카락을 억지로 빼려다가 도하에게 발을 밟혔다.

"잠깐만 기다려요. 얘 시계 머리에 달고 도망갈 수 있으니까 잘 잡고 있어요."

도형이 건물 안으로 들어갔다. 도형이 사라진 사이 도하는 계속 도형에 대한 정보를 늘어놓았다. 그 짧은 시간, 한결은 도형이 자주 연주했던 곡이 '아라베스크 1번' 이라는 것, 생크림 케이크를 안 좋아한다는 것, 짠 음식을 안 좋아해서 라면 먹을 때 항상 수프를 반만 넣는 것, 고등학교에 들어가서 꾸준히 키가 큰 것 외의 수많은 정보를 알게 되었다.

"야, 제발 그만해……."

권도형으로 위키백과 만드냐? 손을 뻗어 도하의 입을 막는데 도형이 가위를 들고 나타났다.

"도하 눈 좀 가려 주세요."

도형의 말에 한결이 냅다 입을 막은 손을 올려 눈을 가렸다. 성큼 다가온 도형이 시계에 엉켜 있는 머리카락을 싹둑 잘라

냈다. 시계가 드디어 자유를 찾았다. 도하의 머리카락도 자유를 찾았다. 다만, 머리카락 일부가 시계에 딸려 왔다. 댕강 잘린 채로.

"……."

이걸 고맙다고 해야 할지, 말아야 할지. 한결이 난감한 얼굴로 시계를 받았다. 왠지 모르게 악마의 혼이 깃들었을 것만 같다.

"고, 고맙습니다."

"머리카락, 제거 잘 하시길 바랍니다."

도형이 진심을 담아 말했고, 한결은 고개를 끄덕이며 시계를 주머니에 넣었다.

"도하 집 아시죠?"

"네. 제가 데려다줄게요."

그렇게 한결은 도하를 도형에게 맡기고 걸음을 돌렸다. 도하가 전원이 나가 버린 것처럼 움직임이 없어 걱정이 되기는 했으나 아라베스크 1번을 좋아하고 생크림케이크는 안 좋아하는 도형이 옆에 있으니 안심했다.

✣ ✣ ✣

"끝이야?"

—어. 끝인데.

"그럼 대체 왜……."

권도형 집에서 눈을 뜬 걸까. 그런 생각을 하던 도하는 한 가지 가설을 만들었다.

고주망태의 전원이 꺼졌을 경우. 도형은 도하를 데리고 8층으로 간다. 일전의 대화로 도하가 801호에 거주하고 있다는 사실은 알고 있으나 비밀번호를 공개한 적은 없다. 현관문 앞에서 귀가를 요구하는 도형의 대사 쏟아졌지만 전원 꺼진 고주망태라 아무런 반응이 없다.

도형, 당황하며 고주망태를 흔들어 보지만 먹통이다. 몇 분간의 실랑이 끝에 얻은 거라고는 기진맥진과 분노뿐. 현관문 앞에 고주망태를 버려두고 갈 수 없던 도형, 하는 수 없이 고주망태를 끌고 7층으로 내려간다.

"……."

—잘 들어간 거지?

혹시나 하는 마음에 한결이 묻는다.

"어. 들어는 갔지."

남의 집에. 도하는 한숨을 내뱉으며 고개를 젖혀 천장을 보았다. 헹구지 못한 입에서 치약 알갱이가 씹혔다. 회귀할 수만 있다면, 뛰어 내리고 싶다. 도하는 되돌릴 수 없는 시간에 눈물을 삼키며 제대로 망했음을 실감했다.

도하는 무언가 이상한 방향으로 굴러가고 있다고 생각했다.

도형에게 아무런 연락이 오지 않았다.

예상대로라면 '이제야 정신이 드십니까?' 비꼬며 술에 취해 저질렀던 도하의 만행들을 낱낱이 고하고 너 때문에 피해가 이만저만이 아니다, 고통에 시달렸다, 하며 변상을 요구해야 했다.

그런데 전화 한 통, 문자 한 통이 없다. 이건 뭔가 잘못된 건데. 도하는 울리지 않는 핸드폰을 들여다보며 외따로이 노는 머리카락을 만지작거렸다.

속 머리카락이면 모르겠는데 겉 머리카락이 잘려 풀어헤치면 확연히 티가 났고 묶으면 더듬이처럼 흘러내렸다. 도하는 하는 수 없이 길이가 다른 머리카락에 네모난 헤어핀을 꽂아 고정했다.

"오? 뭐야? 왜 오늘 꾸몄지?"

헤어핀만 장착했을 뿐인데 이런 소리를 듣는다. 도하는 이유를 묻는 질문에 대꾸하지 않으며 책을 챙겨 들고 과 방을 나갔다. 도서관으로 가려다가 날이 좋아 카페에서 커피 한 잔을 사 들고 나와 벤치에 앉았다.

그러다 저 앞에 걸어가는 샛노란 머리를 발견했다. 조진영이다! 눈이 동그래지는 순간 그 옆에 서 있는 권도형이 보였다. 화창한 날씨, 햇살이 스포트라이트처럼 도형을 향해서만 쏟아지는 것 같다.

청바지에 보라색 니트를 입은 도형이 한 손에 외투를 들고 웃으며 걷고 있었다. 뭐라고 떠드는지 안 들리지만 진영과의 대화가 즐거운 모양이었다.

빨대를 입에 물고서 물끄러미 도형을 봤다. 벤치 앞으로 화단이 있었고 그 너머의 길에 도형이 있었다. 거리가 가깝지 않아 도형이 저를 발견하지 못하고 지나갈 줄 알았다. 그런데 진영에게 무어라 말을 건넨 뒤 시선을 옮기는 과정에서 분명 눈이 마주쳤다. 도형의 눈이 벤치에 앉아 빨대를 물고 있는 도하에게 멈춘다.

"……."

그러더니 인사도 없이 고개를 돌렸다. 저만큼 멀어진 도형과 진영의 뒷모습이 보였다. 이쪽은 돌아보지도 않고 여전히 진영과 대화를 나누고 있었다.

눈이 마주쳤을 때 정면으로 보았던 도형의 얼굴. 놀라거나 반가운 기색도 없이 무표정했다. 도형이 어떤 반응을 보일 거라 생각하고 있던 도하는 그 생각을 완전히 뭉개 버리는 도형의 무감한 얼굴에 왠지 모를 서운함을 느꼈다. 혼나고 싶었던 것도 아니고, 잔소리를 듣고 싶었던 것도 아닌데, 모르는 사람처럼 지나가 버린 게 왜 이렇게 섭섭한지 모를 일이다.

"뭐야, 지금. 술에 떡 되어서 고생 좀 시켰다고 화난 거야?"

양 뺨이 오목하기 파일 정도로 커피를 흡입했다. 금방 동난 커피를 빨아들이지 못한 빨대에서 꼬르륵거리는 소리가 났다. 빈 컵을 옆에 내려놓고 가방에서 이어폰을 꺼냈다. 최근 가장 자주 듣는 곳을 재생했다. 내가 누구 때문에 그렇게 술을 마셨는데. 내려놓았던 컵을 챙겨 들고 벤치에서 일어났다. 그러곤 다소 비장한 얼굴을 하고 도서관을 향해 걸었다.

"세이 굿바이~ 바보 되긴 싫어~"

분명 한 시간 전까지 펜을 잡고 있었던 도하는 지금 마이크를 잡고 있다. 민규가 탬버린을 흔들었고 가형이 어깨 넓이로 다리를 벌리고 서서 한 손은 허리를 짚고 한 손은 허공에 올려 주먹을 흔들었다. 휴가를 나온 군인다웠다.

도서관에서 나와 학교를 벗어나는 길, 도하는 민규와 가형을 만났다. 두 사람은 동기였지만 도하가 재수를 한 탓에 나이는 한 살 어렸다. 1학년 때 나름 친하게 지냈는데 특히 가형이 도하를 잘 따랐다.

그러다 작년, 도하가 중국에 있을 때 가형이 입대를 했고 스카이프로 잘 다녀오라며 웃고 떠든 게 마지막이었다.

동시에 서로를 발견했고 동시에 서로의 이름을 불렀다. 그 뒤엔 '꺄악!' 하는 비명과 함께 얼싸 안고 방방 뛰고 어디 가는 길이냐며 걸음을 같이했다.

"우리 노래방 가는 길인데 누나도 같이 가요."

"말해 뭐 해. 내가 쏜다."

그렇게 노래방 계단도 함께 올랐다. 안 왔으면 어쩔 뻔했냐는 생각이 들 정도로 도하는 착실하게 쉬지 않고 노래를 예약

했다. 첫 곡은 샤크라의 '끝'이었다. 민규와 가형은 생판 처음 듣는 곡에 두 눈을 끔벅였고 마이크를 잡고 일어선 도하는 앞으로 나가 두 손바닥이 하늘을 보게 올리고 목을 열심히 움직였다.

"누나, 대체 지금 무슨 노래를 하는 거예요……."

"요즘 인도 노래 배워요? 중국 노래 동아리 아니었어요?"

민규와 가형이 의아하게 보거나 말거나 도하는 꾀꼬리 같은 목소리로 열창했다. 부르고 싶은 곡은 넘쳤으나 우선 예약을 하지 않는다는 노래방 룰은 깨지 않고 잘 지켰다.

샤크라의 '끝'으로 서막을 올린 기도하의 가요 무대는 대부분 안녕, 우린 끝이야, 잘 가라 등의 가사가 들어간 이별, 헤어짐, 짝사랑의 종말에 관한 것이었다.

화면에 도하가 예약한 노래의 이름이 나올 때마다 민규와 가형은 처음 접하는 가수에 고개를 갸웃거렸다.

"뱅크……? 은행은 아니죠?"

가형의 질문에 도하는 답하지 않고 노래를 열창했다. 그러다 순서가 돌아 다시 도하의 차례가 왔다. 민규가 옆에 앉아 있는 가형에게 물었다.

"아까 부른 노래도 잘가 뭐 그런 제목 아니었어?"

"아까는 정재욱이었고 지금은 자두래."

"가수 이름이 자두라고?"

대화를 끝낸 두 사람의 시선이 앞에 선 도하를 향했다. 손까지 흔들면서 어딘가를 향해 잘 가라고 인사하고 있었다. 누나 되게 잘 논다. 그렇게 생각하던 둘은 도하가 '떠나가라' 라는 제목의 노래를 부를 때 목을 긁으며 굵직한 소리를 내자 조금 무서워했다.

"누나 도서관에서 나왔다고 하지 않았어?"

가형의 말에 민규가 고개를 끄덕였다.

"술 마신 거 같아……."

민규의 말에 이번에는 가형이 고개를 끄덕였다.

노래방 시간 2분을 남기고 마이크는 다시 도하의 것이 되었다. 내내 내 사랑 안녕, 이제 너를 놓아준다의 의미가 담긴 노래를 부르던 도하는 마지막 곡으로 R. Kelly의 'I Believe I Can Fly' 를 선택했다. 모든 게 영문으로 뜨는 화면에 민규와 가형은 이제 입을 다물었다.

혹시라도 서비스 시간을 주면 박차고 나가서 필요 없다고 말할 참이었던 민규는 남지 않은 시간을 보며 안도했고 가형은 도하의 노래가 끝나지도 않았는데 주섬주섬 가방을 챙겼다.

노래방에서 나온 셋은 도하가 집에 가는 길에 자주 발목을 잡혔던 피자 가게에서 고구마 피자를 먹었다.

"누나 무슨 일 있어요?"

피자 위에 핫소스를 뿌리며 민규가 물었다.

"아니? 왜? 나 얼굴 안 좋냐?"

얼굴이 안 좋은 건 아니었다. 다만, 너무 아무렇지 않은 얼굴을 하고서 절절한 사연이 있는 사람처럼 한 가지의 주제만 파고드는 노래를 부르니 의심할 수밖에 없었다. 1학년 때만 해도 술 마시고 노래방에 가면 도하는 늘 최신곡이나 인기차트에서 노래를 선곡했기 때문이다.

"이별한 지 며칠 안 된 제 친구 보는 줄 알았어요."

"아……. 네 친구랑 내 모습이 비슷했어? 나 울면서 노래했냐?"

"아니요. 누나는 뭐랄까. 눈물은 안 흘리는데 한이 가득 찬 느낌이었달까."

민규와 도하의 대화에 가형이 끼어들며 말했다. 그랬구나. 도하는 쓰게 웃은 뒤 피자를 먹었다. 밑 빠진 독도 아니고, 뭔 놈의 감정이 줄줄 새어 나가네. 이러니 계속 퍼붓는 건가.

"누나 그 짝사랑한다는 사람 때문에, 악!"

무심코 입을 연 가형이 비명을 지르며 민규를 돌아봤다. 손을 뻗어 다리를 잡는 게 테이블 아래에서 민규에게 다리를 맞은 것 같았다. 둘이서 시선을 주고받는 게 어쩐지 이상하다. 그리고 방금 가형의 입에서 짝사랑 어쩌고 흘러나오지 않았나. 도하의 눈이 가늘어졌다.

"너네 오한결 만났니?"

침착하게 묻는 투였으나 싸늘했다. 가형과 민규의 얼굴이 난감하게 굳었다. 이건 분명 주둥아리 가벼운 오한결이 자기가 고생한 날에 대해 토로하며 무언가를 흘린 것이다. 무엇을 흘렸겠는가.

"아, 내가 이 새끼 죽여, 진짜……."

"별말 안 했어요. 누나가 짝사랑 때문에 힘들어서 술 많이 마셨다, 진짜 딱 그 이야기만 했는데."

가형이 도하에게 콜라를 따라 주며 말했다. 벌컥벌컥 콜라를 들이마시자 민규와 가형이 초조한 얼굴로 도하를 봤다. 죽일 놈은 오한결인데 어떤 처분도 받겠다는 듯한 얼굴로 도하의 말만 기다리고 있었다. 그 모습에 힘없이 웃음이 터졌다.

"한결이가 나 술 취해서 집에 데려다주고 그 집 앞에서 내가 좋아하는 애 만난 것도 이야기 했니?"

"네."

"아니요."

가형과 민규의 대답이 갈린다. 고개를 돌려 마주 보더니 다시 시선을 주고받았다. 어지간히 사인이 안 맞는 모양이다.

"다 말했네, 뭐."

"아니, 다는 아닌데……."

"그래서 말인데 얘들아, 내가 궁금한 게 있어."

도하의 말에 두 사람이 눈을 빛냈다. 뭐든 질문하라는 듯. 도하는 손에 든 피자를 내려놓고 티슈로 손가락을 닦았다.

취해서 필름이 끊긴 이야기, 눈을 뜨니 도형의 집이었던 이야기, 아침에 몰래 나왔고 분명 별일 없었던 것으로 추정되는데 그날 이후 연락도 없고 마주치면 아는 척도 안 하는 도형에 대한 이야기를 했다.

"흠……."

가형이 깍지 낀 손을 턱에 대고 눈을 가늘게 떴다. 민규는 별생각이 없는지 피자를 먹으며 그런 가형을 보기만 했다.

"너무 쉬운 거 아니에요? 그날 그 집에서 무슨 일이 있었던 거지."

"무슨 일? 나 그냥 곯아떨어졌는데."

가형이 어깨를 으쓱였다.

"술김에 고백이라도 한 거 아니에요?"

피자를 먹던 민규가 조용히 눈을 흘기며 가형을 봤다. 그 말이 사실이라면 도형이 도하의 고백을 듣고 피하고 있다는 말이 되기 때문이다. 뒤늦게 뱉은 말에 대한 숨은 의미를 파악한 가형이 수습에 나섰다.

"누나, 내 말 오해하지 마요! 진짜 그런 뜻 아니에요!"

"누가 뭐래. 오해 안 해, 인마."

가볍게 웃은 도하가 잔을 들었다. 맥주 대신 콜라로 가득 채운 잔으로 건배를 했다.

노래방 쏘고 피자 쏘고 마지막으로 커피까지 쐈더니 민규와 가형이 서로 집까지 바래다주겠다고 나섰다. 사이좋게 셋이 가면 되지, 뭘 그러니. 의도치 않게 민규와 가형 사이에 도하가 섰다. 둘의 키가 커서 도하가 선 가운데만 움푹 파인 모양새였다. 이런저런 이야기를 하면서 걸었고 술을 마시지 않았는데도 불구하고 마신 것처럼 기분이 좋았다.

"다 왔다. 저기야."

"어? 누나 여기 살아요? 오, 좋은데 사네."

가형이 오피스텔을 올려다보며 말했다.

"이제 술 마시러 가?"

"네. 애들 지금 길동 주막에 있대요."

길동 주막은 학교 후문에 있는 전통 술집으로 김치전과 파전이 예술이었다. 부침개에 청주의 조합이 환상적인 곳, 길동 주막. 입맛을 다시는 도하를 보며 가형이 피식 웃는다.

"누나도 같이 갈래요? 다 아는 애들인데. 호선이랑 선진이랑 강수."

"안 가. 집 앞에 다 왔는데 뭐 한다고 또 학교를 가냐."

"같이 가요! 자리 끝나면 또 데려다 줄게요!"

되지도 않는 애교를 부리는 가형을 보며 도하가 소리 내 웃었다. 군대에 가더니 아부가 늘었다.

"됐어. 너희들끼리 가. 노래방에서 체력 다 털렸어."

손을 휘휘 흔들자 가형이 입술을 삐죽인다. 그런 가형의 어깨를 잡아끌며 민규가 인사했다.

"누나, 조심히 들어가요. 오늘 진짜 재미있었어요. 그리고 잘 먹었습니다!"

"오냐. 재미있게 놀아. 가형이는 미리 잘 들어가고."

"어디를 들어가요. 집?"

"복귀 잘 하라고."

"아아! 생각하고 싶지 않아요!"

손바닥으로 두 귀를 두드리는 가형의 모습에 도하가 웃으며 걸음을 돌렸다. 공동 현관 비밀번호를 누르고 있을 때 가형이 소리쳤다.

"도하 누나!"

난데없이 이름을 불린 도하가 문이 열렸는데도 들어가지 못하고 고개를 돌렸다. 가형이 씩 웃으며 손을 흔든다.

"잘 자요."

해맑은 웃음에 도하도 맑게 웃으며 손을 흔들었다.

어느새 달이 제 빛을 뽐내는 밤이 됐다.

분명히 즐겁게 놀고 들어왔고, 술을 마시지 않았음에도 기분이 좋았는데 씻고 침대에 눕자마자 거짓말처럼 우울해졌다.

"하…… 천장에 권도형 소환진이라도 그려 놨나. 눕자마자 생각나는 건 뭐야."

학교에서 마주쳤던 도형의 모습이 떠올랐다. 그 얼굴이 계속 생각나고, 대체 도형은 자신을 발견한 순간 어떤 생각을 했는지, 왜 그 흔한 눈인사도 건네지 않았는지, 궁금한 것 투성이었다.

"나 진짜 고백했나? 아니, 그런다고 사람을 피해?"

핸드폰 화면을 켰다 끄기를 반복하던 도하는 한숨을 몰아 뱉으며 베개에 얼굴을 묻어 버렸다. 이제 베개를 뚫고, 솜을 뚫고, 매트리스를 뚫고, 바닥을 뚫으며 도형에 대한 생각이 깊어진다. 종잡을 수 없는 이 그리움은 대체 어디에서 오는 것인지. 힘겨운 밤이었다.

✢ ✢ ✢

학생 식당을 나와 향한 카페에서 도하는 창가 자리에 앉아 있는 도형을 발견했다. 성준, 진영과 함께 있었다. 품이 큰 다홍색 니트에 크림색 바지를 입고 있어 눈에 확 튀었다.

주문을 하는 것도 잊고 쳐다보는데 다리를 꼬고 앉아 친구의 이야기를 듣던 도형이 빨대를 입에 물며 느리게 고개를 돌렸다. 시선을 느낀 것처럼 움직인 눈길이 도하가 서 있는 곳에 닿았다.

도형이 시선을 돌렸다. 한 번은 그렇다 치는데 그게 두 번이 되자 완전히 무시를 당하고 있다는 생각에 불쾌해진다. 도하의 얼굴이 굳었다.

"야, 뭐 마실 거야?"

한결이 물었고 도하는 커피고 나발이고 생각이 싹 달아났으나 이곳에 들어온 이상 뭐라도 마셔야 머물 수 있으니 주문을 했다.

"카페 모카에 크림 완전 많이 올려 주세요."

분노를 당으로 중화시킬 생각이었다. 커피 두 잔을 결제하고 영수증을 받았을 때 도하는 카페를 벗어나는 도형의 뒷모습을 봤다. 한 손에 반 이상이 남은 커피를 들고 친구들과 함께 나갔다.

"……허."

황당함에 헛숨이 새어 나간다. 싸운 것도 아닌데 이상하게 다툰 기분이 들었다. 바락바락 악을 써 가며 싸운 뒤 화해하지 않은 냉전 상태 같았다. 그에 도하의 마음이 완전 삐뚤어진다.

아니, 대체 왜 사람을 보고도 아는 척을 안 해?

도하는 손에 든 영수증을 구기며 왠지 모를 억울함과 서러움을 꾹 눌렀다.

도형이 도하를 보고도 알은체를 하지 않은 게 두 번이었다. 도하가 아는 것만 그랬다. 그날까지는. 그리고 그날 이후로 세 번째, 네 번째 무시가 발생했다.

그룹 스터디를 같이 했던 사람들과 오랜만에 술자리를 가졌을 때였다. 그중에 중국에서 온 유학생들이 못 본 사이에 도하의 중국어 발음이 좋아졌다며 놀라워했다.

이야기를 나누다 보니 도하가 교환 학생으로 갔던 도시에 한 유학생의 사촌이 살고 있었고 그 때문에 몇 번 가 본 적이 있다며 도시의 명소에 대해, 최근의 변화에 대해 조잘조잘 떠들었다.

백두산에 간 이야기, 기차를 아홉 시간이나 타고 다른 도시를 여행한 이야기, 버스를 잘못 타서 길을 잃어 경찰차를 타게 된 이야기. 유학생은 도하의 중국 생활기를 들으며 엄청 웃었고 도하는 공감해 주는 사람을 만나 즐거웠다.

1차를 하고 나와 2차 장소로 이동하는 길, 사람들의 걸음이 빠른 건지 도하와 유학생의 걸음이 느린 건지 한참을 뒤떨어져서 걷고 있었는데 저 앞에서 도형이 걸어왔다. 막 웃음이 터져 유학생의 어깨를 가볍게 두드릴 때였다. 도형과 눈이 마주쳤고, 또 귀신같이 시선이 엇나갔다. 도형이 핸드폰을 들여다봤다. 세 번째 무시였다.

술도 마셨겠다, 권도형! 하고 불러 세워 너 왜 나를 보고 인사도 안 하냐고 묻고 싶었으나 그다지 깊은 관계가 아닌 사람을 옆에 세워 두고 할 이야기는 아닌 것 같아 관뒀다.

그리고 네 번째는 오피스텔 앞에서였다. 최근 마음이 힘들다는 핑계로 이 사람 저 사람에게 술을 사 주겠다는 미끼를 던져 술을 마시고 모친의 카드를 긁었더니 정지를 당했다.

서점같이 건전한 곳이라면 30만 원을 긁어도 상관이 없는데 오징어 나라나 쿵푸 포차 같은 곳에서 10만 원을 긁는 건 안 된다는 이유에서였다.

엄카 찬스를 쓸 수 없게 된 도하는 당근마켓에 이것저것 올려 주머니를 채웠다. 그날도 거래를 위해 집 앞으로 나갔고 핸드폰 번호 뒷자리 6984와 만났다. 6984가 문의한 물건은 노이즈 캔슬링 기능이 있는 헤드폰이었다.

한 번 들어보고 결정하면 안 되냐기에 그러라고 했는데 어디서 무슨 일이 났는지 경찰차가 사이렌을 울리며 지나갔다. 바로 앞을 지나가서 그런지 소리가 컸다. 변태가 자꾸 출몰한다고 신고했는데 혹시 그 새끼를 잡으러 가는 건가, 생각하며 멀어지는 경찰차의 모습을 눈으로 좇았다.

고개를 돌리고 있는 방향이 오피스텔의 현관 쪽이었다. 남자의 청음이 끝나기를 기다리고 있을 때 1층을 걸어 나오는 도형이 보였다. 캔 맥주가 가득 담긴 봉지를 손목에 걸고 두 손으로 작은 박스들을 켜켜이 쌓은 큰 박스를 들고 있었다.

고객을 두고 갈 수 없어 도하는 눈으로만 도형을 좇았다. 그러다 눈이 마주쳤고, 도하는 용기를 내서 손을 들었다. 마침 밖에서 마주쳤겠다, 그간의 행동을 좀 물어야겠다는 생각에서였다. 그런데 갑자기 도형이 걸음을 빨리하며 분리수거대가 있는 곳으로 갔다. 그러더니 캔을 와르르 쏟아 붓고 박스는 던지다시피 내려 두고 후다닥 건물 안으로 사라졌다.

헐. 도형의 행동에 황당함을 감추지 못하고 입을 벌리고 있을 때 남자가 헤드폰을 벗었다.

“죄송해요. 제가 생각했던 것보다 공간감이 조금 떨어지네요.”

“공……. 예?”

“죄송합니다.”

남자가 헤드폰을 돌려주었다. 안 산다는 사람 붙잡고 억지로 사라고 할 수도 없는 노릇이라 도하는 헤드폰을 돌려받고 알겠다며 고개를 끄덕였다.

헤드폰을 들고 엘리베이터 앞에 선 도하는 이로써 네 번째 무시를 당했음을 상기했다. 진짜 쟤 왜 저래. 왜 사람을 무시해? 갑자기 열이 확 올랐고, 엘리베이터에 올라탄 도하는 7층을 눌렀다. 아무리 생각해도 이건 뭔가 잘못된 진행이었다.

703호의 초인종을 누르는 일이 낯설다고 느끼며 벨을 눌렀다. 새 울음소리에 멜로디가 섞였다. 초인종 소리가 이렇게 아름다워도 되나 싶을 정도였다. 그러다 뚝, 소리가 끊긴다. 끊어진 게 아니고 끝난 거였다. 703호 세입자는 통화를 연결하지도 문을 열어 주지도 않았다.

"허?"

분명 들어가는 거 다 봤는데 무슨 심보인지 모르겠다. 도하는 다시 벨을 눌렀다. 이번에는 렌즈 앞에 얼굴을 들이대고 뚫어져라 노려봤다. 나다. 내가 왔다. 문을 열어라. 멜로디 위에서 새가 울고, 그러다 적막.

"……."

오기가 생긴다. 도하는 다시 벨을 눌렀다. 동시에 주머니에서 핸드폰을 꺼냈다. 도형에게 전화를 걸었다. 초인종 소리가 끝났을 때 703호 안에서 울리는 벨소리를 들었다. 통화는 부재중으로 넘어갔다.

문전박대에 전화 거절까지. 이야기가 개 막장을 향해 달려가고 있었다. 도하는 화를 억누르며 현관문을 주먹으로 두드렸다.

"안에 있는 거 다 알아. 문 열어."

복도에 도하의 목소리만 울린다. 아무런 반응이 없는 세입자를 향해 도하는 다시 입을 열었다.

"야, 문 열라고!"

침묵.

"너 씨, 왜 사람을 무시해? 야! 안에 있는 거 다 안다고! 얼굴 보기 싫으면 전화라도 받든가!"

쩌렁쩌렁 도하의 목소리가 울렸다. 도하는 주먹으로 되지 않자 발로 현관문을 팡팡 때렸다. 소란을 인지한 701호 사람이 문을 열고 빼꼼 밖을 내다보다가 다시 들어갔다.

와, 씨……. 쪽팔려.

도하는 얼굴에 잔뜩 열이 몰리는 걸 느끼며 죄 없는 현관문을 노려봤다. 현관문 때려서 뭐 하냐. 심호흡을 하고 목소리를 가다듬었다. 흥분한 목소리는 퍽 듣기 좋지 않으니 점잖게 다시 말을 해 볼 생각이었다.

"도형아, 이야기 좀 해."

대답을 기다렸다. 알았다거나 싫다거나, 의사 표현을 해 주거나 문을 열어 주기를 바랐다. 그러나 돌아오는 건 무반응이었다.

애써 억누른 화가 다시 치솟는다. 대체 내가 뭐를 그렇게 잘못 했다고. 잘생긴 사람 좋아한 게 죄야? 10년 넘게 품고 있던 고백을 술김에 할 수도 있지. 나는 기억도 없는데! 고백한 기억이라도 있으면 이렇게 억울하지도 않지. 그날 대체 무슨 일이 있었는지는 몰라도 이렇게 문전박대하고 사람 무시해도 되는 거야?

말을 뱉기 위해 입을 열었던 도하는 숨을 삼키며 입을 다물었다. 그러곤 걸음을 돌렸다. 비참한 기분에 휩싸인 몸은 무겁고 세상이 이렇게 우중충할 수가 없었다. 도하는 집으로 향하는 복도에서 도형에게 보낼 메시지를 입력했다.

"몰라, 씨발."

도하는 제가 보낸 내용을 한 번 읽어 보지도 않고 핸드폰을 침대 위에 던졌다.

7.

변천, 스물셋의 도형

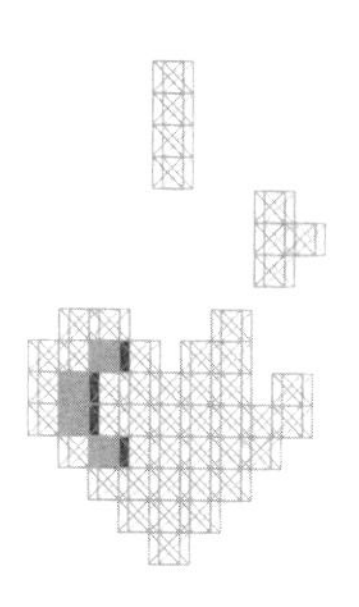

[술김에 개소리할 수도 있지
사람 무시하는 것도 정도껏 해라.] 오후 8:27

도형은 자려고 침대에 누워 습관적으로 핸드폰 화면을 켜 봤다. 그러다 부재중 전화와 메시지가 들어와 있는 걸 확인했다. 몇 시간 전에 들어온 도하의 연락이었다. 부재중 시간을 확인하고 메시지를 확인했을 때 압도되는 살벌함에 눈이 휘둥그레졌다.

"아, 그런 게 아닌데……."

도형은 도하의 메시지에서 느껴지는 분노와 살기에 상황이 암담해졌음을 직감하고 고개를 푹 숙였다.

며칠 전 술에 취한 도하를 떠맡게 됐다. 밖에서 들려오는 이상한 소리에 창밖을 내다봤더니 도하가 웬 남자와 실랑이를 벌이는 듯 몸을 붙이고 있었기 때문이다. 대화 내용도 이상했다.

"아악! 아파!"

"야, 잠깐, 움직이지 말라고. 더 안 되잖아."

"잘 좀 해 보라고! 아프단 말이야!"

아니, 씨발 저게 뭐야? 도형은 그대로 문을 박차고 나가 1층으로 내려갔다.

상대를 잔뜩 경계하며 도하에게 다가가는데 조금 취한 모양새가 아니었다. 지금 취한 애를 데리고 대체 무슨 짓인지. 상대를 노려보는데 도하가 갑자기 남자에게 도형을 소개했다. 도형이 생각했던 그런 상황은 아니었으나, 하마터면 저번 강의실에서처럼 애먼 사람을 때려눕히는 불상사가 일어날 뻔했다.

남자를 보낸 뒤 도하를 데리고 8층으로 올라왔다. 801호에 사는 건 아는데 도어록 비밀번호를 몰랐다. 온몸의 힘을 빼고 정신을 놓은 도하의 손을 도어록 위에 올렸다가 내리기를 반복하다 결국 집으로 데려왔다.

전원은 집에 도착해서 내려야지. 이게 뭐 하는 짓이냐고. 정신 못 차리는 도하를 보며 도형은 한숨을 뱉었고 어쩔 수 없이 외투를 벗겼다. 더 이상은 뭘 어떻게 할 수 없을 것 같아 용납하기 싫었지만 외출복을 입힌 채로 침대 위에 눕혔다. 술 마신 뒤 양치하지 않는 것 또한 용납할 수 없었으나 정신도 못 차리는 애를 양치시킬 순 없을 것 같아 그냥 뒀다.

"권도형……. 진짜 짜증 난다고."

도하가 혼잣말을 시작했다. 웅얼거리며 알 수 없는 말을 하더니 까무룩 다시 정신을 놓은 듯 입을 다물었다. 저걸 어째. 도형은 고개를 작게 저으며 돌아섰다. 여분의 이불을 바닥에 깔고 누웠다. 새근새근 숨을 내쉬는 소리가 선명하게 들렸다. 둘만 머무는 공간이 묘하게 좁게 느껴져 도형은 TV를 켰다.

그러곤 얼마 후 도하의 핸드폰이 울렸다. 받을 생각은 없었지만 중요한 연락일 수도 있겠다는 생각에 발신자를 확인했다. 액정에 '오한결'이라는 이름이 떴다. 아까 그 친구인가? 지금 느끼는 공간만큼이나 마음이 좁아진다. 누구지. 과 동기인가? 도하와 함께 술을 마셨고, 도하의 머리카락이 걸린 시계의 주인이라는 것 말고는 아는 정보가 없어 괜히 눈이 가늘어졌다. 새삼 도하에 대해 아는 게 별로 없다는 걸 깨달았다.

도형은 부재중으로 넘어간 핸드폰에서 시선을 거두며 자리에 누웠다. 리모컨을 들고 채널을 돌렸다. 영화 채널에서 리모컨을 내려놓고 이미 앞부분을 놓친 영화를 시청했다. 화면이 바뀔 때마다 방으로 쏟아지는 빛이 색을 달리했다. 멍하니 영화를 보고 있을 때였다. 침대에 누워 있던 도하가 데굴데굴 몸을 굴리더니 엉기적엉기적 침대에서 내려와 바닥에 누웠다.

"……."

도형의 시선이 TV에서 옆에 누운 도하에게로 향했다. 눈을 동그랗게 뜨고 숨을 죽였다. 왠지 모르게 몸이 굳었다. 왜 이래. 도형은 리모컨을 들어 도하의 어깨를 툭 찔렀다.

"야, 기도하."

"으음……."

뭐지. 잠꼬대인가. 어렸을 때 수면 보행증으로 종종 방에서 자다가 거실로 나와 자거나 집을 돌아다녔던 도하를 떠올리며 도형은 그녀의 몸을 번쩍 들어 다시 침대 위에 눕혔다.

그리고 몇 분 뒤, 도하는 다시 데굴데굴 굴러 바닥으로 내려왔다. 그리고 이번에는 발을 뻗어 도형이 덮고 있는 이불 안으로 한쪽 다리를 집어넣었다. 도하의 발가락이 도형의 종아리에 닿았다. 숨이 멎는 느낌이었다.

"……야."

도하가 개수작을 부리고 있다는 생각에 도형은 짐짓 낮은 목소리로 도하를 불렀다.

"너 안 자는 거 다 알아."

어린 시절, 어두운 집에 들어설 때 불을 켜기도 전에 '거기 있는 거 다 안다! 나와라!' 하고 빈집을 보며 소리 지르던 도하의 수법을 사용했다. 눈동자를 가린 도하의 눈꺼풀에 미동이 없었다. 아닌가. 침대가 불편한가?

그러나 바닥에서 도하를 재울 수 없어 도형은 속는 셈 치고 다시 침대 위에 눕혔다. 또 내려오면 그냥 바닥에서 재워야겠다고 생각하면서.

제대로 보지도 않았는데 영화가 끝났다. 앞부분이고 뒷부분이고 다 놓쳐 버린 영화는 중간만 남았다. 채널을 돌리다가 볼 게 없어 스트리밍 미디어로 들어갔다. 인기 순위에 있는 영화 하나를 선택해 재생했다.

평소라면 충분히 잠에 잠식되어 있을 시간인데도 불구하고 정신이 또렷했다. 집에 들인 도하 때문인가. 익숙하면서도 낯선 상황 속에서 영화의 앞부분이 지나갔을 때 도하가 바닥으로 내려왔다. 세 번째 하강이었다.

이제 놀랍지도 않다. 도형은 무표정하게 시선을 돌렸다. 그리고 거기에서, 화면 불빛에 일렁이는 도하의 눈동자를 마주했다. 다른 의미로 숨이 멎는 줄 알았다. 놀랐다. 흐트러진 머리카락 사이로 도하의 눈동자가 흐릿하게 빛났다.

"도형아."

도하의 목소리가 낮고 조용하게 흘러나왔다. 몇 시간 만에 입 밖으로 뱉은 소리는 묵은 듯 조금 쇠었다. 도형은 대답 대신 눈을 깜박였다.

"우리가 언제 이렇게 컸지."

조용히 말을 뱉은 도하가 손을 뻗어 도형의 뺨 위에 얹었다. 나란히 누워 서로를 응시했다. TV에서 쏟아지는 불빛이 도하의 얼굴 위에서 일렁거렸다. 붉었다가 푸르러지는 색에 눈동자 빛이 계속 바뀌었고, 그 눈빛에 이상하게 긴장이 되어 입안이 말랐다.

뺨 위로 도하의 체온이 옮겨 왔다. 따뜻했고, 코 지척에 닿아 있는 손에서는 좋은 향기가 났다. 눈만 마주 보는데 심장이 빨리 뛰었다. 이대로 가만히 있다가는 기어코 무슨 일이 생길 것 같은 예감이 들었다.

"일어났으면 얼른 집에나 가."

제 뺨 위에 올리고 있는 도하의 손을 떼어 내기 위해 손목을 잡았을 때였다. 불쑥 도하가 고개를 들이밀며 도형의 코앞까지 다가왔다. 심장이 떨어져 나가는 줄 알았다. 눈동자를 내려 제 머리 바로 아래에 있는 도하를 봤다.

잡고 있는 도하의 손목에서 심장 박동이 느껴졌다. 도하의 박동과 제 박동이 난잡하게 섞여 누구의 심장이 더 빨리 뛰고 있는 것인지 가늠하기도 전, 도하가 도형에게 잡혀 있는 손을 뻗어 그의 목덜미를 감았다.

자세가 묘했다. 키스 생각밖에 안 났다. 다른 마음이 없다면 지금 도하를 밀어내야 했다. 그런데 입이며 몸이 좀처럼 움직이지 않았다. 도형은 말없이 도하만 바라봤다. 어딘지 모르게 흐린 눈동자를 하고 있는 도하의 맥박은 도형보다 느렸다. 긴장한 기색이 비치지 않는 얼굴로 도하가 이런 자세를 취할 리가 없었다.

"너 취했어."

낮게 뱉은 목소리에는 어렵게 쥐어 짜낸 일말의 양심이 들어 있었다. 자꾸 TV 불빛이 붉어질 때마다 도하의 도톰한 입술이 탐스러운 과일처럼 먹음직스럽게 보였다. 한 번 빨고 싶다. 툭 그런 생각이 이성을 잃고 튀어나왔을 때 도형은 당황했다. 이 분위기는 도하가 만든 것이고, 다가온 것도 도하이다. 분위기에 휩쓸리듯 입술이 닿기를 기다릴 수도 있었다. 그런데 다른 누구도 아니고 도하다. 본능적인 욕구로 이 관계에 변화를 주기에는 도하의 의미가 너무 컸다.

이대로 도하를 끌어당겨 입술을 포개어 물고 벌어진 틈으로 들어가 혀를 빨아올리는 상상을 했다. 먹은 것도 없는데 갑자기 입안이 달았다.

아, 돌겠네.

도형은 제 입술을 씹듯 물고는 목덜이를 잡고 있는 도하의 손을 떼어 냈다.

"집에 데려다 줘?"

"너 나랑 키스하는 상상해 봤어?"

불쑥 도하가 물었다. 무미건조한 음성으로 엄청난 말을 뱉었다. 무방비 상태로 공격을 당한 것처럼 가슴이 쿵, 크게 뛰었다. 도형은 제 머릿속에만 있던 단어가 던져진 현장에서 흥분하지 않기 위해 온갖 슬픈 상상들을 끌어왔다.

"야, 술김에 그런 소리 하는 거 아니야."

"한 번도 그런 상상해 본 적 없어?"

아, 점점 무언가 고갈되는 느낌이다. 도형은 천장을 바라보며 짧은 한숨을 뱉은 후 도하를 봤다. 지척에 얼굴을 대고 있는 도하의 어깨를 우선 밀어냈다. 마주 보는 얼굴의 간격이 조금 멀어지자 소멸해 가던 이성이 다시 살아나는 것 같다.

"너는 해 본 것처럼 말한다."

아무래도 도하를 집에 데려다 줘야겠다는 생각에 상체를 일으켰다. 가슴에서 흘러내린 이불을 잡아 걷어 내려고 할 때였다. 도하가 바닥을 짚고 있는 도형의 팔을 잡았다.

"응. 해 봤는데."

이불을 걷는 손이 멈칫했다. 고개를 돌려 내려다보자 그대로 누워 있는 도하의 모습이 보였다.

아…….

도형은 속으로 낮게 탄식했다. 가까운 거리에서 얼굴만 마주하고 있어 몰랐는데 단추가 풀어진 셔츠 깃이 벌어지며 어깨와 쇄골이 드러나 있었다. 흐트러진 머리카락을 정리하지도 않은 채 누워 있는 도하의 모습을 보는데 아랫배가 뒤틀리는 것 같은 자극이 가해졌다.

도하가 손가락으로 힘줄을 쓸어 올릴 때마다 낯선 감각이 온몸을 선회했다.

"어땠는데?"

도형의 물음에 그녀가 조용히 응시했다. 그러다 잡고 있는 팔을 간지럽히듯 쓸어내리며 내려와 바닥을 짚고 있는 손에 깍지를 끼듯 겹쳐 올렸다.

"궁금하면 한번 해 볼래?"

"……."

도형은 손을 뻗어 도하의 입을 막았다. 술에 취해 이런 소리를 하면 백이면 백 다음 날 이불을 걷어차며 하이 킥을 한다. 수치스러움에 주먹을 입에 물고 울지도 모른다. 도형은 도하가 다음 날 그러지 않았으면 했다.

그리고 이렇게 입을 막지 않으면 키스가 아니라 더한 것까지 할 것 같았다. 지금 몸의 상태를 보면 충분히 가능했다. 갑자기 왜 이렇게 꼴리는지 모를 일이다.

"그런 말은 술 깨고 해. 정상적인 승인 절차를 밟고 하라고."

입을 다물리고 재우거나 집으로 보내거나 둘 중 하나를 통해 이 상황을 벗어나려는데 난데없이 도하가 입술에 닿은 도형의 손을 입에 물었다. 손가락 끝에 혀가 닿나 싶더니 입안에 넣고 부드럽게 빨았다. 손끝에 닿는 감촉에 소스라치게 놀라며 손을 뒤로 뺐다. 도하는 제가 무슨 짓을 한 줄도 모르는 듯 표정이 평온하기 그지없다.

도형은 당황했다.

"야, 기도하."

"……."

눈을 느리게 깜빡이던 도하가 몸을 반대쪽으로 돌려 누웠다. 침묵이 흐르더니, 새근새근 숨을 내뱉는 소리가 들렸다. 도형은 그대로 굳어 어둠에 웅크린 도하의 뒷모습을 멍하니 바라봤다.

"기도하."

설마 자는 건가 싶어 한 번 더 불러 봤다. 대답이 없었다.

"허……."

헛숨이 터졌다. 아직도 심장이 격하게 뛰었다. 이건 무의식이 뱉은 도하의 진심인가. 아니면 그간 몰랐던 도하의 술주정인가.

도형은 자리에서 일어나 부엌으로 향했다. 냉장고 문을 열고 냉수를 꺼내 들이켰다. 생수통 뚜껑을 돌려 닫으며 바닥에 있는 도하를 봤다. 당황스럽게도 아래에 피가 몰렸다.

"아, 어떻게 이래……."

냉수를 들이켰는데도 속이 뜨거웠다. 도형은 냉장고에 생수통을 도로 집어넣고 문을 닫은 뒤 냉장고 문에 머리를 박았다.

"착한 생각 하라고, 새끼야."

이마를 댄 채 괴로운 신음을 흘렸다. 우웅, 하고 돌아가는 냉장고 소리를 듣는데 자꾸만 머릿속에서 도하와 제가 문란하게 뒹굴었다. 키스는 예삿일이 되었고 상상 속에서 도하는 달뜬 신음을 뱉으며 눈물을 글썽였다.

"이래서 얼굴 볼 수 있겠냐고……."

그래서 그랬다. 도하를 마주 볼 수가 없었다. 정상적인 생활이 안 됐다. 아침에 도하가 문 닫고 나가는 소리만 들었는데도 아래가 발딱 서는 느낌이었다. 도하를 발견해도 인사하지 않은 것은 그런 연유에서였다.

그렇게 도하를 피해 다니고만 있을 때 도형은 일이 이상하게 돌아가고 있음을 느꼈다. 집으로 가는 길, 피자 가게에 웬 남자 두 명과 함께 있는 도하를 발견했다. 모자를 쓴 남자가 작게 웃더니 손을 뻗어 도하의 턱을 문질렀다. 뭔지는 몰라도 아마 턱에 묻은 뭔가를 닦아 줬을 것이라고 도형은 추측했다.

"어, 뭐야, 쟤들은."

느려진 걸음을 의식하며 시선을 거두고 휘적휘적 집을 향해 걸었다. 걷는 일에만 열중할 때는 몰랐는데 엘리베이터에 멍하니 서 있을 때 도형은 기분이 조금 뒤숭숭한 걸 느꼈다.

"뭐지……."

씻고 나와 침대에 벌러덩 누워 천장을 보는데 자꾸 아까 보았던 장면이 떠올랐다. 피자 가게, 통유리 안으로 보이는 세 사람, 도하의 턱을 쓸고 가는 남자의 손가락, 그리고 남자의 웃음. 그런 웃음을 안다. 상대를 귀엽다는 듯이 보는 그 웃음. 도형의 미간이 조금 찌푸려진다. 그리고 그때 돌연 밖에서 누군가 소리를 질렀다.

"도하 누나!"

밤이라 그런지 그 소리가 유독 울렸다.

"도하?"

도형의 몸이 용수철처럼 튀어 올랐다. 창문을 열고 밖을 내다보자 아까 피자 가게에 있던 남자 두 명이 보였다. 도하의 모습은 보이지 않았으나 시선의 방향으로 유추하건데 공동 현관에 서 있는 것 같았다. 남자가 손을 크게 흔들더니 뒤돌아갔다.

"아, 씨……. 뭐야?"

누구냐. 너희 두 놈 누구냐. 멀어지는 두 남자의 모습을 눈으로 좇는데 모자를 쓴 녀석이 자꾸 뒤를 돌아봤다. 웃는 게 심상치 않다 했더니, 정말 그런 건가? 도형의 마음이 순간 시끄러워졌다.

두 남자의 모습이 사라졌을 때 도형은 문을 닫고 침대에 걸터앉았다. 머리를 쓸어 넘기고 손가락을 까닥이다가 핸드폰을 주워 들었다. 그리고 도하를 찾았다. 도하, 도하. 그렇게 도하의 이름을 되뇌며 메시지 입력 창을 터치한 뒤 정지했다.

"……."

화면을 보는데 침묵이 깊어졌다. 냉장고 소리를 안고 다시금 그날의 상상들이 머릿속으로 흘러들었다.

"미치겠네."

도형은 점 하나도 찍지 못한 대화 창을 그대로 끄고 핸드폰을 내려놨다.

문제가 더 깊어진 건 수업 휴강 문자를 받은 주중이었다. 도하에게 인사를 하지도, 말을 건네지도 못하게 되니 조금 초조한 상태가 됐고, 왠지 모르게 많은 것들에 불안을 느꼈다.

도대체 언제까지 이래야 하는 거지, 그렇게 생각했는데 웬 남자와 웃으며 걸어가는 도하를 목격했다. 중국어로 대화를 하고 있어 무슨 말을 주고받는지 일절 알아듣지 못했다. 워 아이 니. 뭐 그런 말은 아니었던 거 같은데.

"아……."

도형은 대체 왜 도하와 눈이 마주친 그 순간에 시선을 피하며 지나쳤는지 모르겠다고 생각하며 이마를 짚었다.

그리고 오늘, 빨래를 넌 뒤 집이 습한 것 같아 창문을 열었을 때였다. 도형은 오피스텔 밖으로 걸어 나가는 도하를 발견했다. 어? 하고 고개를 내미는 순간 도하가 웬 남자를 만났다.

"뭐야, 저건 또."

아무리 귀를 기울여도 소리가 들리지 않는 7층. 불분명한 남자의 신원.

뭐, 도하 아는 사람이겠지. 내가 알 바 아니잖아.

그러나 그게 누구인지 도형은 너무나 궁금했다. 초조함에 다리를 떨다가 이성의 끈을 놓고 부랴부랴 구석에 분리수거해 놓은 맥주 캔과 박스를 들고 집을 나섰다. 밖으로 나갈 명분이 필요했다.

나는 지금 분리수거를 하기 위해 1층으로 내려왔고, 정말 우연히 도하를 마주친 것이다.

그렇게 스스로를 세뇌하며 공동 현관을 나서는 순간, 도하와 눈이 마주쳤다. 말도 안 되는 스피드였다. 아니, 이렇게 나오자마자 걸린다고?

그가 놀라는 사이, 도하가 도형을 향해 손을 들었다. 도형은 그 손짓을 삿대질로 인식했다. 너, 딱 걸렸다. 왠지 모르게 도하가 너 대체 나를 가지고 무슨 상상을 하는 거냐며 소리칠 것 같아 도형은 당황했다.

후다닥 분리수거를 마치고 건물 안으로 쏜살같이 사라졌다. 핑계거리를 주렁주렁 달고 나왔는데도 왠지 그 모든 수를 들킨 것만 같은 느낌이 들었다.

두근거리는 가슴을 안고 집으로 들어온 도형은 도하가 누워 있었던 바닥을 마주했고, 그 순간 깨달았다.

"아, 나 도하 좋아하나 봐."

깨닫고 보니 너무 당연한 감정처럼 느껴졌다. 이제 와서 깨달은 게 황당할 정도였다. 현관에 서서 마른세수를 하던 도형은 욕실로 들어가 옷을 벗고 샤워를 했다. 거세게 쏟아지는 물줄기를 맞으며, 비운의 남자 주인공처럼 앞머리를 쓸어 넘겼다.

이 마음이 언제부터 시작했는지조차 감이 안 잡혔다.

아, 대체 도하에게 어떻게 말을 해야 하지. 그런 고민을 하며 샤워를 길게 했을 뿐인데. 감정을 깨닫기 전 자꾸 문란한 생각만 들어 피해 다닌 게 졸지에 도하를 열 받게 만들었다. 도형은 말을 잃고 도하의 메시지를 읽고 또 읽었다.

뭔가 꼬였다는 생각을 지울 수가 없다. 도형은 한 손으로 눈을 덮으며 고개를 숙였다.

✢ ✢ ✢

"도형이 아니냐?"

결혼식이 있어 본가가 있는 지방에 내려온 도형은 식이 끝난 후 통화를 하기 위해 밖에 나왔다가 동창인 신민철을 만났다. 너무 오랜만에 만난 민철은 낯설면서도 익숙했다. 어렸을 때 얼굴 그대로였다.

"신민철?"

"와아, 진짜 오랜만이다. 졸업하고 처음인가?"

"그러게."

민철이 자연스레 담뱃갑을 열어 도형의 앞으로 내밀었다.

"나 담배 안 피워."

"어? 진짜?"

담배 한 개비를 입에 문 민철이 눈을 동그랗게 뜨고 보다가 멋쩍은 듯 불을 붙이지 않고 빼낸다.

"피워. 괜찮아."

"아니야. 커피나 마시자."

입구 오른편에 있는 자판기에서 민철이 커피 두 잔을 뽑았다. 둘은 어디서 주워 온 것처럼 생긴 의자에 앉아 커피를 마셨다.

"너 서울에 있다고 들었는데."

"어. 결혼식 있어서 왔어."

"아아, 도하도 서울에 있잖아. 이번에 도하 내려온다고 해서 만나기로 했는데. 너 도하랑 연락하냐?"

도형은 민철의 연락처조차 몰랐다. 도하와 민철이 연락하고 지내는 줄도 몰랐다. 학교를 같이 나왔으니 이상한 일은 아닌데, 고백까지 했던 과거가 있다 보니 왠지 모르게 신경이 쓰였다.

"도하 내려온대?"

민철이 고개를 끄덕였다.

"어제 왔을걸? 그래서 오늘 보기로 했는데. 너 도하랑 연락 안 하고 지내?"

연락은 하지. 도하가 답을 안 할 뿐. 사이가 전과 같았다면 분명 도하와 같이 내려왔을 것이다. 왠지 모르게 남이 되어 버린 기분에 도형은 씁쓸함을 느꼈다.

"도하랑 같은 학교 다녀."

"와, 진짜? 기도하 출세했네. 공부 잘하는 애를 좋아하니 대학도 잘 가고. 대단한데."

민철이 커피를 홀짝이며 웃었다. 그러다 뒤늦게 쓸데없는 말을 했다는 걸 깨달았는지 힐끔 도형의 눈치를 살폈다.

"버릇처럼 나왔다. 나 방금 말실수한 거지?"

도형은 손에 그러잡은 종이컵을 매만졌다. 따뜻한 온기가 밴 종이의 질감이 이상하리만치 낯설다.

"아니야. 그런 말 들은 것도 중학교 때가 끝이다."

"그치. 애들 다 다른 고등학교 갔으니까. 우리가 조금 이상했잖아. 같은 초등학교 나온 애들이 대부분 중학교도 그대로 와 가지고. 어린 마음에 놀리는 게 재밌어서 그랬던 거지. 도하가 반응이 좀 세게 오는 편이잖아."

그 말을 하며 민철이 키득거렸다. 재미있는 과거를 회상하는 듯한 얼굴이었다.

"그래서 애들이 도하만 놀렸나?"

도형의 물음에 종이컵을 입에 물고 있던 민철이 눈을 돌린다.

"뭐, 그런 것도 있고. 너는 모르려나? 애들이 은근 너 어려워했어. 그래서 그냥 도하만 잡고 늘어진 거지. 도하만 너를 좋아한다고 생각하지는 않았는데."

느리게 커피를 한 모금 마시던 도형이 뜻밖이라는 표정으로 민철을 봤다. 눈이 마주치자 민철이 말을 잇는다.

"남녀 사이에 친구가 어디 있냐."

"그런 논리로?"

도형이 피식 웃자 민철이 어라, 하며 진지하게 말했다.

"아니야. 너 보면 항상 도하 보고 있었어. 체육 대회나 수련회 이런 데 가서 보면. 그때 언제냐, 담력 체험 갔을 때? 그때 도하 안 돌아왔다고 하니까 제일 먼저 찾으러 간 것도 너였잖아. 안 돌아온 게 아니라 지가 귀신 하겠다고 숨어 있는 거였지만."

옅게 남아 있던 미소가 서서히 사라져 갔다. 마치 모르고 있던 제 모습을 너무 늦게 발견한 기분이다.

"항상 그렇게 곁에 있는데, 내가 도하라도 네가 좋겠다."

"왜 그렇게 단정하는데? 도하 마음?"

"단정 아닌데?"

내내 웃음기 어리던 민철의 얼굴이 사뭇 무표정해진다.

"그러는 너는 왜 친구라는 관계가 영원할 수 있다고 믿어?"

"뭐?"

"너 그래서 도하한테 선 긋는 거잖아. 솔직히 어렸지만 애들 대부분 알았어. 선을 긋는 게 도하가 아니라 너니까 애들이 그냥 도하 마음만 가지고 놀린 거지."

"……."

"아, 우리는 오랜만에 만나서도 도하 이야기네. 이따 도하 만나면 입조심해야겠다."

민철이 싱긋 웃은 뒤 남은 커피를 입에 털어 넣었다.

"도하랑 단둘이 만나?"

"아니. 애들이랑 같이 보기로 했어. 뭐 너도 다 아는 애들이긴 하겠다. 시간 되면 올래?"

말에 알맹이가 없었다. 도형은 민철이 예의상 빈말을 했음을 알았으나 왠지 모르게 도하가 나타난다는 그 자리가 불안했다. 주시하지 않으면 예기치 않은 사건이 생길 것만 같다. 이 불안이 어디서 오는지 모르겠으나, 도형은 미리 발권해 둔 오후 기차표를 무시하며 고개를 끄덕였다.

"그래."

"오, 안 온다고 할 줄 알았는데."

민철이 의외라는 듯 보다가 핸드폰을 내밀었다. 약속 시간과 위치를 알려 주겠다고 했다. 도형은 말없이 민철의 핸드폰에 제 번호를 입력했다. 입력된 번호로 짧게 통화를 연결했다가 종료한 민철이 핸드폰을 주머니에 찔러 넣으며 일어났다.

"그러면 이따 보자, 도형아. 야, 생각보다 오늘 자리 더 재미있겠다."

민철이 다 마신 종이컵을 쓰레기통에 넣고 자리를 벗어났다. 도형은 홀로 허름한 의자에 앉아 몇 모금 마시지 않은 커피를 가만 내려다봤다. 도하와 도형의 어린 시절이 고스란히 남아 있는 이곳에서, 왠지 모르게 오늘 무슨 일이 생길 것만 같은 느낌이 들었다.

"도하……."

도형은 나직하게 이름을 뱉은 뒤 끝 맛을 음미하는 사람처럼 그 이름이 주는 여운을 가만히 느꼈다.

그리고 저녁, 약속 장소에 조금 늦게 나타난 도형을 발견한 도하의 얼굴이 일순 굳었다. 단번에 웃음기가 사라지는 그 얼굴을 도형은 똑똑히 보았다.

"어, 권도형!"

도형이 올 줄 몰랐던 아이들이 기겁하는지 즐거워하는지 모를 괴성을 지르며 그를 반겼다. 도형은 작게 웃으며 자리에 앉았다.

"야, 진짜 오랜만이다. 뭐야? 도하랑 같이 내려옴?"

"아니. 결혼식 있어서 왔어."

"와, 나 진짜 놀랐어. 너 키 왜 이렇게 컸냐? 미친, 중학교 때는 나보다 작았는데."

아이들이 깔깔거리며 도형의 안부를 물었다. 도형은 물음에 적당한 답을 뱉으며 흘긋 도하를 봤다. 도형의 맞은편에 앉아 있는 도하의 옆에는 신민철이 있었다. 뭐가 그렇게 기분이 좋은지 민철은 연신 웃으며 도하의 잔에 술을 따르고, 건배를 하고, 원샷을 했다.

의도한 것처럼 도하의 시선이 자꾸 도형을 비껴간다. 혹시나 했는데 이번에도 역시나 무시다. 냉랭한 태도에 도형의 마음은 괜히 썼다.

오랜만에 만난 동창들이 소비할 수 있는 이야기가 과거뿐인지라 학창 시절 이야기가 계속 이어졌다. 자리에 없는 아이들의 최근 소식도 쏟아졌다. 걔는 인터넷 쇼핑몰 하는 것 같던데, 누가 결혼해서 애가 몇이라더라, 저번에 걔 오디션 프로에 나온 거 봤냐, 소식도 다양했다.

“나는 그런데 도하랑 도형이가 같은 학교 간 게 제일 신기해.”

그리고 화살이 도하와 도형, 두 사람에게로 돌아왔다. 갑자기 떠오른 제 이름에 민철과 대화를 나누던 도하가 고개를 돌렸다.

“그럼 고등학교 빼고 다 같은 학교 아니야? 어린이집도 같이 다녔잖아.”

“존나 영혼의 단짝이네. 그게 가능해?”

“여기 산 증인이 계시잖냐. 기도하, 권도형, 이름도 비슷해. 이제 둘이 결혼만 하면 끝인데.”

그리고 누군가 눈치 없이 찬물을 끼얹었다. 몇몇은 재미있다고 웃었으나 정작 이야기의 주인공인 두 사람만은 무표정했다. 도하가 말을 뱉은 아이를 못마땅한 얼굴로 봤고, 그 반응이 너무 살벌해 덩달아 도형도 얼굴에서 표정을 지웠다.

욕은 안 했으나 도하의 눈빛이 욕설을 대신했다. 분위기가 급격하게 가라앉았다. 민철이 빠르게 분위기를 파악하고 술을 돌리며 화제를 돌렸다. 아이들이 화제 전환에 동조하며 기도하와 권도형 결혼설을 멀리 흘려보냈다.

민철이 따라 주는 술을 받은 도형이 앞에 앉은 도하를 봤다. 순간 고개를 돌리는 도하와 눈이 마주쳤다. 몇 초 정도 시선이 닿았다가 도하가 먼저 고개를 돌렸다.

경험해 본 적 없는 도하의 기류에 도형은 대책이 없었다. 화가 난 도하는 분노가 가득 찼을지언정 싸늘하지는 않았다. 눈이 마주치면 '뭘 봐!' 소리를 치며 발길질을 하거나 손을 날렸다. 그런 도하의 분노에는 늘 도형이 찾을 수 있는 돌파구가 있었다. 화해의 여지가 항상 있었는데, 지금은 도통 알 수가 없다.

속이 타는 느낌에 도형은 잔 가득 채워진 술을 시원하게 넘겨 마셨다. 입안에 쓴 맛이 감돈다.

"야, 안주 좀 먹어. 술을 어디서 이상하게 배워 가지고. 그러면 속 버린다."

옆자리에 앉은 강은서가 말했다. 도형의 핸드폰에 '도하친구은서'로 저장된 아이였다. 같은 학교를 나왔음에도 불구하고, 도하의 친구로 인식되는 친구. 도형이 고개를 끄덕이자 강은서가 눈치를 보다 그의 귀에 손나팔을 하고 속삭인다.

"야, 도하 옆에서 신민철 저 새끼 좀 떨어트려. 아까부터 도하한테 되지도 않는 개수작을 계속 부리고 있는데 못 봐 주겠다, 진짜."

손나팔을 하는 강은서 쪽으로 고개를 살짝 기울인 도형은 그 말을 들으며 눈동자를 도하 쪽으로 돌렸다. 신민철은 계속 떠들고, 도하는 웃었다. 듣자 하니 전에 신민철이 도하에게 고백을 한답시고 문구점을 돌아다니며 촛불을 산 이야기, 생각보다 꽃다발이 비싸서 동생 저금통을 턴 이야기를 하고 있었다.

술자리가 생각 외로 길어졌다. 도형은 바람 좀 쐴 겸 밖으로 나와 편의점으로 향했다. 계속 들이부은 술 때문에 입안이 텁텁했다. 민트 향 사탕 한 통을 결제한 후 두 알을 입에 넣었다. 혀끝으로 시원한 민트 향이 번졌다.

케이스를 주머니에 집어넣는데 가게 문을 열고 나오는 신민철이 보였다. 친구들과 함께 담배를 피우러 나왔는지 무어라 떠들며 담뱃갑을 열었다. 한 개비를 입에 무는 순간 도형과 눈이 마주쳤다.

"어? 벌써 가려고?"

민철이 물었다. 도형은 주머니에 넣은 케이스를 손안에 굴리며 예의상 웃었다.

"아니."

"아, 그래?"

한 손으로 바람을 막고 라이터를 굴린 민철이 불이 붙은 담배를 깊게 한 모금 빨아들였다가 뱉었다. 그러곤 가게 안으로 들어가려는 도형을 발목을 잡았다.

"야, 도형아."

가게 문을 열던 도형이 뒤를 돌았다. 민철이 담배 연기를 손으로 흩어 날리며 말했다.

"도하는 여전히 귀엽다."

의중을 알 수 없는 말에 도형이 무표정하게 쳐다봤다. 민철의 입에 다시 담배가 물린다. 한 모금 깊게 빨아들이며 도형의 눈을 똑바로 마주 보고, 연기를 뱉으며 살짝 웃었다. 시비를 거는 말투는 아니었으나 기분이 언짢아졌다.

"도하야 늘 같지."

도형이 말했다. 이 이상 말을 늘리면 왠지 모르게 가시 돋친 말이 튀어 나갈 것 같았다.

서둘러 가게 안으로 들어온 도형은 기분이 낮게 꺼지는 걸 느꼈다. 꺼지는 건지 솟구치는 건지 모를 속이 요란했다.

자리로 돌아가니 담배 타임이나 화장실 타임이라도 되는지 아이들 여럿이 안 보였다. 휑해진 자리 가운데 도하는 원래의 자리에 앉아 핸드폰을 들여다보고 있었다. 도형의 걸음이 도하의 옆자리로 향한다. 착석하자 도하가 고개를 돌려 본다.

"언제까지 있을 거야?"

도형이 물었다. 도하의 시선이 다시 핸드폰으로 돌아갔다.

"왜."

"같이 가려고."

"몰라. 너 먼저 가."

"너 갈 때 같이 갈 거야."

"……."

핸드폰 액정을 터치하던 도하의 손이 멈췄다. 화면이 고정되더니, 도하의 시선이 다시 도형에게로 넘어왔다.

"왜 이래?"

"나도 몰라."

몰라? 도하가 헛웃음을 지었다. 도형은 무표정하게 쳐다보다 말을 이었다.

"그런데 네가 이런 기분이었을 것 같기도 해. 계란 두 판을 들고 달려왔던 날."

과거를 불러오는 말에 도하의 표정이 굳는다. 뭔가를 베어버릴 듯 날 선 눈빛을 견디며 도형은 흔들림 없이 말을 뱉었다.

"뺏길까 봐 두렵고 초조한 기분."

"……."

그 순간 왁자지껄하게 신민철이 돌아왔다. 제 자리를 차지하고 앉아 있는 도형을 보며 민철이 '뭐야!' 하고 외쳤고, 그 소리에도 도하는 도형의 얼굴에서 시선을 떼지 않았다. 도형은 도하의 두 눈을 응시하며 나지막한 목소리로 말했다.

"지금 내가 그래."

8. 열여섯의 우리

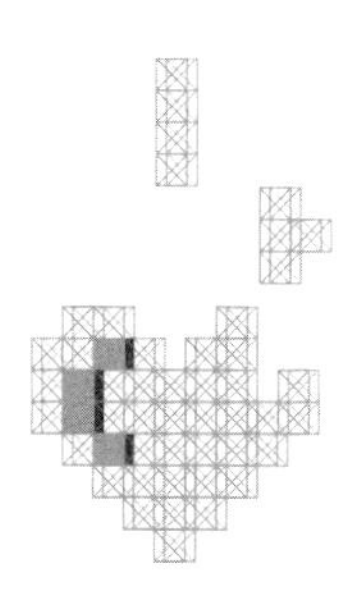

중학교 신관 앞, 운동장이 내다보이는 벤치에 매점에서 사 온 우유를 들고 막 앉았을 때였다.

"음악 수행 평가 피아노 해 보려고 하는데, 좀 알려 주라."

바나나 우유에 빨대를 꽂으며 기도하가 말했다.

기도하는 이 말을 하기 위해 쉬는 시간에 계획적으로 권도형의 교실을 찾았다. 악기를 연주하는 수행 평가가 다음 주였다. 캐스터네츠나 트라이앵글로 대충 때우려고 했는데 반 분위기가 심상치 않았다. 누구는 클라리넷을 분다고 하고, 누구는 첼로를 가져올 거라고 했다.

높낮이 없는 한 음을 가지고 열심히 박자를 쪼개 혼신의 연주를 한다고 해도 끝내고 나면 매우 민망한 상황이 되어 버릴 것을 예감했다. 오래 전 권도형에게 시위하는 마음으로 리코더 대회에 나가 봐서 안다. 연주 끝에 찾아오는 그 허망함과 민망함, 수치스러운 적막을.

"아, 나 진짜 다룰 줄 아는 악기 하나도 없는데……."

우는소리를 내며 책상에 엎드리자 건너편 자리에 앉은 신민철이 말했다.

"너 어렸을 때 멜로디언도 안 불었냐? 피아노가 제일 만만하니까 그냥 쉬운 거 하나 쳐."

"피아노?"

피아노를 제일 잘 치는 사람을 한 명 알고 있기는 했다. 기도하의 눈이 번뜩 빛났다. 벌써 숙제 하나를 끝낸 기분이었다.

매점 가자는 말로 권도형을 불러냈다. 권도형의 앞자리에 몸을 돌리고 앉아 말을 건네고 있던 김희수가 아쉬운 얼굴을 하다가 기도하와 눈이 마주쳤을 땐 눈을 조금 사납게 떴다. 그러거나 말거나 기도하는 권도형의 팔을 잡고 매점을 향해 걸었다.

5천 원은 쓸 생각이었는데 권도형이 바나나 우유 하나만 집었다.

"더 먹어!"

"됐어."

"그래, 그럼."

기도하는 바나나 우유 두 개를 시원하게 결제하고, 벤치로 걸음을 유도했다. 그러곤 기다렸다는 듯 앉자마자 용건을 꺼낸 거다.

“대충 하려고 했는데, 아무래도 그랬다가는 개쪽 먹을 것 같아. 다른 애들 지금 막 베토벤 이야기하고 난리 났어.”

“그냥 리코더 해. 대회도 나간 적 있잖아, 너.”

권도형이 말했다. 빨대를 입에 문 기도하가 무심한 말을 뱉는 권도형의 얼굴을 노려봤다. 빨대를 꽂으며 교복 바지에 튄 우유를 닦아 내던 권도형이 시선을 느꼈는지 바지를 탁탁 털다 말고 고개를 돌렸다.

“왜? 나간 건 맞잖아.”

“나갔지. 나가서 삑사리에 능통하다는 걸 깨달았고, 그 순간을 전교생과 함께했지. 나는 진짜 잊고 싶은 기억인데 너는 징그럽게 안 잊는다. 잊지 않고 기억해 줘서 고맙다.”

영혼 없이 말을 뱉은 기도하가 입을 벌려 빨대를 콱 물었다. 고마운 기색은 그 어디에서도 찾아볼 수 없었다. 그런 기도하의 얼굴을 물끄러미 보던 권도형이 시선을 돌려 교복 바지를 봤다. 닦는다고 닦았는데, 흰색 자국이 희미하게 남았다.

“나 너한테 배울 곡도 정해 놨어.”

“뭔데?”

“에델바이스.”

눈이 마주치자 기도하가 생글생글 웃었다. 쪽쪽, 빨아들이는 힘에 가득했던 우유가 금세 동났다. 때마침 수업 시작 종이 울렸다. 다 마신 우유 통을 확인한 기도하가 자리에서 먼저 일어났다. 다음 수업이 무려 4층에서 있었다.

"야, 나 먼저 간다! 알려 주는 걸로 안다!"

옆에 놓았던 책을 집어 들고 후다닥 달렸다. 계단을 두 칸씩 뛰어 올라가다가 3층에서 넘어질 뻔했다. 휘청거리던 몸을 바로 세우며 중심을 잡은 기도하는 숨을 삼켰다가 씩 웃었다. 권도형에게 피아노를 배울 생각에 벌써 신이 난다.

해가 저물면 피아노를 칠 수 없다는 말에 학교가 끝나자마자 집에 가방만 던져 두고 권도형의 집으로 넘어갔다. 초인종을 한 번 눌렀는데 반응이 없어 한 번 더 누르자 현관문이 열렸다. 교복을 벗다 나왔는지 교복 바지에 흰색 티셔츠를 입은 권도형이 놀란 얼굴로 기도하를 봤다.

"뭐야, 집에 들어가자마자 나왔냐?"

"어. 네가 밤 되면 못 한다며."

"아니, 그래도……."

분명 뒷말이 있었을 것 같은데 기다리지 않고 비스듬하게 서 있는 권도형을 지나쳐 안으로 발을 들였다. 그러자 권도형이 뒷말을 한숨으로 삼키고 현관문을 닫았다.

몇 년 전까지 거실에 있던 피아노가 리모델링을 하며 권도형의 방으로 이동했다. 권도형의 방은 현관 바로 옆이었다. 두

집은 구조가 같았고, 기도하의 방 또한 현관 옆이었다.

신발을 벗고 바로 권도형의 방으로 들어갔다. 문과 마주 보는 벽에 큰 창문이 있고, 어두운 밤색의 블라인드가 창의 반을 가린 채 내려와 있다. 창문 앞에 침대가 가로로 놓여 있고 그걸 기준으로 발을 뻗는 쪽에 피아노를 놨다. 방문 옆에 거울 도어가 달린 옷장이, 그 대각선에 책상이 위치했다.

권도형의 방에서 울 샴푸 냄새가 진동을 했다. 익숙한 향이었다. 기도하는 자신의 집 세탁실에 있는 울 샴푸 통을 떠올렸다. 분명 같은 향이다. 방을 둘러보자 변한 거라고는 이불 커버뿐이었다. 차콜색 이불이 반듯하게 펴져 있었다.

"이불 커버 바꿨네?"

피아노 의자에 앉으며 기도하가 말했다.

"어. 그런데 나 씻을 건데."

피아노 덮개를 올리다가 고개를 돌렸다. 방문 앞에 선 권도형이 빤히 쳐다보고 있었다. 요즘 날이 덥기는 했다. 학교를 마치고 이제 막 집에 왔으니 저 수순이 맞는 건데, 너무 헐레벌떡 찾아왔다는 생각이 든다.

"씻고 와. 나 피아노 치고 있을게."

시선을 거두고 건반을 둥둥 두드렸다. 엄지에서부터 차근차근 손가락을 내려 건반을 눌렀다. 그러자 도에서 시작한 음이 차례대로 높아진다. 말없이 서 있던 권도형은 옷장에서 갈아입을 옷을 꺼내 들고 방을 나갔다. 꼼꼼하게 문을 닫는 것 또한 잊지 않았다.

달칵, 문이 닫히자 고개가 돌아간다. 건반을 누르며 닫힌 방문을 봤다. 그러다 무슨 소리라도 들릴까 싶어 건반에서 손가락을 뗐다. 기대와는 반대로 아무런 소리도 들리지 않았다.

한참을 악보도 없이 보이는 대로 건반을 두드렸다.

"아, 얘는 뭐 이렇게 오래 씻어……."

건반을 두드리는 일에 금세 흥미를 잃고 핸드폰을 만지작거리다가 생각 외로 권도형의 샤워가 길어져 침대에 벌러덩 누웠다. 이불에 몸을 파묻자 방에 들어와서 맡은 울 샴푸 냄새가 훅 끼쳐 왔다. 고개를 돌려 코를 박고 킁킁거렸다. 이불에서 나는 냄새가 맞았다.

"대체 얼마나 부어 버린 거야."

진한 향기에 정신이 아득해지는 느낌이었다.

두 손을 배 위에 올려 두고 물끄러미 천장을 봤다. 어렸을 때 볼펜을 하나씩 들고 침대에서 방방 뛰며 천장에 곰돌이를 그리고 논 적이 있었다. 그 시작은 천장에 손이 닿느냐고 묻는 기도하의 도발이었다. 아무리 뛰어도 손이 안 닿았고, 결국 아이템처럼 볼펜을 하나씩 들었다.

기도하가 먼저 천장에 점을 찍었고, 그다음으로 권도형이 점을 찍었다. 둘 다 닿네. 그럼 누가 더 곰돌이 잘 그리나 해 보자. 기도하가 침대 위에서 방방 뛰었고, 권도형은 침대에서 내려와 그 모습을 쳐다만 봤다. 기도하에 의해 매트리스가 팍

팍 꺼졌고, 천장은 점점 기괴한 그림으로 인해 더러워졌다.

키가 작은 탓에 빗금만 오지게 긋고 곰돌이라고 그린 건 곰돌이의 형상이 아니었다. 속이 터진 찐빵이나 몸통이 분리된 애벌레, 뭐 그런 모습이었다.

며칠 후 나란히 등교를 하는데 권도형이 툴툴거리며 말했다.

"너 때문에 요즘 악몽 꿔."

"왜?"

"네가 천장에 이상한 괴물 그려 놨잖아."

"곰돌이인데?"

"그게 어떻게 곰돌이야. 하필 빨간색 펜으로 그려서 피눈물까지 흘리고 있는데."

권도형의 악몽이 너무 궁금했던 기도하는 그날 밤 권도형의 집에 놀러갔다. 침대에 누워 천장을 보는데 제가 봐도 곰돌이가 아니긴 했다.

"그래도 무서울 꿈을 꿀 정도는 아닌 거 같은데?"

"봐라. 불 끄면 더 무서워."

문 앞에 서 있던 권도형이 불을 끄더니 문을 닫고 밖으로 나갔다. 멀뚱히 천장을 보던 기도하는 소스라치게 놀라며 벌떡 일어났다. 방을 나서기 위해 침대에서 내려오다가 이불에 발이 엉켜 고꾸라졌다. 몸이 부닥치며 쿵, 하고 바닥이 울렸다. 그 소리가 꽤 컸다.

닫혔던 방문이 열리고, 불이 켜졌다.

"바닥에서 뭐 해?"

하반신만 이불로 싸맨 채 바닥에 뒤집어져 있는 기도하 앞으로 권도형이 다가왔다. 바닥도 제대로 못 디딘 탓에 무릎을 제대로 처박았다. 후드득, 닭똥 같은 눈물이 떨어졌다. 무릎이나 팔꿈치가 아파서는 아니었다. 갑자기 권도형이 불을 끄고 나가 버린 탓에 덜컥 무서운 마음이 들어 헐레벌떡 뛰어나가려다가 넘어진 제 꼴이 창피했다.

바닥에 얼굴을 묻은 채 안 일어나는 모습을 보던 권도형이 허리를 숙이고 살폈다.

"울어?"

목구멍이 뜨겁게 막혔다. 기도하는 고꾸라진 자세 그대로 아무런 말없이 울었다. 우는 소리도 안 냈다. 얼마나 오래 울었는지, 권도형은 그날 이후로 기도하에게 천장에 있는 그림에 대해선 일절 말을 꺼내지 않았다. 그런데 그 그림이 벽지 도배를 하며 사라졌다.

"없는 게 더 낫긴 하네."

천장을 보며 혼잣말을 하는데 벌컥 방문이 열린다. 누운 채 고개만 돌렸다. 회색 반바지에 검은색 티셔츠로 갈아입은 권도형이 덜 말린 머리카락을 헝클며 들어왔다.

"뭐 이렇게 오래 씻어? 너 똥 쌌지?"

헛소리를 한 걸까. 권도형이 손에 들고 있던 수건을 내던졌다. 잽싸게 손을 올려 얼굴을 향해 날아오는 수건을 잡았다. 권도형이 다가오자 바디 워시인지 샴푸인지 모를 향이 훅 끼친다.

"악보는?"

"여기."

상체를 세워 일어난 기도하는 피아노 위에 올려 두었던 악보를 권도형에게 건네며 의자에 앉았다. 권도형이 왼쪽에, 기도하가 오른쪽에 앉았다. 혼자 앉았을 때에는 길기만 하던 의자가 왠지 모르게 좁게 느껴졌다.

권도형이 왼쪽 손으로 머리를 쓸어 넘기며 오른손에 든 악보를 봤다. 옆에서 너무 좋은 향기가 났다. 악보를 같이 보다가 흘긋 눈동자를 올렸다. 매끄러운 피부가 반들반들하다. 늘 반듯하던 머리는 물기를 머금은 채 흐트러져 있었다. 동그란 귀 옆으로 난 구레나룻을 만져 보고 싶다는 충동이 일었다.

콧대가 아빠를 닮았다. 눈은 엄마를 닮았고. 권도형의 부모님 얼굴을 떠올리며 옆에 있는 얼굴을 훔쳐봤다. 어떻게 된 게 부모의 우월한 유전자만 쏙쏙 빼다 박았다. 아저씨는 키가 큰데. 권도형도 나중에는 그렇게 크려나?

받침대 위에 악보를 올린 권도형이 고개를 돌려 기도하를 봤다. 힐끔대던 눈동자가 잽싸게 악보로 돌아갔다.

"너도 피아노 학원 다녔잖아."

그랬다. 권도형이 태권도 학원을 다닌 지 일주일 만에 그만뒀을 때, 기도하는 피아노 학원을 한 달 만에 그만뒀다. 바이엘 양손 연습을 하다가 도저히 그 느린 박자를 견디지 못하고 막무가내로 속주를 하다가 선생님에게 혼나고 때려 치웠다.

"다니긴 다녔지……."

"악보 볼 줄은 알지?"

"야, 나도 음악 수업은 들어."

가늘게 눈을 뜨고 흘기자 권도형이 시선을 돌린다. 다리 위에 두었던 손을 건반 위에 올렸다가, 아무런 소리도 내지 못하고 손을 올리더니 이마를 긁적인다.

"뭘 어떻게 알려 줘야 돼."

상대에게 하는 말이라기보다는 혼잣말에 가까웠다. 이마를 매만지던 손이 그대로 앞머리를 쓸어 넘겼다. 머리카락을 쓸고 내려온 손이 건반 위에 다시 자리를 잡았다.

"아니지. 내가 아니라 네가 손을 올려야지."

흰건반 위에 있던 손이 쑥 아래로 내려간다.

“쳐 봐.”

“엥? 알려 줘야지.”

“악보 볼 줄 안다며. 우선 한번 쳐 봐.”

윗입술에 이를 박고 꾹 물었다. 계이름은 알지만 사실 악보를 본다고 말할 정도는 아니었다. 콩나물의 위치를 확인하고 그 위치를 따라 손가락을 옮기는 데까지 버퍼링이 장난이 아니었다. 기름칠을 덜한 로봇이 피아노를 치는 것과 같았다. 징, 지잉, 지지지, 지잉. 이렇게 움직이면서.

“선생님이 하라니까 우선 한다.”

다소 비장한 얼굴로 기도하가 두 손을 건반 위에 올렸다. 권도형이 시선을 악보로 돌렸다. 벌써 손가락이 땀에 젖은 기분이다. 빤히 악보를 들여다봤다. 제일 선두에 있는 콩나물의 위치를 살폈다.

“미솔레.”

보다 못한 권도형이 말한다.

“알거든. 나도 눈 있어.”

조금 굽은 어깨를 폈다. 짧은 심호흡 뒤 건반을 눌렀다. 단순히 피아노를 치는 일인데 왜 이렇게 심장이 뛰는지 모를 일이다. 손가락이 강약 조절 없이 흰건반을 뭉갰다. 오른손이 미솔레를 누를 때 왼손이 도솔도를 눌렀다.

“레솔, 같이 눌러야지. 다시 처음부터.”

"네, 선생님."

기껏 친 계이름 세 개가 리셋됐다. 손가락을 구부렸다가 펴고 다시 피아노를 쳤다. 이번엔 권도형의 말대로 레와 솔을 같이 눌렀으나 모든 음이 스타카토였다. 그리고 거기서 끊겼다.

기도하가 고개를 길게 빼고 악보를 봤다. 손가락은 레와 솔을 누른 채였다. 그리고 몇 초 뒤 도, 솔 누르고, 또 몇 초가 지난 뒤에 파와 도를 동시에 눌렀다. 양손 연주도 서툰데, 양손의 콩나물들을 살피자니 눈이 돌아가기 직전이었다. 권도형의 입가에 소리 없는 웃음이 번진다.

거북이처럼 점점 목이 길어졌다. 머리가 계속 악보를 향해 나아갔다. 이상한 전진 본능이었다. 눈이 침침한 것도 아닌데 콩나물을 더 가까이 보기 위해 자꾸만 몸이 앞으로 쏠렸다.

말없이 보고만 있던 권도형이 기도하의 이마에 손을 올려 뒤로 밀어냈다. 이대로라면 악보에 충돌했을지도 모를 머리가 거리를 벌리며 뒤로 멀어졌다. 돌아보자 권도형이 짧게 눈을 맞추며 말했다.

"보기 어려우면 그냥 외워 버려."

이 콩나물들을 외우라고? 생각보다 험난한 수행 평가라는 평가를 내리고 있을 때, 권도형이 건반 위에 손을 올렸다. 그러더니 건반을 누르기 시작했다.

시선은 악보를 향해 있었다. 권도형의 손가락이 부드럽게 움직였다. 길게 벌어지며 오른쪽으로 올라왔다가 다시 왼쪽으로 내려가는 왼손과, 방금 기도하가 두드렸던 건반을 내리누르는 오른손이 듣기 좋은 선율을 만들어 냈다.

“건반을 너무 찍어 누르지 말고, 부드럽게 음을 이으면서 손가락을 떼.”

콩나물 몇 개만 시범을 보인 권도형이 손을 거두며 기도하를 봤다. 완주를 기대했던 기도하의 얼굴이 순간 아쉬움으로 물든다.

“왜? 계속 쳐.”

“네가 배우고 싶다고 온 거잖아.”

어, 그건 그렇지. 그런데 피아노 앞에 있는 권도형을 보고 있자니 수행 평가고 뭐고 권도형의 독주회를 보고 싶은 마음뿐이었다.

“선생님이 시범 좀…….”

“야.”

“어?”

“할 생각 없으면 그냥 가.”

“…….”

냉정한 새끼. 입술을 삐죽이고 자세를 고쳐 잡았다. 방금 연주를 했던 부분까지는 버퍼링도 없고 문제도 없다. 권도형의 말처럼 악보를 외워 버리니 가능했다. 문제는 외워야 되는 부분이 늘어날수록 소화가 느렸다.

“아니, 여기서는 이렇게.”

권도형이 낮은 옥타브의 건반 위에 손을 올리고 오선지의 음계를 따라 쳤다. 연주를 한다기보다는 자꾸 계이름을 하나씩 틀리는 기도하에게 악보에 맞는 음을 알려 주는 거였다.

"여기는 온음표잖아. 더 길어야지."

"네, 선생님."

권도형이 지적한 부분으로 다시 돌아가 연주했다. 옆에서 권도형이 작게 발을 까닥이며 박자를 세는 게 느껴졌다. 온음표고 나발이고 리듬을 개나 준 기도하는 딱딱 맞아 떨어지는 권도형의 발짓에 묘한 안정감을 느꼈다. 권도형은 베토벤이다. 슈베르트고, 모차르트야. 4분의 3박자인 에델바이스를 서투르게 연주하며 기도하는 그런 생각을 했다.

"여기 플랫 붙어 있어. 반음 낮게 쳐."

"네, 쌤."

그런데 반음 낮게? 뭐지. 흰건반 사이에 끼어 있는 검은건반 위에서 망설이고 있자 권도형이 손을 뻗어 딩, 소리를 내며 건반을 대신 눌렀다.

"이거."

고개를 돌리자 눈이 마주친다.

"오늘 안에 끝낼 수 있어?"

"오늘 안에 끝내려고 했어?"

당연히 수행 평가 전날까지 권도형을 붙잡고 피아노를 배울 생각이었다. 너무나 당연하다는 듯 답하는 기도하를 보며 권도형이 어이없다는 얼굴을 했다. 그러다 시선을 돌려 시계를 봤다.

"7시 넘었다."

여름이라 해가 길었다. 시간이 이렇게 흐른 줄도 몰랐다. 기도하는 학교에서는 더럽게 안 가는 수업 시간이 권도형의 집에서는 순식간에 지나가 버렸다는 점에서 조금 놀랐다. 권도형이 피아노가 아니라 영어나 수학을 알려 줬어도 이렇게 흥미로웠을까.

"선생님, 오늘은 끝인가요?"

의자에서 일어나는 권도형을 보며 물었다. 피아노 덮개 위에 손을 올린 권도형이 무표정한 얼굴로 내려다봤다. 그사이에 마른 머리가 부스스하다.

"더 알려 줄 거 없을 거 같은데. 그냥 와서 혼자 연습이나 해."

"헐, 너무해."

"나도 네 실력이 너무하다고 생각하는 중이야."

침대와 피아노 의자 사이로 걸어 나가는 권도형의 손이 여전히 자리에 앉아 있는 기도하의 등을 살짝 스쳤다. 그 짧은 접촉에 기도하의 몸이 움찔 굳는다.

"라면 먹을래?"

"어! 먹을래!"

함께 부엌으로 가기 위해 벌떡 일어나자 권도형이 피아노를 턱짓한다.

"어딜 따라와. 복습해, 복습."

"안 돼. 너 매번 수프 반 개 덜 넣잖아. 싱겁다고! 가서 감시해야지."

쪼르르 나가는 걸음이 방문 앞에서 막혔다. 권도형이 기도하의 이마를 콕 찍어 밀어냈다.

"우리 집에서, 우리 집 냄비로, 우리 집 라면을 내가 끓이는데 아니꼬우면 너희 집으로 가야 하지 않겠냐?"

아, 정말 유치하다. 유치해 죽겠는데 권도형이 이렇게 나올 때면 은근 귀여운 구석이 있어 기도하는 표정 관리에 더 신경을 썼다.

"계란 두 개 넣어."

방을 벗어날 수 없는 지박령처럼 가만히 서서 입을 열었다. 권도형이 고개를 끄덕이고는 부엌으로 갔다. 덜그럭거리며 냄비를 꺼내는 소리가 들렸다.

다시 피아노 앞에 앉아 건반을 내려다봤다. 그러다 엉덩이를 슬쩍 옆으로 옮겨 권도형이 앉았던 왼쪽에 엉덩이를 댔다. 온기가 느껴지진 않았다. 좀 전에 권도형이 어떤 각도로 피아노를 봤는지 궁금했다.

손을 올려 권도형이 눌렀던 건반 하나를 매만지자 낮고 묵직한 음이 울린다.

"여기 플랫 붙어 있어. 반음 낮게 쳐."

잘못된 부분을 알려 주고 고쳐 주던 권도형의 모습을 떠올리자 히죽 입꼬리가 올라갔다. 입술을 말아 물고 권도형이 알려 줬던 검은건반을, 권도형의 손가락을 누르는 마음으로 자꾸 눌렀다.

⁂

권도형의 집에서 몇 차례 피아노 연습을 더 했다. 곧 수행평가가 다가오고 있었다.

그날은 심부름으로 마트에 가서 계란 두 판을 사 들고 돌아오고 있었다. 기도하는 아파트로 향하는 길목에서 피아노 학원이 있는 건물을 빠져나오는 권도형을 발견했다. 기쁜 마음에 눈을 동그랗게 뜨고 권도형의 이름을 장전하는 순간 뒤따라 나온 누군가가 먼저 권도형을 불렀다.

"윤주아?"

걸음의 속도가 점점 느려졌다. 기도하의 시선이 두 사람을 향했다.

윤주아가 누구냐. 작년에 전학을 온 애였다. 2학년 1반에 진짜 예쁜 애가 전학 왔다고 전학 온 첫날 1교시부터 소문이 파다했다. 1교시가 끝나자마자 1반 앞 복도에 남자애들이 어슬렁거리며 교실 안을 힐끔거리는 현장을 화장실을 가던 기도하가 목격했었다.

아마 그 해에 윤주아에게 고백한 남자애들만 공식적으로 한 반에 두 명씩은 됐고 비공식적으로는 못해도 다섯 명씩은 될 거다.

동네 특성상 같은 초등학교를 졸업한 친구들이 대거 같은 중학교로 진학했다. 초등학교 때부터 계속 사귀고 있는 애들이 있었고 누구는 누구와 전에 사귀었던 애였다. 몇 학년 때 걔가 걔 좋아했잖아. 그런 비밀을 모두가 공유했다. 익숙한 아이들 사이에 갑자기 뚝 떨어진 윤주아에게 아이들은 쉽게 마음을 줬다.

그런데 그런 윤주아가 권도형과 같은 피아노 학원에 다닌다. 이 사실을 알게 된 기도하는 괜스레 예민해져 피아노 학원 주위를 맴돌았다. 학원 건물 앞에 있는 분식집에서 어묵 꼬치를 다섯 개 이상을 먹으며 권도형을 기다렸다. 학원이 끝나는 시각, 권도형은 매번 혼자 나왔다.

그러던 어느 날, 분식집에 서 있다가 권도형에게 딱 걸렸다. 막 새로 집은 어묵을 입에 욱여넣다가 돌아보니 건물에서 나온 권도형이 정확히 이쪽을 보고 있었다. 혓바닥이 뜨거운 것도 모르고 잡고 있던 어묵을 욱여넣은 뒤 계산을 하기 위해 주머니를 뒤지는 사이 권도형이 다가왔다.

"아직도 집에 안 갔어?"

"어. 가는 길에 주머니에 천 원이 있길래."

마주친 이유에 대해 그렇게 해명했는데.

"너 요즘 어묵 자주 먹는다?"

권도형이 말했다. 마주치지 않은 줄 알았던 이전의 날들까지 포함하는 말이었다.

할 말을 잃고 휴지로 입술을 문질러 닦는데 권도형이 앞에 전리품처럼 늘어놓은 빈 꼬치를 봤다. 절대 천 원으로 계산할 수 없는 양이었다.

망했네. 슬쩍 몸을 움직여 꼬치를 가렸다. 권도형은 별다른 말 없이 다 먹었으면 가자고 앞서갔다.

그날 이후로 기도하는 피아노 학원 주위를 맴도는 일을 관뒀다. 학원을 윤주아와 같이 드나들지도 않고 학교에서조차 딱히 말을 섞지 않음에 안심했는데…….

"뭐야? 둘이 왜 막 웃어?"

지금 서로 하하 호호 웃으며 걸어가고 있는 장면을 목격하게 된 거다.

잠깐 멈추어 섰던 발을 빠르게 움직였다. 걸음을 재촉해 거리를 좁혔다. 그러나 좁혔던 거리가 횡단보도를 사이에 두고 다시 멀어졌다. 먼저 건너간 권도형과 윤주아가 도란도란 이야기를 나누며 걸어갔다.

"아, 진짜."

불안한 마음에 달달 다리를 떨며 신호등을 올려다봤다. 다리를 떤다고 해서 신호가 바뀌는 것도 아닌데 자꾸 다리를 동동 구르게 됐다. 무단횡단을 하지는 못하고 멀어지는 두 사람을 뚫어져라 응시했다. 길이 갈라지는 지점에서 두 사람이 함께 길을 꺾어 들어갔다. 눈이 동그래진다. 집으로 가는 길이다. 뭐지!

신호가 바뀌자마자 쏜살같이 달렸다. 들고 있는 계란 때문에 빛의 속도로 달릴 수 없는 게 답답했다. 덜그럭거리는 계란을 주시하며 저만치 가 버린 권도형을 쫓아갔다.

그렇게 달려 발걸음이 멈춘 곳은 엘리베이터 앞이었다. 달린 탓에 가슴이 조금 버겁게 뛰었다. 권도형이 공동 현관에 들어온 기도하를 돌아봤다. 윤주아가 없다. 분명 이 방향으로 같이 걸어간 걸 봤는데.

"왜 그래? 무슨 일 있어?"

얼굴 표정이 겉으로 보기에도 평소와는 달랐는지 권도형이 물었다. 고개를 저었다. 아니, 없는데, 없다고 답은 하는데 숨이 벅차다. 호흡을 고르며 걸음을 옮겼다.

"누가 층마다 버튼을 다 눌렀나 봐."

고개를 올려다보자 각 층마다 일정 시간 머물다 내려오는 계기판의 숫자가 보인다. 그래서 아직 권도형이 여기에 서 있는 거구나. 기도하는 누구인지는 몰라도 그 사람이 아주 적절한 때에 못된 짓을 하고 튀었다고 생각했다.

"그런데 계란 판이 왜 비었어?"

"어?"

권도형이 계란 판을 눈짓한다. 눈을 내려 확인하자 계란 한 판에 꽉 들어차 있던 알들이 이가 빠진 것처럼 듬성듬성 비어 있었다.

"뭐야!"

홱 뒤를 돌아보자 우선 공동 현관 바닥에 깨져 있는 계란 하나가 보인다. 이럴 수가. 당황스러움이 먼저 오고, 그 뒤로 엄마한테 죽었다는 공포감이 밀려왔다. 기도하의 얼굴에 그 기색이 순차적으로 스쳐갔다.

"아……. 엄마한테 죽었다."

살아남은 게 더 많기는 했어도 아무튼 간에 몇 개를 잃었다. 잃은 것도 문제인데 그게 길바닥 곳곳에 떨어져 깨져 있는 것도 문제였다.

"저건 어떻게 해. 치워야 될 거 아니야."

그 순간 드디어 1층에 도착한 엘리베이터 문이 열렸다. 백색 조명이 열린 문밖으로 쏟아진다.

"치워야지. 이거 집에 가져다 놓고."

기도하가 먼저 발을 들였다. 공동 현관을 물끄러미 보던 권도형도 뒤따라 탔다. 두 손에 계란을 들고 있는 기도하 대신 권도형이 버튼을 눌렀다.

나 진짜 생각이 있냐 없냐. 문이 닫히고 천천히 상승하는 엘리베이터 안에서 고개를 숙이고 자책했다. 가득 차 있지 않은 계란 판을 보고 있자니 여기까지 달려온 제 모습이 한심하게 느껴진 탓이다.

"아줌마가 빨리 오라고 했어?"

"아니……."

"그런데 왜 뛰어와?"

휑하니 비어 있는 계란의 자리를 보다가 고개를 들었다. 엘리베이터 벽에 등을 기대고 선 권도형이 물끄러미 쳐다보고 있었다. 숨을 고르며 다시 안정적인 호흡을 되찾았는데도 가슴이 두근두근 뛰었다.

왜 뛰어왔느냐. 답은 하나였다. 권도형 때문이었다.

모두가 좋아하는 윤주아를 권도형도 좋아하게 될까 봐. 것도 아니라면, 공식적으로 고백을 모두 거절하고 아무와도 사귀지 않았던 윤주아가 권도형을 좋아할지도 모른다는 생각에.

눈이 제대로 달려 있다면, 권도형의 피아노 연주를 들었다면 권도형을 안 좋아할 수가 없다고 생각하는 사람이 기도하였다.

이기적인 마음으로 둘이서 아무런 말도 나누지 않고 그 어떤 친분도 쌓지 않기를 바랐다. 다른 사람들 앞에서 피아노 앞에 앉기를 안 좋아하는 권도형이 오직 자신에게만 피아노 치는 모습을 보여 줬으면, 하고 바랐다. 그런데 둘 사이에 작은 마음이라도 싹터 버리면 그게 안 되니까. 그 점이 싫었다.

여기서 너 아까 윤주아랑 가는 거 봤는데, 라고 하면 계란까지 떨어트리며 달려온 이유가 들통난다. 그건 너무 없어 보이는데.

재빠르게 머리를 굴렸다. 아무리 생각해도 윤주아를 언급하면서 나는 그것 때문에 달린 것은 아니라고 말할 수 있는 방법이 없었다. 둘 중 하나는 포기해야 한다.

"비가 올 거 같아서."

하늘은 보지도 못했다. 먹구름이 있었는지, 흐리기는 했는지 모르겠으나 윤주아 이야기만 아니면 됐다.

"그랬구나."

권도형의 목소리가 덤덤하게 엘리베이터 안을 울린다. 문이 열렸다. 권도형이 먼저 내리고 그 뒤를 기도하가 따라 내렸다. 한 문으로 내려 각자의 집을 향해 걸음을 돌리고 등을 졌다.

비가 오기는 개뿔. 내 마음에 비가 내리네. 울상을 하고 계란을 이따위로 사 들고 온 자신에게 날아올 꾸중을 미리 상상하며 기도하는 현관문을 열었다.

정확히 열두 개의 계란이 실종됐다. 모친에게 한 소리를 들은 기도하는 비닐봉지와 휴대용 화장지를 들고 집을 나섰다. 실종된 계란의 흔적을 찾아 떠나는 대장정의 시작이었다.

"뭐 한다고 뛰어서……."

엘리베이터에 머리를 박고 혼자서 중얼거렸다. 만약 엘리베이터 앞에 권도형과 윤주아가 함께 있었다고 한들 달리 할 수 있는 말이나 행동은 없었다. 그냥 조용히 '나는 너를 경계한다' 같은 기운이나 뿜어내며 같이 엘리베이터에 탔을 거다.

"진짜 없어 보이네."

터덜터덜 짚신을 바닥에 끌며 허망하게 걸어가는 사람처럼 공동 현관으로 향했다. 우선 그곳에 실종된 계란 한 개가 있었다. 쪼그리고 앉아 프라이팬이 아닌 바닥에 깨진 계란을 수습했다.

몇 걸음 더 걸어가 계란 하나를 발견했다. 바닥에 붙은 껌을 떼어 내는 것 같은 모양새였다. 쪼그리고 앉아 계란 껍데기를 봉지에 넣고 화장지로 터진 노른자를 닦았다. 화장지를 봉지에 던져 넣고 일어나 달려온 길을 그대로 되돌아갔다.

그리고 또 몇 걸음을 가 계란을 발견하고 쪼그려 앉고, 다시 일어나 몇 걸음 걷다가 계란을 발견하고 쪼그려 앉았다. 그렇게 해서 열한 개의 계란을 수거했다. 나머지 하나는 어디 있지.

결국 권도형을 발견했던 횡단보도까지 되돌아갔다. 바닥을 주시하며 길바닥을 살피는데 마트 앞에 도착할 때까지 발견하지 못했다. 그사이 부화해서 병아리가 되어 어딘가로 가 버렸니. 어디 있니.

"양파 한 망에 5천 원!"

마트에서 쩌렁쩌렁 목소리가 울렸다. 직원이 마이크를 붙잡고 타임 세일을 광고하고 있었다.

"쩝……."

주위를 두리번거리던 기도하는 입맛을 다시고 봉지를 손목에 걸었다. 집으로 되돌아갈 때였다.

돌아가는 길, 혹시나 하는 마음에 바닥을 둘러보며 걸었다. 그러다 갓길에 세워져 있는 자동차 아래에서 동그란 무언가를 발견했다. 계란인가? 후다닥 다가가 무릎을 굽히고 살폈다. 계란이 아니라 탁구공이다. 탁구공이 왜 여기 있어. 그런데 계란이 있는 것도 말이 안 됐다. 탁구공을 주워 들고 만지작거리는데 목덜미로 차가운 물방울이 떨어졌다.

엇, 하는 소리를 내며 고개를 올리자 우중충한 하늘이 보인다. 하늘을 향해 있는 이마로 똑, 물방울이 떨어졌다. 비가 내리기 시작했다.

손에 쥔 탁구공을 주머니에 넣고 빠른 걸음으로 걸었다. 빗방울이 조금씩 굵어지며 줄기를 늘렸다. 뛰다가 이 사달이 난 터라 달리기는 싫어 오기로 경보를 하는데 갑자기 구멍이 뚫린 것처럼 비가 확 쏟아졌다.

"아! 진짜!"

봉지를 단단히 잡고 달렸다. 순식간에 물에 젖은 꼴이 됐다. 타다닥, 빗물이 고인 바닥을 밟으며 달리는데 갑자기 발바닥이

쑥 미끄러졌다. 고무 슬리퍼는 이래서 문제다. 앞이 뚫려 있는 슬리퍼는 이래서 비가 오는 날 신는 것이 아닌데. 비가 올 줄 알았냐고.

발이 시원하게 슬리퍼 앞부분을 뚫고 나갔다. 뒤로 휘청거리며 넘어가는 몸의 중심을 잡고 섰을 때 슬리퍼는 이미 종아리로 올라가 있었다. 종아리 보호대도 아니고.

다리를 접어 올리고 슬리퍼를 빼내는데 누군가 머리 위로 우산을 내밀었다. 온몸을 공격하는 것처럼 내리꽂히던 빗줄기가 단번에 잘려 나갔다. 종아리로 올라간 슬리퍼를 밀어 내리다가 고개를 들었다. 검은색 장우산을 든 권도형이 반바지에 얇은 회색 후드를 입고 서 있었다.

"뭐야, 어디 가?"

"아니. 비 오길래."

"어?"

비가 오길래 나왔다는 건가. 권도형이 원래 비 오는 날의 산책을 즐겨하는 편이었던가. 드디어 슬리퍼가 다리에서 빠져나왔다. 빼낸 슬리퍼를 바닥에 툭 던져 내려놓고 발을 꿰어 넣었다. 빗물에 젖은 발이 엉망이었다. 어디서 붙었는지 모를 나뭇잎이 발목에, 흙이 발등에 데커레이션을 한 것처럼 있었다. 물에 젖어 엄청난 접착력을 발휘했다.

허리를 숙여 발목에 붙어 있는 나뭇잎을 떼어 내는데 권도형의 목소리가 빗속에서 흩어진다.

"너 집에서 나설 때 비 내리고 있는 거 아니면 우산 안 들고 나가잖아."

빗소리가 컸다. 시원하고 우렁차게 세상을 잠재우는 소리 속에서 권도형의 목소리만 다른 주파수를 가진 것처럼 느껴졌다. 무덤덤한 어조가 부드럽고 다정하게 기도하의 귀에 닿았다.

눈을 올리자 항상 그랬던 것처럼 눈이 마주친다. 권도형의 섬섬옥수 같은 손가락이 우산 손잡이를 쥐고 있다. 한 손을 후드 주머니에 찔러 넣은 권도형이 무표정한 얼굴로 상체를 숙이고 있는 기도하를 내려다봤다. 바닥으로 떨어진 빗줄기가 방울방울 튀어 오르며 발목을 적셨다.

"깨진 계란은 다 치웠어?"

"어? 어."

"그럼 들어가자."

"그래."

허리를 세우고 권도형의 옆에 나란히 섰다. 손목에 건 봉지가 바람에 부스럭거리며 흔들렸다. 비 냄새가 코끝을 찔렀다. 봉지를 들고 계란을 수거하기 위해 집을 나설 때만 해도 스스로가 너무 없어 보여 창피했는데, 우산 마중 서비스에 전부 잊혀졌다. 그래. 권도형의 옆에 오래 남을 사람은 나라고. 기도하는 비가 내리는 풍경을 보며 싱긋 웃었다.

우산을 접고 엘리베이터에 올랐을 때, 권도형이 물끄러미 벽에 붙어 선 기도하를 봤다. 괜히 입술이 말랐다. 저 시선은 뭐지. 올라가던 층수를 보다가 참지 못하고 시선을 돌렸다. 권도형의 시선이 얼굴보다 조금 더 아래쪽에 있었다. 어, 아니, 지금…….

기도하의 상상이 함부로 전체 연령가 딱지를 떼어 내고 붉은 곳으로 입장한다. 지금 자신은 비에 쫄딱 젖었다. 푸른색 체크무늬 치마에 흰색 셔츠인 교복도 젖은 상태다. 권도형은 지금 젖은 교복을 쳐다보고 있다. 두근두근 심장이 뛰기 시작했다.

꼴깍, 침을 삼키는 순간 엘리베이터가 도착했다. 문이 열리자 권도형이 시선을 돌린다. 주춤거리다 권도형을 따라 내렸다. 현관문 앞에 서 있는데 권도형이 집으로 들어가려다 말고 뒤를 돌아본다.

"너 교복 안에 입은 티셔츠, 설마 붉은 악마야?"

예상과는 너무 다른 방향의 대사가 권도형의 입에서 튀어나왔다.

"우리 아빠도 역사적인 거라고 안 버리고 보관하던데. 그거 설마 아저씨 옷?"

"……엄마 건데."

"아, 그래."

거기서 대화가 끝났다. 권도형이 짧게 인사하며 문을 닫고 사라져 버렸다. 고개를 숙이고 몸통을 봤다. 셔츠 안에 받쳐 입은 티셔츠의 붉은빛이 선연했다. 아침에 입고 나가면서 거울로 확인한 바로는 색만 비치지 글자는 안 비쳤는데.

현관문을 열고 들어가 신발장에 붙은 거울을 봤다. 빗물에 젖은 셔츠가 티셔츠를 흡수한 것처럼 투명하게 비쳤다. Be the Reds!

그러니까, 권도형은 이 글자를 읽으려고 했던 거였나.

"……진짜, 짜증 나."

기도하의 얼굴이 울상이 됐다.

✦ ✦ ✦

"너 진짜 죽는다."

엎드려 자던 기도하가 고개를 뒤로 돌리고 신민철을 노려봤다. 자습 시간, 신민철은 기도하의 뒷자리에 앉은 애랑 자리를 바꿔 앉았다. 대개 다른 짓을 할 때 뒷자리만큼 안전하고 좋은 자리가 없으니 그러려니 했다.

그런데 자꾸 오므린 두 팔 위에 이마를 대고 자는 기도하의 등을 툭 건드렸다. 돌아보면 딴청을 하고, 노려보다가 다시 자세를 잡고 엎드리면 툭 건드렸다. 돌아봤을 땐 역시나 딴청이었다.

"잘 거라고. 건들지 마."

"알았어. 진짜 안 할게."

시선을 거두지 않고 노려보자 신민철이 의자를 뒤로 빼며 책상을 당겼다. 손이 닿을 수 없는 거리로 멀어지고 난 후에야 다시 책상에 엎드렸다.

이어폰을 꽂고 자느라 종이 울린 줄도 몰랐다. 옆에 있던 애가 책상을 뒤로 밀어야 된다며 어깨를 흔들어 일어날 수 있었다.

"벌써 청소 시간이야? 시간 대박 빠르네."

기도하는 기지개를 켜며 청소 구역으로 향했다. 교무실 앞 계단과 복도가 기도하의 청소 구역이었고 밀걸레로 닦는 게 역할이었다.

밀걸레를 들고 화장실에 들어가자 이미 먼저 온 다른 애가 자리를 차지하고 있었다. 기다릴까 하다가 운동장 옆에 있는 개수대를 사용하기 위해 걸음을 옮겼다.

밀걸레를 바닥에 질질 끌고 가다가는 복도 쓸기를 하는 애들에게 욕을 먹을 수 있어 밀걸레 대를 어깨에 걸치고 건물을 나섰다. 에어컨 빵빵한 곳에 있다가 밖으로 나오자 피부에 닿는 햇볕이 뜨겁다.

자습 시간에 들었던 노래를 허밍하며 개수대로 걸어가는데 운동장 앞 벤치에 앉아 있는 사람이 보였다. 같은 교복을 입은 남자애 한 명, 여자애 한 명.

앞으로 나아가던 걸음에 멈칫 제동이 걸린다. 개수대를 바라보고 있던 기도하는 고개를 갸웃거리다가 돌렸다. 벤치에 앉아 있는 두 사람을 다시 확인했다. 권도형과 윤주아다. 계란을 날려 먹었던 날의 기분이 빠르게 돌아왔다.

"뭐야? 왜 또 같이 있어?"

권도형의 청소 구역은 교실이다. 지금 모든 학급이 책상을 뒤로 밀고 바닥을 쓸고 닦고 있는데, 권도형은 왜 운동장 벤치에 앉아서 윤주아랑 노닥거리고 있는 것인지 이해할 수 없어 얼굴을 찌푸렸다.

개수대에 서서 팍팍 걸레를 빨았다. 대를 잡고 찍어 누르면서 시선은 권도형과 윤주아를 향했다. 다들 청소를 하는데 둘이서 느긋하게 벤치에 앉아 아이스크림을 먹고 있다. 속이 시끄러웠다. 아니, 대체 뭔데 둘이 아이스크림을 먹고 있냐고! 저 아이스크림은 누가 사 온 거고. 누가 불러낸 건데!

콱, 수도를 잠그고 걸레 물을 짜냈다. 맹렬하게 레이저를 쏘면서도 걸레 빠는 일을 허투루 하지 않았다. 물방울을 뚝뚝 떨어트리며 밀걸레를 들고 걸음을 옮겼다. 복도를 먼저 닦고 계단으로 이동했다. 층계 하나를 닦고 올라가 다음 층계를 닦았다.

오른쪽으로 걸레를 쭉 밀고 걸어갔다가 왼쪽으로 쭉 밀고 걸어갔다. 아무 생각이 없는 것처럼 보였지만 매우 많은 생각의 회로를 돌리고 있는 중이었다.

"너 운동장 개수대에서 걸레 빨았지?"

네 번째 층계를 닦고 있을 때였다. 언제 왔는지 권도형이 한

층 낮은 계단에 서서 말했다. 두 손으로 밀걸레 대를 잡고 삐딱하게 섰다. 표정이 좋을 리가 없었다.

"왜? 나 봤어?"

"아니. 오는 길에 보니까 거기서부터 여기까지 물방울 떨어져 있더라."

"어. 화장실 누가 쓰고 있어서 거기서 빨았어. 안 돼?"

공격적인 어투에 권도형이 입을 다물고 기도하의 얼굴을 빤히 본다. 왜 이러는지 표정을 읽으려는 것처럼 보였으나 운동장에서 자신을 보지 않았다면 절대 그 이유를 알 수 없을 거라고 기도하는 생각했다.

"계단 닦고 있으니까 공중 부양으로 다녀라."

말도 안 되는 소리를 하며 등을 돌렸다. 다음 계단을 닦기 위해 층계를 밟는데 걸어 올라가던 권도형이 멈칫 선다. 그러곤 기도하의 뒷모습을 뚫어져라 봤다. 대를 팍팍 움직이며 걸레질을 하던 기도하가 뒤늦게 시선을 알아차리고 고개를 돌렸다.

"왜? 할 말 있어?"

몇 초간 말이 없었다. 물끄러미 시선을 던지던 권도형이 아니라고 짧은 답을 내뱉으며 계단을 올라갔다. 권도형의 모습이 복도를 꺾어 들어가며 사라질 때까지 쳐다봤다. 뾰족하게 뜬 눈으로 봤으니 노려본 거나 다름없었다.

"누가 아이스크림을 샀을까."

입술을 꾹 물고 콧김을 뿜으며 청소를 이어서 했다.

"도하야, 너 이거 알고 있어?"

햇볕이 잘 드는 곳에 밀걸레를 널어 두고 교실로 돌아가는 길, 누군가 기도하의 등을 가리켰다.

"뭐를?"

"모르네."

그 아이의 손이 등으로 다가오더니, 무언가를 떼어 냈다. 대부 업체에서 나누어 준 노란색 포스트잇이었다. 그리고 포스트잇에는 신민철의 악필이 남아 있었다.

신민철의 보디가드

"이 개새끼가, 진짜."

포스트잇을 구기고 교실을 향해 달려갔다. 열려 있는 교실 문을 그대로 통과해서 창가 앞에서 친구들과 함께 웃으며 놀고 있는 신민철을 향해 발을 날렸다.

"신민철! 뒤질래?"

저를 호명하는 음성에 신민철이 화들짝 놀라며 뒤를 돌았고, 그 순간 기도하의 발이 정확히 신민철을 가격했다. 반 아이들은 그 광경을 보며 나이키를 떠올렸다. 그날 이후 기도하에게는 새로운 별명이 생겼다.

나이키도하.

✣ ✣ ✣

피아노를 배우는 시간.

나란히 의자에 앉아 건반을 내려다보는데 왠지 모르게 조급한 마음이 들었다. 권도형은 청소 시간에 윤주아와 무슨 이야기를 나눈 걸까. 누가 먼저 찾아온 걸까. 무엇 때문에 웃었을까. 그 순간을 파헤치는데 오후의 시간을 모조리 썼다.

"너 여기에서 박자가 자꾸 빨라져."

권도형이 악보를 가리키고 다시 손을 건반 위에 올렸다. 그러곤 방금 지목했던 부분을 연주했다.

"이 부분을 조금 더 느리게 끌고 가."

움직이는 손가락 마디마디가 예쁘다. 반질반질하게 잘 닦아 놓은 것처럼 매끄럽고 만지면 손끝으로 부드러운 감촉이 느껴질 것 같다. 곧은 손가락에 손톱이 정갈했다.

"그리고 너 여기 넘어갈 때 자꾸 검지로 치던데 엄지로 치는 게 더 편해."

기도하가 어설프게 연주했던 부분을 짚어 주고 있어 선율이 연결되지 못하고 계속 끊겼다. 한 마디를 연주하고 끊고, 다시 한 마디를 연주하고 끊었다. 연결되지 않은 곡을 들으며 기도하는 뚫어져라 권도형의 손만 봤다.

권도형이 좋았다. 그러나 좋다고 해서 무조건 그 마음을 전

해야 하는 건 아니라고 기도하는 생각했다. 그 생각은 주변 친구들을 통해 작용하게 됐다.

야, 재네 둘이 왜 모른 척해? 매번 붙어 다니던 애들이 눈도 안 마주쳐서 물어보면 둘 중 한 사람이 며칠 전에 고백을 했다 까인 거였다.

기도하는 몇 년에 걸쳐 그런 친구들을 봤다. 괜히 마음만 까발려지고 사이만 멀어지고, 저건 정말 최악의 경우라고. 절대 권도형과 자신의 사이에서 있어서는 안 될 일이라고 생각하며 절대 고백은 하지 않으리라 마음을 굳혔다.

그런데 최근 들어 권도형이 여자아이들과 함께 있는 모습을 종종 목격했다. 주로 교실에서였다. 조금 신경이 쓰일 뿐, 불안한 적은 없었는데 윤주아의 등장이 기도하에게 큰 혼란을 선사한 거다.

마음만 까발려지고 사이만 멀어지는 게 가장 최악이라고 생각했는데, 권도형에게 여자 친구가 생기고 그것을 옆에서 바라보는 것도 그 못지않게 최악이었다.

나 진짜 어떡하지. 어떻게든 권도형의 마음을 떠보고 싶은데 잘못했다가는 낌새를 느낀 권도형이 알아서 선을 긋고 바리게이드를 칠지도 모른다.

고백을 하고 까이는 게 나은가, 고백도 못해 보고 까이는 게 나은가. 그런데 왜 모든 결론이 까임으로 나는 것인가. 권도형도 나를 좋아할 수 있잖아.

"여기서는 페달을 밟아. 그래서 음을 연장하는 동시에 점점 약음으로……."

권도형이 말을 잇다가 만다. 내내 악보와 건반만 번갈아 보던 권도형의 시선이 자신의 오른쪽 약지에 머물렀다. 건반 위에 살포시 올려둔 손가락 위로 기도하가 손가락 하나를 올렸다. 작은 약지 손톱 위에 동그란 검지가 겹쳐졌다. 음도 끊기고 말도 멎은 방 안이 적막해진다.

권도형이 고개를 들어 기도하를 봤다. 내리깐 눈에 눈꺼풀이 눈동자를 살짝 가렸다. 눈이 마주치지 않았으나 기도하가 다른 생각을 하고 있다는 것을 알았다.

"뭐 해?"

기도하는 숨을 삼켰다. 가슴이 불규칙적으로 뛰었다. 손끝에 권도형의 손가락이 닿았을 때 느껴지는 감각이 너무나 생경했다. 갑자기 왜 손을 뻗어 올렸는지는 모른다. 그냥 툭, 건드리고 싶었다.

"오늘 청소 시간에 윤주아랑 운동장 앞 벤치에 앉아 있는 거 봤어."

비스듬히 얼굴을 돌려 권도형을 봤다. 눈이 마주치자 불규칙적으로 뛰는 가슴이 조금 더 격하게 뛰었다. 손끝이 저릿해서 힘을 빼려다가 오히려 힘을 주는 바람에 권도형의 손가락을 내리눌렀다. 건반이 내려앉으며 웅, 하는 소리를 낸다. 그 소리에 놀라 손을 거뒀다. 손끝에 내내 머물던 감각이 사라졌다.

"그게 왜?"

"아니, 그냥. 둘이 무슨 이야기했는지 궁금해서. 너 주아랑 안 친하잖아."

권도형이 건반에서 거둔 손을 다리 위로 올렸다. 손가락이 사라지자 건반의 모습이 온전하게 드러난다. 곡이 시작하기 전처럼 긴장감이 도는 것도 같고, 곡이 끝난 후처럼 후련한 것도 같다. 기도하는 태연한 척 권도형의 대답을 기다렸다.

"친한데?"

빤히 눈이 마주치는데, 표정 관리가 되지 않고 있음을 기도하는 온몸으로 느꼈다. 안에서 알 수 없는 마음들이 충돌하며 불꽃을 만들어 냈다. 윤주아를 좋아한다고 말한 것도 아닌데 친하다는 그 말이 좋아한다는 말과 비슷한 타격감을 준 탓이다.

"친하다고? 윤주아랑 네가?"

의도치 않게 탐탁지 않은 목소리가 튀어 나간다. 권도형이 말없이 눈을 맞췄다. 무표정한 얼굴에 묘하게 불쾌한 기색이 스친다. 그 빛을 읽은 기도하는 순간 무언가 잘못되었음을 깨달았다.

"친구가 너밖에 없는 건 아니야."

권도형의 목소리가 낮게 울렸다. 아, 그건 그렇지. 그런 뜻이 아닌데. 기도하는 시선을 돌리고 입술을 물었다. 침묵이 불편하게 주위를 맴돌았다. 교복 치마의 체크무늬를 쳐다보다가 눈을 올렸다.

"그런데 너 말을 조금 짜증 나게 한다?"

"뭐가."

"말투가 조금 그렇잖아."

"네 말투가 어땠는지부터 생각해."

"내가 뭐? 내 말투가 어땠는데?"

그 순간 핸드폰이 징, 울었다. 권도형의 시선이 피아노 끄트머리로 향한다. 그곳에 기도하의 핸드폰이 있었다. 불이 켜진 액정에 전화를 건 사람의 이름이 떴다.

"전화는 너희 집에 가서 받아."

"야, 무슨 전화를 집에까지 가서 받아야 돼?"

"그만 가라는 뜻이야."

눈을 크게 뜨고 맹렬히 노려봤다. 씩씩거리면 어깨가 들썩이게 될까 흥분한 마음을 가라앉히려는데 쉽지 않다.

권도형이 피아노 덮개 위에 손을 얹었다. 피아노를 그만 치겠다는 뜻이다. 왜 갑자기 일이 이런 식으로 꼬여 버렸는지 모르겠다.

홱 고개를 돌린 기도하는 진동하는 핸드폰을 집어 들고 의자에서 일어났다. 간다는 인사도 없이 쿵쿵거리며 방을 나갔다. 신발장에 벗어 둔 운동화를 구겨 신으며 끈질기게 울리는 전화를 받았다.

"어. 민철아."

그러곤 그대로 현관문을 열고 권도형의 집을 벗어났다. 권도형의 집을 나와 바로 맞은편에 있는 현관문을 열었다. 쿵, 문을 닫고 방으로 들어가 침대에 벌러덩 누웠다. 권도형의 방과 위치는 같으나 가구의 배치가 조금 달랐다.

—나 좋아하는 애한테 고백할 건데 네가 좀 도와주라.

"아, 너 혼자서 해. 뭐 얼마나 성대하게 하려고 사람을 쓰냐."

—도와주라! 혼자서는 못한단 말이야. 준비할 거 개많아.

"귀찮아. 다른 애 불러. 순식이도 있고 경준이도 있잖아."

—안 돼…….

신민철이 답지 않게 소심한 목소리를 낸다. 분명 이건 뭔가가 있는데, 생각하는 순간 전화 너머에서 소리가 이어졌다.

—순식이랑 경준이도 좋아하고 있단 말이야. 이거 지금 비밀리에 하는 거야.

"뭐야? 그럼 순식이, 경준이, 너까지 셋 다 한 여자애를 좋아하고 있는 거야?"

—어……. 존나 서바이벌이야. 원래 빼빼로 데이에 고백하려고 했는데 그때는 너무 늦을 거 같아서 부랴부랴 한다. 그러니까 좀 도와줘.

한 사람의 사랑도 받기 어려운 판국에 여러 사람의 사랑을 받는 사람은 학교에 한 사람뿐이다.

"너 윤주아 좋아하냐?"

—어떻게 알았냐! 설마 소문났냐?

"짜증 나네. 윤주아만 사는 세상이야, 뭐야."

—주아 혼자 살지. 내 마음속에는.

심한 욕을 할까. 해도 될까. 기도하는 생각했다.

—이따 저녁에 전화하면 나와. 알았지?

그리고 또 생각했다. 신민철의 고백이 성공하면 현재 공석으로 남아 있는 윤주아의 남자 친구 자리가 채워진다. 권도형과 윤주아가 무슨 관계인지는 모르겠으나 두 사람 다 현재 사귀는 사람이 없다. 한 사람이라도 사귀는 사람이 있는 게 안전하다. 그게 권도형인 것보다는 윤주아인 게 낫다. 기도하는 바로 결정을 내렸다.

"어디로 가면 되는데?"

—학교 뒤에 공원 있잖아. 거기로 오면 돼. 거기서 고백할 거거든.

"그런데 주아한테도 연락했어? 걔가 나온대?"

—어, 온대. 아무튼 이따 전화하면 공원으로 와.

"알았어. 맨입으로 안 되는 거 알지? 뭐라도 하나 사라!"

수화기 너머로 신민철이 알았다며 깔깔 웃었다. 전화를 끊고 멍하니 천장을 봤다. 그러다 고개를 돌려 권도형의 집이 있는 쪽의 벽을 노려보다가 권도형에게 메시지를 보냈다.

오후 6:12 [야 오늘 저녁에 학교 뒤에 있는 공원에서 보자]

신민철이 윤주아에게 고백하는 순간을 권도형도 함께했으면 했다.

"친구가 나만 있는 건 아니라고? 참 나. 윤주아가 남친 생기면 너랑 놀겠냐. 남친이랑 놀지."

[왜?] 오후 6:14

권도형에게 답장이 왔다. 메시지에서 권도형의 짜증 섞인 목소리가 들리는 것 같다.

오후 6:14 [할 말 있어]

핸드폰을 손에 쥔 채 천장을 봤다. 답장을 기다렸으나 핸드폰이 진동하지 않았다. 메시지를 씹겠다, 이건가. 아, 진짜 이거 엄청 기분 나쁘고 짜증 나네. 기도하는 입술을 삐죽거리다가 결국 핸드폰을 놨다.

그날 저녁, 기도하는 신민철의 연락을 받고 학교 근처 근린공원으로 나갔다가 기절하는 줄 알았다. 흰색 양초가 하트 모양으로 놓여 있었다. 심지에 붙은 불꽃이 바람에 일렁이다가 양초 몇 개는 불이 꺼졌다.

"야, 민철아."

너 윤주아한테 이런 식으로 고백했다가는 그냥 까이는 것도 아니고 거하게 까일 거다. 네 고백은 듣지도 않고 비명을 지르면서 뛰어가 버릴지도 모른다고. 당장 이 양초들을 모조리 치워 버리자, 말하려는데 신민철이 대뜸 하트에서 걸어 나와 기도하의 손을 잡았다.

"그래. 기도하. 우선 이거 들고 저 하트 안으로 들어가 봐."

"어? 아니, 야."

"얼른."

신민철이 기도하의 몸을 하트 안으로 떠밀었다. 그러면서 반짝이 가루를 뿌린 장미 꽃다발을 품에 안겨 줬다. 엉겁결에 활활 타오르는 양초 하트 안으로 발을 들였다. 불꽃이 작은데도 불구하고 지옥에 입성한 것만 같은 기분이 들었다.

큼큼, 목을 가다듬은 신민철이 주머니에서 무언가를 꺼냈다. 눈을 동그랗게 뜨고 보자 편지다. 이제 보니 근린공원에 사람이라고는 신민철과 자신뿐이었다. 혼자서는 못한다고 도와 달래서 나왔는데 이미 하트는 만들어져 있었고 불도 다 붙은 상태였다. 아, 설마…….

기도하가 불안한 눈으로 하트 밖에 선 신민철을 봤다. 신민철이 네 번에 걸쳐 접었던 편지를 펼치기 시작한다.

민철아, 너 그 주둥이 열기만 해……!

입을 벙긋 연 신민철이 긴장한 듯 숨을 뱉으며 손바닥을 바지춤에 닦았다.

“아, 긴장돼 죽겠다…….”

신민철이 혼자 중얼거렸다. 다른 손도 닦기 위해 편지를 반대쪽 손에 넘기다가 놓쳤다. 그 순간 바람이 크게 불었다. 촛불 두세 개가 꺼졌다. 편지는 바람에 실려 두둥실 날아갔다.

“어! 안 돼!”

놀란 얼굴로 크게 소리를 친 신민철이 잠깐만, 하고 외치더니 후다닥 편지가 날아간 방향으로 달렸다. 바람이 약을 올리는 것처럼 공원 밖으로 편지를 밀어냈다. 결국 화단 너머로 넘어가 버린 편지를 찾기 위해 신민철은 담을 넘었다.

무성한 안개꽃 안에 장미 몇 송이가 숨어 있는 꽃다발을 내려다봤다. 꽃다발 포장지에는 에펠탑이 촘촘하게 박혀 있고 파리, 러브 같은 영어 단어가 필기체로 날렵하게 프린트되어 있었다.

그러니까 지금 이거 뭐냐고. 윤주아 오기 전에 연습을 하는 건가? 아니, 진짜, 설마, 나를 좋아하는 건 아니겠지? 자신을 하트 지옥 안에 넣어 두기만 하고 아직 아무 말도 안 한 상태였다. 긴장된다는 말만 했지, 편지 한 줄 안 읽었다. 신민철의 의도를 파악하지 못한 기도하는 가만히 자리를 지키고 서 있을 수밖에 없었다.

나 언제까지 여기 이러고 서 있어? 신민철이 넘어간 담을 돌아볼 때였다. 핸드폰이 울렸다. 한쪽 손으로 꽃다발을 안고 주머니에서 핸드폰을 꺼냈다. 아까 메시지를 씹은 권도형이다. 전화를 받으려고 하는 순간 뚝, 끊어졌다.

공원으로 안 나와도 된다고 메시지를 보낼까 하다가 어차피 권도형이 답장도 안 했으니 나올 생각이 없다는 것으로 간주하고 관뒀다. 핸드폰을 주머니에 찔러 넣으며 고개를 들었다. 휘잉, 바람이 불고 촛불 한 개가 또 꺼진다. 그리고 기도하는 몇 미터 앞으로 다가와 서 있는 남자를 보았다.

"권도형?"

답장 안 하기에 안 나올 줄 알았는데. 근데 너 지금 타이밍 잘못 맞췄어. 아직 윤주아는 오지도 않았다고. 권도형을 향해 한 발을 내딛자 권도형이 한 걸음 뒤로 물러난다. 기도하는 하트 안에서 멈칫했다. 이제 보니 권도형의 표정이 조금 사색이 되어 있다. 뭐지?

그 순간 미끄럼틀 옆에 있는 가방에서 난데없이 벨소리가 울렸다. 돌아보자 신민철의 가방이다. 핸드폰을 가방에 넣어 뒀고 누군가 전화를 건 모양이었다. 벨소리가 나윤권의 '나였으면'이다. 하필 후렴구, 짝사랑의 절정으로 치닫는 가사가 소리 최대로 흘러나왔다.

—나였으면~ 그대 사랑하는 사람~ 나였으면

어, 뭔가 이상하다고 인지하는 순간 권도형이 한 걸음 더 뒤로 물러났다. 이거 지금 방금 전의 장면과 겹쳐지는 거 내 착각인가? 기도하는 공원에 들어서서 하트 촛불 안에 서 있는 신민철을 봤을 때와 지금의 상황이 매우 비슷하다고 느꼈다.

"야, 권도형."

그런 거 아니라고 말하려는데 갑자기 난데없이 걸음을 돌려 뛰어가 버린다. 기도하의 눈이 동그래졌다. 부리나케 달려가는 권도형이 어떤 의혹을 품고 가는지 너무나 잘 알 것 같아서 황당한 마음이 됐다. 그렇게 가 버리면 안 된다고!

하트 밖으로 뛰어나와 권도형의 뒤를 쫓았다.

"야! 잠깐만 서 봐! 그런 거 아니야!"

기도하가 크게 소리를 지르며 달렸다. 그 앞을 권도형이 뒤도 돌아보지 않고 속도를 내서 달리는 중이었다. 야밤의 질주였다.

달리기가 멈춘 곳은 아파트 계단에서였다. 엘리베이터가 꼭대기에 가 있어 계단으로 방향을 튼 권도형이 세 칸씩 계단을 밟고 올라오는 기도하에게 붙잡힌 것이다. 쉬지도 않고 달린 탓에 헉헉거리는 숨소리만 비상구 계단에 울려 퍼졌다.

"헉, 허어……. 진짜, 숨…… 숨차네."

권도형의 팔을 꽉 붙잡고 허리를 숙인 채 숨을 고르던 기도하가 고개를 들어 권도형을 본다. 벽에 등을 붙이고 선 권도형의 가슴이 크게 부풀어 올라갔다가 내려가는 걸 반복했다.

"야, 그런 거 아니야. 네가 오해한 거라고."

"뭐. 무슨 오해."

"아까 그거, 네가 생각하는 그런 거 아니야."

"그러니까. 내가 생각하는 그런 게 뭔데."

하, 씨……. 이 말을 자신의 입으로 뱉자니 너무 비참해지는 기분이다. 기도하는 숨을 고르며 고개를 숙였다. 권도형의 팔은 놓지 않은 채 잔뜩 흥분 상태인 마음을 진정시켰다. 대체 뭐라고 말을 해야 할까.

"너 내가 너한테 고백하려고 거기 서 있다고 생각하는 거 아니야?"

"……."

권도형이 침묵한다. 침묵은 가끔 암묵적인 긍정이다. 기도하는 공원에서 권도형이 발견한 것들에 대해 해명을 시작했다.

"너한테 고백하려고 촛불 켠 거 아니야."

달려오면서 엉망이 된 꽃다발이 종아리를 스쳤다. 너덜거리는 꽃잎이 힘없이 바닥으로 떨어졌다.

"이 꽃도 너 주려고 산 거 아니고."

이거 다 신민철이 준비한 거야. 걔가 윤주아한테 고백하려고. 다음으로 꺼낼 말은 이 말이었다. 그런데 갑자기 핸드폰이 울린다. 비상계단이 적막한 탓에 진동 소리가 크게 들렸다. 권도형의 시선이 기도하의 주머니로 내려간다.

무시하려고 하는데 전화가 끈질기게 걸려 왔다. 아, 전화 거는 놈 대체 누구세요.

"너 전화 와."

권도형이 말했다. 받을 생각은 없었는데 발신자라도 확인하기 위해 핸드폰을 꺼냈다. 신민철이다. 신민철이란 이름을 보는 순간 아차 싶은 생각이 든다. 바람이 불어서 양초 불이 몇 개 꺼졌다. 듬성듬성 불빛이 나가는 바람에 하트가 불완전했다. 그런데 지금 신민철이 준비한 꽃다발도 들고 와 버렸다. 도와주러 나갔다가 망친 꼴이 됐다. 아…….

"받아 봐."

안정적인 호흡을 되찾은 권도형이 무덤덤하게 말했다. 짧게 눈을 맞추다가, 고개를 숙이고 통화를 연결했다.

"어. 민철아."

—너 어디 갔어? 설마 도망갔냐? 내가 기다리랬잖아!

적막한 탓에 진동 소리도 크게 들리던 비상계단에 신민철의 목소리가 쩌렁쩌렁 울려 퍼진다. 몸을 슬쩍 돌려 권도형을 등지고 속삭이듯 말했다.

"야, 진짜 미안. 지금 바로 갈게."

—사랑한다고!

잘못 들은 줄 알았다. 안 들리는 것도 아닌데 수화기에 귀를 더 밀착시키며 고개를 기울였다.

"어?"

—내가 너 사랑한다고!

다고, 다고, 다고, 다고……. 신민철의 목소리가 수화기 밖으로 흘러나와 비상계단에 메아리를 만들었다. 지금 이거 윤주아 핸드폰으로 착각하고 있는 거 아닌가.

"야, 전화번호 다시 확인해. 끊는다."

인사를 듣지도 않고 통화를 종료했다. 이거 미친놈이네. 긴장된다고 난리를 칠 때부터 알아봤어야 했다. 전화를 잘못 걸어서 고백을 하면 어쩌자는 거야?

핸드폰을 주머니에 찔러 넣으며 돌아서는데 주머니에서 손을 빼기도 전에 핸드폰이 진동한다. 처음은 실수일 수 있는데, 두 번은 실수가 아니야. 기도하의 눈이 동그래졌다. 그 동그란 눈을 권도형이 무표정한 얼굴로 쳐다봤다.

아래에서부터 장미 냄새가 진하게 올라왔다. 몇 송이 없었는데, 것도 달려오면서 잎을 다 날려 먹었는데 향이 장난이 아니었다. 우웅, 우웅, 핸드폰이 계속 진동했다.

"전화 와."

"자, 장미 냄새 나."

핸드폰의 진동을 무시했다. 꺼내 보지 않고 다른 말을 하는 기도하를 권도형이 물끄러미 쳐다봤다. 진동이 멈췄다. 부재중으로 남았을 전화 한 통을 뒤로하고 상황을 정리하려는데 다시 핸드폰이 울기 시작했다. 진동 소리가 둘 사이에 흐르는 묘하고 불편한 기류를 이상한 방법으로 와해시킨다.

"안 받아?"

어. 안 받아. 기도하는 대꾸하지 않은 채 눈을 끔벅거렸다. 대체 어떻게 꼬인 줄도 모르겠는 이 상황을 풀어야 한다. 어디서부터 손을 대야 할지 몰라 말을 고르는데, 밖에서 고래고래 누군가 소리를 질렀다.

"도하야! 기도하아아!"

아니 이게 뭐야? 기겁하며 고개를 빼고 창문 밖을 봤다. 신민철이 이쪽을 향해 달려오고 있었다. 손에는 헬륨 풍선을 든 채였다. 이런, 미친.

"야, 나 먼저 간다."

권도형과 뭔가를 정리하기 전에 신민철부터 정리해야 했다. 저 존재를 이 아파트 단지 안에서 치워야 한다. 기도하는 다다닥 계단을 밟고 내려가 공동 현관을 박차고 나갔다.

"야! 신민철!"

"어? 도하야!"

옆 라인을 향해 달려가던 신민철이 방향을 틀어 달려온다. 헬륨을 주입한 풍선이 허공을 가르며 신민철을 따라왔다. 두 팔을 벌려 와락 안으려는 녀석의 귀를 잡고 성큼성큼 촛농이 떨어졌을 공원을 향해 걸었다.

"아아! 귀는 왜 잡아?"

"조용히 해. 가서 이야기하자."

"꽃은 왜 이래? 왜 갑자기 다 죽은 애들처럼 시들었어?"

"몰라. 너 때문이잖아."

손에 들고 있던 꽃다발을 신민철의 품에 퍽 안기고 계속 걸었다. 모든 일의 시작, 근린공원에서 신민철과 차근차근 대화를 해 보기로 했다.

공원에 도착하자마자 한 일이라고는 양초를 정리하는 일이었다. 양초를 줍고 바닥에 눌러 붙은 촛농을 나뭇가지로 긁어 청소했다. 누더기가 된 꽃다발과 헬륨 풍선을 챙겨 공원 안쪽에 있는 벤치에 앉았다. 적막이 흐른다.

"그러니까, 윤주아가 아니라 나를 좋아한다고?"

신민철이 고개를 끄덕인다.

"네 마음속에 주아 혼자 산다며."

"그거는 너 속이려고 그냥 한 말이고."

아, 하는 작은 탄식이 입에서 샌다. 신민철이 자신을 좋아한다니. 한 번도 의심해 본 적이 없었다. 대체 언제부터? 왜?

"너한테 편지 읽어 주려고 어제 밤늦게까지 책 읽어 가면서 썼는데."

신민철이 구겨진 종이를 주머니에서 꺼낸다.

"읽지 마."

"응……."

도저히 신민철의 편지 낭독을 두 눈 뜨고 들을 수는 없을 것 같아 막았다. 그런데 밤늦게까지 썼다는 편지를 안 받는 것도 예의는 아닌 것 같다.

"주면 집에 가서 읽을게."

"창피한데……."

쭈뼛거리던 신민철이 편지를 다시 접어 크기를 줄이고 건넨다. 편지를 주머니에 집어넣고 두 손을 깍지 꼈다. 신민철의 마음이 언제부터 시작했는지, 이유가 무엇인지 궁금했으나 구태여 묻지는 않았다. 궁금한 사실을 알았다고 해서 신민철에게 마음이 기울 일은 없기 때문이다.

기도하는 하늘을 올려다보며 어떻게 거절 의사를 표하는 게 좋을지 생각했다. 고백을 거절당하는 일이 얼마나 상처가 되는지, 밥맛을 떨어트리고 사람을 무기력하게 만드는지 요 근래 간접 경험으로 알게 됐기 때문이다.

"민철아."

"어?"

긴장을 했는지 신민철의 목소리가 갈라졌다. 다급하게 목을 가다듬는 모습이 왠지 모르게 안쓰럽다. 권도형을 마주하는 자신의 모습을 보는 것만 같아 그런 마음이 드는지도 모르겠다. 두 팔을 벌린 기도하가 덥석 신민철을 안았다. 그러고는 한 팔로 신민철의 등을 토닥토닥 두드렸다.

"진짜 미안하다."

기도하의 어깨 위에 턱을 댄 신민철의 눈이 동그래졌다. 미안하다는 기도하의 말을 바로 이해하지 못한 얼굴이었다.

"뭐가 미안해? 아까 그러고 가 버려서? 아니, 그런데 너 왜 갑자기 사라졌냐?"

기도하의 품에 안긴 채 신민철이 쫑알쫑알 떠들었다. 근사한 거절을 생각했던 기도하의 예상이 신민철의 주접으로 박살 난다. 두 팔을 풀고 상체를 뒤로 물리자 눈을 동그랗게 뜨고 있는 신민철의 얼굴을 마주하게 됐다.

"아, 갑자기 네 핸드폰 벨소리가 울려서."

"뭔 소리야. 그 소리에 놀랐다는 건가?"

"아무튼, 미안해. 나는 네 고백 못 받아 줘."

"헐! 왜?"

전혀 예상하지 못했다는 듯 신민철이 빽 목소리를 높였다. 그 반응이 기도하를 더 당황케 만들었다. 뭐야, 내가 넙죽 고마워하며 '우리 오늘 1일!' 할 줄 알았던 건가.

"왜긴. 너와 나의 마음이 같지 않기 때문이지."

"너 나 안 좋아해?"

기도하는 눈을 끔벅거렸다. 괜히 상처 주지 않겠다고 에둘러 말하다가 의미 전달은 되지도 않고 괜한 오해나 기대를 심어 줄 수도 있다.

"응. 안 좋아해."

"그럼 작년에 수련회에서 그건 누구였어?"

작년 수련회라면 기억하고 싶지 않은 기억뿐이었다.

"그게 뭔데?"

"진실 게임. 네가 키 작고 운동 못하는 사람 좋아한다고 했잖아."

그러니까, 그게 작년의 일이었다. 좋아하고 있는 사람의 특징 두 가지를 말하라는 질문에 기도하는 저 두 개를 말했다. 당연히 권도형을 생각하며 한 말이었다.

"어. 그런데 그거 너 아니야."

"이럴 수가……."

신민철의 고개가 좌절하는 사람처럼 툭 떨어진다. 믿기 어렵다는 듯 마른 얼굴을 쓸어내리며 홀로 심각한 기운을 뿜어냈다. 신민철의 어깨를 툭툭 두드렸다. 눈이 마주친다.

"미안해. 나는 너 진짜 좋은 친구라고 생각해."

"그래……. 아, 씨발, 쪽팔려."

신민철이 고개를 돌리며 얼굴을 가렸다. 왠지 남 일 같지 않아 기도하는 고백을 받았는데도 고백을 받은 사람의 입장보다는 거절당하는 신민철의 입장이 더 가깝게 느껴졌다. 나도 고백하면 이렇게 될까. 이것이 내 미래인가.

한숨을 뱉으며 하늘을 올려다봤다. 신민철의 시선은 땅에 뭐라도 붙여 놓은 사람처럼 올라올 줄을 몰랐다. 밤하늘이 맑고 쾌청하다.

"꽃은 가져가. 어차피 너 주려고 샀어. 꽃잎이 하나도 안 남아 있네."

자리에서 일어난 신민철이 꽃다발을 건넸다. 받아 들자 옆에 있던 풍선도 건넨다.

"혼자 이거 들고 가면 쪽팔려서 안 돼. 이것도 네가 들고 가."

"알았어."

풍선을 묶은 끈을 잡았다. 준비한 것을 모두 건넨 신민철이 인사도 없이 공원을 벗어났다. 신민철이 가고도 얼마간 공원 벤치에 앉아 하늘을 봤다.

"기분 왜 이래."

마음이 어수선했다. 일어나 엉덩이를 털고 꽃다발과 풍선을 챙겼다.

신발을 바닥에 끌며 걸어가는 길, 풍선의 매듭을 풀어 헬륨을 마셨다.

"아아."

이상한 목소리가 나오자 까르르 웃음이 터진다.

"내 목소리 왜 이래!"

헬륨에 변조된 음성 때문에 웃음이 터졌다. 웃음소리마저 이상했다. 풍선의 주둥이를 잡고 헬륨을 한 모금 마시는데 쓰레기봉투를 들고 캐노피를 나오는 권도형이 보였다. 핸드폰을 들여다보다가 주머니에 집어넣은 권도형이 고개를 들었다. 자연스레 눈이 마주쳤다.

멈춰 서서 걸어오는 권도형을 봤다. 권도형의 걸음이 점점 느려지더니 앞에서 멈춰 선다. 시선이 기도하가 한 손에 들고 있는 꽃다발로 향하는 게 보였다.

"민철이가 줬나 보네."

"어? 어."

헬륨 먹은 목소리가 튀어나와 기도하는 헙, 하고 입을 다물었다. 권도형의 시선이 꽃다발에서 얼굴로 올라온다.

"그래서, 사귀기로 했어?"

입을 다물고 고개를 저었다.

"왜?"

대답을 할 수가 없었다. 입을 열면 이상한 목소리가 우스꽝스럽게 튀어 나갈 게 뻔했다. 어색한 침묵이 흐른다. 꼴깍, 침을 삼키고 작게 목소리를 내보려는 순간 권도형이 멈췄던 발을 뗐다.

"아니야. 말 안 해도 돼. 별로 안 궁금해."

그러곤 그대로 지나쳐 갔다. 잠시 멍한 얼굴로 눈을 끔벅이다가 뒤를 보았다.

"야, 권도형!"

할 말은 해야겠다고 생각해서 입을 열었는데 망할 헬륨 때문에 말을 잇지 못했다. 꼴이 너무 우스웠다.

"왜?"

이 이상한 목소리를 듣고도 권도형은 작은 웃음조차 짓지 않았다. 왜 안 궁금한데? 어? 어떻게 하나도 안 궁금할 수가 있어? 속에서만 말이 튀어나왔다.

"뭐야. 할 말도 없으면서."

입을 꾹 다물고 얼굴을 찌푸리자 권도형이 싸늘하게 말을 내뱉고 가 버린다.

점점 멀어지는 권도형의 뒷모습을 기도하는 멍하니 봤다. 풍선을 잡고 있던 손가락을 느슨하게 풀자 헬륨이 샜다. 풍선이 주먹만큼 작아졌을 때 주둥이를 다시 꽉 잡았다. 권도형이 돌아오기 전에 엘리베이터를 타기 위해 걸음을 빠르게 옮겼다.

엘리베이터에 올라탄 기도하는 닫힘 버튼을 누르고 층수를 눌렀다. 벽에 등을 기대고 맞은편에 있는 거울을 보다가 풍선을 들었다. 입에 물고 남은 헬륨을 모조리 삼켰다.

별로 안 궁금해.

권도형이 했던 말소리가 헬륨을 주입한 것처럼 두둥실 올라 엘리베이터 천장을 뚫지 못하고 머리 위에 머물렀다. 도착한 엘리베이터 문이 열려 몸을 돌렸다. 의식적으로 권도형의 집을 쳐다보지 않고 바로 현관문 앞에 섰다.

네가 나를 궁금해하지 않는 거, 그거 나한테 되게 상처야.

현관문을 열고 들어가자 집에 불이 켜져 있다.

"다녀왔습니다."

변조된 목소리가 제 마음도 모르고 괴상하게 튀어나왔다.

권도형에게 친근함을 잃은 건 꽃다발을 손에 들고 촛불에서 뛰어나와 달리던 기억이 머릿속에서 떠나지 않기 때문이었다. 당시에는 오해를 풀어야 한다는 생각뿐이었는데 시간이 가면 갈수록 고백의 순간을 피하기 위해 달려가던 권도형의 뒷모습이 가슴에 대못처럼 박혔다.

야밤의 질주 같은 그 달리기를 생각하면 초라해지다가도 화가 나고 서운하다가도 서러웠다. 그날 최선을 다해 달린 탓에 떨어져 버린 꽃잎이 어쩌면 권도형을 좋아했던 제 마음이었을 수도 있다. 언젠가 권도형도 자신을 좋아할 거라는 기대였을 수도 있다.

달려가던 권도형을 붙잡아 너한테 고백하려고 했던 거 아니라고 말하고 나니 남는 게 아무것도 없었다.

기도하는 답지 않게 급식을 맛없게 먹었다. 그 모습을 친구들이 의아하게 쳐다봤다.

"뭐야. 너 아까 매점에 가서 뭐 먹었어?"

앞에 앉은 강은서가 묻는다.

"아니. 안 먹었는데."

"그런데 무슨 밥을 돌 씹듯 먹어?"

"그냥. 밥맛 없어."

그 말에 아이들의 입이 벌어진다. 황당한 말을 들었다는 표정으로 시선을 주고받았다.

"나도 밥맛 없는 날 있거든요."

아이들의 표정을 읽고 기도하가 말했다. 그러곤 숟가락을 놨다. 진짜 밥맛이 없었다. 강은서의 말대로 돌을 씹는 기분이었다. 뭘 씹고는 있는데 아무런 맛도 느낄 수가 없었다. 엄마가 등짝을 후려칠 때마다 주식은 팔기 전까지 잃은 게 아니라며 버티는 자가 이기는 거라고 말하던 아빠가 생각났다.

기도하는 그런 아빠를 보며 고백하기 전까지 짝사랑은 실패하지 않는 것이니 적당한 때가 올 때까지 버틴다, 하고 굳게 다짐했었다.

그런데 매수 금액보다 평가 금액이 현저히 낮은 주식은 죽는 순간까지 손익이 안 날 수도 있다. 평가 손익이 파란색인 것만 보다가 생을 마감할 수도 있다. 짝사랑도 그렇다. 적당한 때가 안 올 수가 있다. 그렇게 졸업에 졸업을 거듭하며 성인이 되고 청년, 중년, 노년이 오겠지. 버틴다고 능사가 아닌 것이다. 그건, 그냥 망한 거다.

아, 존나 우울한 결말이네.

기도하는 후식으로 나온 요구르트를 벌컥벌컥 마셨다.

식판을 정리하고 나가는 길, 급식실 앞에서 빤히 자신을 쳐다보다가 시선을 돌리는 윤주아를 봤다. 친구들끼리 속닥거리더니 이쪽을 다시 한번 봤다. 뭐냐, 기분 나쁘게. 노골적인 시선에 기도하는 걸음을 윤주아 쪽으로 옮겼다.

"나한테 뭐 할 말 있어?"

"어?"

윤주아가 고개를 돌리더니 자신에게 올 줄은 몰랐다는 듯 미세하게 웃는다.

"아니, 할 말 있는 것처럼 쳐다보길래."

"없는데?"

"그래? 그런데 그렇게 사람 쳐다보면서 속닥거리면 오해하잖아. 나는 또 내 이야기라도 하는 줄 알고. 아니면 됐어.”

윤주아가 헛웃음을 지었다. 퍽 기분이 좋은 표정은 아니었으나 할 말을 끝냈으니 더 이상 나눌 대화가 없어 몸을 돌렸다. 방향을 틀어 걸어가는데 뒤에서 말소리가 들린다.

“저런 성격인데 도형이가 무서워서 여자 친구 사귀겠냐고.”

걸음이 그 상태로 뚝, 멈춰 섰다. 설 수밖에 없는 말이었다. 권도형의 이름만 들어가도 온 신경이 쓰이는데 권도형의 연애가 자신 때문에 제대로 굴러갈 수 없다는 황당한 의견에 순간 심기가 확 뒤틀렸다.

“야, 방금 그거 내 이야기야?”

“어? 뭐가?”

“저런 성격. 그게 내 성격이냐고.”

“귀도 밝네…….”

옆에서 윤주아의 친구가 중얼거리는 말이 뒤틀린 심기에 기름을 부었다. 기도하의 눈이 매서워진다.

때마침 급식실을 나온 신민철이 분위기가 왜 이렇게 살벌하냐고 속삭이자, 기도하의 뒤에 있는 강은서가 불똥 튀기 싫으면 닥치라며 경고를 날렸다.

기도하가 한 걸음 더 다가가 윤주아 앞에 섰다.

“할 말 있으면 하라고 판 깔아 줬더니 왜 사람 돌아서니까 해? 박자감이 그렇게 없어서 피아노는 어떻게 쳐?”

“네 이야기 안 했는데? 과대망상이야, 뭐야?”

"저런 성격인데 도형이가 무서워서 여자 친구 사귀겠냐고. 야, 은서야. 너도 들었지?"

고개를 돌리고 뒤에 선 강은서를 쳐다보자 그녀가 고개를 끄덕인다.

"진짜 내 이야기 한 거 아니라고?"

"어. 아니야."

윤주아가 눈을 부릅뜨고 기도하를 봤다. 그 뻔뻔한 낯짝에 기도하가 실소를 터트렸다.

"그럼 누군데?"

"내가 그걸 너한테 왜 말해야 돼?"

기가 막히고 코가 막히네. 점점 유치해지는 말싸움에 기도하는 한숨을 뱉었다. 초등학교 때 이후로 이렇게 무논리의 머리 박치기식의 말다툼은 오랜만이다. 이런 싸움은 실속은 없고 기력만 오지게 썼다. 됐다. 너 이겨서 뭐 한다고.

"그렇게 말하면 대놓고 사람 안 깐 거 같아서 네 기분이 좀 나아? 됐다."

기도하는 윤주아의 얼굴을 흘겨보고 걸음을 돌렸다. 그리고 급식실 앞에 서 있는 권도형을 발견했다. 이제 막 나왔는지 같이 밥을 먹은 친구들이 뒤이어 걸어 나왔다.

"왜 그래?"

권도형이 물었다. 아까 신민철이 입을 열었을 때 강은서가 불똥 튀기 싫으면 닥치라고 했다. 강은서는 예지력이 좋았다.

불똥이 결국 어느 방향으로 튀긴 튄다.

“몰라. 네 친구 윤주아한테 물어 봐. 나도 모르겠으니까.”

‘존나 짜증 나!’ 하고 악을 지르고 싶은 걸 꾹 참고 성큼성큼 걸었다. 욕도 못 하고 소리도 못 지르고 안에서 화만 부글부글 끓었다. 권도형과 윤주아가 같이 붙어 있던 순간을 목격했던 때가 주르륵 지나갔다.

대체 둘이서 무슨 이야기를 했기에. 아니면 권도형이 내 이야기를 하며 한탄이라도 했나. 것도 아니면 윤주아 혼자 저러는 건가. 머리가 복잡했다. 분출구를 찾지 못한 화가 폭발하지 못하고 안에서 위험하게 들끓었다.

그리고 문제는 그날 오후에 터졌다. 박두식이 개인 SNS에 올린 작년 수련회 사진이 문제였다.

수련회 마지막 날 풍등을 날렸다. 풍등을 날리기 전 권도형이 눈을 감고 기도하는 모습을 박두식이 사진 찍었고, 그것을 이때로 되돌아가고 싶다는 문구와 함께 SNS에 게시했다. 문제는 해시태그에 있었다.

#수련회 #풍등 날리기 #맛집 #친구 #감성 #기도하는 권도형

ㄴㅋㅋㅋㅋㅋㅋ님 맛집 사진 없는데요?

ㄴ풍등 맛집

ㄴ도형이 얼굴이 맛집임

ㄴ헐;;; 이게 작년? 존나 오래 된 거 같은데

ㄴ도형이 사진 올리고 너인 척 ㄴㄴ

ㄴ기도하는 권도형 뭐냐ㅋㅋㅋㅋㅋㅋ존나 말 되게 써 놨네

ㄴ#을좋아한대요

ㄴㅅㅂ 노렸네ㅋㅋㅋㅋㅋㅋㅋㅋㅋㅋㅋㅋ

ㄴ하지만 도형이는,,

ㄴ너 이거 도하한테 걸리면 뼈도 못 추림 살고 싶으면 지워라ㅠㅠ

ㄴ잘 가라 두식

핸드폰에 설치한 애플리케이션이라고는 카카오톡과 네이버 지도가 전부인 기도하는 제 이름이 댓글에 거론되었다는 것을 강은서를 통해 알게 됐다.

"이 씨발놈들이."

강은서가 보여 준 게시물을 보자마자 기도하가 뱉은 말이었다. 기도하는 댓글을 남긴 아이디를 하나하나 눌러 신원을 파악했다. 맛집 이야기한 아이들은 빼놓고 권도형과 자신의 이야기를 우스갯소리로 지껄인 아이들을 족칠 생각이었다.

"고강우, 위현식 몇 반이지?"

"6반."

기도하가 눈을 번뜩이며 교실을 나섰다. 성큼성큼 걷다가 화가 솟구쳐 복도를 달렸다. 6반 교실로 들어서자 뒤에서 말뚝

박기를 하고 있는 무리가 보였다. 제일 뒤에 수그리고 있는 놈이 '을좋아한대요'를 쓴 고강우, 그 앞에 수그리고 있는 놈이 '하지만 도형이는'을 쓴 위현식이었다.

"야, 안 하고 뭐 해!"

고강우가 소리쳤고, 그 뒤에 선 기도하가 발을 올려 고강우의 무릎 뒤쪽을 찍어 눌렀다. 절로 무릎이 구부러지며 몸이 무너져 내린다. 다리 사이에 머리를 박고 있던 탓에 줄줄이 중심이 무너지며 교실 바닥을 굴렀다.

"씨발, 뭐냐!"

고강우가 머리를 홱 들고 뒤를 봤다. 거기에 기도하가 살기를 뿜으며 서 있었다.

"씨발, 나다."

"뭐, 뭔데?"

"내가 너한테 누구 좋아한다고 말했던 적 있어?"

고강우가 눈을 끔벅이다가 미간을 찌푸린다. 기도하가 왜 왔는지 이유를 알아차린 위현식이 슬그머니 일어나 교실을 나가려고 하자 기도하가 고개를 돌려 봤다.

"현식아, 대답하고 가야지."

"어?"

고강우, 위현식은 같은 초등학교를 나와 기도하의 시 낭송부터 리코더 연주의 역사를 함께했다. 그리고 그 둘은 기도하와 같은 태권도장을 다녔다. 신민철이 태권도장에서 겨루기를 할 때마다 소리로 상대를 반은 죽여 놓는 기도하를 봤다면, 고강우와 위현식은 바로 그 소리에 반 죽었던 겨루기 상대였다.

"두식이 계정에 너희들이 댓글 달았잖아. 기도하 어쩌고. 너희들이랑 말 안 섞은 지도 몇 년 된 거 같은데 잘 아는 것처럼 써 놔서."

"뭐? 기도하는 권도형, 그거?"

"어."

"아니, 그런데 맞긴 맞잖아."

고강우가 소심하게 답하며 일어났다.

"맞긴 맞잖아?"

기도하가 눈을 치켜뜬다.

"그거 너무 너희들 추측 아니냐?"

"아니, 옛날부터 너랑 권도형 보면……."

"그건 그냥 네가 보고 느낀 거잖아! 감상은 네 일기에다가 써! 이 빡대가리야!"

"왜, 왜 소리를 지르고 그러냐?"

"대가리 없어? 나는 핸드폰 없냐? 댓글에 남의 이야기 쓰는데 당사자가 보면 기분 나쁠 거라는 생각은 안 들든?"

"트, 틀린 말 아니니까!"

"나한테 돌려차기 맞고 코피 터져서 울면서 집에 간 게! 너 지린 이야기도 내가 해?"

약점을 잡는 말에 고강우의 눈이 동그랗게 커진다.

"그 이야기가 갑자기 왜 나와!"

"이건 팩트! 어? 틀린 말 아닌데 너도 기분 존나 나쁘지? 씹, 왜 하나는 알고 둘은 몰라? 지금 말뚝 박을 때냐? 어? 들어가서 댓글이나 지워!"

그렇게 기도하는 댓글의 주범들을 찾아 교실을 돌아다녔고 학교가 울릴 정도로 큰 소리를 내며 싸운 탓에 소문이 빠르게 퍼졌다.

공격적인 해시태그로 인해 팔로워가 많은 박두식이었다. 노골적으로 올린 댓글을 이미 많은 아이들이 본 상태였고, 댓글을 지우라고 해 봤자 아무런 소용이 없었다. 댓글이 지워지면 뭐 하나. 어차피 모두 다 봤는데.

기도하는 자리에 앉아 창밖을 봤다. 기도하는 권도형을 좋아하는데, 권도형은 기도하를 안 좋아한다. 이게 두 사람을 바라보는 아이들의 시선이라는 것을 깨달았다.

참 나. 사귀어 달라는 것도 아니고 좋아해 달라는 것도 아니고, 그냥 좋아하기만 했는데 이런 일이 생기네. 애먼 곳에서 제동이 걸린 짝사랑에 기도하는 황당하기만 했다.

선생의 부재로 자습이 주어졌다. 한 손에 연필을 쥐고 낙서를 끼적이던 기도하는 무너져 내리는 것처럼 책상에 엎드렸다. 한 팔을 쭉 뻗어 머리를 댔다. 머릿속이 복잡하고 속은 꽉 막힌 것처럼 답답하다. 자꾸만 아이들이 쓴 댓글이 떠올랐다. 권도형과 자신의 관계를 단정 짓는 시선이 시뻘건 눈처럼 머릿속에서 번뜩였다. 제발 이제 그만 생각하자. 다른 생각해, 하며 스스로를 다독여 봤지만 몸과 마음이 좀처럼 아이들이 썼던 댓글 외에 다른 생각을 하게끔 틈을 내어 주지 않았다.

공연히 창문 아래 위치한 벽을 바라보는데 눈물이 핑 돈다.

내가 뭘 그렇게 잘못했다고. 왜 사람 마음을 가지고 그렇게 놀려? 눈치챘으면 닥치고 응원이나 하던가. 왜 채 숨기지 못한 감정을 지들 농담 따 먹는데 써 먹냐고.

"씹새들……."

나지막이 뱉은 말소리에 주변에 있는 아이들의 눈이 동그래진다. 흘긋 고개를 돌려 등을 지고 누워 있는 기도하를 보더니 서로 시선을 주고받았다.

'그 사진 때문이지? 두식이가 올린 거.'

'어. 그런데 그 아래 달린 댓글 때문에 더 빡친 듯.'

'아, 그거. 그런데 솔직히 이름이 졸라 절묘하게 맞아 떨어지긴 했어.'

벙긋거리며 소리 죽여 속삭이던 아이들이 순순히 고개를 끄덕이며 인정했다. 부서져 들어오는 햇살에 기도하는 눈을 찡그리다가 감았다. 눈가에 그렁그렁 차오른 눈물이 눈꺼풀에 짓눌리며 흘러내린다. 고체 향초에 열을 가한 것처럼 콧물이 묽어졌다.

고개를 돌려 팔뚝에 눈물을 찍어 닦은 기도하는 킁, 하고 코를 먹었다. 그 소리에 시선을 다시 책으로 던졌던 아이들이 고개를 들고 기도하를 봤다. 그러곤 믿을 수 없다는 얼굴로 시선을 교환하며 입을 벌렸다.

'설마, 도하 우는 거?'

'그냥 코 먹는 거 같은데.'

'그런가?'

그 순간 킁, 하고 기도하는 코를 한 번 더 먹었다. 아이들의 눈이 이제 확신으로 물든다.

'맞잖아. 울어. 지금.'

'대박…….'

기도하의 자리에서 오른쪽 대각선에 앉은 윤정우는 종이 치는 동시에 흘긋 누워 있는 기도하의 뒤통수를 보고는 옆 반으로 넘어갔다. 그러곤 단짝인 김민의 책상에 걸터앉아 말했다.

"야, 우리 방금 자습이었는데 도하 울었다."

김민과 윤정우는 화장실에 가기 위해 교실을 나와 복도를 걸었다. 걸어가는 길에 복도를 뛰어다니는 고강우를 발견했다.

"재 뭔데 저렇게 처웃고 있냐."

"내 말이."

"덜 맞았네."

쯧쯧, 혀를 차며 화장실로 들어갔다. 그러곤 몇 분 뒤, 화장실에서 이서윤이 나왔다. 손에 묻은 물기를 털어 내며 교실로 들어가 옆에 앉은 친구에게 물었다.

"야, 오늘 도하랑 애들 무슨 일 있었어?"

"너 몰라? 아까 도하가 교실 돌아다니면서 박두식 계정에서 자기 이야기한 애들 다 털었잖아."

"왜? 애들이 욕했어?"

"아니. 그냥 놀렸어."

대답을 하던 아이가 앞쪽을 눈짓하며 목소리를 줄였다.

"좋아한다고……."

속삭이듯 말하자 이서윤이 고개를 돌려 앞에 앉아 있는 남자애의 뒤통수를 본다. 그러곤 아, 하는 짧은 음성을 흘리며 고개를 끄덕였다.

"대놓고 그렇게 썼다고? 미쳤다."

"어. 박두식이 하필 해시태그를 이상하게 써 가지고."

"그런데 그건 진짜야? 진짜 좋아한대?"

"모르지. 그냥 해시태그가 그래서 뒤에 아무 말이나 붙인 것 같던데. 또라이들. 나 같아도 짜증 날 듯."

"걔네 반 애들이 그러는데 아까 혼자 울었대."

"박두식?"

"아니. 도하."

속삭이고 있었지만 신경 써서 귀를 기울인 탓에 무슨 말을 하는지 전부 알아들었다. 권도형은 턱을 괸 채 한 손으로 연필을 굴리다가 고개를 들었다. 생각해 보니 쉬는 시간인데도 기도하가 복도를 지나가지 않았다. 울고 있어서 그랬던 건가.

연필을 놓고 주머니에서 핸드폰을 꺼냈다. 몇 번 액정을 두드리자 기도하의 대화 창이 뜨며 그간 나눴던 대화가 주르륵 불려나온다. 열긴 열었는데 어떤 말을 해야 할지 모르겠다.

울었냐? 그건 놀리는 것 같았다. 신경 쓰지 마, 하기에는 너무 안일한 태도처럼 느껴졌다.

고민하는 사이 시작종이 울린다. 결국 권도형은 아무런 문장도 입력하지 못하고 핸드폰을 도로 주머니에 집어넣었다.

속이 왠지 모르게 거북하다. 박두식이 제 사진을 올렸다는 사실을 기도하가 온 교실을 뒤집은 뒤에야 알았다. 저 또한 SNS를 하지 않아 알 길이 없었고 말해 주는 이도 없었다. 기도하가 교실을 돌아다니며 댓글을 지우라고 악을 쓰고 다닌 뒤에야 누군가 다가와 '야, 너랑 도하도 진짜 피곤하겠다. 새끼들이 왜 저러나 몰라' 했다.

하필 기도하가 그러고 있을 때 담임의 호출로 교무실에 있었다. 밖에서 무슨 일이 일어나는지 당연히 알 수가 없는 곳이었다. 무슨 말인지 모르겠다는 얼굴을 하자 친구가 눈을 동그랗게 뜨며 그렇게 큰 소리가 났는데 왜 모르냐면서 줄줄이 사건을 읊었다.

그 말을 들을 때만 해도 불쾌하거나 불편하지 않았다. 종종 있었던 일이었고, 도형은 늘 무심하게 아이들의 이야기를 넘겼다. 이런 이벤트 뒤에는 늘 도하가 나타나 아니라고 바락바락 악을 쓰며 성질을 부리기는 했으나 눈물을 보인 적은 없었다.

강철 도하가 울다니. 도형의 속내가 이제야 불편함을 느낀다.

권도형은 얼굴을 굳히며 표정을 지웠지만 수업 시간 내내 집중이 안 됐다. 어렸을 때부터 지독히도 겪는 일이었다. 사람이 사이가 가까우면 붙어 있을 수 있는 건데, 별다른 이유가 필요한 것처럼 사람들은 꼭 둘 사이에 어떤 감정을 밀어 넣었다.

어렸을 때는 말없이 옆에 있는 자신을 기도하의 졸개로 전락시키고, 머리가 조금 크자 그 가운데 사랑을 심는다. 그런 게 아니면 이 관계가 설명되지 않는 것처럼.

며칠 전이었다. 학원에 있는데 윤주아가 불쑥 도형이 연습을 하고 있는 방문을 열고 들어왔다. 그러더니 도형이 연주하고 있는 악보를 보며 자연스레 말을 붙여 왔다.

"에델바이스? 네가 치기에 너무 쉬운 거 아니야?"

"별로."

"별로라고? 너무 겸손한 거야?"

그 말에 도형은 대꾸 않고 윤주아를 올려다봤다. 용건만 말하고 가라는 식으로 보자 윤주아가 생긋 웃었다.

"이번 음악 수행 평가 설마 이 곡이야?"

"아니야."

"나는 아라베스크 1번 하려고 하는데, 선생님이 네가 그 곡 잘 친다고 하더라. 그래서 말인데, 나 좀 알려 주면 안 돼?"

"학원에 왜 돈을 내고 다니는데. 선생님한테 알려 달라고 하면 되겠네."

"뭐야, 너무해."

윤주아가 투덜거리며 도형의 옆에 엉덩이를 밀어 넣으며 앉았다. 거리가 가까웠으나 도형은 옆으로 물러나지 않으며 윤주아를 봤다.

"그럼 그냥 한 번 듣기만 할게."

"……."

왠지 모르게 피곤했다. 그러나 너무 매몰차게 싫다고 하는 것도 정 없어 보이는 것 같아 도형은 눈썹 끝을 매만졌다.

"다음에."

"치. 그냥 좀 한 번 쳐 주지."

"악보가 없어."

"외웠잖아."

알고 하는 소리인지, 그냥 던져 본 말인지 알 수 없었으나 도형은 대꾸하지 않았다.

"그럼 다음에 꼭 들려줘."

윤주아의 말에 도형은 고개를 끄덕였다.

그렇게 윤주아가 가고 며칠 뒤, 학원을 나서는 길에 엘리베이터 앞에서 윤주아를 만났다. 어디 사는 줄 몰랐으나 걸음을 같이 하기에 묻지 않고 걸었다.

오늘 시간표가 겹친 반과 합동 체육을 했는데 그 반에 도하가 있었고, 피구를 했는데 통키인 줄 알았다고, 그런 불꽃 슛을 본 적이 없다는 이야기를 했다. 그 말에 저도 모르게 웃음이 터졌다.

"아니 막 두 눈에도 불꽃이 일더라니까. 목숨 건 것 같았어."

"도하가 승부욕이 좀 있지."

"조금 있는 정도가 아니던데? 나도 도하가 던진 공에 맞아서 아웃됐다니까. 진주는 도하가 던진 공 받으려고 덤볐다가 팔에 멍들었어."

사정없이 공격을 퍼부었을 도하를 생각하자 얼굴에 번진 웃음이 좀처럼 사라질 기미가 보이지 않았다. 어렸을 때부터 체육 시간만 되면 몸을 사리지 않고 전투적인 자세를 보이는 게 기도하였다.

초등학교 체육 대회 때 줄다리기를 했는데, 선두에 기도하가 섰다. 선두는 대부분 덩치 큰 아이들이 서기 마련인데 그 작고 마른 애가 앞에 서서 팔을 걷어붙이고 줄을 쥐는 모양새가 대단하고도 웃겼다. 그때를 생각하자 다시 웃음이 난다.

"진짜 웃기지."

계속 웃는 도형을 보며 윤주아가 말했고, 도형은 그제야 표정을 갈무리하며 웃음을 지웠다.

"그런데 너 이 방향이야?"

아파트 정문까지 걸음을 같이 하는 윤주아를 보며 물었다.

"응."

"여기 살아?"

"아니, 친구 집 가는 거야. 내가 오늘 너 데려다준 게 됐네. 다음에는 네가 나 데려다줘."

"논리가 이상하다."

"그런가?"

윤주아가 까르르 웃었다. 그러고는 학교에서 보자는 인사를 남기고 옆으로 길을 돌아갔다.

그날 집으로 가는 엘리베이터 앞에서 기도하를 만났다. 계란 판을 엉성하게 들고 있는 게 뛰어온 폼이었는데 왠지 모르게 기분이 묘했다.

신민철이 도형에게 기도하가 좋아하는 것을 물었던 적이 있었다. 낌새가 이상하다 싶었는데 뜬금없이 '나 도하 좋아해' 하고 속을 털어놨다.

친한 사이도 아닌데 이런 말을 제게 하는 의중이 단번에 읽혔다. 왠지 모르게 심기가 뒤틀렸다. 그래서 윤주아를 이용했던 건지도 모른다. 도하가 윤주아를 신경 쓰고 있는 걸 알았다. 그런데 계란을 다 날려 먹고 달려온 기도하를 보고 있자니, 방법이 잘못됐다 싶었다.

그래서 청소 시간, 할 말이 있다는 윤주아의 부름에 순순히 응했다. 도형도 할 말이 있던 참이었다.

"애들이 자꾸 너랑 도하 엮는데, 너는 안 싫어?"

"너무 많이 들어서, 이제 아무 생각도 안 들어."

"그래도. 괜히 그 소문 때문에 애들이 너한테 좋아한다고 말을 못하는 거래."

윤주아가 아이스크림을 빨아 올리며 말했다.

"좋은데."

"좋다고?"

"피곤한 일이 안 생기잖아."

"그게 뭐가 좋아. 그런 애들 중에 네가 좋아하는 애가 있을 수도 있는데."

그 말에 도형은 작게 웃었다.

"글쎄."

묘한 대답에 윤주아의 표정이 조금 굳었다.

"뭐야, 반응. 누가 보면 네가 도하 좋아하는 줄 알겠다."

"누가 어떻게 보든 신경 안 써. 아무 말 안 해도 다들 알아서 생각하던데, 뭐."

"그러니까 말을 해야지. 아니라고. 도하는 아니라고 하던데, 왜 너는 안 해?"

도형은 아이스크림을 베어 물고 입안에서 차게 녹이다가 느리게 입을 열었다.

"내가 너랑 왜 이런 이야기를 하고 있어야 돼?"

베어 문 아이스크림만큼이나 냉한 목소리였다. 급 차가워진 기운을 윤주아도 눈치챘다.

"기분 나빴어?"

"이런 이야기 하는 애치고는 남 기분 생각하는 사람 별로 없던데."

"……."

자신을 저격하는 듯한 말에 윤주아의 얼굴이 완전 굳었다.

"먹고 들어가. 나 먼저 갈게."

할 말이 있었지만, 왠지 이 정도로도 의미 전달은 된 것 같아 도형은 다 먹은 아이스크림 막대를 들고 벤치에서 일어났다.

윤주아의 개입으로 도하와의 사이에 조금의 이변이 생긴 것 같았으나, 이제 다시 원점으로 돌아올 터였다. 도형은 그렇게 생각했다. 주변에서 둘 사이를 오해하고, 도하는 부인하고, 그렇게 아무런 일이 없었다는 듯 넘어가고. 그러는 줄 알았는데. 원점이 아니라 새로운 장막이 열린 기분이다.

교실 앞문이 드르륵 소리를 내며 열렸다. 선생이 들어오자 조금 소란스럽던 교실에 일절 침묵이 흐른다. 그 속에서 권도형은 새까만 활자들을 내려다봤다. 안에서 무언가 팽창하여 늑골을 압박하는 것만 같다. 이유 모를 한숨을 뱉으며 다시 연필을 쥐었다. 할 수만 있다면 새까만 활자들을 전부 지워 버리고 싶다.

마지막 교시가 끝났다. 가방을 챙겨 든 권도형은 교실을 나가 복도에 섰다. 기도하의 교실이 있는 방향으로 몸을 틀었다. 다른 아이들보다 조금 늦게 나온 탓에 복도가 휑했다. 원래라면 이 복도를 기도하가 걸어와야 맞다. 자신을 향해 손을 번쩍 흔들고 뛰어와야 하는데 모습이 보이지 않았다.

걸음을 옮겨 기도하의 교실 앞에 섰다. 슬쩍 고개를 내밀어 교실 안을 들여다보는데 기도하의 모습이 보이지 않았다.

"누구 찾아?"

느리게 교실을 나서는 아이가 권도형을 보고 물었다. 무표정한 얼굴로 눈을 깜박이자 교실 끝에서 강은서가 입을 연다.

"권도형, 도하 종 치자마자 나갔어."

"아……."

바보 같은 음성을 흘리다가 정신을 차리고는 간단하게 인사한 뒤 걸음을 옮겼다. 휘적휘적 복도를 걸어 계단을 내려갔다. 뒤늦게 오후에 한 번도 기도하를 본 적이 없음을 깨달았다.

"괜찮은 건가."

낮은 음성을 흘리며 걸어가는데 교문을 막 벗어나는 박두식이 보였다. 보폭을 크게 하자 거리가 금방 좁혀진다. 권도형은 의도적으로 박두식의 어깨를 스쳤다. 툭, 박두식의 어깨가 흔들리고, 그가 돌아본다.

"아, 미안."

권도형이 고개를 돌리고 박두식과 시선을 맞춘 뒤 말했다. 오늘 무슨 일이 있긴 있었던지라 박두식의 눈이 크게 뜨인다.

"어? 도, 도형이네. 괜찮아."

권도형은 옅게 웃었다. 그러나 그 웃음이 오래 머물지는 않았다. 박두식을 뒤로하고 다시 걸음을 뗐다. 그러다 얼마 못 가 걸음을 멈추고 돌아섰다. 예의 그 무표정한 얼굴로 박두식의 얼굴을 빤히 훑었다. 박두식이 눈동자를 데굴데굴 굴리다가 불안한 듯 눈을 깜박거렸다.

"두식아, 나랑 도하 이야기 하고 다니지 마."

"아, 아니, 나 그거 진짜 일부러 그런 거 아니야."

"마음대로 남의 사진 올리지도 말고."

"……."

거기에 대해선 할 말이 없는 듯 박두식이 입을 다문다.

"하나도 안 괜찮으니까."

낮고 차가운 음성이 흘러나왔다. 권도형이 날선 눈으로 박두식을 흘기고 돌아섰다. 처음 보는 표정에 박두식은 말을 잃고 눈을 끔벅거렸다.

권도형이 기도하와 비슷한 살기를 띠었다. 뭐지. 잘못 본 건가. 박두식은 손등으로 투박하게 눈을 비볐다. 손을 내리고 보자 멀어지는 권도형의 뒷모습이 보인다. 키가 크진 않았으나 아담한 체형은 아니었다. 너른 등 위에서 단정한 머리카락이 바람에 흔들거렸다.

대관절 어떻게 된 게 작년을 그리워하는 사진 한 장 올렸다가 사람 여럿이 깨지고 하루가 온전히 박살났다. 좀 전의 권도형의 싸늘함이 정점을 찍었다. SNS는 인생의 낭비라고 누가 그랬던가. 낭비도 이런 낭비가 없었다. 몇 시간 만에 마음이 너덜너덜해졌다.

"계정 폭파할 거야……."

어깨를 늘어트린 박두식이 권도형과 반대 방향으로 걸었다.

✣ ✣ ✣

기도하는 그네에 앉아 바나나 우유를 마셨다. 녹슨 쇠붙이가 움직일 때마다 끼익 불쾌한 소리를 냈다. 발을 굴려 모래를 흩트리다가 고개를 탁 젖혀 하늘을 봤다. 밤하늘이 맑아도 너무 맑다.

안 그래도 요 며칠 신민철의 고백을 제 고백으로 오해하고 달려가 버린 권도형의 모습 때문에 마음이 심란했다. 의도가 명백한 도망이었다. 어떻게든 그 순간을 회피하고 싶어 하는 게 눈에 훤히 보였다. 처음에는 신민철 때문에 괜한 오해를 받게 된 것이 억울했는데, 지금은 자존심이 상하고 마음이 날카로운 것에 긁힌 것처럼 쓰렸다.

남들이 너희 둘이 무슨 사이냐고 놀려대도 늘 무감하게 반응하던 권도형이었다. 예의 그 무표정한 얼굴에서 그 어떤 감정도 읽히지 않아서 마음이 없는 건 어느 정도 알고 있었는데, 또 한 편으로는 펄펄 뛰며 반박하지 않기에 작은 희망을 품기도 했다. 어, 아니, 혹시 권도형도?

겉으로 티는 내지 않았지만 저울이 제멋대로 기울기를 반복하며 권도형의 마음을 가늠하고 추측했다. 정확하지 않아 늘 방어 태세를 취하며 마음을 숨겼던 것뿐이다. 오늘에 와서 보니 철저하게 숨기긴 개뿔, 얼굴에 다 써 놓고 다녔다는 걸 기도하는 박두식의 해시태그 덕분에 깨닫게 됐다.

밤이 되었는데도 아이들의 날것 같은 댓글을 떠올리면 기분이 물에 처박힌 것처럼 무겁게 가라앉았다. 하루 내 이런 기분이 그림자처럼 발에 딱 들러붙어 떨어지지를 않았다.

밤을 가르며 뛰어가던 권도형의 뒷모습에 코가 시큰거렸다. 학교를 들쑤시고 다니며 기도하는 권도형을 좋아하는데 권도형은 기도하를 안 좋아한다고 했던 아이들을 나무랐는데, 분명 이 모든 상황을 인지했을 그에게서 연락 한 통 없다는 점에서 눈시울이 붉어진다.

고백도 안 했는데 차인 게 이런 건가. 철저하게 외면당하고 혼자 남겨진 기분이 들었다. 서럽고 억울한 건 알겠는데, 왜 비참한 기분까지 드는 건지 알 수가 없다.

"미친놈아. 계정 폭파한다더니 그새를 못 참고 돈가스 처먹은 거 올렸네."

"사진 찍어서 올리면 음료수 서비스 준다잖아. 그리고 나 진짜 계정 없앨 거거든?"

놀이터 밖에서 말소리가 들렸다. 길을 지나가고 있는 웬 무리였다. 놀이터 외곽에 가로수가 빽빽하게 심어져 있어 얼굴이 보이지는 않았다.

"기도하가 너한테도 뭐라고 했어?"

기도하는 제 이름이 들려 소리가 난 곳을 보았다.

"아니. 도형이가."

"권도형? 언제? 걔는 아예 모르고 있는 것 같던데."

자연스레 제 이름 뒤에 권도형의 이름이 따라 나온다. 나무 뒤로 움직이는 형체를 눈으로 좇았다. 두 사람의 목소리가 번갈아 가며 튀어나왔다.

"아니야. 학교 끝나고 교문 앞에서 마주쳤는데. 와, 진짜 막 살벌한 얼굴로 자기랑 도하 엮지 말라고 하는데. 존나 무섭더라."

"권도형이 그랬다고? 걔 화내는 거 한 번도 못 봤는데."

"그러니까! 그래서 내가 완전 굳었다니까. 어안이 벙벙해 가지고. 아무 말도 못 했네."

"쫄았네, 새끼."

"아니, 그런데 진짜 너였어도 쫄았을 걸? 표정 졸라 살벌했어. 한 대 맞는 줄 알았다."

"그러니까 왜 남의 사진을 허락도 없이 올려, 새끼야."

"그래서 이제 안 한다고……."

목소리가 점점 멀어졌다. 움직이던 그네가 뚝 멈췄다. 불쾌하게 울리던 쇳소리가 사라지자 놀이터 안에 적막이 감돈다. 밤이라 그런지 목소리가 유독 울렸다. 두 사람이 나눈 대화를 똑똑히 들었다. 걷는 내내 어떤 주제의 대화를 나누었는지는 몰라도 하필 당사자가 놀이터에 있을 때 몰라도 좋을 이야기가 흘러 나갔다.

의도치 않게 뒷이야기를 들어 가슴이 두근거렸다. 기도하는 눈을 끔벅거리다가 숨을 몰아 뱉었다. 왜 비참한 기분이 드나 했는데, 그게 이것 때문이었나. 은연중 권도형의 반응이 이럴 것이라 예상했기 때문인가.

마른 입술을 물었다. 코끝이 찡했다. 눈시울이 붉어져 눈을 부릅뜨고 고개를 젖혔다. 입을 꽉 다물고 있어 터지지 못한 울음에 목구멍이 꽉 막혀 온다. 기도하는 눈물방울을 떨어트리지 않기 위해 안간힘을 쓰며 버텼다.

✣ ✣ ✣

그리고 며칠 뒤, 울음은 뜬금없이 음악실에서 터졌다. 수행평가 날이었다.

번호순대로 한 사람씩 나가 준비한 악기를 연주했다. 누구는 베토벤의 월광을, 누구는 차이코프스키의 비창을 연주했다. 피아노, 바이올린, 클라리넷에 가야금까지. 이렇게나 다양한 악기들을 친구들이 다룰 수 있다는 점에서 놀랐다.

기도하는 음악실을 꽉 채운 악기들의 대행진을 보며 트라이앵글을 들고 나오지 않은 자신을 칭찬했다. 그거 들고 여기 나오느니 수행 평가를 망하고 말지.

드디어 기도하의 순서가 됐다. 마른침을 삼키며 앞으로 나가 피아노에 앉았다. 악보를 앞에 펼치고 손가락을 오므렸다가 펴며 긴장을 풀었다. 건반 위에 손가락을 올리고 첫 음계를 누르는 순간, 쿵쾅거리며 뛰던 심장이 본래의 속도를 찾아갔다. 어쩌면 거기서 잘못된 건지도 모르겠다.

일정한 박자를 가지고 뛰는 심장에 긴장을 늦추자마자 이 악보의 연주를 알려 주던 권도형이 생각났다. 콩나물 하나하나에 권도형의 목소리가 새겨져 있었다.

"건반을 너무 찍어 누르지 말고, 부드럽게 음을 이으면서 손가락을 떼."

"여기는 온음표잖아. 더 길어야지."

"여기 플랫 붙어 있어. 반음 낮게 쳐."

목소리가 다정하고 지랄이다. 적당히 낮고 굵고 부드러운 게 듣기 좋아서 짜증이다. 옆에서 맡았던 권도형의 냄새와 물기 어린 머리카락, 그런 것들이 선율에 실려 두둥실 떠올라 음악실을 채웠다.

학교에서 그런 일이 있은 이후로 기도하는 아침에 권도형을 기다리지도, 먼저 연락을 하지도 않았다. 마치 이전에 마주친 것들이 모두 자신이 의도해서 일어난 것처럼 바로 앞집인데도 권도형을 우연히 마주치는 일 따윈 없었다.

자연스레 혼자 등교했고, 혼자 하교했다. 그러면서 깨닫게 됐다. 아, 지금까지 그 모든 일들은 내가 항상 너에게 먼저 다가갔기에 가능했던 건가.

건반을 누를 때마다 주마등처럼 추억이 스쳐 지나갔다. 어쩌면 권도형이 제게 마음을 열고 있는 과정이라 여겼던 그 순간들이 가엽게도 의미 없이 지나갔다. 느리게 손가락을 움직이며 누르는 건반이 그 모든 순간의 종지부를 찍는 마침표처럼 느껴졌다.

"야, 뭐야. 왜 저래."

"우는 거 같은데."

"갑자기?"

아이들이 수군거리는 소리가 들렸다. 고개를 뒤로 젖히고 눈을 부릅떠야 눈물이 떨어지는 걸 막을 수 있는데, 에델바이스의 악보가 아직 안 끝났다. 미친, 세상아…….

기도하는 하는 수 없이 속주를 했다. 권도형이 악보를 외우래서 외운 상태였다. 박자는 울먹임에 말아먹었다. 이제는 제대로 연주하는 게 목적이 아니라, 끝내고 보는 게 목적이다.

"뭐야, 신들린 것 같은 저 연주는."

건반을 누르며 후드득 닭똥 같은 눈물을 흘렸다. 이건 음악이 존나 슬퍼서 그런 거야. 선율이 너무 아름다워서 그런 거라고. 나 스스로 감동해서, 내 연주에 감격해서 우는 거라고.

땅, 마지막 건반을 눌렀다. 나름 정석대로 시작한 에델바이스가 폭주 기관차로 끝났다. 고개를 숙여 인사하고 후다닥 자리로 돌아가 앉았다. 옆에 앉은 강은서가 기다렸다는 듯 화장지를 건넨다.

"콧물 나서 챙겨 온 건데, 너 써."

"고맙다……."

옷소매로 눈을 찍어 누르다가 화장지를 받아 코를 풀었다. 왜 울었냐고, 무슨 일이 있냐고 물을 만도 한데 강은서는 아무런 말이 없었다. 대신 앞에 앉은 신민철이 고개를 돌리더니 속삭인다.

"야, 왜 울고 그러냐? 설마 피아노 맞으면서 배웠냐?"

"너무 잘 쳐서 감격해서 그런다."

"감격할 정도는 아니던데. 기준이 이상하네."

대답 대신 눈을 가늘게 뜨고 흘겨봤다.

"뭐 어디서 배웠는데. 인터넷 동영상?"

"……."

권도형. 권도형한테 배웠다. 내가 먼저 연락 안 하면 내 안부도 묻지 않는 놈한테 배웠다고. 애써 가라앉은 울음이 다시 울컥 튀어 오른다.

"앞에 봐라."

"네……."

신민철이 홱 고개를 돌리고 자세를 고쳐 앉았다. 코를 훌쩍이며 손등으로 눈을 꾹꾹 눌렀다. 축축하고 뜨거운 눈물이 손등에 묻어 나온다. 더운 숨을 뱉으며 등받이에 몸을 묻었다. 그 순간 핸드폰이 진동했다. 주머니에서 핸드폰을 꺼내 들어온 메시지를 확인했다.

[연습은 하고 보냐] 오전 10:30

권도형이다. 그날 그 지경 그 꼴이 나서 권도형에게 더 이상 피아노를 배우지도, 집에 찾아가서 피아노를 치며 연습을 하지도 못했다. 그냥 악보를 달달 외우고 책상 앞에 앉아 손가락을 움직이고 급식 시간에 음악실에 가서 피아노를 쳐 보는 게 다였다.

내내 연락 없다가 지금 수행 평가에 대해 물어보는 건가. 자기가 알려 준 거 잘 하는지 궁금해서? 매번 같이 가던 학교를 며칠 내내 따로 가고 있는데 그 이유는 안 궁금한 건가.

답을 하지 않고 핸드폰을 주머니에 넣었다. 핸드폰을 쥔 채 손을 주머니에 찔러 넣고 다리를 달달 떨다가 이런 식으로 무시하는 건 조금 유치한 것 같기도 해서 도로 꺼내 메시지를 열었다.

답을 하긴 했으나, 무시하지만 않았을 뿐 내용은 유치하기 그지없었다. 어떻게든 나는 지금 매우 불쾌하고 너에게 불만이 많은 상태인 것을 알리는 메시지였다.

그런데 아무리 기다려도 답장이 오지 않았다. 입술을 잘근잘근 물어뜯다가 핸드폰을 꺼내 봤다. 진동을 못 느꼈나 했는데 정말로 들어온 메시지가 없었다. 이건 또 이것대로 황당하네. 씹힌 건가?

보낸 메시지를 확인했다. 읽음 처리가 되어 있었다.

"허……."

황당함에 입에서 바람이 빠진다. 그 바람이 목덜미에 닿았는지 신민철이 어깨를 움츠리며 고개를 돌렸다.

"뭐야, 지금 내 목에 바람 불었냐?"

느리게 시선을 올려 신민철을 보자 동그랗게 뜨고 있는 눈과 마주친다. 며칠 전에 고백하고 대차게 거절당한 신민철은 어떻게 이리 아무렇지 않게 나를 대할 수 있는 건지 의아했다.

너무 오랜 시간 권도형을 좋아했기 때문일까. 무엇이 되었든 마음이 어긋나면 아무렇지 않게 권도형을 대할 자신이 없었다. 그래서 마음을 숨기고 고백의 순간을 계속 연장했던 건데. 이런 식으로 얼렁뚱땅 마음을 들키고 까일 줄은 몰랐다. 싫다고 말만 안 했지, 이게 싫은 거 아니면 뭐냐고.

까인 슬픔도 슬픔인데 애매해질 사이에 절망감이 깃드는 순간 구시렁거리는 신민철의 태연함이 눈에 들어왔다. 그리고 그런 신민철을 전과 다름없이 대하는 자신의 모습까지.

"하……."

도하의 입에서 다시 한숨이 새고, 신민철이 '악!' 소리를 내며 뒤를 돌았다. 도하는 천장을 올려다보며 욕을 작게 뇌까렸다. 도하에게 있어 도형은 와이파이 존 같은 느낌이었다. 생존수단 같은 느낌. 도형만 찾아다니는 하이에나.

이건 진짜 어쩔 수 없는 문제라고.

도하는 억울한 마음도 잊고 민철의 형태를 그대로 복사해 제게 붙여 넣고 도형의 곁에 태연한 척 친구의 모습으로 남기로 결정한다. 사귀자고 직접적인 언급을 하지 않았으며 그에 대한 확실한 답이 있었던 건 아니니 아직 소생의 여지가 있다고 생각하면서.

9.

흥망, 스물셋의 도형

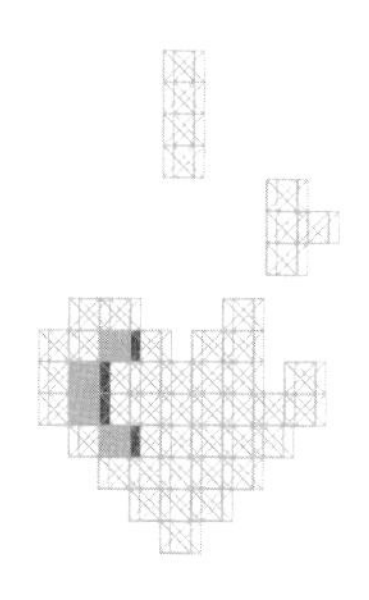

도형은 친구들의 연락을 받고 나간 자리에서 평소와 같이 떠들어 대지 못했다. 왠지 모르게 기분이 가라앉았기 때문이다. 진영과 성준을 비롯한 친구들이 깔깔거리며 그다지 중요하지 않은 이야기를 나누었다. 그 가운데에서 도형은 멍하니 정신을 팔고 있을 때 자꾸 생각이 도하로 튀고 있다는 것을 알아챘다.

의자에 등을 기대고 자세를 느슨하게 풀었다. 주머니를 뒤져 핸드폰을 꺼내고 시선을 내렸다. 메신저로 들어가 도하와 나눈 대화를 보는 데 대화라기보다는 도형의 외로운 외침에 가까웠다. 도하가 일절 도형의 메시지에 답하지 않았기 때문이다. 며칠 전 본가에 내려갔다가 만난 도하에게 너를 좋아하는 것 같다고 말했다가 이렇게 됐다.

동창들과의 술자리가 끝난 뒤 집으로 가는 도하의 뒤를 쫓았다. 길가에 서서 택시를 잡더니 혼자서만 탑승하려고 하기에 잽싸게 닫히는 문을 붙잡고 옆자리를 꿰차고 앉았다. 모난 눈으로 도형을 쏘아보던 도하가 엉덩이를 움직여 멀찍이 거리를 벌리고 앉았다.

도망갈 곳도 없으면서. 도형은 그런 생각을 하며 도하와의 거리를 좁혔다. 바짝 제 옆에 몸을 붙이고 앉은 도형을 도하가 창문에 머리를 기댄 채 못마땅하게 돌아봤다.

"사람 무시할 땐 언제고 왜 이러세요?"

불퉁한 목소리를 뱉는 도하에게서 희미하게 술 냄새가 났다.

"무시한 거 아니라니까. 다 이유가 있었는데 왜 설명할 기회도 안 줘?"

그 이유를 꼭 만나서 설명하고 싶었다. 차마 제가 어떤 상상을 했는지 활자로 남길 수가 없었고 메시지 창에 기록되는 것조차 부끄러웠다.

"안 궁금하다고. 사람을 그렇게 개무시할 만한 이유가 있을 거라는 생각도 안 들고. 저리 떨어져. 짜증 나게 붙지 말고."

도하가 시선을 돌리며 어깨를 밀어냈다. 단지 손이 닿았을 뿐인데 그 접촉에 심장이 쿵 뛰었다. 아, 권도형 네가 이제 진짜 미쳐 가는구나. 도하가 어깨 한 번 만져 줬다고 설레는 꼴을 보니 물러설 자리가 없는 건 도하가 아니라 자신 같았다.

"나 너 좋아하는 것 같아."

그래서 말했다. 이대로 계속 미룰 수가 없었고, 이 기회를 놓쳐선 안 됐다. 순간 도는 정적에 모두가 숨을 참고 있는 것처럼 느껴졌다. 도하 외 다른 사람이 있는 걸 알고 있으면서도 조금 많이 들이부은 술에 자제력이 떨어진 상태였다.

차창 밖을 보던 도하의 시선이 느리게 돌아왔다. 마주한 눈에서 알 수 없는 감정이 요동치는 게 보였다.

"너 취했어?"

도하가 물었고, 도형은 꾹 다물고 있던 입을 다시금 열었다.

"손 줘 봐."

"왜."

도형이 팔을 뻗어 도하의 손을 잡았다. 그러고는 도하의 손을 제 가슴에 올렸다. 갑자기 손바닥에 닿은 탄탄하고 너른 가슴에 도하의 눈이 동그래졌다.

"뭐야?"

"지금 심장 뛰는 거 느껴져?"

"산 사람이니 당연히 뛰겠지."

"요즘 너랑 있으면 이래."

빤히 눈을 맞추는 도하의 눈이 크게 끔벅였다. 놀란 얼굴로 입을 벙긋거리다가 말없이 손을 거두어 갔다.

"부정맥 아니냐."

그러곤 한다는 소리가 건강을 염려하는 말이다. 꽤나 진지했는데 도하의 말에 저도 모르게 헛웃음이 터졌다. 바람 빠지는 소리에 도하가 시선을 돌렸다.

"왜 웃어. 그렇잖아. 갑자기 나를 왜 좋아하는데. 며칠 전까지

네 친구 소개시켜 준 사람이 너잖아."
"걔가 일방적으로 네 번호를 가져간 거라니까."
"학식 먹으면서 잘 됐으면 좋겠다고 네 입으로 분명히 말했어."
"헛소리라고 엘리베이터 앞에서 말한 것 같은데."

입술을 앙다문 채 도형을 응시하던 도하가 뚱한 표정으로 고개를 돌렸다. 몸을 창문 쪽으로 틀고 앉아 도형을 등지기까지 했다.

"장난하지 마."

도하가 불만스럽게 말했다. 도하의 옆모습을 힐끔거리며 도형은 제 이미지가 이렇게 가벼웠나 생각했다. 마음을 고백하는데 왜 장난처럼 느껴지는 거지. 택시에서 내려 도하의 앞에 섰다.

"장난 아니야. 요즘 자꾸 이래. 처음에는 네 향수 냄새가 낯설어서 그러나 싶었는데, 그것도 아니었어."

도하가 눈도 마주하지 않은 채 도형을 피해 갔다. 도형은 이 고백에 대해 종지부를 찍고 싶었다.

"너한테 이런 감정을 느끼는 게 너무 낯설어서 피했던 거야. 무시한 게 아니라."

"……."

"이래도 아직 나한테 화가 나, 너는?"

도하가 몸을 돌리고 도형을 봤다.

"네가 나를 피해 다닌 거 며칠 안 됐으니까, 나를 좋아한다는 생각이 든 것도 얼마 안 됐겠네. 그 감정 진짜이긴 해?"

"그럼 가짜야?"

"그래서? 네가 나를 좋아해. 그 다음은? 나랑 사귈 거야?"

따지듯 묻는 통에 순간 정신이 혼미해졌다. 온갖 상상이 도하의 이름을 달고 도형을 괴롭혔었는데, 사귄 이후를 상상해 본 적은 없었다. 왜지? 이제야 그 점을 이상하게 여기며 도형은 두 뺨을 붉힌 채 물고 있던 마른 입술을 열었다.

"그야 당연히……."

천천히 뱉는 말보다 도하의 행동이 더 빨랐다. 빤히 도형을 올려다보던 도하가 한 걸음 다가와 도형에게 입술을 들이밀었다. 어깨만 잡혀도 심장이 널을 뛰었는데 입술이 부딪칠 상황에 탈주하는 줄 알았다. 숨이 멎는 기분에 도형은 호흡을 삼켰다가 무언가 터질 것 같아 숨을 토해 냈다. 한 번에 쏟아 낸 숨이 꼭 웃음처럼 터졌다. 그에 지척까지 다가온 도하가 움직임을 멈춘 채 눈동자만 올려 도형을 봤다. 도형은 검고 선명한 도하의 눈동자에서 좋지 않은 감정을 읽었다.

"노, 놀라서 그랬어. 우, 웃은 게 아니라."

제가 생각하기에도 웃음처럼 느껴졌다. 너무 놀라서 그런 건데, 격하게 뛰는 심장에 자꾸만 말을 더듬거리게 됐고 설명에 어려움을 느꼈다.

"키스도 못하는데 어떻게 사귀는 게 가능해. 너는 나를 좋아하는 게 아니야. 뭔가 착각하는 거지."

"도하야."

그리고 붙잡을 틈도 없이 도하가 집으로 들어가 버렸다.

"아……."

그날을 떠올리는 도형의 입에서 낮은 탄식이 흘러나왔다.

무리에 섞여 가벼운 이야기라도 주고받으면 기분이 좀 나아질까 해서 왔는데, 기분이 나아지기는커녕 더 우울해지기만 했다. 결국 가방을 챙겨 들고 일어났다.

"가려고?"

"어. 나 먼저 간다."

커피를 반도 마시지 못했다. 어째 표정이 굳은 것처럼 미소가 사라졌다. 인사를 하고 카페를 나올 때에도 그랬다. 친구들에게서 벗어나 밖으로 나오자 허전해진 주변 만큼이나 마음이 허한 느낌이었다. 도형은 주머니에 손을 찔러 넣고 걸었다. 손에 잡힌 핸드폰을 만지작거리며 굴렀으나 빼내지는 않았다.

터벅터벅 걸어 도착한 오피스텔 엘리베이터 앞에서 도형은 계속 생각했던 상대를 발견했다. 생각이 형체를 만들어 튀어나온 것 같아 와락 반가운 마음이 들었으나 애써 표정을 갈무리하고 숨겼다.

천천히 걸음을 옮겨 도하의 옆에 섰다. 핸드폰을 들여다보고 있던 도하가 인기척을 느꼈는지 고개를 들어 옆을 봤다. 눈이 마주치자 도하의 눈이 찌푸려진다. 이쪽은 애써 반가운 표정을 숨기고 있는데, 어째 상대는 못마땅한 기색을 숨김없이 표출했다.

"기도하."

입을 여는 순간 엘리베이터 문이 열렸다. 도하가 냉큼 시선을 돌리고 안으로 발을 들인다. 말을 씹힌 도형은 멍하니 버튼을 누르는 도하를 봤다. 제 층수를 누르고 사람이 타지도 않았는데 닫힘 버튼을 다다닥 연속해 눌렀다.

허, 황당하네.

도형이 잽싸게 발을 뻗어 닫히는 문 사이로 집어넣었다. 도형을 낙오시키고 엘리베이터를 독차지하려는 도하의 바람을 그대로 들어줄 생각이 없었다. 문이 열리는 순간에도 도하는 버튼을 뚫어 버릴 기세로 누르는 일을 멈추지 않았다.

"야, 나랑 같이 올라가는 게 그렇게 싫어? 나도 여기 입주민이야. 관리실에 신고한다."

그 말에 눈을 뾰족하게 뜬 도하의 손이 버튼에서 떨어진다. 도형은 황당하다는 얼굴로 도하를 보며 엘리베이터에 올라탔다.

"언제까지 이럴 건데?"

물었으나 답이 없다. 이어폰을 꼈는데도 불구하고 도형의 말소리가 들리는지 도하가 보란 듯이 핸드폰의 음량을 키웠다. 도형의 입에서 이제 말 대신 어이없는 숨이 샌다.

함께 엘리베이터에 탈 때면 늘 도형의 층수까지 눌러 주던 도하는 이제 없었다. 오로지 도하가 사는 층수에만 덩그러니 붉은빛이 발산됐다. 도형은 일부러 도하의 얼굴 앞으로 손을 뻗어 버튼을 눌렀다. 시선은 도하에게 고정되어 있었다.

도하는 뚱한 얼굴로 닫힌 문을 노려보고 있었다. 꼿꼿하게 채워진 눈썹이 현재의 기분을 반영하는 듯 조금 찌그러진 모양새였다. 분노 게이지가 가득 차 있는 도하를 보고 있노라니 대체 자신이 무슨 큰 죄를 지어 이런 대우를 받아야 하는지, 너무나 부당하고도 과한 처사가 아닌가 싶은 생각이 든다.

"너 그러다 고막 나간다. 노래 소리 다 들려."

도형이 말했다. 그러나 이제 정말로 외부의 소리가 들리지 않는지 도하는 문만 노려볼 뿐 반응이 없었다. 대체 음량을 어디까지 키운 건지 가사가 다 들렸다. 도형은 핸드폰을 꺼내 가사가 들리는 대로 입력했다.

야끼야끼 제각기 때문이기

놀랍게도 노래 제목이 기억이 안 난다며 도형이 쓴 가사 그대로 질문 글을 올린 사람이 존재했다. 아래에 달린 몇 개의 답변을 확인했다. 그사이 엘리베이터가 도착했다.

"기도하, 얼른 화 풀어."

내리기 전에 도하를 보며 말했으나 눈이 마주치지 않아 벽을 보고 말하는 느낌이 들었다. 별수 없다는 듯 도형은 걸음을 뗐고 기다렸다는 듯 도하가 문을 닫고 올라가 버렸다.

도형은 집으로 들어가자마자 인터넷에서 찾은 노래가 도하가 들었던 곡이 맞는지 재생했다. 아티스트 샤크라, 앨범 끝, 수록곡 끝, 발매 2001년 3월 7일.

그러니까 도하는, 곧 뭐라도 때려 부술 것 같은 전투적인 모습을 하고서 샤크라의 '끝'을 듣고 있었다.

—끝에 끝이여 나의 사랑의 끝.

핸드폰 스피커에서 그런 가사가 흘러나왔다. 도형은 노래

한 곡을 다 듣고 나서 인터넷에 들어가 음악 방송 무대를 찾아 봤다. 영상 하단에 굴림체로 설정된 가사가 떴다. 도형은 침대에 걸터앉아 핸드폰을 보다가 저도 모르게 피식 웃었다. 제목 그대로 사랑이 끝났다는 내용이었다.

"아, 도하야……."

낮은 탄식 뒤에 한숨처럼 도하의 이름을 흘린 도형은 뒷말을 이으려다가 멈칫했다. 세상, 한 번도 제 입으로 뱉어 본 적 없는 말이 튀어나오려고 했던 것이다. 어떤 경로를 통해서 '귀엽다'라는 말이 몸의 주인의 자각도 없이 입술까지 내려오게 된 건지 당혹스럽기만 하다.

"미쳤나 봐."

도형은 핸드폰을 내려놓고 뒷말을 삼킨 입술을 매만졌다.

✥ ✥ ✥

"당구장이나 가자. 시험 기간 아니면 도서관 근처도 안 가는 애가 갑자기 왜 이래?"

매번 공강이 있을 때마다 당구장을 함께 행차했던 도형이 갑자기 공부 바람이 분 사람처럼 도서관을 간다며 걸음을 달리했다. 도형은 진영의 말에도 아랑곳 않고 도서관 쪽으로 향했다. 얼마간 따라오며 커피와 자장면 등으로 유혹하던 진영은 결국 포기하고 성준과 돌아갔다.

공부 바람이 불지는 않았다. 도형을 향해 조금 이상한 바람이 불어올 뿐이었다. 딱히 공부할 거리가 들어 있지 않은 백팩을 메고 도형은 중앙 도서관 앞을 어슬렁거렸다.

“뭐 한다고 여기를 왔지.”

그러곤 입구 앞에서 뒤늦게 그런 생각을 했다. 도형은 나무 아래에 검게 우거진 그늘 아래에 서서 핸드폰을 꺼내 봤다. 메신저에 들어가 도하를 찾았다. 프로필 사진은 그대로였고 마지막 대화는 며칠 전 자신이 보낸 것이었다.

신경이 쓰였다. 머리 위에 안테나라도 하나 솟아난 느낌이었다. 그게 자꾸 도하를 찾았다. 하루에 몇 번은 핸드폰을 꺼내 도하의 메신저 프로필을 확인했다. SNS도 하지 않으니 소식을 알 길이 없어 더 그런 건지도 몰랐다.

“온 김에 책이나 한 권 대여하지, 뭐.”

목적을 만들자 행동할 이유가 생겼다. 도형은 목적 달성을 위해 도서관으로 들어갔다. 그리고 엘리베이터 대신 계단을 오르다가 난간에 몸을 기대고 서서 전화를 받고 있는 도하를 발견했다. 사무적인 말투로 여유 있는 시간을 대답하고 있었다. 도형은 애매한 위치에서 오도 가도 못하고 도하만 봤다.

귀에 핸드폰을 붙인 도하가 고개를 끄덕이며 난간에서 몸을 뗐다. 그러더니 한 손으로 난간을 잡고 뒤를 돈다. 머리카락이 조금 흔들렸고, 움직이던 눈동자가 반 층 아래 서 있는 도형에게서 멈춘다. 눈이 마주치자마자 계단을 밟고 올라갔다. 가야 할 층수를 잊어버리고서 앞에 있는 열람실 문을 열고 들어갔다.

아, 권도형 뭐 하냐…….

쥐죽은 듯 조용한 열람실 분위기에 도형은 얕은 한숨을 뱉으며 머리를 쓸어 넘겼다. 몇 걸음 걸어서 들어가다가 너무나 목적 없는 걸음이라는 걸 깨닫고 돌아섰다. 다시 열람실 문을 잡고 여는데 누군가 놀라며 뒤로 물러난다. 통화를 마쳤는지 도하가 서 있었다. 순간 도형의 눈이 놀라며 커졌다.

"놀랐네."

"뭐야, 공부하러 왔어?"

"아니. 책 대여하려고. 그런데 잘못 들어왔어."

도형의 말에 도하가 고개를 끄덕이며 걸음을 뗐다.

"응. 잘 가."

눈도 마주 보지 않고 인사를 한 도하가 안으로 들어갔다. 너도 공부 열심히 하라는 인사를 건넬 타이밍을 주지도 않았다. 도형은 열람실을 나와 계단을 더 오르지 않고 내려가 도서관을 벗어났다.

집을 향해 걸어가는데 머릿속이 복잡했다. 도형은 이어폰을 꺼내 귀에 꽂고 음악을 들었다. 랜덤으로 돌아가는 플레이 리스트에 저번에 추가해 놓은 노래를 삭제하지 않았는지 샤크라의 '끝'이 재생된다. 낯선 도입부에 노래 제목을 확인하기 위해 핸드폰을 꺼낸 도형은 노래를 넘기지 않고 계속 들었다. 엘리베이터에서 불퉁한 얼굴로 문만 노려보던 도하의 얼굴이 떠오른다.

도형은 마른 입술을 말아 물며 핸드폰을 주머니에 찔러 넣었다.

✢ ✢ ✢

금요일.

도형의 시선은 저만치 거리를 두고 앉은 도하의 뒤통수에서 떠날 줄을 몰랐다.

강의실로 향하는 길이 그렇게 떨릴 수가 없었다. 대형 오디션이라도 보러 가는 줄 알았다. 도하를 마주쳤을 때 어떤 표정을 지을지, 어떤 말을 하는 게 좋을지.

시뮬레이션을 계속 돌렸는데 막상 강의실 앞에서 긴 머리를 싹둑 잘라 버린 도하를 맞닥뜨리자 얼어 버렸다. 도형에게 눈길도 주지 않고 강의실로 들어간 도하는 앞, 뒤, 옆자리가 모두 차 있는 곳으로 들어가 앉았다. 곁을 내어 주지 않겠다는 뜻인가. 도형은 하는 수 없이 강의실 뒤쪽 빈자리에 앉았다.

도하는 무표정한 얼굴로 강의를 열심히 들었다. 저번에 도형이 자른 머리카락 때문인지 단발 숏컷으로 머리를 짧게 친 모습이었다. 귓바퀴 뒤로 넘긴 머리가 굽어지며 뺨을 살짝 가렸다.

뒤통수가 둥그스름한 게 낯설기만 했다. 도하가 이렇게 머리를 짧게 자른 적이 있었던가. 도형은 처음 보는 도하의 모습에 오랜 시간 시선을 빼앗겼다. 이렇게 오래 도하를 관찰한 적이 있었던가 싶을 정도로 시선이 떨어지지 않았다.

필기를 하기 위해 고개를 숙일 때마다 짧은 머리카락이 스르륵 내려와 얼굴을 가렸다. 필기를 마치고 고개를 들 때마다 도하는 흘러내린 머리카락을 귀 뒤로 넘겼다. 도형은 그 모습을 물끄러미 보다가, 옆에 앉아 있었다면 저도 모르게 손을 뻗어 도하의 머리카락을 넘겨 주었을지도 모르겠다고 생각했다.

수업이 끝나자마자 도형은 도하의 뒤를 쫓았다. 분명 강의실을 나가는 걸 봤는데 복도로 나오자 귀신같이 사라졌다. 두리번거리다 핸드폰을 꺼내 도하에게 전화를 걸었으나 부재중으로 넘어갔다.

"아……."

왠지 도하를 볼 때마다 자꾸 못된 상상이 떠올라 피해 다녔을 때, 도하의 기분이 이랬을까 싶다.

"존나 엉망이다."

도하가 사라진 쪽을 찾다가 한숨을 뱉었다.

"맛있는 감귤 한 봉지에 3천 원~ 두 봉지에 5천 원~"

집으로 가는 길, 갓길에 정차한 트럭 앞에 서 있는 도하를 발견했다. 동아리가 벌써 끝났나. 귤을 한 봉지 사는지 지폐를 꺼내 건네고 있었다. 도형은 들여다보던 핸드폰을 집어넣고 바로 도하의 옆에 섰다.

"한 봉지 주세요."

거스름돈을 받기 위해 서 있는 도하가 고개를 돌렸다. 눈이 마주치자마자 못 볼 것을 봤다는 듯 얼굴을 찌푸리더니 홱 시선을 돌렸다. 단단히 화났네.

"야, 인사도 안 하게?"

도형이 말했고 그 말소리에 대꾸하는 이가 아무도 없었다. 헤드폰을 쓴 도하는 바깥 소리를 듣지 못하는 것처럼 미동이 없었다.

"그러다 진짜 고막 나간다니까……."

갈 길을 잃은 목소리가 외롭게 흩어졌다. 도형은 도하의 거스름돈과 제가 주문한 귤이 동시에 나오기를 기대했지만 거스름돈이 먼저 나왔고 도형의 귤은 그 뒤였다.

귤과 돈 모두 챙긴 도하가 성큼성큼 멀어졌다. 얼마나 보폭이 큰지 멀어지는 속도가 장난 아니게 빨랐다. 도형은 초조해졌고 반도 채 담지 않은 봉지를 향해 손을 흔들었다.

"그대로 주세요! 많네요!"

"아이고, 어떻게 그래요."

사장님이 꾸역꾸역 귤을 담는다. 것도 예쁘게 생긴 귤만 골라 담았다.

도형은 다리를 달달 떨며 멀어지는 도하를 눈으로 좇았다. 그런데 뭔가 이상했다. 걸어가는 도하의 뒤로 귤이 하나둘씩 점점이 떨어져 있었다. 자세히 보니 알을 낳는 봉지처럼 귤이 모서리 부분에서 쏙, 빠져나왔다. 것도 모르고 도하는 두 팔을 휘적휘적 크게 흔들며 경보했다. 소리 내어 도하를 불렀으나 헤드폰으로 귀를 막은 도하에게 목소리가 닿을 리가 없었다.

"여기요. 맛있게 드세요."

사장님이 인자하게 웃으며 봉지를 건넸다. 받자마자 손에 든 봉지의 모서리를 살폈다. 구멍이 나 있다. 저기 있는 봉지가 단체로 구멍이 난 상태인 것 같다.

"사장님, 여기 구멍이 났는데요."

도형은 기도하 추격을 뒤로하고 봉지의 상태를 사장에게 알렸다. 남자의 두 눈이 휘둥그레진다.

"아니! 언제 이게 이렇게 됐지? 아이고!"

"저는 집이 코앞이라 괜찮아요. 모르고 계시는 것 같아서. 그럼 많이 파세요."

난감해하는 사장에게 꾸벅 인사를 한 도형이 후다닥 오피스텔을 향해 달렸다. 마침 쇼핑백을 가지고 있던 터라 안에 있는 물건을 가방에 집어넣고 그 안에 귤을 담았다.

뛰어가면서 도하가 떨어트리고 간 귤을 하나씩 주웠다. 아이템을 줍는 느낌이었다. 기도하 집 방문용 아이템. 귤을 빌미로 801호의 초인종을 누를 수 있게 됐다.

엘리베이터를 기다리다가 귤 하나를 꺼내 들었다. 전에 바닥에 떨어트리고 온 계란을 치우러 나갔던 도하가 탁구공을 주워 온 일이 생각났다. 그때 도형은 멀리서 도하가 계란을 주운 줄 알았다.

그로부터 며칠 뒤 도하의 집에 갔다가 눈, 코, 입이 생긴 탁구공을 봤다. 뭔 짓을 해 놓은 거야, 생각하며 탁구공을 들었다가 얼굴을 그려놓은 아래쪽에 'ㄷㅎ'라고 메모되어 있는 글자를 발견했다.

이게 도하 기분 푸는데 효과가 좀 있으려나.

도형은 가방에서 검은색 펜을 꺼냈다. 그러곤 귤껍질에 우는 얼굴을 그렸다. 표정이 생긴 귤을 쇼핑백에 넣었다. 8층에서 내리자 도하의 집으로 향하는 복도에 귤이 두 개 더 떨어져 있었다. 도형은 그 귤까지 주워 담고 801호 앞에 서 초인종을 눌렀다. 벨소리가 이렇게 긴 줄 몰랐다. 소리가 끝날 때까지 안에서는 아무런 기척도 없었다.

"……."

도형은 한 번 더 초인종을 누르는 대신 손에 든 쇼핑백을 현관문 문고리에 걸었다.

오후 6:27 [들고 간 봉지에 귤이 남아 있기는 해?
내가 주운 것만 해도 꽤 되는데]

오후 6:27 [현관문에 걸어 뒀어]

복도를 걸으며 도형은 도하에게 메시지를 보냈다. 창문이 없어 조금 탁한 공기가 맴도는 비상계단을 내려가며 도형은 입술을 물었다. 그리고 잠깐 멈췄던 손가락을 다시 움직였다.

오후 6:29 [그리고 미안해 도하야]

핸드폰에서 시선을 떼지 않으며 걸었다. 7층으로 내려와 집 앞에 섰을 때, 도하가 메시지를 읽었음을 알게 됐다.

도형은 문을 열지도 않고 우두커니 서서 답장을 기다렸다. 액정 상단부에 있는 시간은 자꾸 흘러가는데 대화 창은 멈춰 있었다. 도어록 위에 손을 올린 도형은 번호를 누르지 않은 채 계단을 올라갔다.

혹시나 하는 마음에 8층 비상계단을 나와 빼꼼 고개를 내밀고 도하의 집 현관문을 살폈다. 문고리가 휑하다. 걸어 두었던 쇼핑백이 없다.

"가져갔네."

도형은 계단을 내려오며 다시 핸드폰을 들여다봤다.

"지금 그럼 씹힌 거지?"

왠지 모르게 허탈한 마음이 든다. 도형은 터덜터덜 집으로 들어가 가방을 내려놓고 침대에 쓰러지듯 누웠다. 옷도 탈의

하지 않고 침대 위에 오르는 건 용납할 수 없는 일인데 기댈 곳이 필요했다.

메시지 보낼 때 쓴 거라고는 손가락뿐인데, 귤 주울 때 쓴 거라고는 무릎 관절과 손뿐인데, 대체 뭘 했다고 이렇게 힘이 드는지 모를 일이다.

"아……. 이런 거 너무 싫은데."

도형은 한 손을 이마 위에 올리고 공연히 천장을 봤다.

10.

흥망, 스물셋의 도하

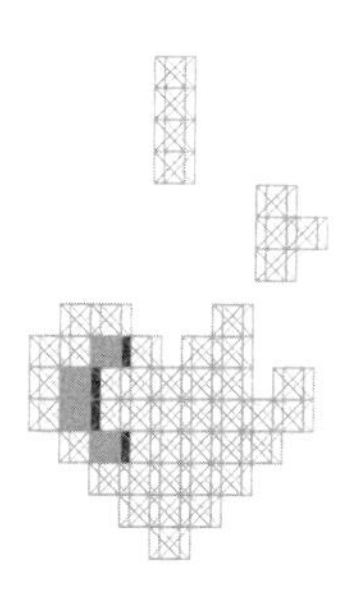

학교 도서관, 누군가 앞자리에 가방을 내려놓고 앉더니 펼쳐져 있는 책 위로 CD 케이스 한 장을 올렸다. 뭐지. 도하는 노트북 키보드 위에 두 손을 올린 채 고개를 들었다. 하늘색 니트를 입은 도형이 턱을 괴고 앉아 물끄러미 시선을 던지고 있었다. 진짜 뭐지. 도하는 다시 시선을 CD 케이스로 옮겼다. 식스펜스 넌 더 리처의 앨범으로 커버에 'kiss me'라는 제목이 써져 있었다.

"뭐냐."

도하가 소리 죽여 묻자 도형이 '선물'이라고 말한다. 난데없는 앨범 선물도 황당한데 그게 모르는 외국 가수다. 이 앨범을 재생하려면 CD 플레이어를 사야 했다. 요즘은 파는 데도 없는데. 뭐야, 지금? 싸우자는 거야? 선물이라는데 전혀 고맙지가 않았다. 무표정하게 바라보자 도형이 조금 쑥스러워한다. 존나 당황스럽다! 도하는 며칠 전 도형에게 화가 났던 것도 잊고 눈을 끔벅거렸다.

"너 뭐 해?"

도하가 물었다. 부끄러워하는 중이야, 같은 답은 나오지 않겠지 하며 기다리자 도형이 그저 도하를 빤히 쳐다봤다. 이 새끼가 불난 집에 부채질을 하려고 작정을 했나? 미간을 찌푸리자 도형이 입술을 물었다가 놓는다.

"도하야, 내가 생각을 해 봤는데."

"크흠……!"

도형의 말소리가 옆 사람의 주의로 경고를 먹고 꺼졌다. 흘긋 옆을 쳐다 본 도형이 도하의 노트북을 그대로 끌어간다. 손을 뻗어 노트북을 붙잡고 눈을 크게 뜨자 도형이 입을 벙긋거렸다.

잠깐만, 하고 말하는 것 같아 도하는 우선 손을 놨다. 도형이 키보드를 두드린다. 그러더니 노트북의 방향을 되돌려 도하의 앞으로 밀었다. 화면 안에 메모장 하나가 새로이 열려 있었다.

해 보자, 키즈

키즈? 키즈 카페, 그 키즈? 어린아이? 애를 낳아 보자는 거야, 뭐야. 도하는 자신이 난독증이 있나 생각하는 동시에 당황스러움을 느끼며 키보드를 두드렸다. 그리고 노트북을 다시 도형에게 내밀었다.

키즈 카페 창업을 이야기하는 거냐

도하의 메모장을 확인한 도형이 툭 웃음을 터트린다. 손가락을 까닥거리던 도하의 시선이 흘긋 도형의 얼굴로 넘어갔다. 웃는 얼굴이 여전히 예쁘다. 참, 이 몹쓸 마음아. 여전히 잘생긴 도형의 얼굴에 시선이 떨어지지 않는 제 모습을 질책하며 도하는 제 앞으로 돌아온 노트북 화면을 확인했다.

잘못 썼어 너랑 키스해 보고 싶어

쿵. 이것은 도하의 안에서 울리는 소리. 무언가 철렁 내려앉았다가 튀어 오르는 소리.

메모장에 박힌 키스라는 두 글자에 심장이 뛴다. 마치 도형이 보낸 메시지를 읽고 이미 읽음 표시가 드러난 대화 창에서 답장을 재빨리 하지 못해 고민한 흔적을 그대로 남기는 불상사를 현장에서 노출하고 있는 기분이었다.

아……. 존나 훅 치고 들어오네. 갑자기 왜 이래.

도하는 천천히 눈을 올려 도형을 봤다.

인내심을 가진 사람처럼 도형은 조용히 도하의 답을 기다리고 있었다. 쓸데없이 하늘색이 얼굴에 잘 받았다. 안 그래도 화려한 얼굴이 더 화사하게 보였다. 미친 옷빨.

도하는 키즈와 키스가 그대로 남은 메모장을 봤다. 깜빡이는 커서를 바라보는데 속이 요란스럽다. 말 한 마리가 광활한 도하의 안을 질주하고 있었다. 말을 탄 기수 도하는 '좋아! 존나 좋아! 해 버리는 거야!' 소리치고 있는데 광활하기만 한 평야 도하는 '야, 너는 그 모진 경험을 하고도 넘어가고 싶냐? 그냥 버려!' 하고 외쳤다. 말이 평야를 짓밟으며 제 뜻을 펼치는데, 평야가 만만치 않게 넓다.

"아……."

저도 모르게 작게 탄식했다. 그 소리에 도형의 얼굴에 긴장감이 돈다. 도하가 손을 움직였다.

사귀지도 않는데 키스를 왜 해?

도하의 메모를 담은 노트북이 도형에게 갔다가 조금 있다 다시 돌아온다.

그럼 우리 사귀어 볼래?

대화의 흐름에서 왠지 모르게 도형의 치밀한 계획이 느껴졌다.

도하는 그대로 노트북을 닫고 가방을 챙겨 도서관을 퇴장했다. 그 뒤를 도형이 따라왔지만 도하는 이어폰을 귀에 꽂고 무시하며 과 방으로 피신했다. 남의 과 방에 도형이 쳐들어오는 일은 다행히도 일어나지 않았다.

그러나 도형은 도하의 시간표를 알고 있었다. 이따금씩 수업이 끝나고 나오면 강의실 밖에 도형이 서서 기다리고 있었다.

하필 그때마다 옷을 너무 멀끔하게 입고 있어 눈길이 갈 수밖에 없었다. 눈이 마주친 뒤에는 피하기가 어려웠다.

어느 날에는 커피를, 어느 날에는 초콜릿을, 어느 날에는 맥주를 들고 나타나 도하에게 미친놈이라는 소리를 들었다.

집에 같이 가자는 말도 안 했는데 집으로 가는 길을 함께한 날도 있었다. 도하가 8층을 누르고 벽에 몸을 기대자 도형은 그런 도하를 물끄러미 봤다. 뭐라고 말은 하는데 이어폰을 꽂고 있어서 무슨 말을 하는지는 몰랐다.

8층에서 문이 열리고 내리는데 도형이 따라 내렸다. 이 미친놈이 자기 집은 7층이면서. 그제야 도하가 놀란 얼굴로 돌아보자 도형이 왜 그런 얼굴로 보냐는 듯 눈을 깜박였다. 가만히 뒀다가는 집에까지 따라 들어올 기세였다.

도하는 문이 닫히는 엘리베이터를 급하게 눌러 잡고 도형을 그 안으로 밀어 넣었다. 친절하게 7층까지 버튼을 눌렀다.

"따라 내리면 죽는다."

그러자 도형이 엘리베이터 문을 다시 열고 내리는 일은 일어나지 않았다. 다만 메시지가 하나 들어왔다.

[무서워요] 오후 6:28

"웃기네."

도형은 분명 갈팡질팡하고 있는 거였다. 키스를 하면 제 마음을 알 수 있다고 생각하는 것 자체가 잘못됐다. 누굴 좋아하면, 몸의 주인이 그걸 모를 수가 없다고 생각하는 사람이 도하였다. 그 떨림을 어떻게 인지하지 못한다는 말인가.

도하는 도형의 개소리에 놀아날 생각이 없었고, 순순히 요구에 응해 줄 마음도 없었다. 만약 이 일로 도형이 힘들어하고 있다면 기꺼이 더 오래 힘들게 내버려 두고 싶었다.

그리고 금요일, 도형은 작정한 듯 검은색 티셔츠에 검은색 재킷, 청바지를 입고 나타났다. 강의실에 연예인이 들어온 줄 알았다.

결국 도하는 저도 모르게 벌어진 입을 급하게 다물고 핸드폰을 꺼내 들었다. 길에서 무서운 양아치들 만날 때 핸드폰만이 불안한 눈동자를 잡아 줄 유일한 도구였다. 도하는 인터넷

페이지를 열고 궁금하지도 않은 기사 하나를 눌렀다.

"도하야, 이거."

도형이 도하의 책상 위에 바나나 우유 두 개를 올려놓는다. 옆자리에 앉은 도형에게서 진한 향수 냄새가 났다. 고개를 돌려보자 도형이 눈을 맞추며 씩 웃었다. 망할 놈의 가슴이 두근거린다.

"오늘 저녁에 약속 있어?"

도형이 물었고 도하는 책상 위를 차지하고 있는 우유만 뚫어져라 노려봤다. 없다고 했다가는 '그럼 오늘 저녁에 우리 키스할래?' 같은 말이 날아올 것만 같아 도하는 고개를 끄덕였다.

얼마 지나지 않아 교수가 들어왔고 일부러 도형에게 시선을 주지 않은 채 정면을 응시했다. 그러자 도형이 더 말을 잇지는 않았다.

월요일 아침에는 도형과 엘리베이터를 같이 탔다.

"잘 잤어?"

도형이 묻는다. 도하는 고개를 끄덕이며 가방을 뒤적여 이어폰을 찾았다. 마구잡이로 뒤섞인 짐에 헤매고 있을 때 도형이 손을 뻗어 벌어진 가방을 잡았다. 도하의 시선이 올라간다.

"노래 안 들으면 안 돼?"

"왜?"

"같이 가자, 학교."

"어, 가고 있는데."

그럼 내가 지금 학교 가지, 어디 등산이라도 가는 것처럼 보이니? 눈을 끔벅이자 도형이 친절하게 도하의 팔을 잡아 가방에서 빼내어 준다.

"이야기하면서 가자고."

"우리가 뭐, 할 말이 있나?"

1층에 도착한 엘리베이터가 문을 개방한다. 도하는 재빨리 발을 움직여 바깥으로 걸어 나갔다. 다리가 긴 도형이 금세 따라붙었다. 아무리 속도를 내도 달리지 않는 이상 나란히 걷는 모양이 됐다. 아, 그냥 미친 척 달려 버릴까. 속도를 조금 더 높이자 경보가 된다. 절로 무릎이 안 구부려졌다. 뒤뚱뒤뚱 걷는데 도형이 작게 웃으며 따라붙었다. 이 새끼 뭐야. 졸라 빨라.

"아예 달리지 그러냐?"

도하의 가방 끈을 붙잡고 도형이 말했다.

"기도하, 저번처럼 가방 버리고 가면 강의실로 찾아간다. 너 오늘 1교시 뭔지 다 알아."

"……."

진짜 가방 버리고 달릴까 상상을 해 봤던 도하는 빠르게 그 생각을 버리고 걸음의 속도를 늦췄다.

"너 요즘 왜 나 계속 피해?"

도형이 묻는다. 그 답은 도하도 사실 잘 몰랐다. 어렴풋이 예상해 보건데 오래 품었던 마음이 너무 보잘 것 없이 무너진 것 같아 상처 받았고, 그런 상태에서 덜컥 도형이 다가오니 순순히 넘어가고 싶지 않은 마음인 것 같았다. 마지막 자존심 같은. 없는 줄 알았는데 새싹처럼 자존심이 있긴 있었던 거다.

"내가 언제 너를 피했어?"

"피하잖아. 저번에 상대 앞에서 나 발견하고 도망가는 거 다 봤어."

그랬다. 그때 진영과 함께 걸어오는 도형을 발견하고 전속력으로 달렸다. 왜냐하면 상경대를 걸어 나오는데 귀신같이 새똥을 맞았기 때문이다. 조준력이 어마어마했다. 종을 알 수 없는 새가 날아가는 와중 똥을 쌌는데, 그게 도하의 정수리를 명중한 거다.

대충 물티슈로 머리를 닦고 집에 갔다 올 시간이 되는지 가늠하고 있을 때 도형을 발견했다. 새똥을 맞은 머리로 도형을 마주할 수 없었다. 그래서 달렸다. 다 이유가 있었던 도피였다.

"하필 잠겨 있는 쪽으로 가서 문을 미친 듯이 흔들다가 돌아가는 것도 다 봤다."

그만 말해. 도하는 이를 악물고 무표정으로 일관했다. 그때의 당혹스러움과 절망스러움이 다시금 도하를 물들이고 있었다.

"내가 키스해 보자고 하는 게 그렇게 싫어?"

당혹하며 절망하는 도하에게로 돌직구가 날아온다. 새똥보다 명중률이 뛰어났다. 그대로 도하의 심장을 가격했다. 헉, 미친. 심장이 널을 뛰었다. 도하는 입술을 꾹 물고 도형을 노려보았다. 그 얼굴을 도형이 물끄러미 내려다봤다. 아침 햇살에 피부가 반들거리고, 입술은 반짝거린다.

아니, 좋아. 존나 좋아. 그런데 왠지 좋다는 말이 쉽게 안 나간다! 이놈아!

도하는 속내를 꾹 누르며 고개를 돌렸다.

"키스까지 해 가면서 네 마음 확인해 볼 생각은 버려."

"내 마음이 뭔데?"

"갈팡질팡하는. 너조차도 잘 모르는 마음."

"대체 너는 왜 내 마음을 그렇게나 확신해?"

적당히 낮고 굵직한 도형의 목소리가 듣기 좋게 울렸다. 나무라는 목소리는 아니었으나 조금 가시가 돋은 것처럼 느껴졌다. 슬쩍 눈을 올리자 내려다보는 도형과 바로 눈이 마주쳤다.

"요즘 진짜 너 때문에 내가 아무것도 못 해. 머리를 감으려고 눈만 감아도 네가 생각나. 오죽하면 불을 켜고 자. 눈 퀭한 거 안 보여?"

도하는 가만히 도형의 눈을 바라봤다. 눈을 뾰족하게 뜨고 올려보자 도형이 도하의 눈가를 손으로 잡아 내렸다.

"째려보지 마. 누구보다 나를 잘 아는 네가 왜 자꾸 내 말을 의심하는지 모르겠어."

"저번에는 좋아하는 것 같다고 그랬어. 그건 확신 없는 말이잖아."

"아니야. 좋아해."

눈가를 쓱 쓸고 내려온 손이 도하의 두 뺨을 잡았다. 충분히 빠르게 뛰고 있는 심장에 리듬감이 더해졌다. 북을 울리는 줄 알았다.

도형이 지그시 도하와 눈을 맞췄다. 숨이 멎을 것 같다. 도하는 몇 번이고 호흡을 하고 자기 주문을 걸었다. 입술이 닿지도 않았는데, 그저 시선만 닿았을 뿐인데 다리에 힘이 풀리는 것 같았다. 뺨으로 도형의 체온이 옮겨 붙었다. 유난히 따스한 햇살에 몸이 달아오르는 느낌이다.

얼굴을 감싸고 있는 도형의 손을 치워 내고 걸음을 돌렸다. 도형이 조용히 따라붙었다. 그렇게 말없이 길을 걸었다. 아침 햇살이 따뜻한 날이었다.

하루는 학생 식당 앞에서 도형을 만났다. 마치 기다리고 있었다는 듯 문 앞에서 핸드폰을 들여다보고 있다가 도하를 발견하는 순간 '어!' 하며 핸드폰을 주머니에 집어넣고 도하의 옆에 붙어 섰다.

"뭐 먹을래, 도하야?"

우리가 오늘 같이 밥을 먹기로 했었나요? 왜 갑자기 제게 지갑을 여시는지? 도하가 미심쩍다는 듯 도형을 흘겨보다가 고개를 돌렸다.

도하는 칼국수를, 도형은 돌솥비빔밥을 들고 자리에 앉았다. 같이 앉을 생각이 없었는데 도형이 자연스레 도하의 앞에 의자를 빼고 앉았다. 뜨거울 때 먹어 줘야 하는데 도형을 피한답시고 식당 안을 계속 돌아다니며 자리를 옮길 수도 없어 도하는 포기하고 숟가락을 들었다.

"왜 안 하던 짓을 하고 그러냐."

나름 진지하게 뱉은 말이었는데 끝맺은 말 뒤에 호로록 마신 국물이 뜨거워 그 무게감을 이어가지 못했다. 입천장 다 벗겨지는 줄 알았다. 도하는 고통 섞인 소리를 뱉으며 냉수를 찾았으나 없었다.

"엇, 기다려."

도형이 냉큼 자리에서 일어나더니 순식간에 냉수를 들고 나타났다. 갑자기 도형이 너무나 을의 자세를 취한다. 도하는 도형이 건네준 냉수를 마시며 눈을 가늘게 떴다. 난생처음 도형에게 이런 대접을 받는다.

닭고기를 올린 숟가락 위에 도형이 냉큼 김치를 올려 줬다. 제 밥은 먹지도 않고 도하만 보고 있었다. 진짜, 적응 안 된다고. 도하는 먹는 것 앞에서 성의를 무시하는 건 아니라고 생각하며 숟가락을 입으로 가져갔다.

“뭐야? 이참에 내 종이 되려고 마음먹었냐?”

“어, 이참에 진짜 해 볼까?”

“……”

“주인님 모시려면 늘 가까이 있어야지. 오늘 집에 같이 가자.”

농담인데, 농담을 농담으로 안 받아들인다. 아닌가. 농담으로 받아친 건가. 순간 도하는 혼란스러움을 느꼈으나 고개를 숙이고 면발을 흡입하며 대화를 대충 넘겼다.

“저녁에 약속 있어?”

“바빠.”

“뭐 하는데?”

“그냥 바빠.”

“저녁은 먹을 거 아니야. 집 앞에 삼겹살집 생겼던데 거기 가 보자.”

점심도 기다렸다가 같이 먹더니, 이제 저녁도 같이 먹으려나 보다. 금요일에도 수업 들으러 가기 전에 같이 밥을 먹은 게 손에 꼽을 정도인데, 굳이 수업을 같이 듣는 날이 아닌데도 이러는 걸 보면 어지간히 제 마음을 확인하고 싶은 모양이었다.

과연 이건 도형의 진심일까.

“봐서.”

도하는 물끄러미 도형을 보다가 고개를 숙이며 답했다.

밥을 먹은 뒤 수업 하나를 듣고 도서관으로 향했다. 네 갈 길 가라는데도 도형이 도서관까지 걸음을 같이 했다. 몇 분 뒤에 수업이 있는 주제에 열람실까지 따라 들어오려고 해서 발길질을 했더니 입술을 삐죽이며 떠났다.

자리에 앉아 책을 편 지 한 시간이 지났을까. 화장실에 다녀오는데 열람실을 두리번거리는 도형을 발견했다. 도형이 들으러 간 수업은 세 시간짜리였다.

강의 시간이 아직 두 시간이나 더 남았는데 대체 왜 도서관에?

의아한 얼굴로 보는데 도형의 시선이 의자에 걸어 둔 도하의 가방으로 향한다. 고개를 길게 빼고 자리를 살피더니 거기 놓인 모든 게 도하의 짐인 걸 확인했는지 갑자기 옆자리에 들고 온 제 짐들을 주섬주섬 내려놓기 시작했다.

우선 의자 위에 가방을 놓았다. 가방 지퍼를 열더니 노트북을 꺼낸다. 애플 로고가 새겨진 맥북을 책상 위에 올려 두고 자리에 앉지 않은 채 서서 무언가를 메모하더니 포스트잇 한 장을 도하의 책 위에 붙여 두고 사라졌다. 맥북을 두고 사라졌어. 미친놈, 돈 많나 봐!

도하는 도형이 사라지고 없는 자리로 돌아가 포스트잇부터 확인했다.

나 4시에 수업 끝나. 끝나고 여기로 올게. 가지 말고 기다려.

너 가면 내 맥북 누가 훔쳐 감. -도형-

그래서 가방이고 맥북이고 다 놓고 가 버린 건가.

인질을 잡은 적도 없는데 잡은 게 됐다. 부른 적도 없는 도형이 알아서 온다고 하고, 심지어 기다려 달라고 한다. 어떻게 순식간에 상황이 이렇게 변할 수 있지?

도하는 도형의 뒤에서 번호표만 들고 달달 다리를 떨며 초조하게 기다리던 나날들을 떠올렸다.

4시 5분. 도서관에 도착했는지 도형이 연락을 해 왔다.

[설마 했는데 갔구나] 오후 4:05

[도서관에 왔는데 도하도 없고 내 가방도 없고

내 맥북도 없네요……] 오후 4:05

도하는 그 메시지를 도서관 근처 벤치에 앉아서 읽었다. 저도 모르게 툭 웃음이 터졌다. 벤치 옆에 던져 놓은 도형의 가방을 사진 찍어 전송했다. 네 물건 찾고 싶으면 여기로 오라고 작성해서 보내기도 전에 도형의 말풍선이 떴다.

[어! 나 여기 어딘지 알아] 오후 4:06

[축지법으로 간다] 오후 4:06

그리고 얼마 안 있어 도형이 나타났다. 사라진 맥북을 확인하고 기뻐할 줄 알았더니, 학교를 안 떠나고 있는 도하를 보며 안도한다. 진짜 미친 건가.

"안 갔네. 아, 진짜 비어 있는 네 자리 보는데 얼마나 허탈하던지."

달려왔는지 도형의 숨이 조금 가쁘다. 벤치에 있는 가방을 치우고 도형이 그 자리에 앉았다. 고개를 뒤로 젖히며 머리를 쓸어 넘기는 모습이 슬로 모션으로 눈에 담겼다. 셔츠 소매를 접어 올린 탓에 드러난 손목이 적당히 굵고 매끄럽다.

"도서관에 있을 것도 아니면서 맥북을 놓고 가는 게 어디 있냐."

"네 옆자리 맡은 거지. 너 집에 안 가고 남아 있으면 나도 공부하려고 했어."

"얼씨구?"

"진짜인데."

도형이 목덜미를 매만지며 시선을 돌렸다. 벤치에서 일어나자 도형이 따라 섰다.

"집으로 가?"

"응."

"저녁은?"

"아직 생각 없어."

"삼겹살집 문 활짝 열고 김치 굽고 있으면 좋겠다."

도형이 악마 같은 소리를 한다. 위험한 소리다. 피자 가게를 지나갈 때도 냄새에 발목 여러 번 잡혔는데, 불판에 김치를 굽는다? 이 냄새를 이겨 낼 수 있는 의지가 과연 내 안에 있을까.

도하는 그런 생각을 하며 목적지를 향해 걸었다. 그 목적지가 제발 집이기를 바라면서.

그리고 얼마 뒤.

"술 마실래?"

"아니. 너랑 술 마시고 싶지 않은데."

"사장님, 콜라 한 병 주세요."

도하는 지금 삼겹살 두 덩어리를 올린 불판 앞에 앉아 있다. 집게는 도형이 들었다.

말이 씨가 된다고 집 근처에 들어서자 바람을 타고 맛있는 냄새가 도하를 마중 나왔다. 오늘 날이 조금 따뜻해져서 그런가, 진짜 가게 문을 활짝 열고 장사를 하고 있었다. 심지어 가게 앞에 테이블도 폈다. 고기 굽는 냄새, 김치 굽는 냄새가 진동을 했다. 완전 유혹의 소나타였다.

분명 내가 아는 맛이다. 그런데 이 냄새를 지나치는 건 죄다. 이 상태라면 시리얼을 국그릇에 말아 먹는 걸로도 허기가 차지 않아.

그런데 그때, 도형이 아무 말 없이 가게로 들어갔다 나왔다.

어정쩡하게 서 있는 도하를 보며 '안에 자리 있대' 라고 말했다.

도하는 혼자 생각을 하다가 하는 수 없다는 듯 도형의 뒤를 따라 들어갔다. 진짜 내가 지금 저녁 생각 없는데, 너 때문에 먹는다. 뭐 그런 표정을 장착하고서.

도하가 쌈을 쌌다. 상추 위에 깻잎, 깻잎 위에 고기와 고추, 마늘, 쌈장을 올리고 반으로 접어 입에 욱여넣었다. 저도 모르게 음미했다. 절로 고개가 끄덕거려진다. 그 모습에 집게를 들고 고기를 뒤집던 도형이 피식 웃었다.

"여기 껍데기도 맛있대."

"먹자."

단호한 대답에 도형이 미소 지으며 고개를 끄덕인다. 그렇게 삼겹살 3인분과 껍데기 1인분, 추억의 도시락과 된장찌개를 먹은 후 가게에서 나왔다. 결제는 도형이 했다. 자기가 오자고 했으니 자기가 사겠다며 시원하게 긁었다.

"사람들 보니까 냉면 많이 먹더라. 다음에는 냉면 먹……."

거기까지 말이 나간 도하가 뒤늦게 입을 다물었다. 다음을 기약하는 모습이 너무나 자연스러웠다. 도하는 입술을 꾹 물고 도형에게 바싹 다가섰던 몸을 멀리 떨어트리며 앞서 걸었다.

"그래. 냉면 먹으러 꼭 오자, 도하야. 말 나온 김에 내일 어때?"

"바쁩니다……."
"모레?"
"바빠요……."
휘적휘적 앞장서는 도하를 보며 작게 웃은 도형이 카드를 집어넣었다.

✢ ✢ ✢

어느새 주말이 되었다. 도하는 큰마음 먹고 값비싼 러그를 당근마켓에 올렸다. 파리에서 비행기를 타고 온 러그라는 사실을 강조했다.
러그 장인의 손길이 닿았다. 유려한 곡선이 아무리 봐도 질리지 않는다. 러그 끝에 태슬이 있어 더 고급스럽다. 운송료에 관세까지 내 가며 산 이 러그를 단돈 얼마에 모신다와 같은.
누가 보면 사기꾼이라고 오해할 만한 글이었으나, 도하는 울며 겨자 먹기로 올린 것이었다. 자잘한 거 열 개 파느니 큰 거 하나 파는 게 재정에 도움이 됐다. 핸드메이드를 알아본 건지 바로 누군가 연락을 해 왔다.

[혹시 직접 보고 살 수 있나요?] 오후 2:27
[저기요?] 오후 3:01

뒤늦게 메시지를 확인한 도하는 혹시라도 고객을 놓칠까 다급하게 답장했다.

오후 3:20 [네! 가능합니다!]

오후 3:20 [이게 생각보다 크고 무겁습니다.
혹시 차 가지고 오시나요?]

오후 3:20 [만약 보고 구매하신다고 하면 택배로 보내드릴게요.]

[차 가져갑니다~] 오후 3:21

[주차장 있나요?] 오후 3:21

오후 3:22 [네! 주소 보내드릴게요.]

대화가 순조롭게 끝났다.

며칠 전에 크린토피아에 세탁을 맡기기를 잘했다고 생각하며 방을 치웠다. 한 시간 뒤 전화벨이 울렸다. 혹시 모를 장기 매매나 예상치 못한 폭력 등을 염두에 두고 도하는 집에서 1층 공동 현관을 열어 주는 대신 직접 내려갔다. CCTV에 잘 찍히도록 엘리베이터 정중앙에 서서 한 번 올려다보기까지 했다.

러그를 사러 온 사람은 주차장에 차를 대지 않고 오피스텔 앞에 차를 세웠다. 도하는 공동 현관 앞에서 가만 서 있는 남자를 바라봤다. 눈이 마주치고 몇 초의 정적이 흘렀다. 동시에 고개를 한쪽으로 기울었다.

"당근……?"

“아, 네. 안녕하십니까.”

남자가 공손하게 고개를 숙여 인사했다. 남자는 도하보다 나이가 많아 보였다. 30대 즈음으로 추정됐고 검은색 슬랙스 바지에 흰색 셔츠를 입고 있었다. 지금 날씨에 이러고 다니면 조금 추울 텐데, 차가 있어 가능한 옷차림으로 보였다.

“세탁했는데 괜히 들고 나와서 펼쳤다가 때 타면 아까우니까 안 들고 나왔어요.”

도하가 급하게 타고 내려온 엘리베이터를 붙잡았다. 바로 문이 열렸고 남자가 올라탔다. 8층을 누르고 닫힘 버튼을 눌렀다. 닫히는 문 사이로 공동 현관 비밀번호 누르는 소리가 났으나 애써 거의 다 닫힌 문을 다시 열며 기다려 줄 생각은 없었다.

엘리베이터에서 내려 8층 앞에 섰다. 예의상 남자가 멀찍이 서 있기는 했으나 남자가 간 뒤에 비밀번호를 한번 바꿔야겠다고 생각했다.

“들어오세요.”

남자가 사람 좋게 웃으며 고개를 살짝 숙이고 집 안으로 발을 들였다.

“저거예요. 세탁하고 어제 찾은 거라서 깨끗합니다.”

현관문을 닫으려다가 조금 찜찜해서 문 사이에 슬리퍼를 끼워 살짝 열어 뒀다. 신발을 벗고 들어가 남자의 옆에 섰다.

“사진에서 봤던 것보다 색상이 더 밝네요?”

"사진발 받으라고 간접 조명 켜고 찍어서 그래요. 혹시 색상 때문에 그러세요? 깔아 놓고 잿빛이 되는 일은 없었어요. 떡볶이 먹다가 국물 흘리지 않는 이상 잘 안 더러워지더라고요."

"아, 그래요?"

"네. 그리고 느낌도 좋아요. 한번 만져 보세요."

"만져 봐도 돼요?"

남자가 돌아봤다. 아직 살지 말지 고민하는 눈빛이었다. 도하는 남자를 보며 고개를 끄덕였다.

"당연하죠. 만져 보셔도 돼요."

이 부드러운 러그를 만지고 밟아 보아라. 에누리를 해서라도 가져가고 싶은 마음이 들 것이다. 도하는 확신했다.

남자가 무릎을 쪼그리고 앉아 러그를 향해 손을 뻗었을 때였다. 벌컥, 난데없이 현관문이 열렸다. 아니, 누가 남의 집 문을 막 열어? 도하는 당황하여 돌아보고, 남자는 놀라서 돌아봤다. 그리고 돌아본 현관에 도형이 처참한 얼굴을 하고 서 있었다.

"기도하. 안 돼."

"……야, 너 뭐야, 갑자기?"

"안 된다고. 다른 남자 만나지 마. 나 아직 너한테 내 마음 반도 안 보여 줬단 말이야!"

"……어?"

당황했다. 동공 지진, 그게 지금 도하의 눈에 일어나고 있었다. 이것은 흡사 진도 9에 가까운 규모였다. 약 20년에 한 건꼴로 발생한다는 진도 9의 지진. 그게 지금 801호에서 일어나고 있다. 당근마켓 거래 현장에서.

오늘 처음 본 고객 앞에서, 도형이 상상해 본 적도 없는 말을 뱉어 낸다. 도형이 안으로 성큼성큼 들어오더니 도하의 손을 잡았다. 표정이 이 상황을 견디지 못하겠다는 듯 절절하기까지 했다.

"도하야, 나 안 좋아해도 돼. 그런데 시간을 두고 나한테 조금만 더 기회를 주면 안 돼?"

왜 이래. 뭐 때문에 돌아 버린 거지? 도하는 눈을 끔벅이다가 이 방 안에 있는 낯선 한 사람을 인식했다. 아니, 대체 무슨 생각을…….

"야, 너 지금."

"좋아해. 나 진짜 너 좋아한다고! 이 감정이 언제부터 시작한 건지 가늠도 안 돼. 뒤늦게 깨달은 게 원통할 정도야. 나 너 좋아하는 거 맞아. 좋아한다고!"

갑자기 고백이 폭탄처럼 쏟아진다. 예고도 없이, 좋아한다는 말이 사정없이 도하를 가격했다. 몸이 너덜거리거나 혈흔이 방자하게 바닥을 물들이지 않았으나 도하의 마음 안에서는 알 수 없는 감정이 휘몰아쳤다.

타격감이 어마어마했다. 떡볶이 국물을 흘리지 않는 이상

잘 더러워지지 않는 러그를 며칠 전 세탁해서 뽀얗게 만들었으나, 도형을 향한 마음은 아무리 세탁해도 세탁이 안 됐다. 세제를 털어 넣고 과탄산소다를 쏟아부어도 도형이 진하게 새겨진 것은 지워지지 않았다. 그런 도형이 간절한 얼굴로 도하를 내려다보며 잡은 손에 힘을 준다.

"어……. 저기, 저 살게요. 그냥 들고 가면 될까요?"

차마 일어서지 못하고 쪼그려 앉은 채 남자가 말했다. 소심하게 뱉은 목소리가 도형이 뱉은 고백의 꼬리를 물고 분위기를 깼다. 당황도 잠시, 도하는 급하게 멀리 달려가는 정신을 붙잡았다. 도형의 손을 떼어 내고 남자를 돌아봤다.

"상태 확인하셨어요? 괜찮으세요?"

"네. 괜찮네요. 차 가지고 와서 그냥 바로 가져가면 될 거 같아요. 저 얼른 갈게요……."

남자가 흘긋 도형을 올려다보더니 재빠르게 눈을 내렸다. 러그 하나 사러 왔다가 이름 모를 남녀의 치정극에 휘말렸다. 분위기로 보아하니 이 집에 들어온 자신 때문에 남자가 돌아버렸구나, 생각하는 눈치였다. 도하는 민망하게 웃으며 러그를 돌돌 말았다.

"죄송합니다……."

"아니에요. 잘 해결되시길 바랍니다……."

"올려놓은 금액에서 2만 원 깎아 드릴게요."

"아, 그럼 그 제안 거절하지 않고 감사히 받겠습니다."

도형이 눈을 깜박거린다. 이제야 801호 안에서 초면인 남자와 도하가 무슨 일을 하고 있었는지 깨달은 눈치다. 작은 탄식이 도형의 입에서 흘러나왔다. 도하는 입술을 꾹 물며 엉망진창이 되어 버린 고백의 현장을 수습할 방법을 생각했다. 그러나 떠오르는 방안이 하나도 없다.

도하가 러그를 마는 사이 남자가 도하의 계좌를 묻고 2만 원 할인된 금액을 송금했다. 그 사이에서 도형은 물 먹은 하마처럼 가만히 서 있었다. 산뜻함은 온데간데없이 너른 어깨가 축 처지는 게 보인다. 망했다. 분명 그런 생각을 하고 있을 테다.

"안 나오셔도 돼요."

"어, 안 무거우세요?"

"괜찮습니다."

러그를 들고 일어난 남자가 도형을 힐끔 보고는 현관으로 나갔다. 마음이 급한지 신발을 구겨 신고는 급하게 떠났다. 남자가 사라진 복도를 망연히 바라보던 도하는 문턱에 걸쳐져 있는 슬리퍼를 안으로 집어넣고 현관문을 닫았다. 띠리릭, 도어록 잠기는 소리가 나고 집 안에 이루 말할 수 없이 민망한 침묵이 찾아왔다.

"어……. 나 우선, 집에 좀……."

못을 박은 듯 움직이지 않고 서 있기만 하던 도형이 발을 뗐다. 숨 막히는 공간을 빨리 벗어나고 싶은 듯 현관을 향해 걸어가더니 방금 나간 남자처럼 신발에 대충 발을 꿰어 넣었다.

도하는 침대에 앉아 현관을 나서는 도형을 보기만 했다. 이 모든 게 너무 순식간에 일어나서 무슨 말을 해야 좋을지도 몰랐다.

문이 닫히기 전, 도형이 문고리를 잡아 다시 열었다. 복도에 선 두 사람의 시선이 허공에서 마주친다.

"……도하야."

대답 대신 응시하자 도형이 뒷말을 잇는다.

"그런데 진심이야."

"……."

"이따 연락할게."

그렇게 문이 닫혔다. 복도를 차단한 현관문을 멍하니 보다가 러그가 사라진 바닥을 내려다봤다. 러그 하나 없을 뿐인데 집이 묘하게 다른 분위기를 냈다. 도형이 뱉고 간 말들이 남아서 그런 건가.

도하는 한 손을 가슴 위에 얹고 뛰는 심장 박동을 느꼈다. 두근거리는 느낌이 조금 달랐다. 아주 먼 곳에서, 어느 시절에서 보내오는 신호 같았다. 집에서 러그가 나가고, 계좌에는 돈이 들어오고. 그 어디에서도 거래되지 않은 도형은 여전히 도하의 안에 남아 있었다.

"도형이가 진짜 나를 좋아한다고?"

도하의 입술 사이로 작은 목소리가 바람처럼 흘러나왔다.

✦ ✦ ✦

쉽게 잠에 들 수 없을 것 같아 밖으로 나왔다. 편의점 앞에서 맥주나 한 캔 마시려고 했는데 빗방울이 하나둘 떨어졌다. 오후의 일 때문인지 좀처럼 집이 편안함을 주지 않았다. 도형이 서 있던 현관, 들어온 방 안, 곳곳에 체취와 생각이 뱄다. 하는 수 없이 길 건너에 있는 맥줏집으로 향했다. 저번에 진영과 함께 왔던 그곳이었다.

"어?"

가게에 들어와 바 테이블에 앉은 도하를 보며 누군가 알은체를 한다. 돌아본 곳에서 진영과 눈이 마주쳤다. 진영의 옆에 남색에 빨간색 배색이 들어간 후드 티를 입은 남자가 앉아 있었다. 뒤통수만 보이던 남자가 느리게 고개를 돌렸다. 얼굴을 보기도 전에 그 사람이 누구인지 도하는 알 수 있었다.

"……."

눈이 마주치는 순간 음악 소리 가득한 가게에서 도하는 묘한 정적을 느꼈다. 아마 둘 사이에만 흐르는 기류일 것이다. 진영이 도하와 도형을 번갈아 보며 눈치를 살폈다. 대충 상황이 어떻게 돌아가고 있는지 알고 있는 것 같았다.

"어? 성준이다. 나 전화 받고 올게."

진영이 다소 어색한 목소리를 내며 밖으로 나간 건 도하가 맥주 한 잔을 다 마시고 한 잔을 더 주문했을 때였다. 두 팔을 테이블 위에 꼬아 올리고 발을 까닥거리고 있는데 시선이 느껴졌다. 돌아보자 몇 개의 의자를 뛰어 넘어 앉아 있는 도형이 빤히 도하를 쳐다보고 있었다.

뭐. 뭘 보냐. 혼자 술 마시는 사람 처음 보냐? 왠지 모르게 말이 불퉁하게 튀어 나갈 것 같아 도하는 입을 꾹 다물고 턱을 들었다.

"내 연락은 씹더니."

도형이 말했다.

아까 그러고 가 버린 뒤로 두 사람에게 연락이 왔다. 한 명은 러그 구매자였고 한 명은 도형이었다. 구매자는 자신의 집 거실에 러그를 깔고 인증 사진을 찍어 도하에게 보냈다. 진짜 너무 마음에 든다. 잘 산 것 같다. 할인은 생각도 못 했는데 너무 고맙다. 그분과는 이야기가 잘 되시기를 바란다. 감사하다. 뭐 그런 내용이었다.

도형은 전화를 두 통 했고, 도하가 받지 않자 메시지를 남겼다. 바빠? 전화 안 받네. 처음의 메시지를 읽고도 답을 하지 않자 씹어? 라고 단도직입적으로 물었다.

왠지 모르게 조금 날을 세운 말투처럼 읽혔으나 도하는 그 메시지에도 답을 하지 않았다. 그 순간에는 도형을 피하고 싶은 마음이 들었다. 이렇게 집 앞 맥줏집에서 만나게 될 줄 알았다면, 내일 연락하자는 말이라도 남길 걸 그랬다고 도하는 뒤늦게 후회했다.

“나랑 말하기 싫어?”

도형의 목소리가 낮고 건조했다. 상처를 받은 것 같기도 하고 짜증이 난 것 같기도 했다. 마침 도하의 앞으로 주문한 맥주 한 잔이 나왔다.

“아니.”

“그럼 내가 너를 좋아하는 게 싫어?”

아니. 그것도 아닌데 기분이 이상했다. 이런 순간만을 꿈꿔 왔던 건 맞는데, 왠지 모르게 도형의 고백 이전에 너무 많은 일들이 꼬여 버렸다. 그러함에도 불구하고 홀라당 좋다고 넘어가 버리면 뭔가 줏대도 없는 것 같고, 자존심도 없는 것 같고 그랬다.

또 한편으로는 도형이 갑자기 불어 닥친 낯선 상황에 불편하고도 이질적인 감정을 혼동하고 있는 것은 아닌가 싶었다. 저도 모르게 이래야 한다고 감정을 강요당한 것일지도 모른다고.

그런 강요 자체를 도형이 인식하지 못하고 있는 것일 수도 있다고 생각했다. 둘의 인연에 비해 지금의 이벤트는 너무나 빠른 시간 내에 일어났다. 분명 도하에게 있어 도형은 장기주였는데, 갑자기 단타족이 되어 버린 느낌.

아무런 대답을 하지 않고 술을 마시자 도형이 자리에서 일어나 도하의 옆자리로 옮겨 앉았다.

"묻잖아."

화를 내는 듯한 말투에 얼굴을 굳히고 돌아봤다. 개강하고 도형을 처음 봤을 때의 기분이 되살아난다. 썅, 존나 잘생겼다. 도하는 제 속에 꿈틀거리는 본능을 꾹 누르며 표정을 갈무리했다.

"우리가 여섯 살 때 처음 만났잖아."

갑자기 옛 이야기를 꺼낸다는 것은 역사를 되짚어 본다는 말이었다. 몇 년 전도 아니고, 10여 년 전으로 돌아간 좌표에 도형은 눈썹을 찡그렸다가 되돌렸다.

"응."

"나는 아마도 그때부터 너를 좋아했던 것 같아."

도하의 말에 도형이 놀란 얼굴을 했다. 이렇게 오래 묵은 마음을 갑자기 집 앞 술집에서 제 옆자리를 차지하고 앉은 도형에게 툭 뱉어낼 줄은 몰랐다.

"사실 나도 그 시작을 잘 모르겠어. 분명한 건 내가 너보다 더 오래됐다는 거야."

"애들이 그런 말 하면 매번 아니라고 말하고 다녔잖아."

"너한테 부담 주고 싶지 않았어. 사이가 틀어지는 것도 싫었고."

한 번도 상대의 마음을 의심해 본 적 없던 듯 멍한 얼굴로 보던 도형이 도하의 맥주잔을 가져가 벌컥벌컥 술을 마셨다.

젖은 입술을 문질러 닦는 도형을 보며 도하는 말을 이었다.

"솔직히 고등학교 가기 전까지는 매일 붙어 지냈다고 해도 과언이 아닌 거 같은데, 너는 어떻게 한 번도 나를 의심 안 했어?"

"친구라고 생각했으니까. 친구였고. 의심할 필요가 없었어."

도하의 표정이 굳자 도형이 말을 잇는다.

"네 입장에서만 생각하지 마. 이건 믿음의 문제야. 나는 그냥 너를 믿었어. 그게 잘못이야? 지금 네가 마음에 안 드는 게 그런 거야?"

듣고 보니 그렇다. 도하는 말없이 고개를 저었다.

"너랑 사귀는 상상은 많이 해 봤는데, 진짜 사귈 수 있다는 생각은 해 본 적이 없어."

테이블에 방울방울 떨어진 물기를 손으로 문지르며 말했다. 그런 도하를 도형이 눈동자를 돌려 봤다.

"이제부터 해 보면 되잖아."

물방울을 끌어가며 긴 선을 만들던 도하의 손이 멈칫했다. 스르륵, 시선이 느리게 옆으로 넘어갔다. 눈이 마주치는 순간 심장이 곤두박질치듯 두근거렸다. 도형이 말없이 도하를 봤다. 끈질긴 시선을 던지는 사람답게 적막을 이어 가는 태도 또한 대단했다.

"사귀는 게 먼저든 키스가 먼저든 상관없어, 나는."

“…….”

“어차피 다 너랑 할 거니까.”

도형이 말했다. 낮고 부드러운 목소리가 퍽 달달했다. 도하를 보는 눈이 꽤 노골적이다. 주먹을 쥔 손에 절로 힘이 가해졌다. 도형이 무표정한 얼굴로 술에 젖은 입술을 천천히 열었다.

“뭐든 좋으니까 나랑 하자, 도하야.”

빗방울이 맺힌 창문 밖으로 소나기가 내리고 있었다.

11.

관계식, 스물셋의 도형

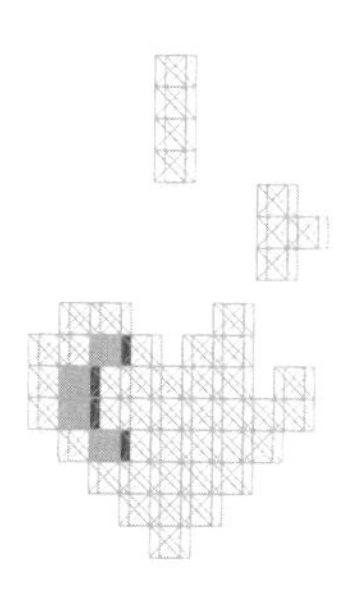

도형과 도하는 진영이 간 뒤에도 가게에 남아 술을 마셨다. 마치 대결을 하는 것처럼 도하가 한 잔 마시면 도형도 한 잔을 마셨고, 도형이 한 잔을 마시면 도하도 한 잔을 마셨다. 그렇게 해서 두 사람 다 몸을 가누기가 힘들어졌을 무렵, 도형이 집으로 가자고 했다. 우리 집으로 가자고.

도하는 지기 싫은 듯 눈을 크게 뜨며 '그래, 까짓 거. 가자!' 했다. 도형이 자리에서 일어나 계산을 했다. 가게 밖으로 나오자 여전히 비가 퍼붓고 있었다. 우산을 챙길 생각도 없이 두 사람은 비를 맞으며 오피스텔을 향해 후다닥 달렸다. 그 과정에서 도하가 휘청거리며 넘어질 뻔했고, 도형이 잡아 주었다.

엘리베이터에 올라타서 도형이 7층만 눌렀을 때는 숨이 막힐 정도의 어색함이 감돌았다. 도하는 젖은 머리카락의 물기를 털어 내며 입술을 잘근잘근 물었고 도형은 손가락을 까닥거리며 올라가는 층수만 봤다.

도어록 비밀번호를 누르자 잠금이 풀렸다. 도형이 현관문을 열자 젖은 차림의 도하가 발을 들였다.

문이 닫히자마자 피가 빠르게 도는 것처럼 심장이 빨리 뛰었으나 그리 오래 가지는 않았다. 도하는 침대 앞에 앉아 헤어드라이어로 젖은 머리를 말렸고, 도형은 옷을 갈아입은 뒤 수건 한 장을 머리 위에 얹었다.

위잉위잉, 헤어드라이어 소리만 가득하다가 전원을 내렸을 때는 정적이 감돌았다.

"맥주 마실래?"

"아니. 더 마시면 토할 거 같아."

도하는 그대로 바닥에 드러누웠다. 냉장고에서 맥주 한 캔을 꺼내 온 도형이 침대에 있는 베개를 끌어내려 도하의 머리맡에 놓고 밀어 넣었다. 도하는 눕고, 도형은 그 옆에 앉아 맥주 캔을 땄다. 한 모금 마시고 입술에 닿은 캔을 떼어 냈다. 누워 있는 도하를 물끄러미 내려다보다가 흐트러져 있는 머리카락을 만져 보자 물기가 있었다.

도형은 손을 뻗어 헤어드라이어를 잡고 전원을 올려 약한 바람으로 도하의 머리카락을 말렸다. 정수리 부근의 머리카락을 손가락으로 헤집으며 드라이어를 흔들자 내내 감겨 있던 도하의 눈꺼풀이 느리게 올라온다. 따뜻한 바람이 손끝을 스치고, 바람 사이에서 두 사람의 시선이 맞물렸다.

"네 머리나 말려."

"너부터."

얼마간 눈을 맞추던 도하가 눈꺼풀을 내리며 눈을 감았다. 살랑살랑 흔들리는 머리카락을 보다가 도하의 얼굴을 꼼꼼하게 훑어봤다. 매끄러워 보이는 이마와 뺨, 선이 고운 눈썹과 속눈썹, 코 아래 자리 잡은 입술을 봤다. 저 입술에서 셀 수 없이 흩어져 나왔던 자신의 이름. 그 이름을 실었던 목소리.

도하를 처음 만났을 때부터의 기억이 지나가는 것 같았다. 도하가 입었던 네 벌의 교복과 성장이, 변천사가 순서대로 그려졌다. 그 시절을 생각하니, 이 마음이 대체 언제부터였을지 도형은 스스로 자문하게 됐다. 너무 익숙해서 몰랐던 거다. 그렇게 밖에는 답이 나오지 않았다.

"도하야."

"어."

도하가 눈을 감은 채 답했다. 왠지 말소리가 바람 소리에 말려들어 가는 것 같아 도형은 헤어드라이어의 전원을 껐다.

"너와 함께하는 순간이 지금이 끝이 아니었으면 좋겠어."

눈꺼풀이 올라가고, 도하의 눈동자가 드러났다. 눈이 마주치자 두 세계가 숨을 죽이고 너머를 들여다보는 느낌이 들었다.

"네가 넘기는 달력에, 항상 머물고 싶어."

"달력 안 넘겨."

"30대에도, 40대에도, 그 이후에도 지금까지 그랬던 것처럼 너랑 모든 시절을 보내고 싶어."

"늘 안 그랬는데."

자꾸 말꼬리를 잡고 늘어지는 도하의 이마 위로 도형이 손바닥을 떡하니 올려놓았다. 딱, 소리가 나게 붙은 손바닥에 도하가 눈을 휘둥그레 뜨고 눈을 부릅떴다.

"아!"

"일부러 그러지."

"왜 때려?"

"안 때렸어. 주의를 준 거지."

누워 있던 도하가 몸을 일으켜 앉았다. 그러더니 도형을 이상하다는 눈으로 흘겨봤다.

"그렇게 볼 거면 다시 누워."

도형이 도하의 어깨를 잡아 바닥으로 밀었다. 그러자 도하의 몸이 힘없이 넘어간다. 베개에 머리를 댄 도하가 누운 채 도형의 얼굴을 흘겼다. 어휴, 눈빛 좀 봐. 무서워, 하여튼. 도형은 한 손을 도하의 눈 위에 올려 덮었다. 어지간히 많이 때려 부어 넣은 술에 얼굴이 뜨거웠다.

"자라, 그냥."

"집이 코앞이다."

말없이 도하의 눈만 가렸다. 집이 코앞이라더니. 금방이라도 일어나 현관문을 박차고 나갈 것 같던 도하는 어느새 숨을 새근거리고 있었다. 이렇게 갑자기 잠든다고? 놀라운 숙면 속도에 도형은 피식 웃어 버리고 말았다.

도형의 안에서 도하의 캐릭터가 확실한 성질을 굳히는 순간이었다. 도하는 정말이지, 귀엽고 사랑스럽다.

✣ ✣ ✣

—도형아, 네가 운전 좀 해 줘야겠는데. 아버지 생신 겸 내려올 수 있니?

마침 주말이었다. 문상 갈 일이 있어 지방에 가야 하는데 부친이 운동을 하다 다리에 금이 가는 바람에 운전을 할 수 없는 상태라고 했다. 대중교통을 이용하면 편하겠지만, 오후 4시가 막차인 곳이라 나올 때 시간이 맞지 않아 겸사겸사 도형에게 부탁을 한 것이다.

"알았어. 오늘 갈게."

도형은 모친과 통화가 끝나자마자 간단하게 짐을 챙겨 본가로 내려갔다. 집에 도착하니 목발을 짚고 있는 부친이 저를 반겼다.

"아니, 대체 어쩌다 이렇게 됐어?"

걱정하는 건지 타박하는 건지 모를 말투에 도형의 부친은 호탕하게 웃으며 별거 아니라고 했다. 세 사람은 시간을 오래 지체하지 않고 바로 움직였다. 도형이 부친을 부축해 뒷좌석에 타는 것을 도왔다. 그 옆으로 앉으려던 모친이 목발 저리 치우라고 쓴소리를 하며 올라탔다.

운전석에 올라탄 도형이 목적지를 입력하고 부드럽게 차를 몰았다. 한 번도 가 본 적이 없는 곳이라고 생각했는데, 마을 입구에 들어섰을 때 도형은 이곳이 어렸을 적 도하와 와 본 적이 있는 곳이라는 걸 알아챘다.

"여기 도하 할머니 댁 있는 곳 아닌가?"

"어. 맞아. 기억하네? 둘이 수두 걸리는 바람에 왔었지."

도형은 오래전 일을 떠올리며, 도하와의 역사가 얼마나 오래되었는지를 새삼스레 느꼈다.

장례는 고인의 집에서 이루어졌다. 마당에 테이블을 줄줄이 펴놓고 문상객을 맞이하고 있었다. 주차를 할 곳이 없어 도형은 부모를 먼저 내려 주었다.

"주차하고 올게요."

"어. 너무 먼 곳에 대지는 말고, 와서 연락해."

모친이 말을 끝내고 문을 닫았다. 예나 지금이나 변함이 없는 동네는 여전히 어두웠다. 도형은 전조등 불빛에 의지하며 주차할 곳을 찾았다.

문상객이 많은 건지 차가 많아 생각보다 더 먼 곳에 주차를 하게 됐다. 외투를 들고 차에서 내린 도형은 검게 그을린 것 같은 마을 풍경을 바라봤다. 서로에 대해 그 어떤 감정도 없던 어린 날의 도하와 자신이 여기 있었다.

서늘한 바람이 불었다. 도형은 외투를 입으며 걸음을 돌렸다. 그러다 반딧불을 발견했다.

"웬 반딧불."

처음에는 어디서 반사된 빛인 줄 알았다. 그런데 그 빛이 마치 길을 안내하는 것처럼 도형의 앞에 계속 머물며 움직였다. 의아하게 보자, 반딧불이 옆으로 난 길로 이동했다. 도형의 시선이 그 빛을 따라간다. 그냥 지나쳐 가려는데, 예전 도하가 했던 말이 문득 떠올랐다.

"가자. 너 반딧불 한 번도 본 적 없지? 진짜 신기해. 시골 아니면 못 본다고."

이렇게 생생하게 떠오를 일인가. 왠지 모르게 토시 하나 안 틀리고 도하의 말을 복기한 느낌이 들었다. 꼭 뭐에 홀린 것처럼 도형은 길게 뻗은 길을 걷는 대신 반딧불을 따라갔다.

발걸음이 숲길로 이어졌다. 도형은 핸드폰을 꺼내 플래시를 켰다. 길을 비추며 앞에서 춤추는 듯 나아가는 반딧불을 좇았다. 왠지 이 끝에 그 옛날 도하가 보고자 했던 풍경이 펼쳐질 것만 같았다.

당시 도형은 너무 어렸고, 그날의 어둠은 어린 도형이 감당하기에 벅찬 공포였다. 분명 도하도 저와 크게 다르지는 않았을 텐데. 무슨 생각으로 숲에 도하를 버려두고 가 버렸는지 모를 일이었다. 집으로 돌아오자마자 후회했던 일이었지만, 그 일은 두고두고 도형을 괴롭히는 하나의 사건이 됐다. 생각할수록 자신이 작아지는 일.

우지끈, 하는 소리가 숲을 울렸다. 어딘가 겹치는 장면에 도형은 시선을 내려 발밑을 보았다. 발을 치우자 부러진 나뭇가지가 보인다. 그날도 분명……. 그런 생각을 하는데 어디선가 목소리가 들렸다.

"누구세요?"

도형의 시선이 숲 어딘가로 향한다. 숨을 죽이고 풀이 우거진 곳을 보자 목소리가 다시 넘어왔다.

"거기 있는 거 다 안다!"

어린아이의 목소리였다. 이 시간에, 어두운 숲에서 들릴만한 목소리는 아닌지라 도형은 긴장을 했다. 핸드폰을 꼭 쥐고 조심스레 걸음을 옮겼다. 우거진 나무 사이를 돌아서 나가자 분화구처럼 움푹 파인 곳이 나타났다.

나무 몸통을 전부 베어 냈는지 그곳만 휑했다. 나이테가 빼곡한 잘린 나무보다 먼저 눈에 들어온 건 그 안에 무수히 많이 있는 반딧불이었다. 처음 보는 풍경에 도형은 잠시 말을 잃었다. 오묘하고 신비스럽기까지 했다. 그 빛 너머에 누군가 있었다.

도형이 다가갔다. 그러다 내딛은 한쪽 발이 푹 빠지는 걸 알고 뒤로 걸음을 물렸다. 땅이 파인 곳에 물이 차올라 있었다. 흙과 섞여 질퍽했다.

"아니네."

들려오는 목소리에 도형은 고개를 들었다. 여자아이가 두 다리를 진흙 속에 파묻은 채 서 있었다. 도형이 핸드폰을 들어 플래시를 비추자 아이가 얼굴을 찡그린다.

"눈 부셔요."

도형은 빠르게 빛을 거뒀다. 엎어지기라도 했는지 온몸과 얼굴이 진흙을 뒤집어쓴 모습이었다.

"여기서 뭐 해?"

도형이 물었고, 아이가 손을 내밀었다.

"넘어졌는데 발이 안 빠져요."

도형은 길을 돌아가 아이가 있는 쪽에 섰다. 손을 뻗어도 닿는 거리가 아니라 하는 수 없이 한쪽 발을 진흙 속에 박았다. 그러자 아이의 손이 잡힌다.

"아악!"

아이가 소리를 질렀다. 잡은 손이 미끄러진 탓이다. 도형은 두 손으로 아이의 겨드랑이를 잡아 들어올렸다. 가벼운 몸이 쉽게 딸려 올라왔다.

땅을 밟고 선 아이가 의젓하게 손바닥과 옷을 털었다. 굳은 흙덩어리가 뭉텅뭉텅 떨어졌다. 머리며 얼굴이며 꼴이 말이 아니었다.

도형은 주위를 두리번거렸다. 사람이라고는 찾아볼 수 없는 곳이었다. 이런 곳에 왜 어린아이 혼자 와 있는 것일까.

“설마 혼자 왔어?”

“뭐, 지금은 혼자예요.”

이 시간에, 이런 숲에 아이가 혼자라니. 도형은 뭔가 기괴한 상황에 당황스러움을 느꼈다. 산 사람이겠지. 혹시나 하는 마음에 도형은 아이의 볼을 쿡 찔러 봤다. 말랑하다. 아이가 눈을 치켜뜨며 도형을 봤다.

“뭐 하세요?”

“어? 아, 아니야. 부모님은? 위험하게 왜 혼자 왔어.”

“몰라요. 엄마랑 아빠가 여기 데려다 놨어요.”

뭐지. 아이를 버린 건가. 왠지 모르게 엄청난 상황에 놓인 것 같다는 생각에 도형의 가슴이 조금 빠르게 뛴다. 신고를 해야 하나.

“어디서 왔어?”

도형이 물었다. 아이가 도형이 온 길과 반대쪽으로 난 길을 가리킨다.

“우선 나가자. 데려다줄게.”

“혼자 갈 수 있어요.”

아이가 말하는데도 도형은 작은 손을 잡았다. 큼지막한 손에 작은 손이 다 잡혔다. 아이가 별다른 말 없이 도형을 따라왔다. 무섭지도 않았는지, 아이는 그저 태연했다. 생긴 것도, 하는 짓도 모두 도하를 닮았네. 도형은 생각의 끝이 어느새 도하로 향한 것이 웃겨 미소를 지은 채 숲을 벗어났다.

숲을 나와 길을 걸었다. 걷는데도 이상하게 아이가 말한 집이 나오지 않았다.

"여기가 맞아?"

"그냥 쭉 걷기만 하면 되는데……."

조금 오래 걸은 탓에 아이는 금방 지쳤다. 도형은 핸드폰을 꺼냈다.

"혹시 부모님 번호 알아?"

그런데 아이가 대답을 하기 전, 도형이 발견한 건 수신호가 잡히지 않은 핸드폰 화면이었다. 어떻게 한 칸도 안 생겨. 산 정상에서나 있을 법한 일이 여기서 생긴다. 도형은 허탈한 숨을 뱉으며 핸드폰을 집어넣었다.

도형은 신호가 터지는 곳을 찾기 위해 아이를 정자에 앉혔다. 그러곤 걸어 다니며 핸드폰 화면을 확인하는데 그 어디로 가도 안테나가 안 채워졌다.

"아, 21세기에 어떻게 이래."

정자로 돌아가 앉자 눈앞이 캄캄해진다. 뭘 어떻게 해야 하지? 막막해졌다. 얼굴이 진흙으로 범벅이 된 아이가 뺨을 긁고 있었다.

“너 꼭 내가 아는 애랑 닮았다.”

“어디가요?”

“걔도 너처럼 씩씩하거든.”

“아……. 애들은 괴팍하다고 싫어하던데.”

아이의 말에 도형은 피식 웃었다. 말하는 것도 도하를 똑 닮았다.

“아니야. 좋아하는 사람도 있어.”

뺨을 긁적이던 아이가 고개를 들어 도형을 봤다.

“없던데.”

“아니야. 나 봐. 너만한 때 그 친구랑 알고 지냈는데 지금도 잘 지내고 있잖아.”

도형은 그 말을 하다가 뒷말을 조금 흐렸다. 지금도 잘 지내고 있는 거겠지?

“진짜요?”

“응.”

아이의 모습에서 도하의 모습이 겹쳐 보인다. 도형은 시선을 돌려 어둠을 뒤집어쓴 산을 보다가 홀린 듯 말을 뱉었다.

“그런데 사실 잘 지내고 있는 게 맞는지는 모르겠어.”

“이거 봐요……. 안 좋아한다니까요.”

“아니야. 친구가 아닌, 다른 의미를 두어서 그래.”

정자에 앉은 아이가 두 다리를 물장구치듯 교차하며 흔들었다.

"친구가 아닌 건 뭔데요?"

"너는 몰라도 돼."

"저도 다 알아요."

아이의 말에 도형은 툭 웃음을 터트렸다. 신호도 안 터지는 이곳에서, 이름 모를 아이를 옆에 두고 도형은 도하를 떠올렸다.

가끔 그럴 때가 있었다. 도하를 생각하기만 해도 마음 한구석이 뜨거워질 때가. 정의를 내릴 수 없는 감정을 도형은 눈치채지 못한 척 넘기곤 했다. 정의를 내린다고 한들 무엇을 결정할 수 없음을 알았으니까.

소문에 무뎌진 관계, 그 이상을 넘어설 수 없는 사이. 그게 도형이 규정지은 관계였다.

"소중해서, 더 영원한 쪽을 택했던 건데."

도형의 속내가 혼잣말처럼 튀어나왔다. 먼 곳을 바라보는 도형의 얼굴을 아이가 물끄러미 바라봤다.

정적이 흐르고, 바람이 불었다. 도하를 생각하던 도형은 핸드폰을 꺼내 수신호를 다시 확인했다. 여전히 빈 칸이다. 주차를 하러 갔다가 연락이 두절된 아들을 찾는 연락이 왔을지도 모르는 일이다. 아무래도 서둘러야겠다.

"여기로 쭉 가기만 하면 되는 거 맞아?"

아이가 고개를 끄덕였다. 도형은 아이를 정자에서 내려 주었다. 걸음을 떼려는데 아이가 말한다.

"다리 아파요……."

도형은 쪼그려 앉아 아이를 등에 업었다. 갑자기 난데없이 이게 무슨 고난과 역경의 연속인지 모를 일이다. 반딧불만 안 따라갔어도. 그런 생각을 했으나, 그랬다면 아이가 계속 그곳에 고립되어 있었겠지. 도형은 긍정적으로 생각하기로 했다.

한참 걷고 있을 때였다.

"아무도 나를 안 좋아하는 건 너무 슬퍼요."

어깨에 얼굴을 파묻은 아이가 잠꼬대하듯 말했다. 그 말이 왠지 도하가 하는 말 같아 도형은 속이 조금 저릿해지는 걸 느꼈다.

"너를 슬프게 하는 일은 없을 거야."

도형이 말했고, 더 이상 아이의 말소리가 들리지는 않았다. 얼마나 걸었을까, 길에 나와 있는 사람이 보였다. 이쪽을 보더니 달려온다. 가로등 불빛이 나갔는지 길이 칠흑처럼 어두웠다.

"아이고! 이게 무슨 일이야!"

아이의 할머니인 듯했다. 그새 잠들었는지 아이는 기척이 없었다. 도형은 방방 뛰는 할머니에게 차분하게 상황을 설명했다. 다행히 부모가 버리고 간 아이는 아닌 것 같아 마음이 놓였다. 노인을 따라 걸음을 옮긴 도형은 어딘지 모르게 익숙한 집에 들어섰다. 노인이 불도 켜지 않은 채 방문을 열었다.

눈도 밝으시네.

도형은 발을 헛딛지 않기 위해 땅을 보며 걸었다.

"여기 눕히면 될까요?"

노인이 이불을 걷으며 자리를 만들었다.

"네. 여기. 아니, 대체 애가 왜 숲에서 그러고 있었는지."

"다친 데는 없는 것 같아서 다행이에요."

도형이 바닥에 아이를 눕히자 노인이 이불을 아이의 목까지 올려 덮었다.

"청년이 발견해서 참말로, 우리 도하 죽다 살았소."

노인의 입에서 익숙한 이름이 튀어나왔다. 도형이 의아한 얼굴로 고개를 들자 노인이 방을 나선다. 도형은 어둠 속에서 이불을 뒤집어쓰고 있는 작은 몸을 보다가 노인을 따라 나갔다.

"참말로 고맙습니다."

대문을 나서며 노인이 도형의 손을 잡고 토닥였다. 별거 아니라는 인사를 하는 도형은 머릿속이 복잡했다. 데자뷔인가. 어딘지 익숙하고, 겪었던 일인 것만 같다. 그 순간 꺼져 있던 가로등 불빛이 반짝이며 깜박거렸다. 빛이 노인의 얼굴을 비춘다. 빛과 어둠이 번갈아 들어오는 시야에서, 도형은 순간 멍해졌다.

"어……."

노인이 대문을 닫고 들어갔다. 가슴이 크게 뛰었다. 그 순간 가로등 빛이 나갔다. 세상이 암전됐다.

✧ ✦ ✧

띠리릭.

현관문이 닫히는 소리에 도형은 눈을 번쩍 떴다. 도형이 떠진 눈을 느리게 끔뻑였다. 눈동자를 굴려 위치를 확인했다.

천장, 불 꺼진 전등, 밤풍경이 들어오는 창문, 차콜 색상의 이불. 손을 빼내 목덜미를 쓸었다. 온몸이 땀에 흠뻑 젖어 있었다. 더운 기운에 이불을 걷어 내고 몸을 일으켜 앉았다. 불쾌한 느낌이 전신을 쓸었다. 심장이 불규칙적으로 뛰고 있었다.

“아, 무슨 꿈이 이래.”

도형은 가슴 위에 손을 얹었다가 두근거림이 손바닥에 확연하게 느껴져 헛숨을 뱉었다. 밤으로 물든 시야에 여자아이의 형상이 자꾸 섞여 들었다. 깨는 순간 재처럼 날아가 버리는 게 꿈인데, 마치 경험한 기억인 듯 닻을 내리고 고정되는 게 이상했다.

고개를 돌려 침대를 봤다. 분명 도하가 누워 있어야 할 침대가 휑했다.

“언제 갔지.”

도하라면 분명 바닥에 누워 있는 제 몸을 밟고 가야 정상인데. 도형은 바닥에서 일어나 현관으로 향했다. 센서등 불이 켜지며 바닥을 비췄다. 도하의 신발이, 현관에 그대로 남아 있었다.

12.

산줄, 스물셋의 도하

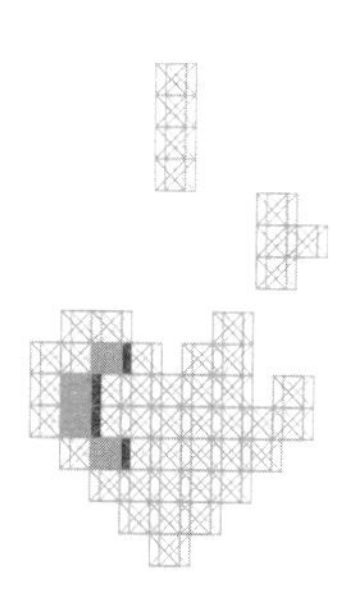

검게 물든 산을 앞에 두고 걸었다. 낮게 포복하는 어둠에 물든 논밭은 색을 잃었다. 가로등이 없어 한치 앞도 안 보이는 논길에서 도하는 어둠으로 향하는 사람처럼 계속 발을 움직였다.

어둠이 도하를 삼켜 버리기 위해 다가오는 것 같기도 하고, 도하가 어둠에 삼켜지기 위해 들어가는 것 같기도 한 그림이었다.

날카롭게 깨부숴진 돌멩이를 밟았을 때였다.

"앗!"

누군가 도하의 앞에 서 있었다. 어린 여자아이가 신발도 신지 않은 채 허공을 응시하고 있었다. 멍하니 앞만 보고 걷던 도하가 걸음을 멈추고 여자아이를 내려다봤다. 구름 뒤에 숨어 있던 달이 모습을 드러내는 순간, 도하는 여자아이가 어린 자신의 모습이라는 걸 알았다.

"어……."

어린 도하, 어두운 논길, 주변을 둘러싼 산의 그림자. 멀리 밀려난 기억 속에서 희미하게 겹쳐지는 장면들이 있었다. 도하는 수두에 걸려 도형과 함께 집을 떠났던 일을 떠올렸다. 정말 어린 나인가.

도하는 손을 뻗다가 멈칫했다. 제가 입고 있는 옷이 젖어 덜 말라 있었다. 옷차림을 살피다 신발을 신지 않은 발에 시선이 닿았다. 도하의 발과 어린 도하의 작은 발. 그 순간 꿈이라는 걸 깨달았다. 어렸을 때 잠결에 밖을 서성이다 정신이 들 때가 종종 있었다. 정신을 차리고 보면 얼마간은 멍했고, 곧 무서워졌다. 아무 기억도 나지 않았다.

도하는 지금 제가 잃어버렸던 꿈 중 하나에 들어와 있다고 생각했다. 쪼그리고 앉아 어린 자신과 눈을 맞췄다. 흐린 눈동자에 밤이 담겨 있다.

"도하야."

"제 이름을 어떻게 아세요?"

도하는 아이의 작은 손을 잡았다.

"나는 다 알지."

아이의 눈꺼풀이 느리게 움직였다.

"어디를 가고 있었어?"

"몰라요."

드넓은 논밭 너머의 길을 누군가 달려오는 게 보였다. 앞에 선 어린 도하만큼이나 작은 몸이 보폭을 크게 하며 달리고 있었다. 도하는 이 꿈속을 달리고 있는 저 아이가 도형일 것이라 생각했다. 어둠과 빛이 뒤엉키며 풍경이 난분분해졌다.

"곧 용감한 아이가 너를 찾아 이 꿈에서 데리고 나갈 거야."

"그게 누구인데요?"

물기 어린 손으로 아이의 말랑한 뺨을 쓰다듬었다. 흐린 눈동자를 보는데 이상하게 눈물이 고였다. 이 날에도 도형을 마음에 품었었나. 도하는 제 과거를 돌아보며, 들여다보며, 마음을 가늠해 보았다.

길을 달려오던 남자아이가 논길 앞에서 걸음을 멈추고 이쪽을 보고 섰다.

바람이 소멸한 듯 작게 풀잎이 스치는 소리조차 들리지 않았다. 벌레 우는 소리, 개 짖는 소리조차 들리지 않는 길 위에서 두 사람은 어딘지 흐린 시선으로 서로를 마주보았다.

"그 아이의 손을 잡아."

갑자기 바람이 불었다. 바람의 방향을 따라 벼가 쓸려 가며 소리를 냈다. 벌레가 울고, 먼 곳에서 개가 짖었다.

어두운 숲, 숲이 우는 소리, 비 냄새, 발바닥에 느껴지는 물기.

번뜩, 눈이 떠졌다. 정신을 차렸을 때 도하는 길 한복판에 맨발로 서 있음을 깨달았다. 꿈에서 깬 순간 목격한 건 어두운 길가였다.

어? 나 또…….

초등학교 때 이후로는 한 번도 없었던 수면 보행증이 다시 나타났다. 당혹스러움에 멍하니 허공을 응시하고 있을 때였다. 그녀를 부르는 소리가 들려왔다.

"기도하!"

익숙한 목소리.

도하는 들키고 싶지 않은 상황에 돌아보지도 못 하고 얼었다. 주위가 고요한 게 새벽의 냄새가 났다. 야심한 이 시각에 신발도 신지 않고 나와 있는 모습이 정상적이지는 않았다. 도하는 차게 불어오는 바람에 소름이 돋은 몸을 움츠리지 못하고 눈만 끔벅였다.

"하아……. 하……."

도형이 거친 숨을 뱉어 내며 도하의 팔을 잡았다. 살갗에 닿는 바람은 찬데 손목을 쥔 도형의 손은 따뜻했다.

"멀리 안 가서 다행이다."

미쳤어? 이 시간에 밖에서 이런 꼴로 뭐 하는 거야? 온갖 비난을 예상했던 도하는 생각 외의 반응에 흘긋 눈을 돌렸다.

도하의 손목을 잡은 채 허리를 숙이고 숨을 고르던 도형이 입고 있는 외투를 벗어 도하의 어깨 위에 얹어 주었다. 그러곤 신고 있는 슬리퍼를 벗어 도하에게 준다.

"신어."

이젠 도형이 맨발이 됐다. 물끄러미 아스팔트 바닥을 밟고 있는 도형의 발을 내려다보고만 있자 도형이 무릎을 구부리고 앉아 도하의 발목을 잡았다. 그러곤 직접 슬리퍼에 도하의 발을 꿰어 넣었다. 슬리퍼를 신기기 전에 손수 발바닥을 털어 주기까지 했다. 쪼그려 앉은 도형의 머리가 동그랗게 보였다. 도형이 입은 흰색 반팔 티셔츠가 불어오는 바람에 펄럭거렸다.

무릎을 펴고 일어난 도형이 도하를 보더니 잠깐 놓았던 손목을 다시 잡았다.

"들어가자."

도형의 손에 이끌려 집으로 향했다. 사이즈가 큰 슬리퍼 때문에 의도치 않게 신발을 질질 끌면서 걸었다.

도하는 앞서가는 도형의 뒷모습을 바라보며 왠지 모르게 정신이 멍해지는 것을 느꼈다. 위에서부터 쏟아지는 가로등 불빛이 도형의 머리칼을 노랗게 밝혔다. 어둠과 빛이 교묘하게 섞인 풍경이 고아하게 느껴졌다. 언젠가 이런 밤의 풍경을 봤던 것 같다고 생각하며, 도하는 말없이 도형의 뒤를 따랐다.

길을 걷는 내내 단둘이었는데 엘리베이터는 셋이서 탔다. 엘리베이터를 기다리고 있는데 웬 남자 한 명이 들어선 것이었다. 남자가 10층을 눌렀고 남자의 층수를 확인한 도형이 뒤늦게 8층을 눌렀다.

바깥의 희미한 빛과는 달리 내부의 조명이 밝아 도하는 고개를 숙이고 눈을 찡그렸다. 머리카락이 힘없이 고개의 방향을 따라 내려와 얼굴을 반쯤 가렸다. 도형이 그런 도하를 물끄러미 내려다보다가 문이 열렸을 때 손을 잡고 함께 내렸다.

801호 앞. 의도치 않게 도하의 집 비밀번호를 알게 된 도형이었지만 차마 남의 집 문을 마음대로 열 수 없어 걸음을 멈추고 도하를 돌아봤다.

"너 괜찮아?"

고개를 살짝 숙여 내리고 도하의 얼굴을 살폈다. 여기까지 걸어오는 내내 멍한 상태 그대로여서 감정의 동요가 없었는데, 조용한 복도, 도형의 눈을 마주 보자마자 눈시울이 붉어졌다. 왜 우는지 이유를 찾는 것보다 눈물이 떨어지는 속도가 더 빨랐다. 후드득 떨어진 눈물에 도형의 눈이 동그래졌다.

"어, 왜 울어. 문은 내가 대신 연다?"

한 손을 올려 도하의 뺨을 문질러 닦은 도형이 급하게 도어록 비밀번호를 누르고 현관문을 열었다. 불이 꺼진 방 안이 어둡다. 집 안으로 도하를 데리고 들어온 도형은 스탠드를 켜고 침대의 이불을 들추어 도하가 누울 수 있게 자리를 마련해 줬다.

"……."

침대에 걸터앉아 무릎 아래로 보이는 발을 내려다봤다. 시선의 방향을 확인했는지 도형이 수건을 물에 적셔서 가져왔다. 그리고 도하의 앞에 한쪽 무릎을 꿇고 앉더니 한쪽 발을 제 허벅지 위에 올려 더러워진 발바닥을 꼼꼼하게 닦아 주었다. 도형의 손가락 마디가 자꾸만 발가락이나 발등, 예민한 부위에 감겼다. 발을 비롯한 온몸의 신경이 예리하게 깨어나는 느낌이 들었다.

"자다 일어났는데 너 없어서 집으로 간 줄 알았는데, 네 신발이 그대로 있잖아. 심장 떨어지는 줄 알았다. 괜찮아진 줄 알았는데. 아직도 스트레스 심하게 받으면 그러는 건가?"

도형이 다 닦은 발을 내려놓고 반대쪽 발을 들어 올리며 묻는다. 도하는 아무런 대답 없이 그 모습을 물끄러미 바라봤다. 반사된 빛이 방 안을 은은하게 밝히고, 그 안에 도형이 있었다. 바로 아래 무릎을 꿇은 채로, 정처 없이 아스팔트 바닥을 밟고 돌아다닌 도하의 발을 잡고서.

"옛날 생각나네. 예전에 우리 수두 때문에 너희 할머니 집에 갔을 때 너 갑자기 자다가 나간 적 있었잖아. 나 그때 겁 진짜 많았는데. 너 잡으러 나갔다가 기절하는 줄 알았어."

뒤꿈치를 문질러 닦은 도형이 고개를 이리저리 돌리며 발의 상태를 살피고는 내려놓았다. 두 발이 온전히 바닥에 닿았다. 도형이 고개를 들어 올려 도하와 눈을 맞췄다.

"눈을 보면 깬 거 같은데, 말이 없는 거 보면 아직 안 깬 거 같기도 하고."

무릎을 펴고 일어난 도형이 도하의 두 다리를 침대 위로 올렸다. 계속 가만히 있다가는 새벽 내내 눕지도 않고 앉아 있을 것처럼 보였는지 베개를 끌어와 눕혀 주기까지 했다. 걷어 두었던 이불을 턱 아래까지 올리자 취침 준비가 끝난 것처럼 보였다.

누워 있는 도하, 그런 도하를 위에서 내려다보는 도형. 둘의 시선이 그다지 멀지도 짧지도 않은 거리에서 맞물렸다. 대화는 없었다. 시선의 끝에서 도형이 도하의 앞머리를 쓸어 넘겼다.

"아무래도 잠이 덜 깬 거 같네. 잘 자, 도하야. 또 걸어 나오지 말고."

머리카락을 헤집고 나가는 손길이 부드럽다. 도형이 스탠드를 끄고 돌아섰다. 방 안을 은은하게 밝히던 불빛이 사라지고 어둠이 밀려들었다.

"도형아."

내내 침묵하던 도하의 입이 열린 건 도형이 현관문 앞에 섰을 때였다. 신발장 위에 붙은 센서등이 움직임에 반응하며 불을 밝혔다.

막 슬리퍼에 발을 넣은 도형이 돌아보았고, 침대에서 내려온 도하가 그를 향해 걸었다. 멀어졌던 거리가 다시 좁혀졌다. 현관으로 쏟아지는 빛에서 가장 멀리 있던 도하가 점점 그 빛의 반경으로 접어들었다.

"뭐야, 깼어? 정신 들어?"

지극히 평범한 말인데도, 자다 깨서 그런지 그 말이 도하의 속으로 깊이 침투해 왔다. 적당히 낮고 듣기 좋은 목소리는 다정하고, 바라보는 눈길은 세심했다. 도하는 다시금 긴 역사의 한 지점에서 도형을 향한 자신의 마음을 확인했다. 도형을 사랑하는 일 말고는 아무것도 배우지 못한 것만 같다.

한 단 낮은 현관 입구에 도형이 서 있었으나 눈높이에는 그다지 큰 차이를 주지 않았다. 일정 속도를 유지하며 도형의 앞까지 걸어온 도하는 바로 앞에서 걸음을 멈추고 까치발을 들었다.

발은 멈추었으나 몸에 아직 그 속도가 남아 있는 것처럼 도하의 머리가 앞으로 기울었다. 턱을 들어 올리며 도형의 입술을 향해 나아갔다. 놀란 표정으로 가까워진 도하의 얼굴을 보는 도형의 모습이 시야에 담은 마지막 장면이었다.

도하는 눈을 감고 도형의 입술에 제 입술을 맞댔다. 처음 느끼는 감각에 온몸에 자극이 가해졌다. 도하는 제 안에서 일어나는 반응에 심장이 터질 것처럼 뛰는 걸 느끼며 입술을 더 밀어붙였다.

"……."

그렇게 꾹 맞대고 있던 입술을 떼어 내며 눈을 떴을 때, 도하는 멍한 얼굴로 두 눈을 동그랗게 뜨고 있는 도형을 마주했다. 넋이 나간 사람처럼 놀란 기색이 역력했다.

수면 중에 돌아다녔던 일들은 기억하지 못했다. 놀란 도형의 얼굴을 보고 있자니 수틀린다 싶으면 기억이 안 나는 척을 해야겠다고 도하는 생각했다.

아, 모르겠다. 후퇴다.

도하는 잠이 덜 깬 척 저벅저벅 침대로 돌아가 누웠다. 천장을 바라보고 시체처럼 누워 있기 민망해 등을 돌리고 이불을 뒤집어썼다.

“야, 기도하.”

뒤에서 도형이 도하를 부른다. 도하는 어차피 내내 말 한마디 없던 자신이니 부름 정도야 무시해도 이상할 것이 없다고 생각하며 침묵했다. 슬리퍼까지 신고 현관문 앞에 서 있는 도형의 퇴장만을 기다리고 있을 때, 불쑥 이불이 잡혀 내려갔다.

“너 아까부터 정신 돌아온 거 다 알아.”

이불이 걷혀 내려갔는데도 도하는 등을 진 자세 그대로 벽만 봤다. 당황했다. 입술을 먼저 들이민 건 자신인데, 술에 취했을 때와 깼을 때의 모습이 다르듯, 분위기에 취했을 때와 아닐 때의 태도 또한 그랬다. 좀 전의 상황이 미친 듯 민망하게 느껴졌다. 얼굴을 찌푸리자 도형의 손가락이 미간에 툭 내려앉는다.

"이거 봐. 깼네."

"……."

"왜 나한테 입 맞췄어?"

도형이 묻는다. 도하는 미간에 닿은 도형의 손가락이 꿈틀거리는 걸 느끼며 슬그머니 고개를 돌렸다.

현관의 센서등이 꺼졌다. 빛이 반사되지 않는 방 안, 어둠이 곳곳에 스며들어 물체의 윤곽들이 드러났다. 어둠 속에서도 시선이 닿았다. 눈썹을 덮고 내려온 머리카락, 새벽 냄새가 밴 것 같은 티셔츠, 길고 곧게 뻗은 목, 너른 어깨.

"대답 안 하면 나도 똑같이 한다."

"……."

"왜 나한테 입 맞췄어?"

"……."

침묵으로 일관하자 물끄러미 도하를 내려다보던 도형이 도하의 이마에 입술을 붙였다가 뗀다.

"기도하, 왜 나한테 입 맞췄냐고."

"……."

얼마간 대답할 시간을 내어 주던 도형의 입술이 도하의 뺨에 내려앉았다가 떨어졌다.

"도하야."

질문 대신 이름이 호명됐다. 뒷말은 이어지지 않았다. 가만히 눈을 맞추던 도형이 좀처럼 열리지 않는 도하의 입술 위에 지그시 제 입술을 붙였다. 눈 감을 타이밍을 놓친 도하는 두 눈을 감고 있는 도형의 얼굴을 봤다. 어두운데도 가늘고 긴 속눈썹의 배열이 규칙적인 게 보였다.

심장 터질 것 같아.

숨을 들이키려는 순간 도형의 입술이 떨어졌다. 도하는 간신히 호흡했다.

"키스하고 싶어."

도형의 말소리가 간지럽게 귀에 감겼다. 귓구멍으로 들어와 전신을 배회하는지 오장육부에 키스마크가 찍혔다. 발가락 끝이 간지러워 도하는 발가락을 오므리고 두 다리에 힘을 주었다. 키스하는데 필요한 건 입술뿐인데 별안간 온몸에 힘이 들어갔다.

도하가 대답 대신 도형의 옷깃을 잡아 당겨 입을 맞췄다. 베개 위로 살짝 뜬 머리 뒤로 도형이 손을 받쳐 온다. 입술이 길게 맞붙었다. 침대 옆에 어정쩡하게 허리를 굽히고 서 있던 도형이 한쪽 무릎을 침대 위에 올리며 중심을 더했다. 손으로 받치고 있던 머리를 베개 위에 내려놓더니 머리칼을 헤집으며 얼굴을 감쌌다.

도형이 포개어 문 아랫입술에 따뜻한 온기가 느껴졌다. 말랑한 입술이 입술을 물었다가 놓기를 반복했다.

입술이 젖었다고 생각이 들 즈음 도형이 벌어진 입술 틈을 헤집고 혀를 넣었다. 낯선 감각이 속살에 닿았다. 처음 혀가 스쳤을 때, 도하는 질식하는 줄 알았다. 저도 모르게 눈을 질끈 감고 도형의 목을 꼭 끌어안았다. 긴장한 탓에 그랬던 건데 도형은 더 흥분했다.

메트로놈을 라르고로 맞춘 것처럼 아주 느리게 입술을 물고 빨던 도형이 갑자기 박자를 무시하며 깊게 혀를 밀어 넣었다. 침범도 이런 침범이 없었다.

갑자기 격해진 키스에 도하는 정신이 혼미해졌다. 혀가 얽혔다 빠지기를 반복하며 입술이 도형에게 마구 먹혔다. 어느새 도형은 남은 다리 하나마저 침대 위로 올려 도하를 다리 사이에 가둔 채 무릎을 꿇고 있었다. 호흡이 가빠졌고, 더운 탓에 옷을 벗어젖히고 싶은 생각마저 들었다.

입안으로 들어온 말랑한 혀를 깊게 빨아들이면, 도형이 도하의 혀를 얽어 제 입속으로 가져갔다. 혀끝이 부딪치다가 얽혔고, 입술이 깊게 맞물렸다가 떨어졌다. 도형이 입술을 부드럽게 포개어 물고 빨아올렸다. 어둠이 낮게 깔린 고요한 방 안에 쪽쪽거리는 소리만 질척하게 울렸다.

무심코 다리를 구부리며 세운 무릎이 도형의 다리 사이를 스쳤을 때, 도하는 안에 고삐가 풀리지 않도록 꽁꽁 묶어 둔 절제가 와장창 깨지는 걸 느꼈다.

무릎에 스친 느낌. 생경했으나 확실했다. 단단하고, 큰……. 거기까지 생각에 이르자 도하는 다급히 도형의 어깨를 밀어냈다. 그제야 입술이 거리를 두고 떨어졌다.

"하……."

자유를 찾은 입술에서 열띤 숨이 샜다. 도형의 눈이 뭔가에 활활 타는 것처럼 보였다. 처음 보는 열기에 묘한 쾌감이 찾아왔다.

"너, 섰어?"

숨을 고르고 도하가 물었다. 도형이 당황한다.

"어……."

도하의 머리를 마구 헤집던 손을 도형이 천천히 빼내더니 몸을 뒤로 물리고 앉았다. 한껏 야릇한 소리만 들리던 방 안에 민망한 침묵이 감돌았다. 도형이 슬그머니 이불을 끌어다가 다리를 덮었다. 그 모습에 웃음이 튀어나오려는 걸 간신히 참았다.

"사실 아까 네가 나를 찾기 직전에 정신이 들었거든. 네 손잡고 가는데 나도 너처럼 옛날 생각이 났어."

"맨발로 논두렁 걷다가 잡혔을 때에 비하면 여긴 도시라서 양반이다. 그때 진짜 울 뻔했어. 나 너무 나약하고 어렸다, 정말……."

가로등도 없는 논두렁이었다. 길은 좁고 옆으로 논이 앞으로 산이 펼쳐진 새벽의 풍경은 어둡고 섬뜩했다.

어렸을 때의 도형은 지금보다 말수가 없고 차분했다. 귀신 이야기만 들어도 잠을 못 자는 어린 나이에 새벽길을 나서는 것이 보통 용기로는 안 될 일이기는 했을 거다.

그날 무슨 일이 있었는지 도하의 발은 상처투성이였다. 도하의 행적을 아는 이가 없으니 도형이 나타나기 전까지 그녀가 어디서 무슨 일을 겪었는지는 아무도 몰랐다. 그나마 도형이 그때에라도 도하를 찾아내 다행이라고 생각했다.

잠시 이야기가 다른 곳으로 새며 분위기가 흐려졌으나 여전히 몸은 달뜬 상태였다.

"잠깐 바람 좀 쐴래?"

그 말은 도형의 입에서 나왔다.

"옥상 문 열어 두던데."

"어, 그래."

그래. 제대로 된 대화를 하려면 우선 이 좁은 공간을 벗어나 탁 트인 곳에 있어야 한다. 지금은 도형의 입술만 보였다. 달뜬 호흡 소리만 들리고 흥분이 채 가시지 않은 눈만 보였다. 두 사람은 그렇게 흥분의 도가니가 될 뻔했던 집을 나와 옥상으로 올라가는 엘리베이터를 탔다.

옥상 정원에 있는 벤치에 앉아 저 멀리 보이는 학교를 바라봤다. 이곳에서 뭔가 분위기를 잡고 고백을 다시 하려나 봐, 그런 생각을 하고 있는데 담배 냄새가 흘러들었다. 고개를 돌리고 보자 옥상 저쪽에서 남자 한 명과 여자 한 명이 마주 보고 서서 담배를 피우고 있다. 글렀네, 글렀어…….

한 손을 올려 코를 막자 도형이 돌아본다.

"내려갈까?"

"뭐. 집으로 가자고?"

"……그럴래?"

순간 멍해졌다. 만나서 아직 아무런 말도 안 나눴는데 이대로 집으로 가자니. 허무하기 짝이 없다. 도하는 이대로 도형을 보내면 안 된다고 생각하며, 오늘 벌어진 이 사건의 해결을 내일로 미루어서는 안 된다고 생각하며 눈을 크게 떴다.

"올라온 지 얼마나 됐다고 벌써 가?"

"……아, 그럼 더 있을래?"

"당연히 더 있어야지."

"담배 냄새 싫어서 코 막은 줄 알았어."

"맞는데?"

"……."

묘하게 대화의 핀트가 어긋나는 느낌이 든다. 도형도 그렇게 생각했는지 고개를 기울이며 눈가를 매만졌다.

"……그러니까 나는, 장소를 옮기자고 말한 거였어."

"……."

나는 네가 해산하자고 말한 줄 알았어. 차마 네 뜻을 완전히 오해했다, 헤어지는 게 너무 아쉬웠다, 티를 낼 수 없어 도하는 입을 다물고 눈동자를 돌렸다.

"그만 헤어지자는 말인 줄 알았어?"

그냥 넘어가 주지, 그걸 또 걸고넘어진다. 한껏 민망해진 도하는 말없이 먼 곳을 응시하며 공기 좋네, 밤하늘이 참 맑네, 하며 끊임없이 혼잣말을 했다.

"집으로 가자고 해서 철렁했어. 미쳤나 봐. 이제 막 듣고 싶은 대로 듣네."

"무슨 말인 줄 알았는데?"

"우리 집으로 같이 가자는 말인 줄 알았어."

아……. 도하는 왠지 모르게 작게 터져 나갈 것 같은 탄식을 꾹 삼키며 입술을 물었다. 시선을 돌리자 가로등 불빛이 번진 야경이 눈에 들어왔다. 그게 왜 그렇게 아름답고 평화로워 보이는지. 도하는 갈등 없는 세상이 얼마나 희망찬지 간접적으로 체험했다.

한쪽 구석에서 담배를 다 태운 두 사람이 옥상을 내려갔다. 작은 소음을 내며 담배 냄새를 풍기던 사람들이 내려가자 이제 옥상에는 도형과 도하 둘만 남았다.

"도하야."

도형이 도하의 이름을 부른 건 조금 길게 이어지는 정적에 손가락을 만지작거리고 있을 때였다. 도하의 고개가 기다렸다는 듯 퍼뜩 올라갔다.

"어?"

눈을 동그랗게 뜨고 보자 도형이 마주 본다.

"이상해."

"……뭐가?"

"그냥 가만히 있는데도, 옆에 네가 있다는 이유로 떨려."

"……."

"이건 심장 박동이 아니라 터지려고 발악하는 느낌이야. 가슴만 뛰는 게 아니라 온몸이 저리고 다리가 후들거려. 숨도 못 쉬겠어."

말없이 눈을 끔벅였다. 도형이 표정 하나 변하지 않고 진실을 버무린 고백을 다시금 뱉었다. 얼굴은 마치 아까 그 러그 얼마에 팔았냐? 따위의 질문을 하는 듯 무감하기 그지없어 보이는데, 귓등이 새빨갰다. 얼마 만에 보는 권도형의 새빨간 귀인지 모르겠다.

눈을 마주하는 도형의 얼굴이 말갛다. 눈동자가 검고 깊다. 거기 퐁당 빠져서 나오고 싶지 않을 만큼.

"늦었어?"

"……뭐가 늦어?"

내내 입을 다물고 있던 도하의 목소리가 새어 나왔다. 목소리 끝이 조금 떨렸으나 도하는 눈치채지 못할 정도였다고 생각하며 목을 가다듬었다.

"나 말이야."

얼굴을 쓸고 내려온 도형의 손이 다리 위에 놓인다. 바짝 깎은 손톱 때문에 손가락이 말끔해 보였다. 제 손을 내려다보던 도형이 고개를 살짝 비틀어 올리며 도하를 봤다.

"너한테 난 이제 기회조차 없어?"

괜스레 입술이 말라 도하는 아랫입술을 말고 꾹 물었다. 눈으로 향해 있던 도형의 눈길이 뺨을 쓸고 내려와 입술에 닿는다. 도형이 노골적으로 도하의 입술을 보다가 고개를 돌렸다.

온갖 선들이 둘 사이에 진을 치고 있는 느낌이었다. 조금만 잘못 몸을 틀어도 선을 밟고 경보가 울리며 벽이 좁아지고 뭔가가 파괴될 것 같은 예리함이 있었다. 묘한 긴장감이 아니라 광대한 긴장감이 관계의 경계에서 흘렀다.

"도하야."

도형이 다시 도하를 부른다. 어둑한 밤 풍경에 공기처럼 도형의 목소리가 흩어졌다. 도하의 이름이 밤으로 스며들어 간다. 눈으로 볼 수 없는 무언가가 여운처럼 남아 가슴을 죄었다.

"좋아해."

정신이 아득해진다. 아주 오랜 시간, 키가 지금의 허리에도 오지 않았을 때부터 지금까지, 작은 몸뚱이 안에서부터 품고 지켜 온 도형에 대한 감정이 까마득하게 멀어졌다가 밤하늘을 뚫고 우주를 돌아 혜성처럼 다시 도하에게로 떨어졌다.

"내가 너를 많이 좋아해."

"……."

"이제 너에게 친구 그 이상이 되고 싶어."

결국에, 우주를 돌고 온 혜성이 이곳에 당도했다.

도하는 왠지 모르게 이 마음이 까마득하게 먼 과거의 어느 시절에서 날아온 것이 아닐까 생각했다. 시든 적이 한 번도 없는 듯 맑고 산뜻했으며, 빛이 나고 아름다웠다.

지나온 어느 날, 도하가 미래로 던진 마음이 아닐까. 도형에게 닿을 언젠가를 고대하며 꿈꾸어 본 미래가 아닐까. 그게 지금 여기 이 순간 당도한 게 아닐까.

“나는 항상 친구 그 이상이고 싶었어.”

나직하게 뱉은 말소리에 죽어 가던 도형의 눈에 이채가 돌았다. 도형이 숙이고 있던 상체를 천천히 들며 도하와 눈높이를 맞췄다. 이내 비슷한 높이에서 얼굴을 마주했을 때, 도하는 빛이 난분분하게 흩어지는 것을 깨달았다.

늘 혼자 삼켰던 말이 주인을 찾아 돌아간다. 말마디 끝에서 도형의 손이 도하의 뺨을 쓸었다. 도하는 그제야 제가 울고 있음을 알았다.

“야, 왜…… 왜 울어?”

도형은 당황한 듯 보였다. 한차례 뺨을 쓸고 간 손이 계속해서 눈가와 뺨, 턱을 쓸었다. 도하는 예전 피아노 수행 평가를 하다가 울었던 때를 떠올렸다. 그러니까, 지금 이 눈물은 그때와는 다른 것이었다. 정확히는 감격의 눈물이었으니까.

“몰라. 꿈같아…….”

“아니, 꿈 아니니까 좀, 어? 야, 아니, 왜 더 울지?”

손으로 안 되겠는지 도형이 제 소매를 당겨 얼굴을 벅벅 문지른다. 그런데 이상하게 눈물이 더 난다. 엎친 데 덮친 격으로 잇새로 흐느낌이 새어 나가자, 도형의 눈이 동그래졌다.

"으허헝."

터졌다. 꽉 막힌 목구멍을 놔 버렸더니 엉엉 울음소리가 터져 나갔다. 도하는 도형의 손을 치워 내고 두 손바닥에 얼굴을 묻었다.

드디어 제 수치의 역사를 끝내고 사랑의 결실을 맺는다. 재수 성공, 대학 합격보다 더 기뻤다. 그땐 현수막을 걸고 싶은 마음이 없었는데, 지금은 어디에라도 자랑을 하고 싶다. 짝사랑의 종지부가 마음 접기가 아니라서 너무 다행이었다.

"야, 당황스러워지려고 그런다."

어떻게 해야 좋을지 모르겠다는 듯 난감해하던 도형이 어깨까지 들썩이며 우는 도하를 두 팔로 꼭 감싸 끌어안았다. 그러자 도형의 품에 도하가 쏙 들어온다. 잘게 떨리는 등을 토닥거려 주었다. 도형이 도하의 머리 위에 턱을 대고 울지 말라고 끊임없이 말해 주었다. 낮고 다정한 목소리에 안정감이 찾아왔다.

"이 마음 변하면 죽여 버릴 거야."

흐느끼며 뱉은 말에 도형이 작게 웃었다. 입술이 호선을 그리며 벌어졌으나 차마 소리는 내지 못했다.

"응. 안 변해."

"진심이야."

"나도 진심이야. 네 칠순 때 내가 피아노 쳐 줄게. 너 그거 불러. 저번에 잔디밭에서 불렀던 거. 벌써 일년 번안곡이었나? 그럼 내가 첨밀밀로 화답할게."

"죽을래?"

"계속 죽인다는 말만 하네. 여자 친구가 너무 무서워요."

순간 심장이 멎는 줄 알았다. 울음이 쏙 들어갔다. 도하는 도형의 가슴에 얼굴을 묻은 채 눈을 동그랗게 떴다. 도형이 도하의 등을 부드럽게 쓰다듬다가 살짝 뒤로 상체를 물려 눈을 맞췄다. 괜스레 뺨을 붉히자 도형이 옅게 웃더니 이마에 쪽, 하고 입을 맞췄다. 잠깐 입술이 붙었다가 떨어진 건데도 홧홧한 기운이 맴돌았다.

눈물이 멎은 눈가가 촉촉하게 빛났다. 도하의 마음은 너무나도 투명하게 도형이었다.

"도하야, 나 궁금한 거 있는데. 물어봐도 돼?"

고개를 끄덕이자 도형이 말을 잇는다.

"전에 너 프로필 사진 있잖아. 영화 장면이었는데, 여자애는 누워 있고 남자애는 꽃 들고 있던 사진."

"응."

"그 대사, 진짜 그 영화에 나와?"

도하는 기억을 되돌려 보며 제가 프로필에 걸었던 영화의 스틸 컷들을 찾았다. 들꽃 한 다발을 든 소년이 들판에 누워 있는 소녀의 머리 위에 무릎을 꿇고 앉아 내려다보는 사진이 떠올랐다. 영화 속에 나오는 주인공들이 마치 저와 도형 같아서 인상 깊게 봤던 영화였다.

"대사가 뭐였는데?"

도하의 눈을 들여다보며 도형이 말한다.

"너의 꿈으로 들어가고 싶어."

영화 대사를 읊는 건데, 그게 마치 제게 하는 말 같아 도하는 숨을 삼켰다.

"본 지 오래 되어서 기억이 잘 안 나."

"그렇구나."

"그게 왜 궁금한데?"

"그냥. 이상한 꿈을 꿔서."

살랑거리며 불어오는 바람에 나뭇잎이 흔들리며 사르륵 소리를 내는 것 같았다. 분명 그런 소리를 들은 것 같은데 옥상에는 작은 화분 하나 없었다. 이 소리는 어디에서 오는 걸까. 환청일까.

"도하야, 네 이마 아래."

도형이 도하의 눈을 가리킨다.

"그 아래."

코를 가리키더니.

"아래에 뽀뽀해도 돼?"

종착점처럼 도형의 손가락 끝이 도하의 입술에 멈춘다. 고개를 작게 끄덕이자 입술에 닿아 있던 손가락이 미끄러지듯 턱을 쓸고 가 목덜미에 감겼다. 가까워지는 얼굴에 눈을 감았다. 그와 동시에 입술 위로 도형의 입술이 닿았다.

눈을 감아 차단된 시야, 암흑 같은 풍경에 사르륵거리는 소리가 끊이지 않고 울렸다. 어둠 속에서 도하는 소리가 들리는 곳을 향해 시선을 돌렸다. 햇살이 부서지는 곳에서 푸른 잎사귀가 바람에 일렁이는 듯 흔들렸다. 그리고 그 아래, 걸어가는 도형의 뒷모습이 보였다. 지금에 비해 키가 작은 도형은 중학교 교복을 입고 있었다.

등나무가 우거진 길을 걸었다. 머리 위에 해를 두고 걷자 앞서가는 도형의 등으로 등나무 그림자가 지나갔다. 나뭇잎 사이를 바람이 비껴 나가고, 그 방향을 따라 가지가 휘청거리고, 나뭇잎 사이사이 빛이 걸리고, 그늘이 지며 반짝거린다.

작은 새가 가지에 앉았다가 날아가기를 반복했다. 자연은 분주한데 비해 고요한 느낌이 드는 교정에서 도하는 물끄러미 등나무 그림자가 불규칙적으로 스쳐 지나가는 도형의 등을 보았다.

따뜻한 혀가 도하의 입술 틈을 벌려 들어오는 순간, 저곳의 도형이 화단 턱을 밟고 올라섰다. 몸을 돌려 뒤에 서 있는 도하를 내려다봤다. 하복 셔츠의 가슴 포켓에 도형의 이름표가 달려 있다.

도하는 말없이 도형을 올려다보고, 도형은 그런 도하를 내려다봤다. 별다른 표정 없이 서로를 보다가 먼저 웃음을 보인 건 도형이었다. 눈꼬리가 살짝 접히는 게 여름날의 풍경과 너무 어울렸다. 맑게 웃는 도형의 머리칼이 햇빛을 받아 밝게 빛났다.

느릿하게 입술을 빨아올리던 도형이 머리를 뒤로 물리고 도하의 입술을 닦아 주었다. 부드럽고 따듯한 감촉이 입술에 남았다. 천천히 눈꺼풀을 올리자 훌쩍 커 버린 도형이 보였다.

“너 다른 생각 했지.”

도형이 말했다. 눈을 감아도 떠도, 이제 도형이 보인다. 도하는 두근거리는 가슴에 손을 얹고 싶은 걸 참으며 입술을 뗐다.

“네 생각 했어.”

공기가 낮게 가라앉은 새벽, 도하는 도형을 마주 보며 몸을 가까이 붙였다. 길고 긴 역사의 길목에서 도형이 도하의 손을 잡았다.

“내가 앞으로 많이 잘해 줄게. 미안하고 사랑해. 내가 겉으로는 많이 변한 것 같아도 내 마음은 예전 그대로야.”

도형이 도하의 두 다리를 잡아 제 다리 위에 올렸다. 무릎 뒤에 손을 넣어 잡고서 상체를 숙여 도하에게 입을 맞춘다. 도형의 숨이 점, 선, 면, 체, 그 어떤 형태도 없이 도하의 입 속으로 스며들었다.

사소한 것에서 삶의 질이 올라간다. 너에 대한 마음이 깊어진다. 너무 쉽게 행복이 온다.

입술을 뗀 도형이 도하를 보며 웃고, 도하가 도형을 따라 웃었다.

사르륵. 여전히 잎이 무성한 나무가 흔들리는 소리가 들렸다. 잔잔한 바람이 불어오는, 아주 오래된 새벽이었다.

—*Fin*